별을 선사해준 사람

The Giver of Stars

별을
선사해준 사람

조조 모예스 지음
이나경 옮김

살림

이 책에 쏟아진 찬사들!

내게 필요할 때마다 별들을 선사해준 바버라 네이피어에게.

그리고 온 세상의 도서관 사서 여러분께 바칩니다.

프롤로그

1937년 12월 20일

들어봐.

아넛스 능선 바로 아래 숲속으로 5킬로미터만 들어가면, 적막을 헤치고 나아가는 느낌이 든다. 한여름에도 새벽이 아니면 새소리가 들리지 않는데, 지금처럼 공기가 싸늘하고 습기가 많으면 가지에 아직 꼿꼿이 매달려 있던 나뭇잎도 미동이 없다. 참나무와 히코리나무 사이에 아무것도 움직이지 않는다. 야생 동물들은 좁은 굴이나 속 빈 나무줄기에 웅크리고 있다. 수북이 쌓인 눈에 노새 다리가 반은 파묻힌다. 노새는 좀 걷다가 이내 비틀거리며 미심쩍게 킁킁, 망망한 눈밭 밑에 돌이나 구멍이 없는지 확인한다. 돌바닥 위로 좁은 시내만 아무도 본 적 없는 목적지로 졸졸 흐른다.

마저리 오헤어는 부츠 속의 발가락을 꼼지락거려 보지만 감각이 사라진 지 오래다. 발을 녹이면 얼마나 아플지 생각만 해도 눈살이 찡그려진다. 모직 양말을 세 켤레나 겹쳐 신었는데도 맨다리를 내놓고 다니는 기분이다. 마저리는 두툼한 남성용 장갑을 낀 손으로 덩치 큰 노새의 빽빽한 털에 붙은 얼음 결정을 털어낸다.

"오늘 밤엔 먹을 걸 더 줄게, 찰리." 마저리의 말에 커다란 귀가 쫑긋거린다. 마저리는 개울로 내려가는 동안 노새가 균형을 잃지 않도록 자세를 고쳐 앉는다. "저녁에 뜨거운 당밀을 줄게. 나도 좀 먹어야겠다."

6킬로미터는 더 가야하기에, 마저리는 아침을 조금 더 먹고 나왔더라면 좋았을 거라고 생각한다. 인디언 절벽을 지나서 노란 소나무 오솔길을 올라 빈터를 두 번 지나면 낸시가 마중을 나와 있겠지. 언제나처럼 숲이 쩌렁쩌렁 울리도록 찬송가를 부르면서 아이처럼 팔을 흔들 것이다.

"8킬로미터나 마중 나오지 않아도 돼요." 마저리는 낸시에게 2주에 한 번씩 말한다. "이게 우리 일인걸요. 그래서 말을 타고 다니는 거고."

"아이고, 마저리 씨는 일을 잘하고말고."

마저리는 진짜 이유를 알고 있다. 레드 릭의 작은 오두막집 침대에 늘 누워 지내는 언니 진처럼 낸시는 다음 이야기가 궁금해서 견딜 수 없는 것이다. 낸시는 성한 치아가 세 개밖에 남지 않은 예순넷의 노파이고, 잘생긴 카우보이에 사족을 못 쓴다. "맥 맥과이어 있지. 그 총각을 보면 가슴이 빨랫줄에 널어놓은 시트처럼 펄럭거린다니까." 낸시는 두 손을 맞잡고 하늘을 바라본다. "아처가 쓴 글을 보면 말이야. 꼭, 책장에서 튀어나와서 나를 자기 말에 휙 태우는 느낌이 들어." 낸시는 다가와서 소곤소곤 말한다. "내가 타고 싶은 건 그 말이 아니야. 내가 어렸을 적엔 말 타는 솜씨가 꽤 좋았다고 남편이 말했어!"

"그랬을 거예요, 낸시." 마저리가 매번 이렇게 대답하면 낸시는 웃음을 터뜨리며 처음인 것마냥 손으로 허벅지를 친다.

나뭇가지 하나가 부러지자 노새 찰리가 귀를 쫑긋거린다. 귀가 크니 소리도 잘 듣는다. "이쪽으로 가자." 마저리는 찰리가 돌이 많은 쪽을 피하도록 방향을 잡아준다. "곧 낸시 소리가 들릴 거야."

"어디 가?"

마저리가 고개를 홱 돌린다.

남자는 비틀거리지만 눈빛은 또렷하다. 소총 방아쇠에 손가락을 걸고 있다. "이제 내가 보이나, 마저리?"

마저리는 머리를 굴리며 침착하게 말한다. "당연히 보이죠, 클렘 맥컬러."

"보이죠, 클렘 맥컬러." 남자는 짓궂은 애처럼 마저리 말을 따라 하더니 침을 퉤 뱉는다. 방금 자고 일어난 사람마냥 머리가 헝클어져 있다. "날 신발에 묻은 흙 보듯이 하지. 저만 잘난 줄 알고."

무서운 게 없는 마저리지만 산속 남자에게 싸움 걸 생각은 없다. 특히 총을 들고 있을 때는.

마저리에게 앙심을 품을 사람들이 있긴 하지만, 맥컬러라니? 당연한 이유 하나 말고는 딱히 잘못한 게 떠오르지 않는다.

"내 아버지도 돌아가셨으니 집안 사이 불화는 잊어요. 이젠 나만 남았고, 난 그런 싸움에는 관심 없으니까요."

맥컬러가 가로막고 선다. 방아쇠를 쥔 채로. 취기에 추위도 잊었는지 살갗이 시퍼렇게 질려 있다. 취해서 총도 제대로 쏠 수 없을 것 같지만, 마저리는 운을 시험하고 싶지 않다.

마저리는 노새를 늦춘다. 양옆을 둘러본다. 시내의 양쪽 둑은 너무 가파르고 나무가 많아서 지나갈 수 없다. 맥컬러에게 비켜달라고 하거나 그냥 지나쳐야 하는데, 후자가 나을 것 같다.

노새 귀가 다시 쫑긋거린다. 주위가 조용해서 마저리 자신의 심장 뛰는 소리만 들린다. 심장 소리가 이렇게 크게 들린 적이 있었나 싶다.

"일하는 중이에요, 맥컬러 씨. 지나가게 해주면 고맙겠어요."

정중한 호칭을 조롱이라 여긴 맥컬러가 총을 고쳐 쥐자, 마저리는 실수를 깨닫는다.

"네 일……. 그게 그렇게 잘나고 대단한가? 네게 필요한 게 뭔지 알아?"

맥컬러는 또 침을 뱉는다. "네게 필요한 게 뭔지 아냐고."

"내 생각은 당신과 다르지 싶은데요."

"내 대답을 아나 보지. 네가 한 짓을 몰라? 점잖고 독실한 여자들에게 네가 뭘 퍼뜨리고 다니는지? 그 속셈쯤은 다 알고 있어. 마귀에 씐 거지, 마저리 오헤어. 마귀를 쫓아내는 방법은 하나뿐이야."

"음, 나도 궁금하지만 지금은 바빠서 나중에……."

"닥쳐!"

맥컬러가 총을 든다. "빌어먹을 입 닥치라고."

마저리는 입을 꾹 다문다.

맥컬러가 다가오더니 마저리 앞에 버티고 선다. "내려."

노새 찰리가 꿈지럭거린다. 마저리는 심장이 얼어붙는 것 같다. 돌아서서 달아나면 그는 쏠 것이다. 달아날 곳은 시내를 따라 난 길뿐이다. 숲은 뚫고 지나갈 수 없다. 몇 킬로미터 주위에 아무도 없다. 산을 넘어 마중 오는 낸시 말고는.

마저리가 혼자임을 맥컬러는 알고 있다.

목소리를 낮춰 말한다. "내리라고 했다, 당장." 그리고 두 발자국 더 다가온다.

마저리는 이곳 여자들이 외면할 수 없는 진실과 마주한다. 제아무리 영리하고 독립적인 여자라도 총 든 멍청한 남자를 이길 수 없다. 총구 속이 들여다보인다. 맥컬러는 총을 내려 어깨에 둘러메고 마저리의 고삐를 낚아챈다. 노새가 휙 돌자 마저리는 휘청거리며 목을 부여잡는다. 맥컬러는 마저리의 허벅지를 쥐더니, 다른 손으로 어깨에 멘 총을 잡으려고 한다. 입에서는 술 냄새가 풍기고 손에는 흙이 말라붙어 있다. 마저리 온몸의 세포가 그 감각에 움츠러든다.

그때 멀리서 낸시의 노랫소리가 들려온다.

시험 걱정 모든 괴롬 없는 사람 누구인가.
부질없이 낙심 말고 기도 드려 아뢰세……

맥컬러가 고개를 든다. 안 돼! 마저리는 자기 입에서 나온 고함 소리에 놀란다. 맥컬러가 손에 힘을 줘 잡아당긴다. 한쪽 팔이 마저리의 허리를 잡아 끌어내린다. 손아귀와 입 냄새에, 마저리는 자신의 미래가 검고 무시무시하게 변하는 걸 느낀다. 맥컬러의 손이 추위에 곱아서 뜻대로 되지 않는다. 그가 총을 쥐려고 등을 돌리는 순간, 마저리는 기회를 포착한다. 안장주머니에 왼손을 넣어 두툼한 책을 꺼내고, 오른손은 고삐를 놓아 양손으로 책을 쥐고 남자의 얼굴에 빡 내리친다. 총이 발사되며 탕! 소리가 울려 퍼지자, 새들이 지저귐을 멈추고 검은 구름마냥 푸드덕 날아오른다. 맥컬러가 쓰러지자 노새가 놀라 비틀비틀 전진하고, 마저리는 안장 머리를 움켜쥔다.

마저리는 그대로 나아간다. 숨이 막히고 가슴이 두근거려 길 찾기는 노새에게 맡긴다. 뒤돌아보지 않는다.

제1장

3개월 전

9월인 것 치고 참 따뜻하다고, 가게 앞에서 부채질을 하거나 유칼립투스나무 그늘을 지나는 사람들이 입을 모아 말했다. 베일리빌 주민 회관은 포플린 드레스와 여름 정장을 입고 다닥다닥 붙어 앉은 사람들이 풍기는 잿물 비누와 향수 냄새로 가득했다. 건물 안도 더웠고 목재는 삐걱거렸다. 한숨 쉬며 일어나는 사람들에게 사과하며 좌석을 찾는 베넷 뒤에 꼭 붙어 있던 앨리스는 그들의 체온을 느꼈다.

죄송합니다. 죄송합니다.

베넷이 빈자리를 찾자 앨리스는 상기된 얼굴로 주위 사람들의 곁눈질을 무시하며 앉았다. 베넷은 옷에서 먼지를 터는 척하다가 앨리스의 스커트에 눈을 돌려. "옷 안 갈아입었어요?" 그가 중얼거렸다.

"늦었다면서요."

"집에서 입던 옷을 입고 가자는 말은 아니었는데."

앨리스는 애니에게 남부 음식 이외의 요리를 시도해보라는 뜻으로 코티지파이를 만들고 있었다. 감자는 초록색이 됐고, 불 조절에 실패

했으며, 번철에 고기를 넣자 기름이 사방에 튀었다. 시간 가는 걸 잊고 있었다. 베넷은 중요한 모임 날 가정부에게 요리를 맡기지 않은 아내를 이해할 수 없었다.

앨리스는 큼지막한 기름 자국을 한 시간 동안 손으로 가리기로 했다. 한 시간은 걸릴 테니까. 아니면 두 시간. 아니면 (주여 굽어 살피소서) 세 시간.

교회와 모임. 모임과 교회. 매일 지루한 일과가 반복되는 느낌이었다. 그날 아침 교회에서 매킨토시 목사는 불경스러운 음모를 꾸미는 사람들이 있다고 두 시간쯤 규탄했는데, 또 연설할 모양이었다.

"신발 신어요." 베넷이 중얼거렸다. "누가 보면 어떡하려고."

"더워서요." 앨리스가 말했다. "영국인의 발이잖아요. 이런 기온엔 익숙하지 않다구요." 남편의 지친 표정이 느껴졌다. 하지만 앨리스는 너무 덥고 피곤해서 무시했고, 목사의 말은 수면제를 탄 듯 세 마디 중에 한 마디만 들렸지만…… "파종하고…… 꼬투리가…… 겉껍질은…… 종이봉투에……"에라 모르겠다.

앨리스는 결혼 생활이 신나는 모험일 것이라고 들었다. 새로운 땅으로 떠나는 여행! 미국인과 결혼했으니까. 새로운 음식! 새로운 문화! 새로운 경험! 앨리스는 투피스 정장을 입고 뉴욕의 북적이는 레스토랑이나 거리에 있는 자신을 그렸다. 새로운 경험을 자랑하며 고향에 편지를 보낼 생각이었다. 어머, 앨리스 라이트? 멋진 미국인과 결혼한? 응, 걔한테서 엽서가 왔어 메트로폴리탄 오페라에 갔다던가, 카네기 홀이라던가…….

아주머니들과 고급 도자기 이야기를 수없이 나누고, 무의미한 바느질을 끝없이 하고, 지루한 설교까지 듣게 될 줄 아무도 몰랐다. 늘어지는 설교와 회의. 게다가 남자들은 자기 목소리를 어찌나 사랑하는지! 앨리스는 일주일에 네 번, 몇 시간씩 꾸중 듣는 기분으로 앉아 있었다.

영국에서 오는 길에 교회 열네 곳에 들렀는데, 앨리스는 찰스턴의 설교만 재미있었다. 목사의 설교가 길어지자 신도들이 인내심을 잃고 입을 모아 찬송가를 불러 중단시켰다. 목사가 언성을 높여도 신도들의 노랫소리가 더 커지는 걸 보고 앨리스는 키득거렸다.

켄터키주 베일리빌의 신도들은 목사의 말에 집중했다. 실망스럽게도.

"다시 신어줘요, 앨리스."

앨리스는 2주 전에 초대해준 슈미트 부인과 눈이 마주쳤고, 또 초대를 받을까 봐 얼른 눈을 돌렸다.

"음, 행크, 씨앗 저장에 대한 조언은 고맙습니다. 함께 의논할 문제가 많은 것 같군요."

앨리스가 신발을 신으려는데, 목사가 말했다. "아, 아니요, 일어나지 마세요, 여러분. 브레이디 부인께서 공지 사항이 있답니다."

앨리스는 신발을 다시 벗었다. 작달막한 중년 부인이 앞에 섰다. 앨리스의 아버지가 봤다면, '빵빵하다'고 할 체형을 가진 부인이었다.

"이동 도서관 진행 사항을 알려드리려고 합니다." 부인은 모자를 고쳐 쓰고 부채질을 하며 말했다.

"대공황의 여파에 대해선 잘 알고 계시죠. 생존에 치중하느라 다른 일은 뒷전이 됐어요. 루스벨트 대통령과 영부인이 문해력과 학습의 중요성을 강조하는 걸 아는 분들은 아실 겁니다. 음, 며칠 전 켄터키 학부모회 도서관 서비스를 지휘하는 리나 노프시어 부인과 차를 마실 기회가 있었는데, 부인이 몇몇 주에 이동 도서관을 설치할 거랍니다. 이곳 켄터키주에는 두 곳이 설치됩니다. 할런 지역 도서관 얘긴 들어

보셨죠? 엄청난 성공이라고 하더군요. 루스벨트 영부인과……."

"성공회 신도잖아요."

"네?"

"루스벨트 영부인. 성공회 신도라구요."

브레이디 부인이 뺨을 씰룩였다. "뭐, 그게 단점은 아니죠. 그분은 영부인이고, 나라를 위해 일하고 있으니까요."

"제 주제 파악이나 하고 사방에 일을 벌이지 말아야지." 흰 리넨 정장 차림의 턱이 각진 남자가 동의를 구하며 주위를 둘러봤다.

저쪽에서 페기 포먼이 스커트 매무새를 고치려고 허리를 숙이는 순간, 앨리스가 쳐다보는 바람에 계속 그녀를 지켜보고 있던 꼴이 돼 버렸다. 페기는 이맛살을 찌푸리더니 들창코를 치켜들고 옆의 여자에게 소근댔다. 여자도 몸을 숙이더니 앨리스를 노려봤다. 앨리스는 달아오른 뺨이 식길 바라며 의자에 등을 기댔다.

앨리스, 친구를 사귀지 못하면 적응하지 못할 거예요. 베넷이 계속 말했지만 페기 포먼 무리의 따돌림을 어떻게 무시하라는 건지 알 수 없었다.

"당신 애인이 또 날 저주하네요." 앨리스가 중얼거렸다.

"페기는 애인이 아니에요."

"음, 본인은 그렇게 생각하고 있어요."

"말했잖아요. 어릴 적 일이라고. 난 당신을 만났고…… 이제 다 지나간 일이에요."

"페기에게도 그렇게 말해주면 좋겠네요."

베넷이 바짝 다가와 말했다. "앨리스, 계속 그렇게 사람들과 어울리지 못하면, 당신이 좀 쌀쌀맞다고 생각할 거예요……."

"난 영국인이에요, 베넷. 우린…… 상냥하게 태어나질 못했어요."

"당신이 사람들과 잘 어울리면 우리한테 더 좋을 거예요. 아버지도 그렇게 생각하시고."

"아아, 그래서 이러는 거군요?"

"그만합시다."

브레이디 부인이 둘을 노려봤다. "이웃 주에서 성공한 덕분에, 공공 사업국에서 우리 리 지역에도 이동 도서관 예산을 승인했습니다."

앨리스는 하품을 꾹 참았다.

장식장에는 야구복을 입은 베넷의 사진이 있었다. 홈런을 친 후, 날아갈 듯 기뻐하는 표정이었다. 앨리스는 남편이 다시 그런 표정으로 자신을 봐주길 원했다.

하지만 그들의 결혼은 이런저런 우연이 겹쳐 일어난 사건임을 앨리스도 잘 알았다. 제니 피츠월터와 실내 배드민턴을 하다가(비 오는 날할 일이 없었으니까) 강아지 모양의 도자기를 깨뜨렸고, 지각을 많이 해서 비서 학교에서 쫓겨났으며, 급기야 크리스마스 모임에서 아버지의 상사에게 화를 내는("하지만 내가 볼로방파이를 나누어주고 있는데, 그 사람이 내 엉덩이를 만졌다구요!" 앨리스는 이렇게 반박했다. "저속한 소리 좀 그만해라, 앨리스." 어머니는 치를 떨었다) 일이 연달아 벌어졌었다. 남동생 기디언의 친구들이 럼 펀치를 너무 많이 마시고 카펫을 망쳐 놓은 사건까지(펀치에 알코올이 들었는지 몰랐다! 아무도 말안 했으니까!). 결국 앨리스는 '반성의 시간'을 갖게 됐다. 다시 말해, 외출 금지. 앨리스는 부모님이 부엌에서 주고받는 대화를 들었다. "쟤는 늘 저랬어요. 당신 이모 해리엇이랑 비슷해." 아버지의 말에 어머니는 꼬박 이틀 동안 침묵 시위를 했다. 앨리스가 어머니의 유전자를 물려받아서 그렇다는 말이 그만큼 기분 나빴던 것이다.

그래서 기디언이 숱한 무도회와 칵테일 파티에 참석하며 친구 집에서 주말을 보내고 런던에서 파티를 즐기는 긴 겨울 동안, 앨리스 이름은 초대 명단에서 사라졌다. 집에 앉아 자수를 하거나 어머니를 따라 친척 집이나 여성 모임에 가는 것이 외출의 전부였다. 그런 모임의 화젯거리는 케이크, 꽃꽂이, 〈성인열전〉 정도였다. 그들은 앨리스를 말 그대로 지루하게 만들어 죽일 작정인 것 같았다. 기디언에게 모임 이야기를 들으면 속만 상하니 묻기도 그만뒀다. 대신 앨리스는 부루퉁한 표정으로 보드게임을 했고, 숨 막히는 자신의 세상과는 전혀 다른 곳의 이야기를 들려주는 라디오를 켰다.

그렇게 두 달을 보내고, 목사가 주최하는 봄맞이 파티에 베넷 반 클리브가 예고 없이(미국 억양과 사각 턱과 금발에, 서리[잉글랜드 남동부의 주 – 옮긴이 주]와는 전혀 다른 세상의 냄새를 풍기며) 등장했을 때, 솔직히 앨리스는 그가 노트르담의 꼽추라고 해도 종탑에 따라 들어갔을 것이다.

앨리스는 남자들 눈길을 끄는 편이었다. 베넷은 눈이 크고 금발 곱슬머리에 렉싱턴에서는 들어본 적 없는 맑고 똑똑 끊어지는 음성을 가진, 게다가 아버지 말대로 완벽한 매너를 갖추고 세련되게 차를 마시는 영국 공주 같은 젊은 여인에게 바로 반해버렸다. 앨리스의 어머니가 2세대 전 자기 집안에서 공작부인을 배출할 수도 있었다고 하자, 반 클리브 아버지는 기뻐서 기절할 뻔했다. "공작부인이요? 왕가의? 오, 베넷. 네 어머니가 좋아하지 않겠니?"

아버지와 아들은 켄터키 동부 교회 연합을 대표해 유럽의 신앙생활을 살피러 왔다. 반 클리브 씨는 작고한 아내 돌로레스를 기리는 뜻에서 몇몇 참석자들을 후원했다. 그는 대화 중에 부인을 자주 들먹였다. 사업으로 성공했지만 주님의 가호가 없다면 의미도 없다고 믿었다. 앨리스는 반 클리브 씨가 성 마리아 교회의 미적지근한 태도에 좀 당황했으리라 생각했다. 신도들은 매킨토시 목사가 지옥 불을 경계하라고 외치는 소리에 깜짝 놀라기도 했다(가엾은 애버스닛 부인은 바람을 쐬러 도중에 나갔다). 하지만 반 클리브 씨는 영국인의 부족한 신심은 교회와 성당, 장구한 역사가 보충한다고 말했다. *그건 그 자체로 영적인 경험 아닙니까?*

한편 앨리스와 베넷은 그보다 성스럽지 못한 경험에 여념이 없었다. 둘은 양손을 맞잡고 뜨거운 애정을 확인하며 헤어졌다. 곧 헤어져야 하는 사이기에 더 가까워졌다. 베넷이 랭스, 바르셀로나, 마드리드에 머무는 동안 둘은 편지를 교환했다. 그가 로마에 도착했을 때, 둘의 서신 내용은 특히 열렬해졌고, 베넷이 귀국 길에 청혼한 것은 누구나 예상한 일이었으며, 앨리스는 새장 문이 열린 것을 본 새처럼 1초의 망설임도 없이 응했다. 자신을 실크로 만든 여자처럼 대해주는 잘생긴 사각 턱의 남자를 마다할 사람이 어디 있겠는가? 몇 달 동안 모두가 앨리스를 오염된 존재처럼 대했으니 더더욱 그랬다.

"아, 당신은 정말 완벽해요." 옷깃을 세운 베넷이 정원 그네에 앉아 앨리스의 가녀린 손목을 잡고 이렇게 말하면, 아버지들은 서재 창문을 통해 자식들을 바라보며 각기 다른 이유로 결혼 성사에 안도했다. "당신은 참 섬세하고 세련됐어요. 서러브레드(영국 재래종과 아랍 말을 교배하여 개량한 경주 말로, 체질과 체형이 모두 뛰어나고 기품 있다-옮긴이 주)처럼." 베넷이 미국식으로 발음했다.

"그리고 당신은 말도 안 되게 잘생겼어요. 영화배우처럼."

"어머니가 보셨으면 당신을 얼마나 좋아하셨을까요." 베넷이 앨리스의 뺨을 쓰다듬었다. "도자기 인형 같은 이 모습을."

6개월이 지난 지금, 앨리스는 남편이 자신을 도자기 인형으로 여기지 않는다고 확신했다.

반 클리브 씨가 사업으로 바쁘다는 이유로 두 사람은 서둘러 결혼했다. 앨리스는 세상이 뒤집힌 느낌이었다. 긴 겨우내 우울했던 것만큼, 행복하고 어지러웠다. 어머니는 지인 모두에게 앨리스의 멋진 미국인 남편과 부유한 사업가인 시아버지 이야기를 하며 살짝 점잖지 못한 즐거움을 느꼈고, 들뜬 마음으로 딸의 짐을 쌌다. 아무도 가본 적 없는 낯선 미국으로 외동딸이 떠나게 된 것이 조금이나마 슬퍼 보인다면 좋았을 것이다. 하지만 앨리스도 떠나고 싶었다. 남동생은 슬퍼했지만, 앨리스는 그 애가 일주일도 안 되어 잊을 거라고 믿었다. "당연히 누나를 보러 갈 거야." 기디언이 말했다. 그런 일은 없으리라는 걸 둘 다 알고 있었지만.

베넷과 앨리스의 신혼여행은 5일간의 항해로 미국에 돌아간 후, 육로로 뉴욕을 거쳐 켄터키로 가는 여정이었다(앨리스는 백과사전에서 켄터키의 경마에 대해 읽고 놀랐다. 1년 내내 더비 경마를 하는 곳 같았다). 모든 것이 흥분됐다. 큰 자동차, 거대한 여객선, 베넷이 런던 벌링턴 아케이드에서 선물로 사준 다이아몬드 펜던트. 반 클리브 씨가 내내 동행하는 것도 상관없었다. 노인을 혼자 둘 순 없었고, 조용한 일요일의 응접실과 자신을 늘 못 마땅히 여기는 사람들뿐인 서리를 떠나는 게 기뻤다.

반 클리브 씨가 딱 붙어 있는 것이 답답해도, 앨리스는 두 남자의 호감을 사기 위해 최선을 다했다. 사우스햄튼에서 출발해 뉴욕으로 가는 여객선에서 앨리스와 베넷은 적어도 저녁 식사가 끝난 뒤, 반 클리브 씨가 업무 서류를 보거나 선장의 식탁에서 노인들과 이야기를 나누는 동안에는 단둘이 갑판을 거닐 수 있었다. 베넷이 앨리스를 당겨 안았고, 앨리스는 왼손에서 반짝이는 새 금반지를 보며 유부녀가 됐다는 사실에 놀라곤 했다. 그리고 커튼 친 선실 하나를 셋이 쓰지 않아도 되는 켄터키에 도착하자, 앨리스는 제대로 결혼한 사이가 될 거라고 믿었다.

"내가 생각하던 신부 잠옷은 이게 아닌데." 앨리스는 속옷 상의와 파자마 바지를 입고 속삭였다. 반 클리브 씨가 잠결에 두 사람이 자는 2층 침대 커튼을 욕실 문으로 착각해 건은 뒤로 앨리스는 그 정도는 꼭 챙겨 입었다.

베넷은 앨리스 이마에 키스했다. "어쨌든 아버지가 저렇게 가까이 계시니, 기분이 좋지 않을 거예요." 베넷은 둘 사이에 기다란 베개 받침을 두었다. ('이러지 않으면 자제하기 어려울 거예요.') 그리고 두 사람은 순결하게 손을 잡고 나란히 누워, 거대한 배의 진동을 느꼈다.

돌이켜보면, 긴 여행 동안 앨리스는 기대로 가득 찼다. 구명보트 뒤에 숨어 몰래 키스하는 사이, 앨리스의 상상도 파도처럼 내달렸다. "당신은 참 예뻐요. 집에 도착하면 다 달라질 거예요." 베넷이 귓가에 속삭였고 앨리스는 그 조각상 같은 얼굴을 보고선 좋은 냄새가 나는 목덜미에 코를 파묻은 채 얼마나 더 참아야 할까 생각하곤 했다.

뉴욕에서 켄터키 사이 교회들을 거친 뒤, 베넷은 집이 렉싱턴이 아니라 더 남쪽의 소도시라고 했다. 렉싱턴시를 지나쳐 광활한 산지를 등지고 집들이 띄엄띄엄 있는 비포장도로를 달렸다. 앨리스는 벽돌 건물 몇 채가 있는 중심가와 어디로 가는지 알 수 없는 좁은 길을 보고도 실망을 감췄다. 앨리스는 시골을 좋아했다. 어머니가 스트랜드 가의 심슨스 백화점에 가듯이, 필요할 때 도시에 가면 되니까. 앨리스는 적어도 1년은 반 클리브 씨와 함께 살 거라는 말에도 밝은 모습을 보이려고 애썼다. ('아버지가 어머니 때문에 슬퍼하셔서 혼자 사시게 할 수 없어요. 여긴 시내에서 두 번째로 큰 집이에요. 우리 방도 따로 있고.') 그리고 드디어 단둘이 한 방에서 지내는데도 왜 이렇게 됐는지, 앨리스는 이해할 수 없었다.

기숙사 학교와 승마 클럽을 견뎌냈을 때처럼, 앨리스는 켄터키의 소도시에 적응하려고 악착같이 노력했다. 문화 차이가 컸지만 열심히 노력한다면 드넓은 하늘과 텅 빈 도로, 계속 변하는 햇볕과 진짜 곰과 독수리, 수천 그루 나무가 자라는 산지의 풍경 속에서 거친 아름다움을 느낄 수도 있었을 것이다. 앨리스는 어딜 가나 굉장히 멀게 느껴지는 거리와 모든 것의 어마어마한 크기에 경외감을 느꼈다. 하지만 사실, 그 외에 별다른 건 없다고 앨리스는 매주 기디언에게 보내는 편지에 적었다.

집안일은 말수 적은 가정부 애니가 대부분 맡았지만, 앨리스는 크고 하얀 집에서 숨이 막히는 것을 느꼈다. 그 도시에선 넓은 집이었지만 골동품 가구, 반 클리브 부인의 사진, 조금이라도 옮겨 놓을라치면 남자들이 '어머니가 가장 좋아하시던 것'이라며 말리는 도자기 인형이나 장식품이 가득했다. 반 클리브 부인의 영향력이 온 집을 수의처럼 덮고 있었다.

네 엄마는 쿠션을 그렇게 두는 걸 좋아하지 않았을 게다. 그렇지, 베넷?

아, 그럼요. 어머니는 쿠션 위치를 꼼꼼히 정하셨죠.

네 엄마는 찬송가 자수를 참 좋아했지. 참, 매킨토시 목사님이 네 엄마의 자수 솜씨가 켄터키에서 최고라고 하시지 않았니?

반 클리브 씨가 늘 함께인 것도 부담스러웠다. 둘이 할 일, 먹을 것과 같은 모든 일과를 그가 결정했다. 앨리스와 베넷이 방에서 축음기만 켜도 그는 아들 부부 방에 쳐들어오곤 했다. "음악 듣는 거니? 오, 빌 먼로를 좀 틀어 봐라. 역시 빌이 최고야. 자, 그건 그만두고 빌 노래 좀 듣자꾸나."

반 클리브 씨는 버번을 마시면 성미가 사나워져 식사가 맛이 없다고 트집을 잡았고, 애니는 주방에서 나오지 않았다. 슬퍼서 그러는 것뿐이라고 베넷은 중얼거렸다. 혼자 추억이나 더듬으며 있고 싶지 않기에 그런 행동을 하는 아버지를 비난할 순 없다고.

베넷은 아버지의 뜻에 거역하지 않았다. 앨리스가 포크 찹스를 안 좋아한다고 차분히 말했을 때(혹은 재즈에서 전율을 느낀다고 했을 때) 두 남자는 포크를 내려놓고 충격받은 표정으로 그녀를 쳐다봤다. "왜 그렇게 자꾸 말대꾸를 해요, 앨리스?" 아버지가 애니에게 고함치러 나간 사이, 베넷이 속삭였다. 앨리스는 입을 다무는 게 안전하다는 걸 곧 깨달았다.

집 밖에서도 별로 다르지 않았다. 베일리빌 사람들 사이에서 앨리스는 '낯선' 점을 찾아내려는 사람들의 관찰 대상이 됐다. 마을 사람들 대부분은 농부였는데, 그들은 평생 몇 킬로미터 반경 안에서 살며 이웃을 속속들이 알았다. 호프먼 광산 쪽에는 타지 사람들이 있었다. 반 클리브 씨 감독하에서 일하는 그곳 광부 500가구는 외국인이었다. 하지만 광부들은 사택에 살면서 회사 상점과 학교, 병원을 이용했고 자동차나 말이 없어 베일리빌까지 오지 못했다.

매일 아침 반 클리브 씨와 베넷은 차로 광산에 출근했다가 6시에 퇴근했다. 그사이 앨리스는 남의 집에서 지내야 했다. 애니와 친해지고 싶었지만, 입을 꾹 다물거나 바쁜 척 집안일만 해서 말을 붙일 수 없었다. 앨리스가 요리를 하겠다니, 애니는 반 클리브 씨가 식사에 까다롭고 남부 음식만 좋아한다고 했다. 앨리스가 그곳 음식을 모를 거라는 애니의 짐작은 옳았다.

그곳 사람들은 과일과 야채, 돼지 한두 마리나 닭을 직접 키웠다. 밀가루와 설탕 포대를 문 앞에 쌓아두고 선반에 통조림이 그득한 상점이 한 곳 있었다. 식당은 딱 하나였다. 초록 문에 '손님은 신발을 신어야 합니다'라는 안내문을 내건 나이스 앤 퀵 레스토랑에서는 튀긴 초록 토마토나 콜라드 그린, 덤플링과 스콘의 중간쯤인 비스킷 등, 앨리스가 처음 보는 요리를 팔았다. 앨리스가 만든 비스킷은 애니가 만든 것처럼 부드러우면서 바삭하지 않고, 접시에 떨어뜨리면 소리가 날 정도로 딱딱했다(애니가 저주를 걸었다고 앨리스는 확신했다).

앨리스는 베일리빌 여자들의 티타임에 서너 번 초대를 받았다. 그곳 사람들이 좋아하는 퀼트에는 재주가 없고 화제에 오르는 사람을 모르다 보니 대화에 낄 수 없었다. 첫 모임 이후 매번 앨리스가 '쿠키' 대신 '비스킷'과 차를 대접했다는 이야기부터 시작했다(그럴 때마다 모두 깔깔 웃어댔다).

결국 침대에 앉아 영국 잡지를 읽거나 기디언에게 불행을 감추며 편지를 쓰는 편이 나았다.

집이 바뀌었다 뿐이지 갇혀 살긴 마찬가지였다. 모기를 쫓으려 기름 먹인 천을 태우는 연기 속에서 바느질을 하고 (하나님은 낭비를 싫어하신다. 그 바지는 4년밖에 안 입은 거야. 아직 한참 더 입을 수 있지), 베넷의 아버지가 흔들의자를 삐걱거리면서 성경을 읽는 걸 보며 또 밤을 보내다니(우리에게 필요한 정신적 자극은 하나님의 말씀뿐이지, 네 엄마가 그렇게 말하지 않았니?). 하나님이 어두운 데서 남의 바지를 꿰매는 처지가 된다면 렉싱턴의 아서 J. 하먼 남성복점을 찾아가 새 바지를 살 거라고 생각하면서도, 앨리스는 억지 미소를 머금고 바느질 땀을 살폈다. 한편 베넷은 어쩌다 이렇게 됐는지, 누군가에게 속았다는 표정이었다.

"그런데 이동 도서관이라는 게 뭡니까?" 베넷이 팔꿈치로 쿡 찌르는 바람에 앨리스는 정신을 차렸다.

"미시시피에도 그게 있대요. 보트를 쓴다던데." 뒤쪽에서 누군가가 말했다.

"여기 시냇물은 너무 얕아서 보트를 띄울 수가 없어요."

"말을 이용할 계획일 겁니다." 브레이디 부인이 말했다.

"말을 타고 다닐 거라고요? 말도 안 되는 소리."

시카고에서 책이 이미 도착했고 더 올 거라고 브레이디 부인이 알렸다. 마크 트웨인부터 셰익스피어까지 다양한 작품이 있고, 요리, 가사 및 육아에 관한 실용서를 비롯해 만화책도 포함되어 있다고 하니 아이들이 환호했다.

앨리스는 언제쯤 셰이브드 아이스(얼음을 갈아 달콤하게 만드는 디저트의 일종-옮긴이 주)를 먹을 수 있을지 생각하며 손목시계를 봤다. 저녁 내내 집에 있지 않아도 되는 것이 이 모임의 좋은 점이었다. 밖에 나갈 구실을 찾기 힘든 겨울이 되면 어떨지, 앨리스는 벌써 두려웠다.

"누가 말을 타고 다니죠? 남자들은 일을 해야지, 〈여성의 가정〉 잡지를 들고 집집마다 다닐 시간이 없다구요." 사람들이 키득거렸다.

"하지만 톰 패러데이는 시어스 잡화점 카탈로그에서 여자 속옷 구경하길 좋아하죠. 그걸 보느라 변소에서 몇 시간씩 틀어박혀 있다던데요!"

"포터스 부인!"

"남자들 말고, 여자들이 할 거예요." 누군가 말했다.

잠시 침묵이 흘렀다.

앨리스가 돌아봤다. 진청색 외투 소매를 걷고 뒷문에 기대선 여자였다. 가죽 바지에 지저분한 부츠를 신고 있었다. 잘생긴 얼굴에 갈색 머리를 뒤로 묶었으며 30대 후반에서 40대 초반인 것 같았다.

"여자들이 말을 타고 책을 나를 거예요."

"여자들이요?"

"여자들끼리?" 한 남자가 물었다.

"신께서 여자에게도 팔다리를 주셨으니까요."

사람들이 웅성거렸다. 앨리스는 흥미를 느꼈다.

"고마워요, 마저리. 할런 지역에선 여자 여섯 명이 운영하고 있다죠. 우리도 비슷하게 조직하려고 해요. 사서는 둘이고, 기슬러 씨가 말 두 필을 빌려주셨어요. 이 기회에 그분께 감사를 전하고 싶네요."

브레이디 부인은 젊은 여인에게 앞으로 나오라고 손짓했다. "아마 오헤어 씨를 아실 겁니다."

"오헤어 씨는 다들 잘 알죠."

"그럼 오헤어 씨가 준비 작업을 한 것도 아시겠네요. 또 베스 핀커, 일어나 주세요. 베스도……." 주근깨 들창코에 짙은 금발인 여자가 어색하게 일어서더니 곧바로 다시 앉았다. "오헤어 씨와 함께 일하고 있어요. 도서 정리에 밝은 숙녀 여러분에게 도움을 청하려 합니다."

말 장수 기슬러 씨가 손을 들었다. 일어나 잠시 머뭇거리더니 또렷한 음성으로 말했다. "음, 좋은 생각 같습니다. 제 어머니도 책을 많이 보셨어요. 예전에 쓰던 헛간을 도서관으로 내놓았습니다. 바른 마음을 가진 분들은 찬성해줄 거라고 믿습니다. 감사합니다."

마저리 오헤어는 책상에 기대서 사람들을 찬찬히 봤다. 불만스럽게 웅성거리는 소리가 마저리를 겨냥한 듯했다. 마저리 오헤어는 개의치 않았다.

"우리 지역은 넓습니다." 브레이디 부인이 덧붙였다. "둘로는 부족해요."

앞쪽에 앉은 여자가 말했다. "어떻게 하는 거죠? 사서가 하는 일이 뭔가요?"

"말을 타고 외진 곳까지 가서 건강이 안 좋거나 도서관까지 찾아올 수 없는 사람들에게 책을 빌려주는 겁니다." 브레이디 부인이 반달 안경 너머로 사람들을 봤다. "현재 교육 시설이 부족한 지역에 지식을 전하는 일입니다. 대통령과 영부인은 이 사업이 낙후 지역에 교육을 전파할 것이라고 믿고 있어요."

"난 집사람을 말에 태워 산에 보내지 않을 거요." 뒤쪽에서 누군가가 외쳤다.

"부인이 안 돌아올까 봐 겁나는 거 아닌가, 헨리 포터스?"

"내 마누라 좀 데려가. 안 돌아오면 좋겠어!"

웃음소리가 쩌렁쩌렁 울렸다.

브레이디 부인이 짜증을 내며 목청을 올렸다. "신사 여러분. 그만하세요. 숙녀분들에게 대의를 위한 봉사를 부탁하는 겁니다. 말과 책은 제공되고 일주일에 최소한 나흘 정도 일하면 됩니다. 아름다운 지형 탓에 이른 아침에 출발해 밤늦게 돌아오겠지만, 큰 보상이 있을 겁니다."

"그럼 왜 부인은 안 하세요?" 뒤에서 누가 물었다.

"아시다시피 전 허리가 좋지 않아요. 가넷 선생님이 그렇게 오래 말을 타는 일은 무리라고 하시더군요. 젊은 여성 자원자를 찾습니다."

"젊은 아가씨들이 혼자서 다니면 위험해요. 난 반대야."

"여자들은 집안을 돌봐야지. 그다음엔 뭐? 여자들이 광산 일도 할 건가? 목재도 나르고?"

"사이먼즈 씨, 목재랑 「십이야」의 차이를 모르신다면 켄터키주 경제가 걱정되는군요. 장차 어찌 될지 알 수 없으니."

"가정에선 성경을 읽어야죠. 다른 건 필요 없어요. 그건 그렇고, 무슨 책을 싣고 다니는지 누가 감독할 건가요? 북부 사람들 알잖아요. 정신 나간 사상을 퍼뜨릴 수도 있다구요."

"그건 책이에요, 사이먼즈 씨. 어릴 적 공부하던 책이요. 사이먼즈 씨는 책 읽기보다 여자애들 머리 잡아당기기를 더 좋아했던 것 같네요."

또 한차례 웃음.

아무도 나서지 않았다. 한 여자가 남편을 쳐다봤지만, 남편이 고개를 살짝 저었다.

브레이디 부인이 손을 들었다. "아, 그 얘길 잊었네요. 월급이 28달러입니다. 그럼 누가 신청하겠어요?"

잠시 웅성거렸다.

"저는 어렵겠어요." 붉은 머리에 화려한 핀을 꽂은 여자가 말했다. "어린애가 넷이라서."

"글도 읽을 줄 모르는 사람들에게 책을 나눠주느라 세금을 쓰는 까닭을 모르겠군." 졸리 맨이 말했다. "그중 절반은 교회도 안 다니잖아."

브레이디 부인의 음성이 더 간절해졌다. "한 달만 해보세요. 자, 숙녀 여러분. 노프시어 부인에게 베일리빌에는 자원자가 없다고 말할 순 없어요. 여길 어떻게 생각하겠어요?"

아무도 입을 열지 않았다. 침묵이 길어졌다. 앨리스의 왼쪽 창문에 벌 한 마리가 부딪쳤다. 사람들이 자리를 옮기기 시작했다.

브레이디 부인은 모인 사람들과 눈을 마주쳤다. "자. 고아 후원 모금 때의 일을 반복하지 맙시다."

갑자기 신발 끈을 묶는 사람이 많아졌다.

"한 명도 없나요? 정말로? 음……. 그럼, 이지가 첫 자원자가 되겠네요."

꽉 들어찬 사람들 사이에 있던 조그맣고 동그란 여자아이가 양손으로 입을 막았다. 앨리스는 그 아이의 소리는 듣지 못했지만, 입 모양은 봤다. "엄마!"

"한 명 나왔네요. 제 딸은 나라를 위해 의무를 다할 겁니다. 그렇지, 이지? 더 없어요?"

아무도 입을 열지 않았다.

"한 명도 없다고요? 배움이 중요하지 않아요? 기득권을 갖지 못한 가정에 교육을 제공하는 것이?" 브레이디 부인은 사람들을 노려보았다. "참, 예상치 못한 반응이네요."

"저요." 앨리스가 나섰다.

브레이디 부인은 손을 들어 햇빛을 가리고 봤다. "반 클리브 부인인가요?"

"네. 앨리스라고 합니다."

"안 돼요." 베넷이 다급하게 속삭였다.

앨리스가 몸을 앞으로 당겼다. "남편이 방금 사랑하는 어머니의 유지를 따라 시민의 의무를 다해야 한다고 말해줘서 지원하려고 합니다." 사람들 시선이 몰렸다.

브레이디 부인은 부채질 속력을 높였다. "하지만…… 반 클리브 부인은 이곳 지리를 잘 모르잖아요."

"그렇지." 베넷이 소리 죽여 말했다. "이곳 지리도 모르잖아요, 앨리스."

"제가 알려주면 되죠." 마저리 오헤어가 앨리스를 향해 고개를 끄덕였다. "한두 주 동안은 함께 다니면서 길을 알려줄게요. 도와줄 수 있어요."

"앨리스, 난……." 당황한 베넷이 아버지쪽을 보면서 속삭였다.

"말은 탈 수 있어요?"

"네 살 때부터 탔어요."

브레이디 부인은 만족스러운 표정을 지었다. "음, 좋아요, 오헤어 씨. 사서가 두 명 더 생겼네요."

"이렇게 시작하면 되겠죠."

마저리 오헤어는 앨리스를 향해 미소를 지었고 앨리스는 저도 모르게 마주 웃었다.

"음, 현명한 생각은 아닌 것 같군요." 조지 사이먼즈가 말했다. "내일 해치 주지사에게 편지로 내 뜻을 알리겠소. 젊은 여인들을 산속에 보내는 건 재난을 부르는 짓이라고. 영부인이든 누구든 간에 이런 일에서는 불온한 사상과 악행만 생겨날 것 같고. 그럼 이만, 브레이디 부인."

"안녕히 가세요, 사이먼즈 씨."

사람들이 일어나기 시작했다.

"월요일 아침에 도서관에서 봐요." 햇볕 속으로 걸어 나가면서 마저리 오헤어가 말했다. 마저리는 앨리스와 악수했다. "마지라고 불러요." 그녀는 하늘을 보고 챙이 넓은 가죽 모자를 쓰더니 커다란 노새 쪽으로 걸어갔다. 그러고는 옛 친구를 만난 듯 노새에게 반갑게 인사했다.

베넷이 마저리의 모습을 지켜봤다. "반 클리브 부인, 무슨 생각인지 모르겠네요."

베넷이 그렇게 두 번이나 부르고 나서야 앨리스는 이제 그것이 자신의 이름임을 깨달았다.

제2장

베일리빌은 남부 애팔래치아의 소도시 중에서도 작은 곳이었다. 두 능선 사이, 벽돌 건물과 목재 건물이 늘어서 있는 그곳에는 V자로 연결되는 큰길 두 개가 나 있었고, 멀리 작은 골짜기들이나 나무가 울창한 능선을 가로질러 난 좁다란 길을 따라 올라가면 드문드문 집들이 있었다. 개울 상류의 산속에는 부유하고 지체 있는 가족의 집이 있었다. 평지에선 법을 지키며 살기 쉬운 반면, 숲속 고지대에서는 술을 감추기가 쉬웠다. 하지만 세월이 흐르며 광부와 감독관들이 유입되고 소도시와 지역의 인구 분포가 조금씩 바뀌면서 거주지만으로 어떤 사람인지 알기 어려워졌다.

베일리빌 이동 도서관은 스프릿 크릭 상류 맨 끝 오두막이었다. 중심가에서 오른쪽으로 돌아, 사무직 종사자, 점원, 농부 들이 사는 지역이었다. 참나무가 그늘을 드리운 도서관 건물은 가로 열다섯 걸음, 세로 열두 걸음 정도 되는 크기였다. 건물 앞에는 삐걱거리는 나무 층계가 있었고 뒤쪽에는 큰 문이 달려 있었다.

"사람들과 친해질 계기가 될 거예요." 아침 식사 중에, 앨리스의 선택이 현명한 결정인지 묻는 베넷에게 앨리스가 말했다. "두 분이 바라던 일 아닌가요? 하루 종일 애니 눈치를 보고 싶지 않아요."

앨리스는 영국 억양을 강조할수록, 그들이 반박하기 어려워한다는 걸 알게 됐다. 그래서 왕족들처럼 말하고 있었다. "종교적인 도움이 필요한 사람들도 알 수 있겠죠."

"일리 있는 말이구나." 반 클리브 씨가 입가에서 베이컨 조각을 떼어 내 접시 가장자리에 놓으며 말했다. "아이가 생길 때까지 하면 되지."

앨리스와 남편은 서로 시선을 피했다.

앨리스는 부츠 신은 발로 흙먼지를 일으키며 단층 건물에 다가갔다. 이마를 짚고 눈을 가늘게 떴다. 새로 칠한 간판에 '미국 이동 도서관, 공공사업국'이라고 적혀 있었고 안에서 망치 소리가 들려왔다. 반 클리브 씨는 그 전날엔 관대하더니, 이튿날에는 숨을 쉬는 것까지 뭐든 트집을 잡기로 마음먹은 것마냥 행동했다. 앨리스는 살그머니 바지를 입고 나와서 도서관까지 약 800미터 거리를 걸어가며 작은 소리로 노래를 불렀다. 갈 곳이 생겼다는 것만으로도 신이 났다.

앨리스가 두어 발자국 떨어져서 안을 들여다보려고 했는데, 자동차 소리가 났다. 함께 들리는 소리는 뭔지 알 수 없었다. 트럭 한 대와 놀란 운전자가 보였다. "어어! 조심해요!"

앨리스를 향해 주인 없는 말 한 마리가 등자를 펄럭이며 가느다란 다리에 고삐를 감고 달려왔다. 트럭이 피하려고 방향을 트는데 말이 발을 헛디디면서 앨리스를 흙바닥에 쓰러뜨렸다.

앨리스는 작업복 입은 사람이 달려가는 소리와 경적 소리, 말발굽 소리를 어렴풋이 느꼈다. "아이고…… 아이고. 아이고, 저기…….'

"아얏." 앨리스는 지끈거리는 머리와 팔꿈치를 문질렀다. 겨우 일어나 앉으니 몇 미터 앞에서 한 남자가 말을 진정시키고 있었다. 말은 흰자위를 드러내고 목에 핏줄을 세우고 있었다.

"바보 같으니!" 젊은 여자가 달려오고 있었다. "밴스 할아범이 경적을 울려서 녀석이 날 떨어뜨린 거예요."

"괜찮아요? 심하게 넘어졌는데." 누군가 앨리스에게 손을 내밀었다. 앨리스는 엉겁결에 일어나 손의 주인을 봤다. 작업복과 체크 셔츠 차림의 키가 큰 남자가 입에 못을 문 채 측은하게 쳐다보고 있었다. 남자는 못을 주머니에 넣고 악수를 청했다. "프레드릭 기슬러라고 해요."

"앨리스 반 클리브입니다."

"영국인 신부로군요." 거친 손이었다.

베스 핀커가 헐떡이며 둘 사이로 들어와 프레드릭 기슬러에게서 고삐를 빼앗았다.

"스쿠터, 넌 머리를 어디다 팔아먹은 거야."

남자가 말했다. "말했잖아요, 베스. 서러브레드를 여기서부터 달리게 하면 신경이 곤두선다니까요. 처음 20분은 걷게 하면 괜찮을 거예요."

"걸을 시간이 어디 있어요? 정오까지 페인트 릭에 가야 되는데. 젠장, 바지에 구멍이 났어." 베스는 중얼거리면서 승마 발받침 쪽으로 말을 끌고 가다가 홱 돌아섰다. "아, 새로 온 사람? 마지가 곧 올 거래요."

"감사합니다." 앨리스는 한 손을 들다가 손바닥에서 돌들을 떼어냈다. 베스는 안장주머니를 확인하고 또 욕을 하며 길을 나섰다.

프레드릭 기슬러는 고개를 저었다. "정말로 괜찮아요? 물 좀 줄까요?"

앨리스는 아무렇지 않은 척, 팔꿈치도 멀쩡하고 윗입술에 흙이 묻은 것도 방금 안 것처럼 굴었다. "괜찮아요. 그냥…… 여기 좀 앉을게요."

"현관이요?" 그가 씩 웃었다.

"네." 앨리스가 말했다.

프레드릭 기슬러는 일을 시작했다. 도서관 안쪽 벽에 소나무 선반을 다는 일이었다. 밑에는 책 상자들이 있었다. 한쪽 벽은 여러 가지 제목의 책들이 꽂혀 있었고, 반납된 책도 구석에 있었다. 반 클리브의 집과 달리, 도서관은 작지만 유용한 느낌이 들었다.

앨리스가 옷에서 흙을 털고 있을 때, 젊은 여자 둘이 긴 시어서커 스커트에 챙이 넓은 모자를 쓰고 지나갔다. 그들은 길 건너 앨리스를 보더니 머리를 맞대고 숙덕였다. 앨리스는 미소를 지으며 조심스레 한 손을 들어 인사했지만 그들은 찡그리더니 돌아가버렸다. 앨리스는 그들이 페기 포먼의 친구일 것이라고 생각했다. '아뇨, 남편에게 연인이 있는지 몰랐어요'라는 표지판을 만들어 목에 걸고 다니고 싶었다.

"말에 타기도 전에 넘겨졌다면서요. 쉽지 않은 일인데."

마저리 오헤어가 내려다보고 있었다. 마저리는 귀가 길고 못생긴 말을 타고 흰 무늬가 있는 갈색 조랑말을 끌고 왔다.

"음…… 저, 전……."

"노새는 타 봤어요?"

"그게 노새인가요?"

"네. 하지만 그런 말은 말아요. 쟤는 자기가 애러비 출신의 종마라고 생각하니까." 챙 모자를 쓴 마저리는 눈을 가늘게 뜨고 앨리스를 봤다. "이 꼬마 얼룩말을 타요. 혈기왕성하긴 하지만, 여기 찰리처럼 튼튼하고 끈기 있는 녀석이죠. 다른 사람은 안 오네요."

앨리스는 일어나서 암말의 하얀 코를 쓰다듬었다. 말은 눈을 반쯤 감았다. 속눈썹이 절반은 희고 절반은 갈색이었으며, 달착지근한 건초 냄새를 풍겼다. 앨리스는 이내 서식스의 할머니 저택에서 말을 타며 보낸 여름날로 돌아갔다. 종일 돌아다녀도 잔소리를 듣지 않았던 열네 살 시절로.

앨리스, 넌 너무 충동적이야.

앨리스는 말 귓가의 보드라운 털을 킁킁거렸다.

"개랑 사랑이라도 나눌 건가요? 아님 타 볼 건가요?"

"지금요?" 앨리스가 물었다.

"그럼 영부인 허가라도 기다리는 건가요? 어서 타요. 갈 길이 머니까."

마저리는 노새를 돌려 출발했고, 앨리스는 허둥지둥 뒤따랐다.

처음 30분 동안 마저리 오헤어는 별 말이 없었고, 앨리스는 새로운 승마 방식에 적응하려고 애썼다. 마저리는 영국 여자들처럼 등을 곧게 세우고 뒤꿈치는 아래로, 턱은 위로 든 채로 타지 않았다. 편안한 자세로 노새를 몰았고 모든 움직임을 몸에 흡수했다. 마저리는 앨리스보다 노새를 상대로 더 많이 말했고, 야단을 치거나 노래를 불러주기도 했으며, 문득 동행이 있다는 걸 깨달은 사람마냥 돌아보며 고함쳤다. "거기 괜찮아요?"

"좋아요!" 말이 시내로 돌아가려고 할 때마다 휘청거리지 않으려고 애쓰며, 앨리스는 그렇게 답했다.

"아, 걔가 시험하는 거예요." 앨리스가 비명을 지르니 마저리가 말했다. "주인이라는 걸 알려주면 걔도 상냥하게 굴걸요."

앨리스는 말의 짜증을 느끼면서 마저리의 말이 틀렸다고 생각했지만, 일을 못한다는 인상을 줄까 봐 불평하지 않았다. 그들은 옥수수와 토마토, 녹색 채소를 키우는 시내 텃밭들을 지났고, 마저리는 몇 사람에게 모자를 치켜들며 인사를 건넸다. 말과 노새는 목재 트럭이 지나갈 때 뒷걸음질 쳤지만 곧 시내를 벗어나 가파르고 좁은 길로 향했다.

길이 넓어지자 마저리가 앨리스와 나란히 섰다.

"당신이 그 영국 사람이로군요." 마저리는 여-엉-국이라고 발음했다.

"네." 앨리스는 낮은 가지를 피해 몸을 숙였다. "영국에 가 봤어요?"

마저리가 앞만 보고 있어서 목소리가 잘 안 들렸다. "루이스버그보다 더 동쪽으론 가본 적 없어요. 거기 언니가 살았거든요."

"아, 언니는 이사 가셨어요?"

"죽었어요." 마저리는 고삐를 놓고 가지를 하나 자르더니 나뭇잎을 떼어냈다.

"유감이에요. 다른 가족은요?"

"있었죠. 언니 하나에 오빠와 남동생 다섯. 지금은 나뿐이지만요."

"베일리빌에 사세요?"

"조금 떨어진 곳이요. 태어난 집에서 살고 있죠."

"한 집에서 계속 사셨어요?"

"네."

"궁금하지 않아요?"

"뭐가요?"

앨리스는 어깨를 으쓱였다. "글쎄요. 다른 곳은 어떨까, 라든지?"

"왜요? 전에 살던 곳이 더 좋아요?"

앨리스는 적막한 응접실과 현관문 끼익거리는 소리, 아버지가 매주 일요일 아침에 세차하며 불던 휘파람, 다림질한 테이블보 위에 정리된 생선용 포크를 떠올렸다. 끝없이 펼쳐진 목초지와 양쪽에 솟은 산지를 내다봤다. 매 한 마리가 창공을 맴돌며 울었다. "그렇진 않네요."

마저리는 앨리스와 속도를 맞췄다. "필요한 건 여기 다 있어요. 내 마음대로 살고 있고, 사람들 간섭 없이." 마저리는 노새를 쓰다듬었다. "그게 좋아요."

앨리스는 마저리가 말투로 벽을 치는 걸 느끼고 입을 다물었다. 둘은 말없이 3킬로미터쯤 이동했고, 앨리스는 오금이 쓰라리고 머리가 뜨거웠다. 마저리는 왼쪽으로 돌아 빈터를 가로질러야 한다고 신호했다.

"속도를 높여요. 말이 돌아가지 않도록 꽉 잡아요."

말이 튀어나가더니 길고 좁은 길을 따라 차츰 우거진 숲속에 닿았다. 말들은 나무 사이 가파른 돌길을 오르느라 목을 쭉 뽑고 코끝을 낮추고 있었다. 앨리스는 시원해진 공기와 달콤하고 축축한 냄새, 빛이 어른거리는 좁은 길, 새들이 지저귀는 높은 나무들을 느꼈다. 몸을 숙이고 나아가는 사이, 문득 행복이 느껴졌다. 속도가 줄어들 때, 앨리스는 아무 생각 없이 활짝 웃고 있었다. 잃어버린 팔다리를 되찾은 느낌이었다.

"여기가 북동쪽 노선이에요. 여덟 개 구역으로 나누는 게 좋겠어요."

"와, 정말 아름다워요." 앨리스가 말했다. 천연 은신처가 되어주는 거대한 바위들이 보였다. 베넷과 그의 아버지로부터 거리만 멀어진 것이 아니었다. 중력이 다른 행성에 내려앉은 기분이었다. 풀밭의 메뚜기, 소리 없이 활강하는 새, 느릿느릿 파리를 쫓는 말 꼬리가 또렷이 느껴졌다.

대화는 드문드문 이어졌다. 마저리는 체로키 원주민의 피가 섞였다고 했다. "고조할아버지가 체로키족 사람과 결혼했거든요. 그래서 내 머리카락이 체로키족 사람 같고, 콧대가 직선이죠. 우리 집안사람들은 피부가 다 검은 편인데, 사촌은 알비노로 태어났어요."

"어떻게 생겼어요?"

"뱀한테 물려서 두 살 전에 죽었어요. 물린 자국을 보기 전엔 애가 그냥 보채나 보다 했대요. 그땐 이미 늦었죠. 아, 뱀을 조심해야 해요. 뱀을 잘 알아요?"

앨리스는 고개를 저었다.

마저리는 어떻게 뱀을 모를 수가 있냐는 듯 깜빡였다. "음, 독뱀은 머리가 삽 모양이에요, 알죠?"

앨리스가 머뭇거리다 물었다. "네모난 삽이요? 아니면 끝이 뾰족한 거요? 물 빠지는 삽도 있는데……."

마저리는 한숨을 쉬었다. "당분간 뱀은 다 피하는 게 좋겠네요."

시내 위로 올라가면서 마저리는 주기적으로 펜나이프로 나무에 금을 긋거나 붉은 리본을 묶었다. 앨리스의 길잡이라고 했다.

"저기 왼쪽에 뮬러의 집과 연기가 보이죠? 저 사람이 뮬러고 부인이랑 아이 넷이 함께 살아요. 부인은 글을 읽지 못하지만 첫째가 가르칠 거예요. 뮬러는 공부하는 걸 탐탁잖게 여기지만, 종일 광산에서 일하니까 나는 부인과 아이들에게 책을 가져다줄 거예요."

"뮬러 씨가 화내지 않을까요?"

"모를 거예요. 집에 오면 씻고, 먹고, 해가 지면 자니까요. 일이 힘들어서 녹초가 되거든요. 게다가 부인은 옷상자에 책을 넣어둬요. 뮬러는 거길 뒤지지 않는대요."

마저리는 몇 주째 혼자 작은 도서관을 운영하고 있었다. 둘은 작은 집들과 바람만 세게 불어도 쓰러질 것 같은 오두막, 과일과 채소 가판대를 보관하는 창고를 지났고 그럴 때마다 마저리는 누가 사는지, 글을 읽을 줄 아는지, 어떤 읽을거리를 전달하는 게 좋은지, 어떤 집을 피해야 하는지 알려줬다. 밀주업자들은 피하는 게 상책이었다. 숲속

불법 증류소에서 술을 빚는 사람들이었다. 밀주업자들은 목격자를 보면 총으로 쏠 테고, 밀주를 마시는 자들은 안전한 상대가 아니었다.

"겁날 때 없어요?" 앨리스가 물었다.

"겁이요?"

"여길 혼자 다니면. 무슨 일이라도 일어날 수 있을 것 같아요."

마저리는 그런 생각은 안 해본 표정이었다. "걸음도 떼기 전부터 여길 돌아다닌걸요. 말썽날 일은 피해요."

앨리스의 표정이 회의적이었나 보다.

"어렵지 않아요. 물가에 동물들이 모일 때가 있잖아요?"

"음, 잘 모르겠네요. 서리에는 웅덩이가 없어서."

"아프리카에 가면 코끼리가 사자 옆에서 물을 먹고, 사자 옆에는 하마가 있고, 그 옆에는 가젤이 있어요. 그런데 아무도 서로 신경 쓰지 않아요. 왠지 알아요?"

"아뇨."

"서로를 읽고 있기 때문이죠. 늙은 가젤은 사자가 물만 마시러 온 걸 알아요. 하마도 느긋하고. 그래서 다 함께 살 수 있어요. 하지만 황혼 때 평야에선 사자가 눈을 번득이며 사냥을 해요. 그럼 가젤은 빠르게 도망치죠."

"여기 뱀 말고 사자도 있어요?"

"사람들을 보고 상황을 읽어요, 앨리스. 귀가하는 광부의 걸음걸이를 보면 그 사람이 지쳐서 배를 채우고 눕고 싶을 뿐이라는 걸 알 수 있어요. 금요일에 그 광부가 싸구려 술집에서 술병을 들고 당신을 흘끔거리면? 피해야 되겠죠?"

둘은 잠시 말없이 말을 몰았다.

"그럼…… 마저리?"

"네?"

"아까 어디라고 했죠? 루이스버그? 그보다 동쪽으로 가 본 적이 없다면서 아프리카의 동물을 어떻게 그렇게 잘 알아요?"

마저리는 노새를 세우고 몸을 돌려 앨리스를 봤다. "정말 몰라서 묻는 거예요?"

앨리스는 마저리를 물끄러미 봤다.

"그런데 사서가 되고 싶다고요?"

마저리는 처음으로 웃는 모습을 보였다. 올빼미처럼 훗훗거리더니 솔트 릭까지 가는 내내 웃고 있었다.

"오늘 어땠어요?"

"좋았어요. 고마워요."

허리랑 허벅지가 너무 아파서 변기에 앉다 울 뻔했다는 말은 하고 싶지 않았다. 외풍을 막기 위해 벽에 신문지를 붙인 오두막들을 봤다는 말도. 앨리스는 어마어마하게 넓은 산의 오솔길을 오르며, 평생 처음 야생의 새, 사슴과 파란 도마뱀을 본 경험을 소화하는 데 시간이 필요했다. 길에서 욕을 하던 이 빠진 남자나 벌거벗고 뛰어다니는 애 넷을 키우는 지친 엄마의 이야기는 하지 않을 생각이었다. 하루가 특별하고 소중해서 두 남자와 나누고 싶지 않았다.

"마저리 오헤어와 함께 다닌다고 했나?" 반 클리브 씨가 술을 마시며 물었다.

"네. 이사벨 브레이디도요." 이사벨이 안 온 건 생략했다.

"그 오헤어랑은 가까이하지 않는 게 좋을 거다. 말썽만 일으키는 여자야."

"어떻게요?"

베넷이 눈짓했다. 아무 말도 하지 말아요.

반 클리브 씨는 포크를 흔들었다. "말조심해라, 앨리스. 마저리 오헤어는 출신이 나빠. 프랭크 오헤어는 여기와 테네시 사이에서 밀주를 제일 많이 만든 작자라고. 너는 외지인이라 모른다. 참, 요즘 그 여자가 책이니 뭐니 하면서 번지르르한 소릴 하지만, 속은 그 집안사람들이랑 똑같아. 말해두는데, 이 근방 점잖은 여자 중에 그 여자랑 차를 마실 사람은 없다."

앨리스는 마저리 오헤어가 다른 여자들과 차를 마시고 싶어 할까 생각해봤다. 애니에게서 콘브레드 접시를 받아 한 조각을 내려놓고 옆으로 넘겼다. 더운데도 몹시 배가 고팠다. "염려 마세요. 길을 알려주는 것뿐이니까요."

"혹시나 해서 말이다. 그 여자랑은 어울리지 마라. 좋은 본보기가 아니니." 반 클리브 씨는 콘브레드 반 개를 입도 다물지 않은 채 1분쯤 씹어댔다. 앨리스는 눈살을 찌푸리며 시선을 돌렸다. "어떤 책들이지?"

앨리스는 어깨를 으쓱였다. "그냥…… 책이에요. 마크 트웨인과 루이자 메이 올컷의 책도 있고, 카우보이 이야기, 가사책이나 요리책도 있고요."

반 클리브 씨는 고개를 저었다. "산에는 글을 못 읽는 사람이 태반이야. 헨리 포터스는 그 일이 시간과 세금 낭비라고 하던데, 나도 그 말에 동의해. 게다가 마저리 오헤어가 가담하다니, 좋은 일일 리 없지."

앨리스가 마저리를 변호하려는데, 식탁 밑에서 남편 손이 말렸다.

"글쎄다." 반 클리브 씨가 입가에서 그레이비를 닦았다. "집사람은 이런 계획에 찬성하지 않았을 게다."

"하지만 그분께선 자선 사업을 신봉하셨다던데요." 앨리스가 말했다.

반 클리브 씨는 앨리스를 봤다. "그랬지, 그럼. 신실한 여자였으니까."

"음." 잠시 후 앨리스가 말했다. "신을 믿지 않는 가족들에게 독서를 장려하면 성경도 읽힐 수 있고 모두에게 좋은 일일 거예요." 앨리스는 활짝 웃어 보였다. "그들이 성경을 읽어 신의 말씀을 제대로 이해하게 되는 날을 상상할 수 있으세요, 반 클리브 씨? 굉장히 놀라운 일이 아닐까요? 부인께서도 찬성하실 거예요."

긴 침묵이 이어졌다.

"뭐, 그렇구나." 반 클리브 씨가 말했다. "일리 있는 말 같다." 그 이야긴 당분간 그만하겠다는 뜻이었다. 앨리스는 안도의 한숨을 내쉬는 남편이 조금 미웠다.

사흘 뒤, 앨리스는 켄터키의 누구보다 마저리 오헤어와 함께하는 시간이 즐거워졌다. 마저리는 말수가 적은 사람이었고, 여자들이 티타임이나 퀼트를 핑계로 나누는 소문에 무관심했다. 앨리스의 외모나 생각, 내력에도 관심 없었다. 마저리는 원하는 곳에 가서 생각하는 바를 말했고, 남들처럼 돌려 말하지도 않았다.

오, 그게 영국식인가요? 참 흥미롭군요.

그럼 작은 반 클리브 씨가 아내가 혼자 산속을 돌아다니는 걸 좋아한다고요? 세상에.

음, 그럼 남편에게 영국의 행동 양식을 설득하는 건가요. 참…… 신기하네요.

앨리스는 마저리가 남자처럼 행동한다는 걸 깨닫고 깜짝 놀랐다.

앨리스는 마저리가 어떻게 그렇게 자유로울 수 있는지 희한하다고 여겼다. 그러나 영국인이다보니 물어볼 용기는 없었다.

앨리스는 아침 7시쯤 도서관에 도착했다. 풀밭에 이슬이 마르기 전, 차로 태워준다는 베넷에게 아버지와 아침 식사를 하라고 이르고 출발했다. 마저리처럼 말과 대화하는 프레드릭 기슬러와 인사하고, 도서관 뒤로 가니 스피릿과 노새가 입김을 올리고 있었다. 책장은 거의 완성되었고 뉴욕이나 시애틀 등, 멀리서 기증한 책이 가득했다(공공사업국이 다른 도서관에 기증을 요청하자, 일주일에 두 번 소포가 왔다). 기슬러 씨는 버리 학교에서 얻은 낡은 테이블을 고쳐 도서 대출 장부를 뒀다. 기록은 빠르게 늘어났다. 베스 핀커는 오전 5시에 떠나고, 마저리는 앨리스를 만나기 전 두 시간씩 말을 타고 산속에 책을 매일 전달했다고 적혀 있었다. 마저리와 베스의 기록이었다.

15일 수요일
크리스털, 팔리 아이들—만화책 4권.

옐로우 락, 교장 집 피튜니아 그랜트 부인—〈여성의 가정〉 2권 (1937년 2월호, 4월호), 애나 슈얼의 『블랙 뷰티』 1권 (34, 35페이지 잉크 자국).

윈드 케이브, F. 호머 씨—D. C. 저비스의 『민속 의학』 1권.

화이트 애시, 디 엔드 반의 프리츠 자매—이드나 퍼버의 『시머론』 1권, 로이드 C. 더글러스의 『엄청난 집착』 (뒤 페이지 3장 유실, 표지에 물 자국).

새 책은 드물고 낱장이나 표지가 없는 경우도 많았다. 기슬러는 부친으로부터 100만 평의 땅을 물려받은 30대 후반의 튼튼한 남자였다. 앨리스가 타는 스피릿도 그의 부친이 키우던 말이다. "고집이 센 녀석이죠." 기슬러가 말의 목덜미를 쓰다듬었다. "뭐, 좋은 암말치고 고집 세지 않은 녀석이 없지만요." 엉큼한 미소를 보니 말 이야기가 아닌가 싶었다.

첫 주에는 매일 마저리가 노선을 설명한 뒤 출발했고 앨리스는 반클리브 집에서 느끼던 답답함을 떨치려 산속 공기를 들이마셨다. 날이 밝으면 땅에서 열기가 아지랑이처럼 올라왔고 파리나 모기 따위가 없는 산속에 들어가면 편해졌다. 더 외딴 곳에선 앨리스가 혼자 길을 찾도록 마저리가 나무 네 그루마다 리본을 묶었고, 표지나 눈에 띄는 바위를 가리켰다. "길을 잘 몰라도 스피릿이 알아서 할 거예요." 마저리가 말했다. "똑똑한 녀석이니까."

앨리스는 이제 말에게 익숙해졌다. 스피릿이 어디서 돌고 어디서 속도를 내려고 하는지 알게 되었고, 그럴 때마다 놀라지 않고 목덜미를 쓰다듬어주면 말은 귀를 쫑긋거렸다. 어느 길이 어느 방향인지 대충 알게 되었고, 각 노선 지도를 주머니에 넣어 다니며 혼자 잘 찾아갈 수 있기를 바랐다. 앨리스는 산속에서 보내는 시간과 광활한 풍경에서 느껴지는 적막, 앞장서서 낮은 나뭇가지를 피하느라 몸을 숙이고 숲속 빈터의 오두막들을 가리키는 마저리의 모습이 편안해졌다.

"멀리 봐요, 앨리스." 마저리는 나지막이 말하곤 했다. "사람들이 어떻게 생각하는지 걱정해봐야 의미 없어요. 마음대로 바꿀 수도 없는 일이고. 하지만 저 멀리 내다보면, 아름다운 세상이 있어요."

근 1년 만에 처음으로 앨리스는 그 누구의 눈길도 신경 쓰지 않았다. 입은 옷이나 자세에 대해 뭐라고 하는 사람도 없었고, 호기심 어린 눈길을 보내거나 말투를 들어보려고 어정거리는 사람도 없었다. 앨리스는 사람들에게 신경 쓰지 않고 '자기 방식대로 살기'로 한 마저리의 결심을 이해할 수 있었다. 마저리가 말을 세우자 생각에 잠겨 있던 앨리스가 정신을 차렸다.

"여기예요, 앨리스." 마저리는 덜렁거리는 대문 옆에서 말에서 내렸다. 닭들이 흙을 파헤치고 있었고 큰 돼지가 나무 옆에서 쿵쿵대고 있었다. "이웃을 만날 시간이에요."

앨리스는 내려서 고삐를 대문 옆 기둥에 걸었다. 집은 다 쓰러져가고 있었고, 빗물막이 판자는 떨어져 비뚤어진 미소를 그리고 있었다. 흙먼지 때문에 창문 안이 보이지 않았고 다 꺼져가는 불씨 위에 철제 주전자가 있었다. 사람이 사는 곳 같지 않았다.

"안녕하세요!" 마저리가 다가갔다. "계세요?"

판자가 삐걱거리더니 어깨에 소총을 멘 남자가 나왔다. 작업복 차림의 남자는 한동안 물 구경도 못한 꼴이었고 덥수룩한 수염에 파이프를 물고 있었다. 여자아이 둘이 그 뒤에서 고개를 갸웃거리며 내다봤다. 남자는 수상쩍다는 표정이었다.

"안녕하세요, 짐 호너 씨?" 마저리는 마당으로 들어갔다. 총을 못 봤거나, 봤다면 못 본 척했다. 앨리스는 두근거렸지만 잠자코 뒤따랐다.

"누구요?" 남자가 앨리스 쪽으로 고갯짓을 했다.

"앨리스라고 해요. 이동 도서관 일을 도와주고 있어요. 가져온 걸 보여드리려고요."

"아무것도 안 사요."

"음, 뭘 팔러 온 건 아니에요. 5분만 주세요. 우선 물 한 잔 주시겠어요? 참 덥네요." 마저리는 침착하게 모자를 벗어 부채질했다. 앨리스는 조금 전에 물을 마시지 않았냐고 하려다가 그만뒀다. 호너가 앨리스를 쳐다봤다.

"기다리시오." 그는 집 앞 긴 의자를 가리키며 말했다. 여자아이들 중에서 머리를 땋은 마른 아이가 들어가더니 힘든 얼굴로 물통을 들고 나왔다. "물을 떠줄 거요."

"내 친구에게도 물을 좀 주겠니, 메이?" 마저리가 소녀를 향해 고개를 끄덕였다.

"그럼 고맙겠네요." 앨리스가 말하자, 남자는 그녀의 억양에 놀란 표정을 지었다.

마저리는 앨리스 쪽으로 고갯짓을 했다. "아, 영국에서 온 사람이에요. 반 클리브 씨 아들이랑 결혼한 사람 알죠?"

총을 어깨 위에 그대로 둔 채로 남자가 둘을 번갈아 봤다. 마저리가 나지막이 말하는 동안 앨리스는 조심스레 의자에 앉았다. 노새 찰리가 '고약하게' 굴 때와 똑같은 어조였다.

"소식 들었는지 모르겠지만, 도서관을 열었어요. 이야기를 좋아하거나 아이들을 가르치고 싶은 사람들을 위해서죠. 특히 학교에 다니지 않는 산속의 아이들. 그래서 딸들에게 책을 좀 빌려주시려나 하고 들렀어요."

"쟤들은 책을 읽지 않는다고 하지 않았소."

"그래요, 그랬죠. 그래서 쉬운 걸로 가져왔어요. 혼자 글을 깨우칠 수 있는 그림책이에요. 학교에 갈 필요도 없어요. 집에서 글을 배울 수 있다니까요."

마저리가 그림책을 내밀었다. 남자는 총을 내려놓고, 폭발물이라도 받은 양 조심스레 책장을 넘겼다.

"쟤들은 일을 도와야 하는데."

"그렇겠죠. 바쁜 때니까."

"애들이 딴 데 정신 파는 건."

"이해해요. 일에 방해되면 안 되죠. 하지만 올해 옥수수 농사는 괜찮을 거예요. 작년 같진 않잖아요, 네?" 아이들이 반쯤 채운 물통을 힘겹게 들고 와서 미소를 지었다. "참 고맙구나, 얘들아." 마저리가 손을 내밀자 여자아이가 낡은 양철 잔을 채웠다. 마저리는 물을 달게 마신 뒤 앨리스에게 건넸다. "시원하고 좋아요. 정말 고마워."

짐 호너는 마저리에게 책을 돌려줬다. "돈이 들겠지."

"음, 그게 바로 이 사업의 장점이에요, 짐. 돈도, 등록도 필요 없어요. 도서관은 책을 빌려주는 곳이에요. 좋은 책을 보고 배우라고."

짐 호너는 책 표지를 빤히 봤다. 앨리스는 마저리가 한 번에 그렇게 많은 말을 하는 걸 처음 봤다.

"일주일만 책을 두고 갈까요? 다음 주 월요일에 가져갈게요. 더 필요하면 애들에게 말하라고 하세요. 마음에 안 들면 저기 말뚝 옆 상자 안에 넣어두면 끝이에요. 그럼 어떨까요?"

앨리스가 돌아봤다. 작은 얼굴이 안으로 쏙 사라졌다.

"글쎄올시다."

"솔직히 말할게요. 그게 절 도와주는 일이에요. 그놈의 책을 들고 산을 내려가지 않아도 되니까요. 짐이 얼마나 무거운지 모른다구요! 앨리스, 물 다 마셨어요? 이 신사분의 시간을 그만 빼앗죠. 반가웠어요, 짐. 그리고 고맙다, 메이. 그새 훌쩍 자랐네!"

대문 앞에 다다랐을 때, 짐 호너가 단호하게 말했다. "누가 찾아와서 성가시게 굴지 말았으면 해. 나도 애들도 건들지 말라고. 할 일이 많으니까."

마저리는 돌아보지도 않고 한 손을 들었다. "알았다니까요, 짐."

"동정은 필요 없어. 사람들이 찾아오는 것도. 여기까지 왜 왔는지 모르겠군."

"여기부터 베리아 사이에 있는 집마다 찾아다니고 있어요. 어쨌든 무슨 말인지는 알겠어요." 마저리의 목소리는 산기슭 너머까지 퍼졌다.

호녀는 다시 어깨에 총을 메고 있었다. 앨리스는 가슴이 두근거렸다. 돌아보기가 두려웠다. 마저리가 노새에 올라탈 때, 앨리스는 떨리는 다리로 스피릿에 올라탔고, 사정거리에서 벗어났다고 판단한 뒤에야 숨을 내쉬었다. 앨리스는 마저리와 나란히 섰다.

"세상에. 다들 저렇게 무섭게 구나요?" 다리에 감각이 없었다.

"무서워요? 앨리스, 저 정도면 잘된 거예요."

앨리스는 귀를 의심했다.

"지난번 레드 크릭에 갔을 땐 짐 호녀가 내 모자를 쏴서 떨어뜨렸거든요." 마저리는 모자를 기울여서 작은 구멍을 보여줬다. 그리고 다시 눌러썼다. "자, 속도를 좀 냅시다. 점심 먹기 전에 낸시를 만나야죠."

제3장

……그리고 무엇보다도, 원하는 곳마다 돌아다닐 수 있게 해주는
책 속 자연은 도서관을 축복의 장소로 만들어주었다.

_『작은 아씨들』, 루이자 메이 올컷

  무릎과 왼쪽 발목에 자주색 멍자국, 상상할 수 없는 곳에 물집, 오른
쪽 귀 뒤에 벌레 물린 곳, 부러진 손톱 넷, 목덜미와 콧잔등에 햇볕 화
상. 오른쪽 어깨에 5센티미터짜리 흉터, 파리를 잡아주려다 스피릿에
게 물린 왼쪽 팔꿈치 상처. 앨리스는 거울 속 지저분한 제 모습에 영
국인들이 뭐라고 할지 궁금했다.

  이사벨 브레이디가 2주째 이동 도서관에 합류하지 않은 것을 아무
도 뭐라 하지 않기에 앨리스도 물어보지 못했다. 프레드릭은 그녀에
게 커피를 권하고 스피릿을 돌보는 일 이외에는 말이 없었고, 여덟 형
제 중 가운데인 베스는 힘차게 인사를 건네고, 안장을 내동댕이치고,
망할 안장주머니가 어디 있냐고 외치며 드나들었지만, 이사벨의 소식
은 없었다. 브레이디 부인이 모는 초록색 차가 지나가면 마저리가 고

개를 숙여 인사를 하곤 했지만 그들 사이에 대화는 없었다. 브레이디 부인이 다른 여자들의 지원을 독려하려고 딸 이름을 부른 모양이었다.

그래서 목요일 오후에 자동차가 흙먼지를 날리며 도서관 앞에 서자 놀랐다. "저건 누구죠?" 마저리는 고개를 들지 않고 반납된 책 더미에서 손상이 심해 대출할 수 없는 책을 고르고 있었다. 마지막 페이지가 없는 책을 대출하는 건 무의미했다. 마지막 페이지가 없는 펄 S. 벅의 『대지』를 빌려간 사람은 시간낭비일 것이라고 생각했다. 다시는 책 안 읽어요.

"브레이디 부인 같아요." 앨리스는 발뒤꿈치 물집을 치료하며 창밖을 내다봤다. 브레이디 부인이 운전석 문을 닫고 길 건너 누군가에게 손을 흔들고 있었다. 그리고 옆자리에서 붉은 머리를 뒤로 넘긴 앳된 여자가 내렸다. 이사벨 브레이디였다.

"둘 다 왔네요." 앨리스가 조용히 말하고 찡그리며 양말을 다시 신었다.

"놀랍네."

"왜요?" 앨리스가 물었다.

이사벨이 어머니 옆에 섰다. 이사벨은 다리를 크게 절고, 왼쪽 다리에 보행 보조기를 착용하고, 검은 벽돌 같은 신발을 신고 있었다. 지팡이는 들지 않았지만 움직일 때마다 비틀거리면서 주근깨 가득한 얼굴로 집중했다.

앨리스는 지켜본 걸 들키지 않으려고 뒤로 물러났고, 두 사람은 천천히 계단을 올라왔다. 낮은 대화 소리가 들리더니 문이 열렸다.

"오헤어 씨!"

"안녕하세요, 브레이디 부인, 이사벨."

"이지가 늦게 시작하게 돼서 정말 미안해요. 애한테…… 우선 처리할 일이 생겨서요."

"와주셔서 고마워요. 반 클리브 부인이 혼자 나갈 준비가 됐으니, 인원이 많을수록 더 좋죠. 하지만 브레이디 씨, 말을 구해야겠네요. 언제 올지 몰라서 마련하지 못했거든요."

"말은 못 타요." 이지가 작게 말했다.

"그럴 줄 알았어요. 말 타는 걸 본 적 없으니. 그럼 기슬러 씨가 패치를 빌려주면 되겠네요. 좀 느리긴 하지만, 상냥한 말이라서 무섭지 않을 거예요. 저 혼자 알아서 잘 다니고, 사람에게 맞춰주거든요."

"못 탄다니까요." 이지가 살짝 날카롭게 말했다. 그리고 어머니를 반항하듯 노려봤다.

"시도도 안 해보니 그렇지, 아가." 브레이디 부인이 보지도 않고 말했다. "그럼 내일 몇 시에 올까요? 이지, 렉싱턴에 가서 새 바지를 사자꾸나. 하도 잘 먹으니 예전 바지는 작아졌어."

"음, 앨리스가 7시에 출발하니 그때 오면 어떨까요? 노선을 나눠 맡으면 더 일찍 시작할 수도 있어요."

"제 말이 안 들리는 모양인데……." 이지가 입을 열었다.

"내일 봐요." 브레이디 부인은 오두막 쪽을 봤다. "이렇게 시작한 걸 보니 기쁘군요. 여러분이 가져다준 책 덕분에 맥아서의 딸들이 도움 없이 성경을 읽었다고 윌러비 목사님이 말씀하시더군요. 대단해요. 그럼 안녕히 계세요, 반 클리브 부인, 오헤어 씨. 정말 고마워요."

브레이디 부인은 인사를 하고 나갔다. 엔진 소리가 들렸고, 차가 끼익거리는 소리와 놀란 외침 소리가 들려왔다.

마저리는 어깨를 으쓱였다. 엔진 소리가 멀어질 때까지, 둘은 말없이 앉아 있었다.

"베넷." 앨리스는 남편이 아이스티를 옆에 두고 앉아 있는 현관까지 뛰어 올라갔다. 흔들의자는 어쩐 일인지 비어 있었다. "아버지는 어디 가셨어요?"

"로우 씨 댁에서 저녁 드시러 가셨어요."

"잠시도 쉬지 않고 말하는 부부요? 저런, 거기 밤새 계시겠네. 로우 부인이 식사하시는 게 놀랍던데!" 앨리스는 머리를 뒤로 빗어 넘겼다. "와, 정말 놀라운 하루였어요. 사방에 아무것도 없는 집에 갔는데, 그 집 남자가 총을 쏘려고 했어요. 물론 안 쐈지만……."

더러운 부츠를 보는 남편의 시선에 앨리스는 말을 끊고 부츠와 바지에 묻은 흙을 내려다봤다. "아, 이거요. 시냇물에서 말이 발을 헛디디는 바람에 떨어졌어요. 실은 굉장히 우스웠어요. 마저리가 웃다가 정신을 잃는 줄 알았다니까요. 옷은 금방 말랐고, 멍든 데를 보여줄 테니 기다려요. 온몸이 자주색이에요." 앨리스가 키스하려고 허리를 숙였지만, 베넷은 얼굴을 돌렸다.

"요즘 당신한테서 말 냄새가 너무 심해요." 베넷이 말했다. "씻는 게 좋겠어요. 계속…… 나니까."

그럴 의도로 한 말은 아니지만 상처가 됐다. 앨리스는 자기 어깨를 킁킁거리다가 억지로 웃으며 말했다. "그러게요, 소몰이꾼 냄새가 나네요! 있잖아요, 씻고 예쁜 옷으로 갈아입을 테니 강가로 드라이브 가는 게 어때요? 피크닉 도시락을 준비할게요. 애니가 당밀 케이크를 좀 남겨두지 않았어요? 그리고 햄도 있어요. 그렇게 해요, 여보. 둘이서만. 제대로 외출한 지 몇 주 됐잖아요."

베넷은 의자에서 일어났다. "사실 난 친구들을 만나기로 했어요. 당신이 돌아오면 말하려고 기다리고 있었어요." 베넷은 스포츠용 흰 바지를 입고 있었다. "존슨에서 야구를 하기로 했어요."

"아, 알겠어요. 그럼 나도 구경하러 갈게요. 금방 씻고 올게요."

베넷은 머리를 긁적였다. "남자들의 모임이라 보통 부인들은 오지 않아요."

"아무 말도 안 할게요, 베넷. 성가시게 안 할게요."

"그게 문제가 아니라……."

"당신이 경기하는 걸 보고 싶을 뿐이에요. 경기할 때는 정말…… 즐거워 보이니까."

남편의 시선이 방황하는 걸 보니 앨리스가 말이 너무 많았던 것 같았다. 둘은 아무 말 없이 서 있었다.

"남자들 모임이라니까요."

앨리스는 침을 삼켰다. "알겠어요. 그럼 다음에 가죠."

"그래요." 베넷은 안도한 듯했다. "피크닉 좋죠. 친구들도 불러요. 피트 슈레이저? 그 부인은 좋아하죠? 팻시는 재미있는 사람이니, 친해질 거예요."

"아. 그럴 것 같네요."

둘은 어색하게 서로를 마주 봤다. 베넷이 키스하려고 다가왔다. 이번에는 앨리스가 뒤로 물러났다. "괜찮아요, 그럴 거 없어요. 아휴, 냄새 지독하죠! 너무해! 어떻게 참았어요?"

앨리스는 계단을 두 개씩 올라갔다. 눈물을 감추려고.

앨리스가 출근을 시작한 뒤로 일과가 생겼다. 오전 5시 30분 기상.

작은 욕실에서(베일리빌에는 아직도 '옥외 변소'나 그보다 심한 곳을 쓰는 집이 태반이라는 걸 알고, 이 욕실에 감사했다) 씻고 옷을 입었다. 앨리스가 부츠를 신고 뺨에 가볍게 키스하고 계단을 살그머니 내려가는 동안 베넷은 아무것도 모르고 잤다. 전날 저녁에 만든 샌드위치를 챙기고 애니가 찬장에 남겨둔 비스킷 두어 개를 냅킨에 싸서 도서관까지 걸어가며 먹었다. 낯익은 사람들도 마주쳤다. 말수레를 탄 농부들, 작업장으로 향하는 목재 트럭, 늦잠을 자고 도시락을 들고 가는 광부. 앨리스는 아는 이들에게 인사했다. 모르는 사람에게 인사하면 수상쩍게 여기는 영국인보다 켄터키 사람들이 예의 발랐다.

출근길에 애니와 마주치곤 했다. 부끄럽게도, 가정부 애니가 어디 사는지도 몰랐다. 앨리스는 반갑게 손을 흔들었지만 애니는 고용주와 고용인 사이에 있을 수 없는 일이라는 듯 웃지 않고 고개만 숙였다. 베넷은 애니가 집에 도착해서 커피를 가져다줘야 일어났다. 부자가 옷을 입고 내려가면 식탁에 베이컨과 달걀, 옥수수 요리가 차려져 있었다. 7시 45분, 반 클리브 씨는 아들과 자주색 포드 컨버터블 세단을 타고 호프먼 광산으로 출발했다.

앨리스는 전날 저녁의 일을 깊이 생각하지 않기로 했다. 앨리스가 좋아하던 숙모는 깊이 생각하지 않아야 잘 산다고 했으니 그 일은 머릿속 벽장 뒤에 처넣고 잊었다. 베넷이 야구 경기 후 술을 마시고 와서 응접실 소파에서 새벽까지 코를 골며 잤다는 사실을 곱씹어봐야 무의미했다. 6개월이나 이렇게 지냈으니 정상적인 신혼부부가 아닌 것도 마찬가지였다. 둘 다 이 상황을 의논할 방법을 모른다는 것도. 특히 앨리스는 무슨 상황인지도 몰랐다. 그런 상황을 설명하는 방법을 배우거나 겪지 못했다. 속내를 털어놓을 상대도 없었다. 어머니는 몸에 관해서는 손톱 다듬는 얘기도 저질이라고 했다.

앨리스는 심호흡을 했다. 그렇다. 책을 싣고 바위 사이의 푸르고 무성한 숲속으로 가야 했다. 힘든 하루에 집중하는 편이 나았다. 말을 오래 모는 것, 새로운 일에 집중하는 것, 길을 외우고 주소와 이름을 적고 책을 분류하는 것만 생각하고, 귀가 후에는 저녁을 먹은 뒤 목욕을 하고 곧바로 자는 게 나았다.

그 일과를 지키는 것이 앨리스와 남편 모두에게 좋았다.

"그 사람이 왔어요." 도서관으로 들어가는 앨리스를 지나치며 프레드릭 기슬러가 말했다. 그는 모자를 기울이며 눈을 반짝였다.

"누구요?" 앨리스는 점심 도시락을 내려놓고 안을 들여다봤다.

"이사벨 씨요." 기슬러는 밖으로 나갔다. "이사벨 씨가 말을 타려면 시간이 좀 걸리겠네요. 커피 끓여 놨어요, 반 클리브 부인. 좋아하시는 것 같아서 크림도 사뒀어요."

"참 친절하시네요, 기슬러 씨. 마저리처럼 블랙으로는 못 마시겠어요. 너무 진해서."

"프레드라고 불러요. 음, 마저리에겐 자기 방식이 있잖아요." 그는 문을 닫으며 인사했다.

앨리스는 목에 손수건을 두르고 커피를 따른 뒤 말이 묶여 있는 건물 뒤로 돌아갔다. 마저리가 허리를 숙이고 이사벨 브레이디의 무릎을 잡고 있었다. 이사벨은 말안장을 꽉 쥐고 있었다. 말은 한참 그러고 있었는지, 풀을 씹으며 움직이지 않았다.

"이사벨 씨, 힘을 줘야죠." 마저리가 이를 악물고 말했다. "신발을 등자에 올리지 못하면, 반동으로 올라가야죠. 하나, 둘, 셋, 위로!"

아무것도 움직이지 않았다.

"튀어올라요!"

"난 튀지 않아요." 이사벨이 짜증을 냈다. "인도 고무가 아니라니까요."

"내게 기대고 하나, 둘, 셋하고 다리를 올려요. 자, 잡았어요."

마저리는 보조기를 낀 다리를 꽉 잡았다. 하지만 이사벨은 오르지 못했다. 마저리는 고개를 들더니 앨리스를 봤다. 일부러 멍한 표정으로.

"소용없어요." 이사벨은 허리를 펴며 말했다. "못 해요. 해도 안 돼요."

"음, 산까지 걸어갈 순 없으니 어떻게든 말 타는 법을 배워야 해요." 마저리는 등허리를 문질렀다.

"어머니께 소용없는 일이라고 했어요. 듣지 않으셨죠." 이사벨은 앨리스를 보더니 더 짜증을 냈다. 움직이는 말에 발을 밟힐 뻔하자, 이사벨은 피하려고 허둥거렸다. "아휴, 멍청아!"

"음, 그건 좀 무례하네." 마저리가 말했다. "무시하렴, 패치."

"못 일어나겠어요. 힘이 없어요. 소용없다구요. 어머니가 왜 제 말을 안 듣는지 모르겠어요. 도서관에서 일하면 안 돼요?"

"책을 배달해야죠."

그때 앨리스는 이사벨 브레이디의 눈물을 봤다. 짜증이 나서가 아니라 정말 괴로워서 흐르는 눈물. 이사벨이 돌아서서 얼굴을 닦았다. 마저리도 그걸 봤고, 두 사람은 어색하게 마주 봤다. 마저리는 셔츠에서 흙을 털었다. 앨리스는 커피를 마셨다. 패치가 풀을 우적거리는 소리뿐이었다.

"이사벨? 뭐 좀 물어봐도 돼요?" 잠시 후 앨리스가 물었다. "앉아 있거나 잠깐만 걸어도 보조기를 써야 돼요?"

금지된 말을 한 것처럼 침묵이 내려앉았다.

"무슨 말씀이세요?"

아, 또 실수. 앨리스는 생각했다. 이미 수습할 수 없었다. "보행 보조기 말이에요. 그거랑 부츠를 벗으면 승마용 부츠를 신을 수 있어요. 그러면 이쪽으로 와서 다른 다리를 써서 탈 수 있어요. 그리고 말에 오르내리는 대신, 문 옆에 책을 떨어뜨리고 올 수 있구요. 많이 걷지 않으면 혹시 괜찮은가요?"

이사벨은 이맛살을 찡그렸다. "하지만 전 보조기 안 벗어요. 계속 끼고 있어야 해요."

마저리는 생각에 잠겼다. "싫은 건 아니죠?"

"음, 네." 이사벨이 말했다.

"다른 부츠를 줄까요?" 마저리가 물었다.

"남의 부츠를 신으라고요?" 이사벨이 의심적은 표정으로 물었다.

"어머니가 고급 부츠를 사 오시기 전까지만."

"사이즈가 어떻게 돼요? 한 켤레 더 있어요." 앨리스가 말했다.

"하지만 말에 타도…… 음, 다리 한쪽이…… 더 짧아요. 균형이 안 맞을 거예요." 이사벨이 말했다.

마저리는 씩 웃었다. "그래서 등자 길이를 조절할 수 있죠. 다들 삐뚜름하게 타니까요. 술에 취하든, 맨정신이든."

앨리스가 딱딱 끊어지는 영국식 말투로 말해서인지, 보조기를 벗는 게 신기해서인지, 한 시간 뒤 이사벨 브레이디는 패치에 올라타서 고삐를 꽉 쥐고 뻣뻣이 굳어 있었다. "빨리 안 갈 거죠?" 이사벨은 떨리는 음성으로 말했다. "빠른 건 싫어요."

"같이 가죠, 앨리스? 오늘 시내랑 학교를 돌아보면 되겠네요. 패치가 잠들지만 않으면 멋진 하루가 될 거예요. 준비됐어요? 출발해요."

한 시간 동안 이사벨은 아무 말도 하지 않았다. 패치가 기침을 하거나 머리를 움직일 때 놀라는 소리를 내곤 했을 뿐이다. 마저리는 뒤를 향해 격려를 외쳤다. 하지만 이사벨이 정상적으로 숨을 쉬기까지 6킬로미터는 족히 걸렸고, 그때도 부루퉁한 표정으로 눈물을 글썽였다. 졸릴만큼 느린 속도였음에도.

이사벨을 말에 앉히기는 했지만, 일을 어떻게 해낼지 알 수 없었다. 의욕이라곤 없었다. 보조기 없이는 걸을 수도 없었다. 말도 좋아하지 않았고, 책을 좋아하지도 않았다. 앨리스는 이사벨이 다음 날도 올까 싶었고, 마저리 역시 같은 의문을 품고 있는 듯했다. 앨리스는 마저리와 말을 몰며 편안한 침묵을 즐기고 툭툭 던지는 말에서 뭔가 배우던 때가 그리웠다. 평지에서 신나게 말을 달리고, 강과 울타리를 건널 때 서로를 격려하던 것, 갈라진 틈을 뛰어넘을 때의 만족감이 그리웠다. 이사벨이 그렇게 부루퉁하지만 않아도 좋았을 텐데. 먹구름이 드리운 그 마음엔 빛나는 태양과 부드러운 바람도 소용없었다. *아마 내일은 정상으로 돌아가겠지.* 앨리스는 내심 위안했다.

도서관처럼 한 칸짜리 건물로 이뤄진 학교에 도착했을 때는 9시 30분이 다 됐다. 자꾸 밟아 절반은 흙이 드러나 있는 작은 풀밭과 나무 아래 벤치가 있었다. 아이들 몇 명은 석판을 들여다보고 있었고 안의 몇 명은 들쭉날쭉 구구단을 외고 있었다.

"전 여기서 기다릴게요." 이사벨이 말했다.

"아뇨." 마저리가 말했다. "안으로 들어와요. 말에서 내릴 필요 없어요. 바이데커 부인? 계세요?"

열린 문으로 여자가 나왔다.

이사벨이 못마땅한 얼굴로 들어오는 동안, 마저리는 말에서 내려 금발을 단정히 올리고 독일 억양을 쓰는 젊은 교사에게 둘을 소개했다. 나중에 마저리는 그녀가 광산 감독관의 딸이라고 말해줬다. "거긴 온 세상 사람들이 다 모였거든요. 온갖 언어를 다 쓰죠. 바이데커 부인은 4개 언어를 해요."

교사는 학생 40여 명을 다 데리고 나와 인사를 시키고, 말들을 쓰다듬으며 이런저런 걸 물었다. 마저리는 아동 도서를 건네면서 줄거리를 설명했다. 아이들은 앞다퉈 책을 받아 풀밭에 앉아서 읽었다. 노새를 두려워하지 않는 한 아이는 마저리의 등자에 발을 올리고 남은 책이 있는지 가방 안을 들여다보기도 했다.

"선생님! 선생님! 책 더 없어요?" 앞니 사이가 벌어진 여자아이가 앨리스에게 물었다.

"이번 주엔 더 없어." 앨리스가 말했다. "다음 주에 더 가져다줄게."

"만화책도 있어요? 언니가 읽는 만화책이 있는데 진짜 재밌어요. 해적이랑 공주랑 다 나와요."

"구해볼게." 앨리스가 말했다.

"공주님처럼 말하네요." 아이가 수줍어하면서 말했다.

"음, 넌 공주님처럼 생겼구나." 앨리스의 말에 아이는 키득거리며 달려갔다.

여덟 살쯤 된 남자아이 둘이 문 앞에 서서 기다리는 이사벨에게 달려갔다. 그들이 이름을 묻자 이사벨은 굳은 얼굴로 짧게 내답했다.

"이 말 선생님 거예요?"

"아니." 이사벨이 말했다.

"말을 가지고 있어요?"

"아니. 별로 안 좋아해." 이사벨이 얼굴을 찡그렸지만 아이들은 모르는 눈치였다.

"얘 이름이 뭐예요?"

이사벨은 망설였다. "패치야." 이사벨은 혹시 틀렸을까 봐 뒤를 흘끔거리며 말했다.

한 아이는 자기 숙부의 말이 소방차를 쉽게 뛰어넘는다고 자랑했고, 다른 아이는 지역 축제에서 진짜 뿔이 난 유니콘을 타봤다고 했다. 그리고 패치의 콧잔등을 쓰다듬더니 이사벨에게 손을 흔들고 친구들에게 돌아갔다.

"정말 고맙지 않니, 얘들아?" 바이데커 선생님이 말했다. "이분들이 매주 새 책을 가져다주실 거란다! 그러니 책을 소중히 다루고 책등을 구부리지 말자. 윌리엄 브라이언트, 동생에게 책을 던지지 말고. 눈을 찌른다 해도 말이야. 다음 주에 봅시다, 여러분! 정말 고마워요!"

아이들도 신이 나서 손을 흔들며 작별 인사를 외쳤고 앨리스가 몇 분 뒤 돌아보니 아직도 몇몇 아이들이 창문에서 손을 흔들고 있었다. 이사벨이 돌아보더니 조금 웃었다. 천천히, 썩 신나는 것 같지 않아도, 미소는 미소였다.

그들은 시냇가를 따라 한 줄로 말없이 산속으로 들어갔고 마저리는 앞장서서 속도를 유지했다. 이따금 큰소리로 지형지물을 알려주곤 했는데, 이사벨의 관심이나 열의를 끌어내길 바라는 마음 같았다.

"네, 네." 이사벨은 무시하듯 말했다. "시녀 바위죠. 알아요."

마저리가 안장에서 몸을 틀었다. "시녀 바위를 알아요?"

"홍역에 걸렸다가 나았을 때, 아버지가 함께 등산을 하자고 했어요. 매일 몇 시간씩. 아버지는 다리를 쓰면 나아질 거라고 생각하셨죠."

빈터에서 멈췄다. 마저리는 말에서 내려 물통과 사과를 꺼내 나누고 물을 한 모금 마셨다. "그럼 효과가 없었군요." 마저리는 이사벨의 다리를 향해 고갯짓을 했다. "걷는 게."

이사벨은 눈을 동그랗게 떴다. "아무것도 효과 없어요. 다리를 못 써요."

"아뇨. 그렇지 않아요." 마저리는 재킷에 사과를 문질렀다. "다리를 못 쓰면 걷지도 못하고 말도 못 탔겠죠. 절뚝이긴 하지만 둘 다 하잖아요." 마저리가 물을 건네니 앨리스가 달게 마셨고, 이사벨은 고개를 저었다.

"목마를 텐데." 앨리스가 말했다.

이사벨은 입을 꼭 다물었다. 마저리는 이사벨을 찬찬히 살폈다. 한참 뒤, 손수건으로 물통 입구를 닦은 후에 앨리스를 향해 눈짓을 하면서 이사벨에게 건넸다.

이사벨은 물통을 입에 대고 마셨다. 물통을 돌려주더니 레이스 손수건을 꺼내 이마를 닦았다. "참 덥네요."

"그렇죠." 마저리는 시내로 내려가 물통을 채웠다. "나랑 패치에게 2주만 줘요. 그러면 다리가 어떻든지 켄터키주 다른 어디에도 있고 싶지 않을 거예요."

이사벨은 믿지 못하는 표정을 지었다. 세 사람은 묵묵히 사과를 먹고 말들에게 씨 부분을 주고 다시 올라탔다. 이사벨은 불평 없이 혼자 말에 올랐다. 앨리스는 이사벨 뒤에서 말을 몰며 지켜봤다.

"아이들을 좋아했죠." 앨리스가 이사벨에게 다가가 말했다. 마저리는 앞장서서 노래를 부르고 있었다.

"네?"

"아까 즐거워 보였어요, 학교에서." 앨리스는 살짝 웃었다. "오늘 중에서 그때만큼은 즐거워한 것 같아요."

이사벨의 얼굴이 어두워졌다. 고삐를 쥐더니 몸을 반대로 돌렸다.

"미안해요, 브레이디 씨." 앨리스는 잠시 후에 말했다. "남편은 저더러 생각 없이 말한다고 해요. 또 그런 모양이네요. 상처를 주거나 무례하게 굴 생각은 없었어요. 용서해요."

앨리스는 다시 이사벨 브레이디 뒤로 갔다. 적절한 언행을 하지 못하는 자신이 원망스러웠다. 이사벨은 대화하고 싶어 하지 않았다. 페기의 무리가 떠올랐다. 시내에서 앨리스와 마주치면 인상을 찌푸리기 때문에 알아볼 수 있었다. 앨리스가 마치 도둑이라도 된다는 듯이 쳐다보는 애니도 떠올랐다. 마저리만 앨리스를 외지인 취급하지 않았다. 그리고 솔직히, 마저리도 좀 이상한 사람이었다.

조금 더 갔을 때 이사벨이 어깨 너머로 고개를 돌렸다. "이지라고 해요."

"이지?"

"내 이름이요. 내가 좋아하는 사람들은 이지라고 불러요."

앨리스가 무슨 말인가 하는데, 이지가 다시 말했다. "그리고 웃었던 건…… 처음이라서 그랬어요."

앨리스는 몸을 앞으로 당겼다. 이지의 목소리가 너무 작았다.

"뭐가 처음이었어요? 산에서 말 타는 거요?"

"아뇨." 이지는 허리를 조금 폈다. "학교에서 아무도 다리를 놀리지 않은 거요."

"내일도 올 것 같아요?"

마저리와 앨리스는 현관 맨 위 계단에 앉아 파리를 쫓으며 길가의 아지랑이를 봤다. 말들을 씻겨서 목초지에 풀어놓고, 두 사람은 커피를 마신 후 뻐근한 팔다리를 뻗으며 장부를 쓸 기운을 모으고 있었다.

"글쎄요. 이 일을 별로 좋아하는 것 같지 않네요."

마저리의 말이 옳을 것 같았다.

"앨리스와는 달라요."

앨리스가 고개를 들었다. "저요?"

"앨리스는 아침마다 탈출한 죄수 같은 모습이거든요." 마저리는 커피를 한 모금 마시더니 길 쪽을 내다봤다. "나만큼이나 이 산을 좋아하는 느낌이에요."

앨리스는 발뒤꿈치로 자갈을 툭 쳤다. "세상 어디보다도 좋아요. 여기 오면…… 조금 더 나다워질 수 있어요."

마저리는 앨리스를 향해 미소를 지었다. "도시에서 소음과 연기 속 작은 상자 같은 집에 살면 볼 수 없는 거죠. 산에 오르면 숨통이 트여요. 시내에서 끊이지 않는 말소리가 여긴 없어요. 보는 눈도 없고. 신이외에는 말이에요. 나와 나무들과 새들, 강과 하늘과 자유뿐…… 산에 오르면 영혼이 건강해져요."

감옥에서 탈출한 죄수. 반 클리브 부자보다 마저리가 앨리스에 대해 더 아는 것 같았다. 빵빵 소리에 정신을 차렸다. 베넷이 아버지의 차를 몰고 도서관 쪽으로 오고 있었다. 베넷은 환히 웃으며 손을 흔들었다. 앨리스는 마주 웃을 수밖에 없었다. 배우처럼 근사한 남자였다.

"앨리스! ……오헤어 씨." 베넷이 마저리를 보곤 말했다.

"반 클리브 씨." 마저리가 대답했다.

"태우고 가려고 왔어요. 피크닉을 해도 될 것 같아서."

앨리스는 눈을 깜빡였다. "정말요?"

"광산에 내일이 돼야 해결되는 문제가 있어서 아버지는 사무실에서 그 일을 보고 계세요. 그래서 집에 가서 애니에게 피크닉 준비를 부탁했죠. 당신을 태워 돌아가면 옷을 갈아입고 해 지기 전에 나갈 수 있을 것 같아요."

앨리스는 신이 나서 일어났다. 그러다 실망한 얼굴을 했다. "참, 베넷. 안 돼요. 장부도 쓰고 책 정리도 해야 돼요. 이제 겨우 말을 씻긴걸요."

"가요." 마저리가 말했다.

"하지만, 너무 미안하잖아요. 베스도 돌아갔고 이지도 없는데."

마저리는 손을 내저었다.

"하지만……."

"오늘은 가요. 내일 봐요."

앨리스는 마저리가 진심인지 확인한 뒤 물건을 챙겨 부리나케 계단을 내려갔다. "또 소몰이꾼 냄새가 날 거예요." 앨리스는 조수석에 올라타 남편에게 키스하며 말했다.

베넷은 씩 웃었다. "차 지붕을 왜 열어 뒀겠어요?" 그는 차를 휙 돌렸고 앨리스는 놀라 소리를 질렀다.

마저리는 찰리를 타고 천천히 귀가했다. 힘든 하루였고, 급한 일이 없었다. 그날을 생각하며 한숨을 쉬었다. 그곳도 잘 모르고, 산지 사람들이 믿지 않을, 허풍쟁이 반 클리브 씨의 만류에 그만둘 영국 여자와 제대로 걷지도 못하고 말도 못 타고 일할 마음도 없는 여자애가 동료라니. 베스는 9월 추수 때는 집안일을 도와야 했다. 이동 도서관의 출발이 순조롭지 않았다. 그들이 얼마나 버틸지 알 수 없었다.

마저리는 갈림길에 다다르자 노새가 집까지 찾아갈 것을 알고 고삐를 내려놓았다. 그러자 파란 눈의 점박이 하운드가 꼬리를 흔들며 달려왔다. "여기까지 나와서 뭘 하고 있니, 블루이? 응? 왜 마당에서 나온 거야?"

마저리는 작은 문에 다다라 말에서 내렸고, 허리와 어깨가 아픈 건 이지 브레이디를 말에 태우고 내리느라 힘을 쓴 탓이라고 생각했다. 개는 주위에서 팔짝거리더니 마저리가 목덜미를 쓰다듬어주고 그래, 착하지, 그럼 그럼 하니 집으로 달려갔다. 노새를 풀어주니 땅에 주저앉았다.

찰리를 탓할 수 없었다. 마저리도 다리가 무거웠다. 문을 잡다가 멈췄다. 빗장이 열려 있었다. 마저리는 소총을 감춰두는 헛간으로 살그머니 들어갔다. 정신을 바짝 차리고, 총의 안전장치를 풀고 어깨에 멨다. 그리고 살금살금 계단으로 다가가 발끝으로 문을 조용히 열었다.

"누구죠?"

바로 맞은편에 스벤 구스타브손이 낮은 테이블에 발을 올리고 흔들의자에 앉아 『로빈슨 크루소』를 들고 있었다. 꿈쩍도 하지 않았지만, 마저리가 총을 내려놓을 때까지 기다렸다. 책을 테이블 위에 올려두고 천천히 일어나 일부러 정중하게 뒷짐을 졌다. 마저리는 총을 테이블 옆에 세웠다. "개가 왜 안 짖었나 했네."

"음, 뭐. 나랑 걔 사이가 어떤지, 당신도 알잖아."

배신자 블루이는 스벤에게 다가가 만져달라고 조르고 있었다.

마저리는 모자를 벗어 걸고 땀에 젖은 머리카락을 뒤로 넘겼다. "당신을 보게 될 줄 몰랐네."

마저리는 남자와 눈을 마주치지 않고 물을 한 잔 따랐다.

"내겐 안 권하나?"

"물 마시는지 몰랐네."

"그것보다 센 건?"

마저리는 컵을 내려놓았다. "여기서 뭐 하는 거야, 스벤?"

남자는 가만히 마저리를 봤다. 깔끔한 체크 셔츠를 입고 콜타르 비누 냄새를 풍겼다. 광산과 담배 연기와 수컷 냄새가 뒤섞인, 그만의 냄새였다. "보고 싶었어."

마저리는 약해지는 마음을 감추려고 컵을 입술에 대고 물을 마셨다. "나 없이 잘 지내는 모양이네."

"당신 없이 내가 잘 지낼 수 있는 건 피차 알고 있지. 내가 당신 없이 지내고 싶지 않다는 게 중요해."

"다 끝난 이야기야."

"아직 납득이 안 돼. 결혼해도 잡아놓지 않겠다고 했잖아. 이래라저래라 안 해. 지금처럼 살게 해줄게. 다만 당신이랑 내가……."

"해준다고?"

"젠장, 마지. 내 말 뜻 알잖아." 남자는 이를 악물었다. "지금처럼 살아. 우리 둘 다 똑같이 살 수 있어."

"그럼 결혼식을 올리는 게 무슨 의미지?"

"신 앞에서 부부가 되는 거지. 애들처럼 숨어 다니는 게 아니라. 이렇게 사는 게 좋아? 형이랑 사람들에게 당신을 사랑하는 걸 감추고 싶지 않다고."

"결혼은 안 해, 스벤. 누구하고도 결혼 안 한다고 했잖아. 그리고 이런 소릴 할 때마다 머리가 터질 것 같아. 자꾸 찾아와서 똑같은 소릴 할 거면 아예 말을 말자."

"어쨌든 나랑 말 안 하잖아. 대체 어쩌라는 거야?"

"날 내버려 둬. 그러기로 했잖아."

"그건 당신이 정한 거지."

마저리는 돌아서서 그릇이 놓인 구석으로 갔다. 아침 일찍 콩을 따서 담아뒀다. 마저리는 그걸 하나씩 벗겨 냄비에 넣으며 마음이 진정되기를 기다렸다.

스벤의 존재가 느껴졌다. 그가 조용히 걸어와 바로 뒤에 서니 목덜미에 숨결이 닿았다. 마저리는 몸이 달아오르는 걸 느꼈다.

"난 당신 아버지와 달라, 마저리." 남자가 중얼거렸다. "아직도 그걸 모른다면, 아무리 말해도 모르겠지."

마저리는 분주히 손을 놀렸다. 똑. 똑. 똑. 콩은 넣고, 꼬투리는 버리고. 마룻바닥이 삐걱거렸다.

"내가 그립지 않았다고 말해 봐."

열 개. 꼬투리를 벗기고, 똑. 또 하나 더. 남자가 너무 가까이 다가와 가슴이 닿는 것이 느껴졌다.

그는 음성을 낮췄다. "내가 그립지 않았다고 해봐. 그럼 바로 나갈 테니까. 다시는 성가시게 하지 않을게. 약속해."

마저리는 눈을 감았다. 칼을 내려놓고 고개를 숙였다. 남자는 잠시 기다리더니 마저리의 손을 자신의 손으로 감싸 쥐었다. 마저리는 눈을 뜨고 그의 손을 봤다. 근 10년 가까이 사랑한 손이었다.

"말해 봐." 남자가 나직이 귀에 대고 속삭였다.

순간 마저리는 홱 돌아서서 남자의 얼굴을 쥐고 키스했다. 물론, 그 입술과 몸이 그리웠다. 두 사람 사이가 뜨거워지고, 마저리의 숨이 가

빠지고, 스스로 다짐했던 모든 것, 잠이 안 오는 밤이면 머릿속으로 되뇌던 논리와 주장이 남자의 품속에서 녹아 사라졌다. 마저리는 그에게 키스했고 또 키스했고 또 키스했다. 익숙하면서도 낯선 그의 몸이 닿자, 그날 얻은 근육통과 짜증, 걱정과 함께 이성도 날아갔다. 그릇이 바닥에 떨어지는 소리가 들리더니 그다음에는 그의 숨결, 그의 입술, 그의 살갗뿐이었다. 그 누구의 소유도 아니고 그 누구의 명령도 듣지 않는 마저리 오헤어가 굴복하기 시작하더니 남자의 체중에 차츰 밀려 목재 탁자에 눕혀졌다.

"저건 무슨 새죠? 색깔 좀 봐요. 참 아름답네요."

러그에 누워 있는 베넷에게 앨리스가 나뭇가지에 앉아 있는 새들을 가리켰다. 주위에는 도시락이 놓여 있었다.

"여보, 저게 무슨 새인지 알아요? 저렇게 붉은 새는 처음 봐요. 저것 봐요! 부리까지 빨간색이네요."

"새에 대해선 아는 게 없어요, 여보." 베넷은 눈을 감고 있었다. 뺨에 앉은 벌레를 치더니 진저비어를 향해 손짓했다.

앨리스는 새를 다 아는 마저리를 떠올리며 바구니 너머로 손을 뻗었다. 내일 아침에 마저리에게 물어보기로 했다. 마저리는 말을 타고 가는 동안 박주가리와 미역취에 대해 가르쳐줬고, 작은 천남성과 봉선화를 가리켰다. 앨리스에게는 푸른 풀밭만 보였는데, 마저리는 베일을 걷고 새로운 것들을 보여주었다.

아래쪽에서 시내가 평화롭게 흘렀다. 봄이 되면 물이 불어 무서운 일이 벌어진다고 했으나 그럴 것 같지 않았다. 지금은 땅이 말라 있고 머리에 닿는 풀은 부드러웠으며 귀뚜라미 소리가 들려왔다. 앨리스는 남편에게 진저비어 병을 건넸고, 음료를 마시며 자신을 안아주길 기다렸다. 남편의 팔을 베고 누워 셔츠에 손을 얹었다.

"음, 이렇게 하루 종일 있어도 좋겠어요." 베넷이 평화롭게 말했다.

앨리스는 남편을 끌어안았다. 그 몸에선 어떤 남자보다 더 좋은 냄새가 났다. 켄터키 풀밭의 달콤한 냄새 같았다. 다른 남자들은 시큼한 땀 냄새를 풍겼다. 베넷은 퇴근할 때도 방금 잡지 광고에서 걸어 나온 것 같았다. 앨리스는 그의 얼굴을, 각진 턱과 단정히 자른 꿀색 머리카락을 봤다.

"내가 예쁘다고 생각해요, 베넷?"

"예쁘다고 생각하는 거, 알잖아요." 졸린 음성이었다.

"결혼해서 기뻐요?"

"물론이죠."

앨리스는 남편의 셔츠 단추를 만지작거렸다. "그럼 왜……."

"진지한 얘기는 하지 맙시다, 앨리스. 응? 복잡하게 따질 필요 없잖아요? 그냥 좋은 시간을 보낼 수 없어요?"

앨리스는 남편의 셔츠에서 손을 떼고 몸을 비틀어 나란히 누웠다. "물론 있죠."

두 사람은 말없이 하늘을 올려다봤다. 베넷이 부드럽게 불렀다. "앨리스?"

앨리스는 남편을 봤다. 가슴을 두근거리며 침을 꼴깍 삼켰다. 손을 잡고 격려하려 했다. 무슨 말을 해도 괜찮다고. 결국, 앨리스는 그의 아내였으니까.

앨리스는 잠시 기다렸다. "네?"

"홍관조예요." 베넷이 말했다. "빨간 새 말이에요. 홍관조일 거예요."

제4장

……결혼은 권리는 반으로 나누고 의무는 두 배로 늘린다고들
한다.

_『작은 아씨들』, 루이자 메이 올컷

마저리 오헤어의 가장 오래된 기억은, 아버지가 열네 살 난 오빠 잭
을 때려 이가 두 개나 빠지는 걸 식탁 아래에 숨어서 본 거였다. 잭이
어머니를 때리는 아버지를 막았을 때, 어머니는 식탁 의자를 남편 머
리에 던졌고, 그때 생긴 이마의 흉터는 그가 죽을 때까지 남았다. 아버
지는 일어나더니 부러진 의자 다리로 어머니를 쳤고, 할아버지가 소
총을 어깨에 메고 옆집에서 찾아와 머리를 쏴버리겠다고 위협하고 나
서야 싸움은 멈췄다. 나중에 알고 보니 할아버지가 아들이 아내를 때
리는 것이 잘못이라고 여긴 것은 아니었다. 비명 소리 때문에 할머니
가 라디오를 들을 수 없어서 말린 거였다. 벽에는 어린 마저리의 주먹
이 들어갈 만한 정도의 구멍이 있었으니까.

잭은 그날, 입에는 솜을 물고 가방에는 멀쩡한 셔츠 단 한 벌을 넣

어 집을 나갔다. 마지막으로 들려온 오빠 소식은 (가출 후로 아버지는 아들과 인연을 끊었다) 집에서 나간 후 8년 뒤, 미주리에서 무개 화차에 치어 사망했다는 전보였다. 어머니는 앞치마로 얼굴을 가리고 울었지만, 아버지는 어머니에게 책을 던지며 정말로 울 일을 만들어주기 전에 그치라고 하더니 양조장으로 가버렸다. 그 책은 『블랙 뷰티』였고 마저리는 그 때문에 표지가 찢어진 것을 용서할 수 없었다. 잃어버린 오빠에 대한 애정과 책 속 세상으로 도피하고 싶은 욕망이 뒤섞였다.

나처럼 멍청한 놈이랑은 결혼하지 마라. 어머니는 마저리와 여동생을 짚단 침대에서 재우며 속삭이곤 했다. *이놈의 산속에서 최대한 멀리 떠나라. 최대한 빨리. 약속하렴.*

딸들은 진지한 표정으로 고개를 끄덕였다.

버지니아는 루이스버그까지 떠났지만, 아버지만큼 손버릇이 나쁜 남자와 결혼했다. 다행히 어머니는 결혼식 6개월 뒤 폐렴으로 돌아가시는 바람에 그 꼴을 보지 않았다. 남자 형제 셋이 같은 병으로 세상을 떠났다. 그들의 무덤은 빈터가 내려다보이는 언덕에 작은 돌로 표시되어 있었다.

아버지가 빌 맥컬러와 술에 취해 싸우다가 죽은 뒤 마저리 오헤어가 눈물 한 방울 흘리지 않는 것을 베일리빌 사람들이 모두 봤다. "왜 울어요?" 매킨토시 신부가 괜찮냐고 묻자 마저리가 말했다. "아버지가 돌아가셔서 기뻐요. 이제는 아무도 괴롭힐 수 없을 테니까요." 모두 마저리의 말이 옳다고 생각했지만, 사람들은 오헤어의 딸은 이상하고 그 가족의 수명이 짧아 다행이라고 했다.

"가족에 대해 여쭤봐도 돼요?" 새벽에 말에 안장을 채우다가 앨리스가 물어봤다.

스벤의 탄탄한 몸을 생각하던 마저리는 앨리스의 질문을 두 번 듣고서야 알아들었다. "뭐든지 물어봐요." 마저리가 돌아봤다. "어디 맞혀볼까요. 누가 내 아버지 얘길 하면서 나랑 어울리지 말라고 했어요?"

"음, 네." 앨리스는 망설이다 말했다. 반 클리브 씨가 그 주제로 설교를 했다. 앨리스는 브레이디 부인을 방패로 내세웠지만 불편한 대화였다.

마저리는 놀라지 않았다. 안장을 난간에 올려놓고 찰리의 등에 혹이나 물집이 있는지 확인했다. "프랭크 오헤어는 이 지역 절반에 밀주를 팔았어요. 자기 구역을 차지하려는 사람은 누구나 쏴버렸죠. 그럴 생각이라고만 해도 쐈어요. 내가 아는 사람을 다 합친 것보다 더 많은 사람을 죽였고, 주위 사람 모두에게 상처를 줬어요."

"모두요?"

마저리는 앨리스에게 두어 걸음 다가왔다. 소매를 걷어 올리니 팔뚝에 동전 모양의 흉터가 있었다. "열한 살 때 아버지가 말대꾸했다고 총으로 쐈어요. 오빠가 나를 밀치지 않았으면 죽었을 거예요."

앨리스는 말문이 막혔다. "경찰이 그냥 뒀어요?"

"경찰이요? 이런 산속에서는 각자 알아서 일을 처리해요. 할머니가 아버지가 한 짓을 보곤 말채찍으로 때렸죠. 아버지가 무서워한 사람은 딱 둘이었어요. 자기 어머니와 아버지."

마저리는 고개를 숙여 검은 머리를 앞으로 내렸다. 손가락으로 두피를 쓰다듬더니 머리카락을 갈라 두피를 드러냈다. "할머니가 돌아가시고 사흘 뒤에 아버지가 내 머리채를 잡아 질질 끌어서 이렇게 됐어요. 머리 한 줌이 빠졌어요. 머리카락에 두피가 붙어 있었대요."

"기억이 안 나요?"

"네. 머리가 뽑히기 전에 맞아서 기절했거든요."

앨리스는 놀라서 아무 말도 하지 못했다. 마저리의 음성은 평소처럼 침착했다.

"정말 안됐어요." 앨리스가 떨리는 목소리로 말했다.

"그럴 거 없어요. 아버지가 돌아가셨을 때, 장례식에 딱 두 명이 왔는데 한 명은 내가 불쌍해서 온 거였어요. 여기 사람들이 모이는 걸 얼마나 좋아하는지 알죠? 장례식이 있는데도 안 올 만큼 아버지를 미워한 거죠."

"그럼…… 아버지가 그립지 않겠군요."

"흥! 여긴 밤만 되면 변하는 인간들이 많아요. 낮에는 착실하게 살다가 밤이 되면 술 마시고 개가 되는 놈들이요."

앨리스는 반 클리브 씨가 버번만 마시면 화를 내는 걸 떠올리고 몸을 떨었다.

"뭐, 내 아버지는 그것도 아니었어요. 술을 마실 필요도 없었어요. 얼음처럼 냉정한 인간. 아버지에 대해서 좋은 기억이 하나도 없어요."

"하나도요?"

마저리는 잠시 생각했다. "아, 하나 있어요."

앨리스는 기다렸다.

"그래요. 보안관이 찾아와 아버지가 죽었다고 한 날."

마저리는 고개를 돌렸고, 두 사람은 말없이 일을 마쳤다.

앨리스는 도저히 이해할 수 없었다. 다른 사람이라면 위로를 했을 것이다. 하지만 마저리는 동정이 필요 없는 사람 같았다.

마저리도 앨리스의 생각을 알아챘던 건지, 너무 가혹하게 말했다고 여긴 건지, 앨리스를 돌아보며 미소를 지었다. 앨리스는 마저리가 아름답다는 걸 깨닫고 놀랐다. "얼마 전에 내게 산속에 혼자 있으면 무섭지 않냐고 물었죠."

앨리스는 허리 버클을 풀던 손을 멈췄다.

"음, 아버지가 돌아가신 날 이후로는 아무것도 두렵지 않았어요. 저기, 저거 보여요?" 마저리는 멀리 산을 가리켰다. "어릴 때 저걸 꿈꿨어요. 찰리랑 저기서 단둘이 사는 거. 저기가 내 천국이에요, 앨리스. 날마다 천국에 오르는 걸요."

마저리는 길게 한숨을 쉬며 부드러워진 얼굴로 빛나는 미소를 지었다. "좋아요. 준비됐어요? 중요한 날이에요. 모두에게 중요한 날."

네 사람이 갈라져서 서로가 맡은 길을 가는 첫날이었다. 매주 초와 말에 도서관에서 만나 브리핑을 하고, 책을 정리하고, 반납된 책 상태를 살피기로 했다. 마저리와 베스는 더 먼 길로 가서 두 번째 기지, 16킬로미터 떨어진 학교 건물에 책을 두고 2주에 한 번 수거해 오는 반면, 앨리스와 이지는 도서관에서 가까운 노선을 맡았다. 이지는 자신감을 얻었고, 앨리스가 출근했을 때 이미 출발한 적도 두어 번 있었다. 렉싱턴에서 산 새 부츠를 빛내며, 중심가까지 내내 콧노래를 흥얼거리면서. "안녕하세요, 앨리스." 이지는 아직도 자신이 없는 듯, 조심스레 손을 흔들곤 했다.

인정하기 싫지만 앨리스는 긴장했다. 길을 잃거나 실수를 하는 것만 걱정이 아니었다. 그 전주에 스피릿의 안장을 벗기다 베스와 브레이디 부인 사이의 대화를 들었기 때문이다.

아, 모두 정말 대단해요. 하지만 저 영국 여자는 좀 걱정되는군요.

잘하고 있어요, 브레이디 부인. 이제 길을 다 익혔대요.

길 때문이 아니에요, 베스. 이 지역 사람들을 쓰는 이유는 주민과 아는 사이이기 때문이잖아요. 자기들을 무시하거나 가족에게 부적절한 읽을거리를 갖다 주지 않는 사람이라고 믿기 때문에. 낯선 여자가 낯선 억양으로 말하면서 영국 여왕처럼 굴면, 사람들은 경계할 거예요. 계획을 망칠까 봐 걱정이 되네요.

스피릿이 히힝거리자 두 사람은 누가 밖에 있다는 걸 깨달은 듯 조용해졌다. 앨리스에게 불안이 엄습했다. 그곳 사람들이 앨리스의 책을 받아주지 않는다면, 그 일을 계속할 수 없으니까. 앨리스는 문득 반클리브 가족 집에 갇혀 침묵 속에서 애니의 눈총을 받으며 10년을 살아가는 자신의 모습을 상상했다. 고집스레 아무 말도 하지 않고 잠든 베넷의 등짝도 떠올랐다. '귀여운 손자'가 없다는 반 클리브 씨의 짜증도 떠올랐다.

이 일을 잃는다면, 내겐 아무것도 없어. 이런 생각이 들자, 앨리스는 배 속에 뭔가 단단하고 묵직한 것이 내려앉는 느낌이었다.

"안녕하세요!"

산을 오르는 내내 앨리스는 인사를 연습했다. "음, 안녕하세요! 날씨 좋네요!" 스피릿을 상대로 영국인처럼 끊지 않고 모음을 굴리는 발음을 연습했다.

앨리스 또래의 여자가 밖으로 나와 손으로 볕을 가렸다. 해가 비추는 풀밭에서 두 아이가 앨리스를 올려다봤다. 아이들은 이내 시선을 돌렸고, 개 한 마리가 지켜보고 있었다. 옥수수 그릇과 빨래통이 바닥에 놓여 있었고, 채소밭 옆에 잡초가 뽑혀 있었다. 집안 곳곳에 하다만 일거리가 가득했고, 안에서 아기 우는 소리가 들렸다.

"블리 부인?"

"무슨 일이세요?"

앨리스는 숨을 크게 들이쉬었다. "앙영하세요! 전 이동 도서관에서 왔습니다." 앨리스는 조심스레 말했다. "혹시 부인과 아이들에게 책이 좀 피료하신지 알아보러 왔어요. 책으로 공부도 할 수 있으니까요."

여자의 얼굴에서 미소가 사라졌다.

"괜찮아요. 던은 피료없어요." 앨리스는 미소를 지으며 덧붙였다. 안장 주머니에서 책 한 권을 꺼냈다. "네 권을 비릴 수 있어요. 다음 주에 제가 가지로 올 거예요."

여자는 눈을 가늘게 뜨고 입을 꼭 다물더니 신발을 내려다봤다. 앞치마에 손을 닦고 다시 고개를 들었다.

"보세요, 절 놀리는 건가요?"

앨리스의 눈이 휘둥그레졌다.

"당신이 그 영국인이죠? 반 클리브 집 아들과 결혼한? 날 놀릴 거면 그만 가 보세요."

"놀리는 거 아니에요." 앨리스가 나직이 말했다.

"그럼 턱에 무슨 문제라도 있어요?"

앨리스는 침을 삼켰다. 여자는 이맛살을 찡그리고 있었다. "정말 죄송해요. 영국 사람처럼 말하면 사람들이 절 믿지 못해서 책을 빌리지 않을 거라고 해서, 전 그저……." 앨리스의 목소리가 잦아들었다.

"이곳 사람처럼 말하려는 거였다구요?" 여자가 어처구니없다는 표정을 지었다.

"알아요. 마치 제가……." 앨리스는 눈을 감고 속으로 신음 소리를 냈다.

여자는 콧소리를 내며 웃었다. 앨리스가 눈을 떴다. 여자는 앞치마 위로 상체를 숙이고 다시 웃기 시작했다. "여기 사람처럼 말한 거라고요? 들었어, 개릿?"

"들었어." 남자가 말하더니 기침을 했다.

블리 부인은 옆구리를 잡고 눈물이 나도록 웃어댔다. 아이들도 영문을 모르면서 덩달아 웃기 시작했다.

"오, 이런. 이봐요. 이렇게 웃기도 정말 오랜만이네요. 들어와요. 세상 반대편에서 왔다고 해도, 책은 빌릴 테니까. 전 캐서린이에요. 물 좀 드려요? 여기는 뱀이 튀겨질 만큼 더워요."

앨리스는 스피릿을 묶어두고 책을 몇 권 챙겼다. 유리 없이 나무로 덧대기만 한 창문에, 겨울이 되면 어떨까 싶었다. 눈이 어둠에 적응하자 내부가 서서히 모습을 드러냈다. 두 칸짜리 집이었다. 앞쪽 방 벽에는 신문지가 붙어 있었고, 큰 화덕 옆에는 땔감이 쌓여 있었다. 화덕 위에는 양초가 있었고 큰 소총이 벽에 걸려 있었다. 식탁 하나와 의자 네 개가 구석에 있었고 그 옆 상자에서 아기가 주먹을 쥐고 울고 있었다. 여자가 힘겹게 아이를 안아 들자 울음소리가 그쳤다.

그제야 반대편 침대에 누워 있는 남자가 보였다. 가슴까지 이불을 덮은 남자는 젊고 잘생겼지만, 오래 앓은 듯 창백했다. 창문이 열려 있어도 공기는 탁했고, 그는 30초쯤마다 기침을 했다.

"안녕하세요." 눈이 마주치자 앨리스가 인사했다.

"안녕하세요." 남자는 힘없는 목소리로 말했다. "개릿 블리라고 합니다. 일어나지 못해서……."

앨리스는 괜찮다고 고개를 저었다.

"〈가정생활의 벗〉 잡지 있어요?" 캐서린이 말했다. "애가 너무 보채는데, 혹시 도움되는 내용이 있나 싶어서요. 글은 읽을 줄 알아요. 오헤어 씨가 얼마 전에 그 잡지를 몇 권 갖다줬는데, 온갖 조언이 다 들어 있더군요. 이가 나느라 그러는 것 같지만, 아무것도 씹으려고 하질 않네요."

앨리스는 두 권을 골라 건넸다. "아이들은 뭘 좋아할까요?"

"그림책 있어요? 폴리는 알파벳을 익혔는데, 동생은 그림만 봐요. 그래서 그림책을 좋아하죠."

"물론이죠." 앨리스는 그림책 두 권을 골라 건넸다.

캐서린은 미소를 지으며 책들을 소중히 테이블 위에 올려놓고 앨리스에게 물 한 잔을 건넸다. "제게 레시피가 몇 개 있어요. 어머니가 물려준 꿀 사과 케이크 레시피도 있죠. 혹시 원하시면 그거 적어드릴게요."

산에 사는 사람들은 자부심이 강하다고 했다. 보답 없이 받기만 하는 걸 불편하게 여긴다고. "좋아요. 정말 감사합니다." 앨리스는 물을 마시고 잔을 돌려줬다. 바쁘다고 일어서려는데, 캐서린과 남편이 눈짓을 교환했다. 앨리스는 뭔가 빠뜨렸나 싶었다. 두 사람이 앨리스를 바라봤고, 아내는 밝게 웃었다. 둘 다 아무 말도 없었다.

앨리스가 기다리고 있자, 분위기가 어색해졌다.

"음, 반가웠습니다. 일주일 뒤에 다시 올게요. 이가 나는 아기들에 관한 글을 더 찾아볼게요. 원하시는 거 뭐든지 말씀하세요. 매주 책과 잡지가 들어와요." 앨리스는 남은 책을 모았다.

"그럼 다음에 뵐게요."

"정말 감사합니다." 침대에서 힘없는 인사와 기침 소리가 났다.

어두운 오두막에서 나서니 밖이 참 밝았다. 앨리스는 눈을 제대로 뜨지 못한 채 아이들에게 손을 흔들고 스피릿에게 갔다. 그제야 거기가 얼마나 높은지 깨달았다. 지역의 절반이 내려다보였다. 앨리스는 잠시 멈춰 서서 풍경을 감상했다.

"저기요!"

앨리스가 돌아봤다. 캐서린 블리가 달려왔다. 앨리스 앞에서 망설이듯 입을 꼭 다물었다.

"무슨 일이 있나요?"

"남편이 책 읽기를 좋아하는데, 시력이 안 좋아 어두운 데서 읽지도 못하고, 폐 때문에 집중도 못해요. 거의 매일 앓고 있는데, 책을 좀 읽어주실 수 있을까요?"

"책을요?"

"그러면 남편이 아픈 걸 잊을 수 있는데. 저는 집안일이랑 아이 때문에 그럴 수가 없네요. 마저리가 지난주에 해주셨는데, 선생님도 30분 정도 뭐든 읽어주시면…… 정말 기쁠 것 같아요."

남편으로부터 고개를 돌린 캐서린은 피로와 긴장으로 찌들어 있었다. 남편에겐 감정을 감추는 듯했다. 부탁한 것이 부끄러운 듯, 턱을 치켜들었다. "물론 너무 바쁘시면……."

앨리스는 캐서린의 팔을 잡았다. "뭘 좋아하시는지 알려주시겠어요? 새로 들어온 단편집이 있는데, 적당할 것 같아요. 괜찮을까요?"

40분 뒤, 앨리스는 산을 내려갔다. 앨리스가 책을 읽는 동안, 개릿 블리는 눈을 감았고, 20분쯤 지나(거친 바다에서 난파를 당한 선원의 이야기였다) 슬쩍 보니, 고통에 굳어 있던 그의 얼굴이 편안해져 있었다. 앨리스는 목소리를 낮춰 중얼거렸고 아기도 그 소리에 얌전해졌다. 밖에서 캐서린이 땔감을 쪼개고, 물건을 나르고, 다투는 아이들을 말리며 바삐 돌아다녔다. 단편이 끝난 무렵, 개릿은 잠들었다.

"감사합니다." 앨리스가 안장주머니에 책을 실을 때, 캐서린이 말했다. 커다란 사과 두 알과 또박또박 적은 레시피를 내밀었다. "아까 말씀드린 거예요. 이 사과는 물러지지 않아서 굽기 좋아요. 너무 익히지만 마세요." 캐서린은 다시 힘을 낸 듯 밝은 표정을 하고 있었다.

"정말 친절하시네요. 고마워요." 앨리스가 받은 것을 주머니에 넣었다. 캐서린은 빚을 갚은 사람마냥 고개를 끄덕였고, 앨리스는 말에 올라 다시 인사를 하고 출발했다.

"반 클리브 부인?" 앨리스가 몇 미터쯤 갔을 때, 캐서린이 불렀다.

앨리스가 고개를 돌렸다. "네?"

캐서린은 팔짱을 끼고 고개를 들었다. "그대로 말해도 듣기 좋아요."

태양이 뜨거웠고, 벌레들이 가차 없이 달려들었다. 오후 내내 벌레에게 시달리다 보니, 마저리가 빌려준 챙 모자가 있어 다행이라 여겼다. 시내 아래에 사는 자매에게 자수 교재를 빌려주었고, 커다란 집 앞에서는 개에게 쫓겼고, 여태까지 본 것 중 가장 작은 집에 사는 열한 명의 가족에게 성경 읽기 교재를 빌려줬다. 그 집 앞에는 짚단 매트리스가 주르르 놓여 있었다. "우리 애들은 성경 말곤 아무것도 읽지 않아요." 반쯤 닫힌 문 뒤에서 어머니가 반박할 테면 하라는 듯 굳은 표정으로 말했다.

"그럼 다음 주에 성경 이야기책을 더 찾아올게요." 앨리스는 더 밝게 웃어 보이려고 노력했다.

블리 가족에게서 얻은 성취감이 꺾이는 것 같았다. 사람들이 의심의 눈초리로 보는 게 책 때문인지, 앨리스 자신 때문인지 알 수 없었다. 앨리스가 외지인이라 이 일을 해낼 수 있을지 모르겠다는 브레이디 부인의 말이 자꾸 떠올랐다. 그 생각을 너무 깊이 하느라, 마저리가 나무에 묶어놓은 붉은 리본을 놓치고 길을 잃었다는 걸 깨닫는 데 시간이 좀 걸렸다. 앨리스는 빈터에 서서 지도를 보며 나뭇잎 사이로 태양의 위치를 가늠해봤다. 스피릿은 오후의 열기 속에서 머리를 푹 숙이고 있었다.

"집에 가는 길은 네가 찾아야 하지 않니?" 앨리스가 투정하듯 말했다.

결국 위치를 알 수 없어 표식까지 되짚어 돌아가야 했다. 앨리스는 말을 돌려서 산기슭을 힘없이 올라갔다.

무언가를 알아볼 때까지 30분이 걸렸다. 앨리스는 어두운 밤중, 뱀과 사자와 정체 모를 것들이 가득한 산속에서 헤맬 수 있다는 사실에, 점점 심해지는 당혹감을 억눌렀다. 들를 수 없는 곳들, 프로그 크릭의 피버(완전히 미친 사람—옮긴이 주), 맥컬러 집(늘 취한 밀주 제조자에. 딸들은 보이지 않으니 어떻게 된 건지 알 수 없음—옮긴이 주), 가사이드 형제들(술주정뱅이들—옮긴이 주)의 집 앞으로 흘러들어가는 것도 걱정스러웠다. 앨리스는 남의 집에 들어갔다가 총에 맞는 것과 브레이디 부인의 그럴 줄 알았다는 반응 중에서 뭐가 더 두려울까 싶었다.

주위 풍경이 길게 펼쳐지면서 그곳이 얼마나 광활한지, 앨리스가 얼마나 무지한 존재인지 드러냈다. 왜 마저리의 지시를 잘 따르지 않았을까? 앨리스는 눈을 가늘게 뜨고 그림자 방향에 따라 위치를 알아보려다가 구름이나 나뭇가지의 움직임에 그림자가 사라지면 욕을 했다. 나무에 묶인 붉은 매듭을 발견했을 때는 너무 반가워서 그 앞이 누구 집인지 잊고 있었다.

앨리스는 눈을 내리깔고 대문을 지나쳤다. 안은 조용했다. 바깥 잿

더미 위에 쇠로 된 주전자가 놓여 있었고 나무 둥치 위에 커다란 도끼가 버려져 있었다. 두 개의 더러운 유리창이 그녀를 멍하니 바라보고 있었다. 그리고 책 네 권이 기둥 옆에 가지런히 놓여 있었는데, 마저리가 짐 호너에게 책을 원하지 않으면 그렇게 하라고 일러준 대로였다. 앨리스는 마저리의 모자에 난 총알구멍을 기억하며, 창문 쪽을 경계하면서 말에서 내렸다. 책에 손도 대지 않은 것 같았다. 앨리스는 그 책을 챙겨 안장주머니에 넣었다. 두근거리는 가슴을 안고 한쪽 발을 등자에 올리는데, 남자의 목소리가 빈터를 쩌렁쩌렁 울렸다.

"어이!"

앨리스는 움직임을 멈췄다.

"어이! 당신!

앨리스는 눈을 감았다.

"전에 왔던 도서관 사람인가?"

"성가시게 하려는 건 아니었어요, 호너 씨." 앨리스가 외쳤다. "그저…… 그저 책을 받으러 왔어요. 바로 사라질게요. 앞으로 아무도 안 올 거예요."

"그럼 거짓말을 한 거요?"

"네?" 앨리스는 등자에서 발을 빼고 돌아섰다.

"더 가져다준다고 했잖소."

앨리스는 눈을 깜빡였다. 호너는 웃지는 않았지만, 총을 들고 있지도 않았다. 그는 문 앞에 서 있다가 한 손을 들어 문설주를 가리켰다. "책 더 빌려드릴까요?"

"그런다고 하지 않았소?"

"오, 그럼요. 음……." 긴장으로 몸이 움직이지 않았다. 앨리스는 가방 속을 허둥지둥 뒤졌다. "네, 마크 트웨인이랑 요리책을 가져왔어요. 아, 이 잡지에는 통조림 제조법도 있어요. 통조림을 만들고 계셨죠? 원하시면 두고 갈게요."

"글자 공부하는 책이 필요해." 호너는 대충 손가락질을 했다. "애들에게 읽힐 거. 한 장에 글이랑 그림 하나씩 있는 걸로. 화려한 거 말고."

"그런 것도 있을 거예요…… 잠시만요." 앨리스는 어린이가 읽기 좋은 책을 꺼냈다. "이런 거요? 인기가 많은……."

"기둥 옆에 두시오."

"네! 다 됐습니다! ……좋았어요!" 앨리스는 책을 가지런히 놓아두고 말에 타려고 돌아섰다. "좋아요. 전……이제 갑니다. 다음 주에 보시고 싶은 책이 있으면 꼭 알려주세요."

앨리스는 한 손을 들었다. 짐 호너와 딸들이 문 앞에 서서 앨리스를 보고 있었다. 가슴은 여전히 두근거렸지만, 흙길 끄트머리에 닿았을 때 앨리스는 저도 모르게 웃고 있었다.

제5장

각 광산, 즉 광산 집단은 광산만을 사유 재산으로 하고, 산 사이로
흐르는 개울 바닥을 제외한 공공장소나 공공 도로도 없는 사회생활
의 중심지가 되었다. 이렇게 생겨난 마을이 산기슭에서 계곡까지
점점이 자리 잡았고, 성과 도개교, 지하 창고만 있으면 중세 봉건 시
대와 다를 바 없었다.

_1923, 미국 석탄 위원회

작은 도서관은 점점 더 뒤죽박죽이 됐지만 책 수요가 끊임없이 늘
어나자 사서들은 손 쓸 겨를이 없었다. 도서관 사서들에 관한 소문은
차츰 퍼져나갔고, 의심하는 사람보다 환영하는 사람들이 더 많아졌
다. 〈가정생활의 벗〉부터 〈농사〉 잡지까지, 가족들은 읽을거리를 원했
다. 찰스 디킨스부터 〈다임 미스터리 매거진〉에 이르는 모든 것을, 안
장주머니에서 꺼내자마자 받아갔다. 아이들이 좋아하는 만화책이 가
장 심한 수난을 겪었다. 책장이 닳기도 했고, 서로 읽겠다고 싸우는 아
이들 사이에서 찢어지기도 했다. 마음에 드는 페이지를 슬그머니 떼
어낸 채 잡지를 반납하는 경우도 있었다. 그리고 주문은 계속 들어왔
다. 선생님, 새 책 있어요?
사서들은 돌아오면 선반에 정리된 책을 빼내는 대신, 바닥에 쌓여

있는 책들 사이에서 부탁받은 책을 찾아야 했다. 필요한 책을 깔고 앉아 있는 사람에게 소리를 질러대며.

"우리가 성공의 희생자 같네요." 마저리가 바닥에 쌓인 책들을 둘러보며 말했다.

"책 정리를 시작해야 할까요?" 베스는 담배를 피우고 있었다. 그녀의 아버지에게 들키면 채찍으로 맞을 일이지만 마저리는 못 본 체했다.

"의미 없어요. 아침에 몇 권 건드리지도 못하고, 돌아오면 마찬가지일걸요. 그래요, 정리 담당이 필요해요."

베스는 이지에게 물었다. "여기 있고 싶어 했죠? 그리고 말도 잘 못 타고."

이지는 발끈했다. "고맙긴 하지만, 이젠 아니에요, 베스. 제가 맡은 가족들은 저랑 친해졌어요. 다른 사람이 대신 맡으면 싫어할걸요."

이지 말도 일리가 있었다. 이지 브레이디는 6주 만에 말을 제법 잘 타게 됐다. 다리 한쪽이 약한 걸 균형 감각이 상쇄해서, 부츠를 신은 두 다리의 차이가 눈에 띄지 않았다. 이지는 안장 뒤에 지팡이를 싣고 다니면서 나뭇가지를 때리거나 사나운 개들을 쫓거나 이따금 나타나는 뱀을 치웠다. 베일리빌 사람들은 대부분 브레이디 부인을 존경했고, 이지가 자기소개를 하면 환영받았다.

"게다가, 베스." 이지가 비장의 카드를 내놓았다. "제가 여기 있으면 어머니가 자꾸 찾아와서 성가시게 할 거예요. 어머니는 제가 종일 밖에 있다고 생각해야 찾아오지 않을 거라구요."

"오, 전 됐어요." 마저리가 바라보자 앨리스가 말했다. "저도 잘하고 있다구요. 짐 호너 씨 큰딸은 지난주에 『미국의 소녀』를 다 읽었어요. 호너 씨는 자랑스러워서 고함도 치지 않았어요."

"그럼 베스가 남으면 되겠네요." 이지가 말했다.

베스는 담배꽁초를 던지고 부츠로 밟아 껐다. "됐어요. 난 청소가 지긋지긋해요. 망할 형제들 때문에 충분히 하고 있다구요."

"꼭 욕을 해야 돼요?" 이지가 못마땅한 말투로 말했다.

"그냥 치우는 것 정도예요." 마저리가 『픽윅 페이퍼스』를 집어들자, 낱장이 축 처졌다. "처음부터 낡은 책이었는데, 이제는 다 떨어지고 있어요. 제본을 하고 떨어진 낱장을 모아 줄 사람이 필요해요. 하인드 먼에서는 그렇게 하는데, 아주 인기가 있어요. 레시피랑 단편 소설을 따로 모아뒀거든요."

"전 바느질이 엉망이에요." 앨리스가 재빨리 말하자, 모두 다 그렇다고 했다.

마저리도 화난 표정으로 말했다. "뭐, 난 못해요. 손 대신 발이 달린 사람이니까." 마저리는 잠시 생각했다. "한 가지 아이디어가 있어요." 그리고 테이블 뒤에서 일어나더니 모자를 집었다.

"뭐예요?" 앨리스가 물었다.

"어디 가요?" 베스가 말했다.

"호프먼에요. 베스, 내 구역을 좀 맡아줄래요? 나중에 만나요."

호프먼 광산의 불길한 소리는 3킬로미터 전방에서부터 들렸다. 석탄 화차 소리, 발밑을 울리는 먼 폭발음, 땡땡거리는 광산 종소리. 마저리에게 호프먼은, 베일리빌 주위 산기슭을 파내고 시커먼 얼굴에 눈 흰자위를 번뜩이는 남자들이 흘러나오고 자연을 파괴하는 기계 소리가 가득한, 지옥이었다. 정착지 주위 공기에서는 석탄 가루의 맛이 났고, 폭발 때문에 계곡은 회색 안개가 자욱해서 언제든지 무슨 일이 일어날 것 같았다. 찰리마저 그곳에서는 멈칫거렸다. 마저리는 광산에 다가가며, 어떤 사람은 신의 땅을 보고도 아름다움과 경이로움 대신 돈만 본다고 생각했다.

호프먼은 자체적인 법을 가진 도시였다. 임금을 받아 숙소 비용을 내고 나면 회사 상점에 일꾼들의 빚이 점점 쌓여갔고, 다이너마이트 사고나 탈선한 트롤리에 팔다리를 잃거나, 더 심한 일을 당할까 하는 두려움이 늘 퍼져 있었다. 몇백 미터 아래로 떨어져 가족이 시신도 수습하지 못할까 하는 두려움까지.

그리고 1년 전, 조금 더 나은 작업 환경을 요구하는 사람들을 진압하기 위해 노조 파괴자들이 찾아왔을 때, 여기에 불신의 분위기가 스며들었다. 광산 사장들은 변화를 원하지 않았고, 대화 대신 깡패들을 불러 주먹질을 하고 총을 쏘게 해 많은 가족들이 아버지와 아들을 잃었다.

"마저리 오헤어?" 마저리가 말을 타고 올라가니, 경비가 손으로 햇살을 가리며 두 발자국 다가왔다.

"응, 밥."

"구스타브손이 여기 있는 거 알아?"

"별일 없지?" 스벤의 이름을 들을 때마다 마저리의 입에 신물이 올라왔다.

"어디에서 일하는지 알지. 이제 출발하기 전에 뭘 좀 먹고 있을 거야. 마지막에 본 건 B블록이었어."

마저리는 노새에서 내려 문을 지나면서 광부들의 시선을 무시했다. 싼 가격이 아니라는 걸 모두가 알지만 할인 광고를 창문에 붙여놓은 매점을 빠르게 지나쳤다. 매점은 산기슭에 서 있었다. 그 위에는 광산

관리자들과 십장들의 널찍하고 관리 잘 된 집들이 깔끔한 뒷마당과 함께 있었다. 돌로레스가 베일리빌의 집을 떠나기 싫다고 하지 않았으면, 반 클리브도 여기 살았을 것이다. 산기슭에 만여 채의 주택이 흩어져 있는 린치처럼 큰 석탄 광산 단지는 아니었다. 이백여 채의 타르지 지붕 판잣집이 40년째 별 수리도 없이 늘어서 있고, 아이들이 신발도 안 신고 흙바닥에서 돼지랑 놀고 있었다. 집 앞에는 자동차 부품과 빨래통이 흩어져 있었고, 주인 없는 개들이 돌아다녔다. 마저리는 주거지에서 오른쪽으로 돌아 광산으로 연결되는 작은 다리를 빠르게 건넜다.

그의 등이 먼저 눈에 들어왔다. 상자에 앉아 다리 사이에 안전모를 끼우고 빵을 먹고 있었다. 어디서나 눈에 들어오는 사람이었다. 말할 때 어깨와 목덜미가 맞닿아 있고 고개를 왼쪽으로 꺾는 습관이 있었다. 셔츠에는 얼룩이 묻어 있었고 등에 'FIRE'라고 적힌 외투가 비뚤어져 있었다.

"안녕."

마저리 목소리에 그가 돌아보더니 일어나서 손을 들었고, 동료들은 낮게 휘파람을 불었다. "마지! 여기서 뭐 하는 거야?" 그는 마저리의 팔을 잡아 모퉁이 뒤로 돌아갔다.

마저리가 스벤에게 물었다. "다들 별일 없어?"

스벤은 눈썹을 치켜올렸다. "이번에는."

마저리가 엄지로 스벤의 얼굴에서 검댕을 닦았다. 스벤은 마저리의 손을 잡아 입술로 가져갔다. 그럴 때마다, 마저리의 배 속이 두근거렸다. 무표정이었지만.

"그럼 내가 보고 싶었나?"

"아니."

"거짓말."

두 사람은 마주 보고 웃었다.

"윌리엄 퀸워스를 찾으러 왔어. 그 사람 여동생을 만나야 해서."

"유색인 윌리엄? 여기 없어, 마지. 한 6~9개월 전에 다쳐서 나갔어."

마저리는 놀랐다.

"말한 것 같은데. 전선 이상으로. 펠러스 톱에 터널을 뚫을 때 그 친구가 거기 있었어. 바위 때문에 다리가 잘려버렸지."

"그럼 지금 어디 있지?"

"모르지. 찾을 수는 있어."

스벤이 행정실의 파이퍼 부인을 구슬리는 동안 마저리는 밖에서 기다렸다. 리 지역의 석탄 광산 다섯 곳 전체가 스벤을 사랑했다. 탄탄한 어깨와 커다란 주먹을 가진 데다 진지하고 총명했다. 그래서 남자들은 자기편이라고 생각하고, 여자들은 자신을 인간으로서 좋아한다고 생각했다. 그는 일을 잘하고 적시에 친절했으며 찢어진 바지를 입은 동네 꼬마든, 광산의 관리자들이든 똑같이 예의를 지켰다. 마저리는 스벤 구스타브손에게서 좋아하는 점을 줄줄 읊어댈 수 있었다. 그에겐 말하지 않았지만.

스벤은 종이 한 장을 들고 사무실 계단을 내려왔다. "돌아가신 어머니 댁, 모나크 크릭에 살고 있대. 들어보니 힘든 모양이네. 여기 병원에서는 두 달만 치료를 해줬고, 그다음에 퇴원했대."

"참 잘하는 짓이네."

스벤은 마저리가 호프먼을 어떻게 생각하는지 잘 알았다. "그런데 그 친구는 왜 찾아?"

"여동생을 찾고 싶어. 하지만 그 사람이 아프다니 성가시게 해도 될지 모르겠네. 그 여동생이 루이빌에서 일한다고 들었거든."

"아, 아냐. 파이퍼 부인이 그러는데, 동생이 그 친구를 돌보고 있대. 거기로 가면 아마 동생도 있을 거야."

마저리는 스벤에게서 종이를 받고 고개를 들었다. 스벤은 상냥한 눈으로 마저리를 보고 있었다. "그럼 언제 볼까?"

"결혼 어쩌구 하는 소리를 언제 그만두느냐에 달렸지."

스벤은 뒤를 살피더니 마저리를 끌고 모퉁이 뒤로 돌아가서 벽에다 밀어붙이고 바짝 다가섰다. "좋아, 이건 어때? 마저리 오헤어, 당신과 결혼하지 않기로 엄숙히 맹세해."

"그리고?"

"그리고 결혼 이야기도 안 하겠어. 잔소리도 안 하고. 결혼 생각도 안 할게."

"좋네."

스벤이 주위를 살피더니 목소리를 낮추고 귓전에 입술을 대자 마저리가 흠칫했다. "대신 당신 집에 들러서, 근사한 몸에다 나쁜 짓을 하겠어. 당신이 허락한다면."

"얼마나 나쁜 짓?" 마저리가 속삭였다.

"아주, 불경스러운 짓."

마저리는 스벤의 작업복 속에 손을 넣어, 따뜻한 살갗이 땀으로 젖어 있는 것을 느꼈다. 광산 소리와 냄새는 밀려나가고, 마저리는 자신의 심장 박동과 스벤의 맥박, 사라지지 않는 욕망만 느껴졌다. "신은 죄인을 사랑해, 스벤." 마저리는 그에게 키스하고 아랫입술을 살짝 깨물었다. "하지만 나만큼 사랑하시진 않을 거야."

스벤은 웃음을 터뜨렸고, 안전 담당 작업자들의 야유를 받으며 노새에게 걸어가는 마저리의 양 뺨은 분홍빛으로 물들어 있었다.

모나크 크릭의 통나무집에 다다랐을 때, 마저리와 노새 모두 지쳐 있었다. 마저리는 노새에서 내려 기둥 위로 고삐를 던졌다.

"누구 계세요?"

아무도 나오지 않았다. 오두막 왼쪽에는 잘 가꾼 채소밭이 보이고, 그 옆에 작은 별채가 붙어 있었으며, 현관에는 바구니 두 개가 매달려 있었다. 주위와는 달리 새로 칠하고 마당도 가꾼 집이었다. 문 옆에는 붉은 흔들의자 하나가 물이 흐르는 목초지를 내다보고 있었다.

"누구 계세요?"

스크린도어(철망을 덧댄 보조문 ─옮긴이 주)에 여자 얼굴이 나타났다. 뭔가 확인하듯 밖을 내다봤다. "마저리?"

"안녕, 소피아, 어떻게 지냈어?"

스크린도어가 열리더니 여자가 마저리를 맞이했다. 허리에 손을 얹고, 숱이 많은 검은 머리를 말아 올리고 있었다. 소피아는 마저리를 찬찬히 살폈다. "음, 이게 얼마 만이지? 8년?"

"그 정도 됐네. 하나도 안 변했어."

"들어와."

마르고 차분한 소피아의 얼굴이 다정한 미소를 지었고, 마저리도 마주 보고 활짝 웃었다. 마저리는 몇 년 동안 호프먼으로 밀주를 나르는 아버지를 따라다녔다. 수입이 좋은 곳이었다. 배달을 다니는 아버지를 따라온 여자아이는 의심을 사지 않을 거란 짐작은 옳았다. 하지만 그가 그릇을 팔고 경비들에게 돈을 쥐어주는 동안, 마저리는 조용히 유색인 구역에 들어가 소피아의 집에서 놀았다.

마저리는 학교에 갈 수 없었다. 아버지가 막았기 때문이다. 어머니가 아무리 사정해도, 아버지는 공부가 필요 없다고 여겼다. 그러나 소피아와 어머니 에이다 씨 덕분에 마저리는 독서를 좋아하게 됐고, 밤마다 어둡고 폭력적인 집에서 멀리 떠날 수 있었다. 책뿐만이 아니었다. 소피아와 에이다 씨는 늘 흠 하나 없었다. 손톱을 깔끔하게 정리하고, 머리카락은 섬세하게 땋아 올렸다. 소피아는 마저리보다 한 살 많았지만, 그 집안의 분위기는 마저리의 눈에 질서를, 자기 집의 소음과 혼돈, 공포와는 다른 삶이 있다는 사실을 대변했다.

"있잖아, 네가 그 책을 먹어치울 것 같았어. 책에 굶주려 있었으니까. 그렇게 빨리 읽어치우는 애는 처음 봤지."

그들은 마주 보고 웃었다. 마저리는 윌리엄을 살펴봤다. 그는 다리가 잘린 왼쪽 바지 자락에 핀을 꽂고 창가에 앉아 있었다. 마저리는 놀란 기색을 감췄다.

"안녕, 마저리."

"사고 소식 정말 유감이야, 윌리엄. 많이 아파?"

"견딜 만해." 윌리엄이 말했다. "일할 수 없어서 괴로울 뿐이지."

"어찌나 성질을 부리는지." 소피아가 어이없다는 표정으로 말했다. "다리를 잃은 것보다 집에 갇혀 지내는 걸 더 싫어해. 앉아. 마실 걸 갖다줄게."

"소피아는 나 때문에 집 안이 어수선하대." 윌리엄이 어깨를 으쓱였다.

오두막은 근방에서 가장 깔끔한 집 같았다. 먼지 한 점조차 제자리가 아닌 물건 하나 없어서 소피아의 엄청난 정리 능력을 증명했다. 마저리는 앉아서 사르사(청미래덩굴 속 식물로 만든 음료-옮긴이 주)를 마시며 윌리엄으로부터 사고 후 실직 이야기를 들었다. "노조에서 나를 위해 싸워주려고 했지만 총격 이후로 흑인을 위해 나서려는 사람이 없어. 무슨 말인지 알지?"

"지난달에 노조원 두 명이 또 총에 맞았어."

"나도 들었어." 윌리엄은 고개를 끄덕였다.

"스틸러 형제는 선탄장에서 나가는 트럭 세 대의 타이어에 총을 쐈어. 그다음에 프라이어스 회사 상점에서 사람들을 모으려고 했을 때는, 깡패들이 다 가두는 바람에 노조원이 전부 찾아가 그들을 꺼내 와야 했어. 그자가 경고를 하는 거야."

"누가?"

"반 클리브. 다 그자가 배후라는 거 알잖아."

"모두 다 알지." 소피아가 말했다. "거기서 무슨 일이 벌어지는지 모두 알지만, 아무도 나서지 않아."

마저리는 하마터면 용무를 잊을 뻔했다. "안부 물으러 온 게 아니야."

"그렇겠지." 소피아가 말했다.

"소식 들었는지 모르겠지만, 베일리빌에 도서관을 만들고 있어. 사서는 동네 여자들 넷이야. 그리고 기증 받은 책이랑 잡지들이 많아. 사망하기 직전인 것들도 있고. 음, 우릴 도와주고 책을 고쳐줄 사람이 필요해. 하루 열다섯 시간 동안 말을 타고 다니면서 정리까지 할 수는 없어서 말이야."

소피아와 윌리엄은 서로 마주 봤다.

"우리랑 무슨 상관인지 모르겠는데." 소피아가 말했다.

"음, 와서 정리를 좀 해줄 수 있을까 해서. 예산은 있고, 급료도 괜찮

아. 공공사업국에서 지불하는 건데, 적어도 1년 동안은 괜찮은 액수야."

소피아는 의자에 등을 기댔다.

마저리는 포기하지 않았다. "루이빌 도서관에서 일하는 거 좋아했잖아. 그리고 매일 한 시간이면 여기로 돌아올 수 있고. 꼭 와주면 좋겠어."

"거긴 유색인 도서관이지." 소피아의 음성이 굳어졌다. 무릎 위에 두 손을 겹쳐 놓았다. "루이빌 도서관 말이야. 그건 알고 있겠지, 마저리. 난 백인 도서관에서 일할 수 없어. 그건 안 되겠다."

"이동 도서관이야. 사람들이 드나들지 않아. 우리가 찾아가지."

"그래서?"

"그래서 소피아가 거기 있다는 걸 아무도 몰라. 도움이 간절해. 책을 손보고 우리 일을 도와줄 사람이 필요한데, 누가 봐도 소피아가 이 근방에서 최고의 사서잖아."

"다시 말하지만, 거긴 백인 도서관이야."

"세상이 변하고 있어."

"두건 쓴 남자들이 우리 집 문을 두드리면 그렇게 말해."

"그럼 여기서 뭘 하는데?"

"우리 오빠를 돌보지."

"그건 알아. 돈벌이는 뭘 하는지 물었어."

남매는 눈짓을 교환했다.

"너무 사적인 질문이네. 아무리 마저리 너라고 해도 말이야."

윌리엄은 한숨을 쉬었다. "상황이 별로 좋지 않아. 저축이랑 어머니가 남긴 돈으로 살고 있어. 하지만 얼마 안 되거든."

"윌리엄!" 소피아가 야단쳤다.

"뭐, 사실인걸. 마저리와는 다 아는 사이잖아."

"그럼 백인 도서관에서 일하다가 머리가 빠개져도 좋단 거니?"

"그런 일은 없을 거야." 마저리가 침착하게 말했다.

소피아가 입을 다물었다. 프랭크 오헤어의 자식으로서 좋은 점은 별로 없지만, 마저리가 뭔가 마음먹으면 해낸다는 건 사람들도 알았다. 프랭크 오헤어 같은 사람과 어린 시절을 보냈다면, 어떤 일에도 개의치 않을 테니까.

"참, 월급은 28달러야." 마저리가 말했다. "우리랑 똑같아."

소피아는 시선을 떨궜다. 마침내 고개를 들었다.

"생각해볼게."

"좋아."

소피아는 입을 꾹 다물었다. "예전처럼 엉망으로 어지르니?"

"아마 좀 더 심할걸."

소피아가 일어나더니 스커트 주름을 폈다. "그래. 생각해볼게."

윌리엄이 배웅했다. 굳이 그러겠다고 하면서 힘겹게 일어서자 소피아가 목발을 건넸다. 윌리엄은 문까지 가는 데도 힘이 들어 얼굴을 찡그렸고 마저리는 보고도 내색하지 않았다. 그들은 문 앞에 서서 개울을 내다봤다.

"산등성이 북쪽을 떼어내려고 하는 거 알아?"

"뭐?"

"빅 콜이 말해줬어. 거기다 굴을 여섯 개나 연달아 뚫을 거래. 식탄광맥이 있다고."

"하지만 거긴 사람이 살잖아. 북쪽 바로 아래만 해도 열넷, 열다섯 가구가 살 텐데."

"우리도 알고, 그 사람들도 알지. 그렇다고 돈 냄새를 맡았는데 관두겠어?"

"하지만…… 사람들은 어떻게 하라고?"

"매번 똑같이 되는 거지." 윌리엄은 이마를 문질렀다. "켄터키, 알지? 세상에서 가장 아름답고 가장 잔인한 곳. 신께서 아름다움과 잔인함을 다 보여주시는 것 같아."

윌리엄은 문에 기대서 목발을 겨드랑이에 꼈다.

"만나서 반가웠어, 마저리. 몸조심해."

"윌리엄도. 그리고 소피아더러 도서관에서 일하라고 말 좀 해줘."

윌리엄은 한쪽 눈썹을 치켜떴다. "허! 소피아도 마저리와 같아. 누구의 말도 안 들어."

윌리엄이 스크린도어를 닫고 들어가면서 웃는 소리가 들렸다.

제6장

어머니는 고기파이 이외에는 만든 지 24시간이 지난 파이는 가족에게 먹이지 않으셨다. 아침 식사 전에 파이를 굽기 위해 한 시간 일찍 일어나곤 하셨지만, 커스터드나 과일, 심지어 호박파이도 사용하기 하루 전에 미리 굽지 않으셨다. 어머니가 미리 만드셨다면 아버지가 드시지 않았을 것이다.

_〈농장 일지〉, 달라 T. 루츠

베일리빌에서 첫 몇 달 동안, 앨리스는 매주 있는 교인 저녁 식사를 즐기는 편이었다. 한두 명 더 모이면 우울한 분위기가 걷히는 것 같았고, 애니가 평소 하는 기름진 음식보다 좀 나은 요리가 나왔다. 반 클리브 씨는 그나마 행동을 조심했고, 가장 자주 찾아오는 매킨토시 목사는 말이 좀 많긴 해도 인자한 사람이었다. 켄터키 사교계에서 제일 재미있는 건 끝없는 이야깃거리 같았다. 모든 일화가 아름답게 재구성되고 폭소를 자아냈다. 한 식탁에 이야기꾼이 둘 이상 모이면, 경쟁이 시작됐다. 하지만 더 중요한 것은, 그 이야기가 오가는 동안 앨리스가 남의 시선을 신경 쓰지 않고 식사할 수 있었다는 것이다.

"언제 내 친구에게 증손주를 안겨줄 겁니까?"

"나도 계속 묻고 있어요." 반 클리브 씨는 베넷과 앨리스에게 나이프를 흔들었다. "아이가 뛰어다니지 않으면 제대로 된 가정이 아니지."

우리 침실이 아버님 방귀 소리가 들릴 정도로 가깝지 않다면 모르죠. 앨리스는 속으로 이렇게 대답하며 자기 접시에 매시트포테이토를 담았다. 옷을 다 껴입지 않고도 욕실에 드나들 수 있게 되면 모르죠. 일주일에 두 번씩 이런 소릴 듣지 않아도 되면 모르죠.

녹스빌에서 방문한 매킨토시 목사의 누이 패밀라의 아들은 결혼식 날 신부를 임신시켰다고 했다. "그날부터 9개월 뒤에 쌍둥이가 태어났죠. 놀랍지 않나요? 그 아이는 시계처럼 정확하게 움직인다니까요. 두고 보세요. 쌍둥이가 젖을 떼면 그날로 또 아이를 가질 테니."

"앨리스, 이동 도서관의 사서 아닌가요?" 패밀라의 남편은 의심 가득한 눈빛으로 세상을 관찰했다.

"그렇답니다."

"하루 종일 집에 붙어 있질 않아!" 반 클리브 씨가 외쳤다. "너무 지쳐 돌아와서 눈도 제대로 뜨지 못하는 날도 많소."

"너처럼 팔팔한 청년을 만났으니, 베넷. 앨리스는 아침부터 말을 탈 기운이 없겠는걸!"

"그러다 카우보이처럼 안짱다리가 되겠어!"

두 남자는 껄껄 웃어댔다. 앨리스는 힘없이 웃어 보였다. 베넷을 보니 검은콩을 집는 데 집중하고 있었다. 고구마 접시를 들고 어쩐지 만족스러운 표정을 한 애니와 눈이 마주쳤다. 앨리스는 애니가 먼저 시선을 돌릴 때까지 눈에 힘을 줬다.

"바지에 달거리 혈이 묻었어요." 전날 저녁 애니가 앨리스에게 세탁물을 가져다주면서 말했다. "빨아도 아직 얼룩이 남아 있어요." 애니는 잠시 멈추더니 덧붙였다. "지난달에도 그랬죠."

앨리스는 그 여자가 '달거리'를 지켜보고 있는 데 발끈했다. 문득 그곳 사람 절반이 앨리스가 임신을 하지 못한다고 떠들어대는 것 같았다. 물론 베넷을 탓할 사람은 없었다. 그들의 야구 챔피언, 그들의 스타의 잘못일 리 없었으니까.

"있잖아요, 버리아에 사는 제 사촌은 아무리 해도 애를 가지지 못했어요. 남편이 개처럼 덤볐는데도 말이죠. 사촌이 뱀을 다루는 교회에 갔어요. 목사님, 반대하시는 거 알지만 제 얘길 끝까지 들어보세요. 거기서 사촌 목에 그린 가터를 둘러줬는데, 그다음 주에 임신을 했어요. 아기 눈이 샛노란 금색이라고 하더군요. 하지만 원래 공상을 많이 하는 성격이긴 했죠."

"제 고모 롤라도 같았어요. 목사님이 신도들 모두에게 고모의 자궁을 채워달라고 기도하게 했죠. 1년이 걸렸지만, 지금은 자식이 다섯이에요."

"굳이 그러실 필요는 없어요." 앨리스가 말했다.

"말을 타서 그런 것 같아요. 여자가 하루 종일 말을 타서 좋을 게 없어요. 프리먼 선생님이 그러면 여자 배 속이 흔들린다고 했어요."

"음, 맞아요. 저도 그런 글을 읽었네요."

반 클리브 씨는 소금통을 집어 들고 흔들었다. "우유 주전자를 너무 흔들면 우유가 상하는 것과 같지. 굳는다고."

"제 배 속은 굳지 않았어요." 앨리스가 딱딱하게 말하고, 잠시 후에 이렇게 덧붙였다. "하지만 그 글을 보고 싶네요."

"글이요?" 매킨토시 목사가 말했다.

"말씀하신 거요. 여자가 말을 타서는 안 된다는. '흔들리는 거' 때문에. 처음 듣는 의학 용어라서요."

두 남자는 서로 마주 봤다.

앨리스는 고개를 들지 않고 닭고기를 나이프로 잘랐다. "지식은 참 중요하다고 생각하지 않으세요? 도서관에선 다들, 우리에겐 사실이 전부라고 해요. 제가 말을 타서 건강을 위협한다면, 말씀하신 글을 읽어보는 것이 책임감 있는 행동이겠죠. 다음 주일에 가져오시면 어떨까요, 목사님." 앨리스는 고개를 들고 환한 미소를 지었다.

"흠." 매킨토시 목사가 말했다. "쉽게 찾을 수 있을지 모르겠군요."

"목사님께는 서류가 많으니까." 반 클리브 씨가 말했다.

"재미있는 건 말이죠." 앨리스는 포크를 흔들어 강조하며 말했다. "영국에선 숙녀들이 다 말을 탄다는 거예요. 사냥도 가고, 웅덩이나 울타리도 뛰어넘죠. 승마는 필수예요. 그런데도 대단히 효율적으로 아기들을 뻥뻥 낳아요. 왕족도 뻥, 뻥, 뻥! 완두콩 까듯이! 빅토리아 여왕이 애를 몇이나 낳았는지 아세요? 그런데 늘 말을 탔죠. 아무도 말리지 못했어요."

식탁이 조용해졌다.

"음……." 매킨토시 목사가 말했다. "그거참…… 흥미롭군."

"하지만 좋을 리가 없어요." 목사의 누이가 상냥하게 말했다. "힘든 육체 활동은 젊은 여성에게 좋지 않아요."

"세상에. 제가 매일 만나는 산속 여자들에게 그렇게 말씀해보세요. 앓아누운 남자들을 대신해서 땔감을 쪼개고, 채소밭을 매고, 집을 치워요. 혹은 게으른 남자들을 대신해서 말이죠. 그런데 이상하게도, 모두 애를 계속 낳거든요."

"앨리스." 베넷이 낮은 소리로 말했다.

"그 사람들이 꼿꼿이나 하며 꼼짝 않을 리는 없을 것 같네요. 아니면 생물학적으로 다르거나. 그럴 거예요. 거기에도 제가 못 들어본 의학적인 이유가 있겠죠."

"앨리스." 베넷이 다시 말했다.

"제겐 문제가 없어요." 앨리스가 화난 소리로 속삭였다. 목소리가 떨리자 분했다. 그들이 원하는 게 바로 그것이었다. 두 노인은 기분 좋은 시선을 교환했다.

"오, 흥분하지 마라. 널 비난하는 게 아니야, 앨리스." 반 클리브 씨가 두툼한 손으로 앨리스의 손을 잡으며 말했다.

"주께서 속히 축복하지 않으면 실망할 수야 있죠. 하지만 그걸 가지고 흥분할 건 없어요." 목사가 말했다. "다음에 교회에 오면 잠시 기도를 해드리죠."

"참 친절하시지." 반 클리브 씨가 말했다. "젊은 여자는 자신에게 뭐가 득이 되는지 모를 때가 있죠. 그래서 우리가 있는 거란다, 앨리스. 너를 위해서. 자, 애니, 고구마는 어디 있지? 그레이비가 식었어."

"왜 그랬어요?" 노인들이 최고급 버번을 바닥내는 동안, 베넷이 앨리스와 그네에 앉아 말했다. 노인들의 오르락내리락하는 음성이 들렸고 웃음소리가 간간이 터져 나오곤 했다.

앨리스는 팔짱을 끼고 앉아 있었다. 저녁때가 되어 시원해졌지만, 앨리스는 베넷의 따뜻한 몸으로부터 20센티미터 정도 떨어진 곳에 앉아 숄을 걸치고 있었다. "뭐를요?"

"알잖아요. 아버지는 당신을 걱정해서 하신 말씀인데."

"베넷, 승마랑 내가 임신을 못 하는 건 아무 상관이 없다는 걸 당신은 알잖아요."

베넷은 아무 말도 하지 않았다.

"난 내 일이 좋아요. 정말 좋아요. 당신 아버지가 내 배 속이 흔들린다는 인상을 받는다고 해도 그만두지 않을 거예요. 당신이 야구를 너무 많이 한다는 사람은 없어요? 없죠. 물론 아무도 안 그러죠. 하지만당신 거기도 일주일에 세 번은 온통 흔들린다구요."

"쉿!"

"오, 잊었네요. 아무 말이나 하면 안 되는 걸. 당신 거시기가 흔들린단 말도. 하지만 사람들의 입에 오르내리는 건 나라고요. 내가 불임이라고 생각한다고."

"사람들 생각을 왜 신경 쓰죠? 어차피 남의 시선엔 관심 없으면서."

"당신 가족과 이웃들이 끝없이 그 소릴 하니까요! 그리고 당신이 해명하지 않으면 앞으로도 계속 그럴 테니까! 아니면 그저…… 어떻게든 좀 해봐요!"

앨리스는 선을 넘었다. 베넷은 그네에서 벌떡 일어나더니 스크린도어를 쾅 닫고 들어가 버렸다. 응접실이 갑자기 조용해졌다. 남자들의 음성이 서서히 높아질 때, 앨리스는 그네에 앉아서 귀뚜라미 소리를 들으며 집에 사람들이 가득한데 왜 이렇게 외로울까 생각했다.

그 주에는 도서관에도 안 좋은 일이 많았다. 푸르던 산은 불붙은 듯한 주홍색으로 바뀌었고 낙엽이 땅에 붉은 카펫을 깔아 말발굽 소리가 줄어들었으며, 빈터는 아침마다 안개가 자욱했고 사서 절반의 상태가 좋지 않았다. 앨리스는 입을 꽉 다물고 퀭한 눈을 하고 있었다. 마저리도 소피아로부터 소식이 없어 초조했다. 매일 저녁마다 찢어진 책을 수선해보려고 했지만 책 더미는 아슬아슬할 정도로 높아졌고,

그 모든 작업의 양과 버려지는 책들을 생각하면 마음이 급했다. 노새에 올라 또다시 길을 떠나는 것 이외에 다른 일을 할 시간은 나지 않았다.

책에 대한 욕구는 어마어마해졌다. 아이들은 졸졸 따라다니며 읽을거리를 달라고 졸랐다. 2주에 한 번 마저리가 만나는 가족들은 자기들도 매주 책을 빌려달라고 조르곤 했고, 사서가 모두 넷뿐이라 매일 돌아다니고 있다고 설명해야 했다. 말들은 돌길을 오래 걸어 주기적으로 다리를 절었고("빌리를 편 걸리의 경사로에 또 데려가면 두 다리만 길어질 거라고 믿어") 패치는 물집이 심해 며칠 쉬어야 했다.

그뿐만 아니었다. 무리한 결과가 나타나기 시작했다. 금요일 저녁, 부츠에 묻은 진흙과 낙엽 때문에 더욱 엉망이 됐던 날, 앨리스가 이지의 가방에 발이 걸려 가방끈이 끊어졌을 때 이지가 화를 냈다. "조심 좀 해요!"

앨리스가 허리를 숙이고 가방을 집어들려고 하는데, 베스가 그걸 봤다. "그거 바닥에 두면 안 되는 거 몰라요?"

"1분밖에 두지 않았어요. 책을 내려놓고 지팡이를 들려고 했어요. 그럼 어쩌라는 건가요?"

"글쎄요. 엄마한테 하나 더 사달라고 하죠?"

이지는 뺨이라도 맞은 것처럼 화를 내며 베스를 노려봤다. "취소해요."

"뭘 취소해요? 빌어먹을 사실인걸."

"이지, 미안해요." 앨리스가 잠시 후 말했다. "그건…… 그건 정말 실수였어요. 주말에 그걸 고쳐줄 사람이 있는지 알아볼게요."

"심술궂게 굴 필요 없잖아요, 베스 핀커."

"젠장. 어찌나 쉽게 상처를 받는지."

"두 사람 다 그만두고 책이나 넣지 그래요? 자정 전엔 퇴근하고 싶은데."

"그쪽이 아직 마치지 않아서 내 책을 넣을 수가 없어요. 그리고 지금 내 책을 가져오면 그쪽 발치의 책과 섞일 뿐이에요."

"이지 브레이디, 내 발치의 책은 당신이 어제 책장에 꽂지 않은 거예요."

"엄마가 퀼트 모임에 가신다고 일찍 데리러 오신다고 했잖아요!"

"오, 그렇군요. 우리가 그놈의 퀼트 모임에 방해가 돼선 안 되겠죠?"

모두의 음성이 찢어져라 높아졌다. 베스는 방금 전 안장주머니와 점심 도시락, 빈 레모네이드 병을 치운 구석에서 이지를 노려봤다.

"아, 제길. 우리한테 뭐가 필요한지 알아요?"

"뭔데요?" 이지가 의심쩍은 표정으로 물었다.

"휴식이요. 우린 너무 일만 하고 놀지 못했어요." 베스가 씩 웃었다. "모임을 해야 할 것 같아요."

"지금 모여 있잖아요." 마저리가 말했다.

"이런 모임 말구요." 베스는 쌓인 책들을 건너뛰어 성큼성큼 걸어갔다. 문을 열고 밖으로 나가니, 베스의 남동생이 계단에 앉아 기다리고 있었다. 여자들은 이따금 심부름을 해준 대가로 브린에게 사탕을 줬고, 브린은 기대하는 눈빛으로 고개를 들었다. "브린, 반 클리브 씨에게 앨리스가 도서관 정책을 의논하느라 늦게 끝날 테니 우리가 집까지 바래다준다고 전하렴. 그리고 브레이디 부인 댁에 가서 똑같이 전하고…… 아니, 도서관 정책이란 말은 하지 마. 부인이 여기로 달려오실 테니까. 대신…… 안장을 닦는다고 해. 그리고 엄마에게도 똑같이 전해줘. 나중에 사탕 사줄게."

마저리가 눈을 가늘게 떴다. "설마……."

"곧바로 올게요. 그리고 얘, 브린? 브린! 아버지께 내가 담배 피운다고 이르면 귀를 하나씩 떼어버릴 거야. 알겠니?"

"무슨 일이죠?" 앨리스가 물었고, 베스의 발자국 소리가 잦아들었다.

"나도 묻고 싶네요." 누군가가 이렇게 말했다.

마저리가 고개를 들고 보니 소피아가 가방을 옆구리에 끼고 서 있었다. 어지러운 도서관을 보더니 한쪽 눈썹이 올라갔다. "오, 이런. 안 좋은 정도라고 했지, 루이빌까지 비명을 지르며 달려가고 싶은 꼴이라곤 안 했잖아."

흠 하나 없는 파란 원피스를 입은 키 큰 여인이었다. "음, 어째서 모두 거기 앉아 파리를 잡고 있는지 모르겠군요. 일을 해야죠!" 소피아는 가방을 내려놓고 스카프를 풀었다. "윌리엄에게도 말했고, 여기서도 말해두겠어. 일은 저녁때 하고, 문은 잠그고 할 거야. 아무도 내가 여기 있는 걸 모르게. 그게 내 조건이야. 그리고 얘기한 급료는 받고."

"난 좋아." 마저리가 말했다.

나머지 두 사람은 흥미진진한 표정으로 마저리를 돌아봤다. 마저리는 미소를 지었다. "이지, 앨리스, 여긴 소피아 씨예요. 다섯 번째 사서죠."

소피아 켄워스는 루이빌의 유색인 도서관에서 8년 동안 일했다. 그곳 건물은 너무 커서 책을 구간뿐 아니라 층별로 나눠 정리하며, 켄터키 주립 대학교의 교수와 강사들까지 왔고, 도서관 전용 카드와 도장을 써서 책이 드나들 때마다 날짜 표식을 남긴다고 했다. 소피아는 그곳에서 정식 훈련과 수습 기간을 거쳤지만, 석 달 간격으로 어머니가 돌아가시고 윌리엄이 사고를 당하게 되자 루이빌을 떠나 오빠를 돌봐야 해서 퇴직했다.

"이곳에 필요한 건 체계로군요. 내게 맡겨요." 소피아는 책등을 살피면서 말했다.

도서관 문을 잠그고 한 시간 뒤, 책은 대부분 정리됐다. 소피아는 장부를 뒤적이며 못마땅한 소리를 내고 있었다. 한편 베스는 돌아와서 앨리스의 코밑에 커다란 주전자를 들이밀고 있었다.

"글쎄요……." 앨리스가 말했다.

"한 모금 마셔봐요, 어서. 안 죽어. 애플파이 밀주야."

앨리스는 이미 거절한 마저리를 봤다. 마저리가 밀주를 거절한다고 놀라는 사람은 없었다.

앨리스는 주전자를 입술에 대고 망설이다가 다시 용기를 잃었다. "취해서 집에 가면 어떻게 하죠?"

"음, 취해서 집에 가게 될 것 같은데요." 베스가 말했다.

"글쎄요…… 다른 사람이 먼저 마셔보면 안 되나요?"

"음, 이지는 안 마실 거죠?"

"왜요?" 이지가 말했다.

"저런. 여기." 베스가 웃으며 말했다. 그리고 앨리스 손에서 주전자를 받아 이지에게 넘겼다. 이지는 장난꾸러기처럼 웃으며 양손에 주전자를 쥐더니 입에 댔다. 한 모금 마시고 쿨럭거리더니 주전자를 돌려주면서 눈이 휘둥그레졌다. "그렇게 들이켜면 안 돼요!" 베스가 말하곤 조금 마셨다. "그렇게 마시다간 화요일엔 눈이 멀 거예요."

"줘봐요." 앨리스가 말했다. 내용물을 내려다보곤 심호흡을 했다.

넌 너무 충동적이야, 앨리스.

한 모금 마시자 알코올에 목구멍이 타는 느낌이었다. 눈을 꼭 감고 눈물이 그치기를 기다렸다. 맛이 좋았다.

"좋죠?" 앨리스가 다시 눈을 뜨니 베스가 짓궂은 표정으로 보고 있었다.

앨리스는 말없이 끄덕이고 침을 삼켰다. "네, 굉장해요. 한 모금 더 마실게요."

그날 저녁 앨리스에게 변화가 일어났다. 시내 사람들의 눈초리가 지겨웠고, 감시당하고 남의 입에 오르고 판단받는 것이 구역질 났다. 모두가 권능자라고 생각하지만, 자신을 제대로 보지도 못하는 남자랑 결혼한 것이 진저리났다.

앨리스는 그 남자와 결혼하려고 지구 반대편으로 왔는데, 사람들은 앨리스에게 결함이 있다고 여겼다. 뭐, 모두 다 그렇게 생각한다면 그렇게 돼주지, 앨리스는 생각했다.

앨리스는 한 모금씩 마시다 베스가 "이제 천천히 마셔요"라고 하자 손을 뿌리쳤다. 주전자를 건네면서, 앨리스는 기분 좋게 알딸딸하다고 말했다.

"기분 좋게 알딸딸해!" 베스가 흉내 내자 여자들은 웃음을 터뜨렸다. 마저리도 어쩔 수 없이 미소를 지었다.

"음, 무슨 도서관이 이 모양인지 모르겠네." 소피아가 구석에서 말했다.

"긴장을 좀 풀어야 해서 그래." 마저리가 말했다. "힘들게 일했거든."

"힘들게 일했어요! 이제 음악이 필요해!" 베스가 이렇게 말하고 손을 들었다. "기슬러 씨의 축음기를 가져와요. 빌려줄 거예요."

마저리는 고개를 저었다. "프레드는 놔둬요. 이런 꼴을 볼 필요는 없으니까."

"앨리스가 취한 걸 볼 필요는 없단 말이죠." 베스가 음흉하게 말했다.

"네?" 앨리스가 고개를 들었다.

"놀리지 말아요." 마저리가 말했다. "어쨌든 유부녀잖아요."

"서류상으론 그렇죠." 앨리스는 눈에 초점이 맞지 않았다.

"그래요. 마저리처럼 원하는 건 해버려요." 베스가 곁눈질하며 말했다. "원하는 사람이랑."

"내가 사는 방식을 부끄러워하길 바라는 거예요, 베스 핀커? 차라리 하늘이 무너지길 기다려요."

"이봐요." 베스가 말했다. "스벤 구스타브손처럼 잘생긴 남자가 찾아와 청혼하면, 그 남자가 교회에 간 기억도 안 날 만큼 빠르게 내 손에 반지를 낄 거예요. 바구니에 담기 전에 사과를 한 입 먹고 싶으면, 그거야 당신 마음이죠. 그래도 바구니는 꼭 챙기도록 해요."

"바구니가 싫으면?"

"누구나 바구니를 원해요."

"난 아니에요. 전에도, 앞으로도. 바구니는 안 가질 거예요."

"무슨 얘길 하는 거죠?" 앨리스가 키득거리며 말했다.

"기슬러 씨 얘기부터 무슨 말인지 모르겠네요." 이지가 소리 없이 트림하며 말했다. "세상에, 기분이 끝내줘요. 렉싱턴 지역 축제 때 회전차를 세 번 탔을 때 이후로 이런 기분 처음이에요. 또…… 아뇨. 그건 끝이 별로였어."

앨리스는 이지에게 다가가 팔을 잡았다. "가방끈은 정말 미안해요. 고의는 아니었어요."

"아, 걱정 말아요. 엄마께 또 사달라고 하면 되니까." 그 말에 둘이 웃음을 터뜨렸다.

소피아가 마저리를 보며 한쪽 눈썹을 치켜올렸다.

마저리는 책장 칸칸이 놓여 있는 등불을 켜면서 웃지 않으려고 했다. 모임을 좋아하는 성격은 아니었지만, 이것저것 농담을 주고받으며 장난을 치고 진짜 우정이 생겨나는 느낌은 좋았다.

"저기요?" 앨리스가 웃음이 멈추자 말했다. "원하는 걸 뭐든지 할 수 있다면 무엇을 하고 싶어요?"

"이 도서관 정리요." 소피아가 중얼거렸다.

"진지하게 묻는 거예요. 뭐든지 할 수 있고, 뭐든지 될 수 있다면, 뭘 하고 싶어요?"

"온 세상을 여행할 거예요." 책에 등을 기대고 책 더미 위에 팔을 올려놓은 베스가 말했다. "인도와 아프리카, 유럽, 이집트까지 가 보고 싶어요. 여기서 평생 살 생각은 없어요. 오빠들은 아버지가 돌아가실 때까지 내게 돌보라고 할 테니까. 타지마할과 중국의 만리장성, 얼음으로 작은 오두막을 지은 곳, 그밖에도 백과사전에 나오는 온갖 곳에 다 가 보고 싶어요. 영국에 가서 왕과 왕비를 만나고 싶었는데, 앨리스가 있으니 그럴 필요가 없죠." 다른 여자들이 웃기 시작했다.

"이지?"

"아, 미친 생각이에요."

"베스의 타지마할보다 더 미친 거예요?"

"말해봐요." 앨리스가 쿡 찔렀다.

"난…… 음, 가수가 되고 싶어요." 이지가 말했다. "라디오나 축음기로 듣는 노래를 부르고 싶어요. 도로시 레이머나……." 이지는 눈썹을 너무 치켜올리지 않으려고 점잖게 애쓰는 소피아 쪽으로 한번 시선을 던졌다. "……빌리 홀리데이처럼요."

"이지 아버지가 해줄 수 있겠네요. 그분은 모르는 사람이 없잖아요?" 베스가 말했다.

이지는 갑자기 불편한 표정을 지었다. "나 같은 사람은 가수가 되지 못해요."

"왜요?" 마저리가 물었다. "노래를 못해요?"

"무슨 말인지 알잖아요."

마저리는 어깨를 으쓱였다. "내가 알기로 노래하는 데 다리는 필요 없는데."

"하지만 사람들이 듣지 않을 거예요. 내 보조기를 보느라 정신이 팔려서."

"아이고, 그런 생각 말아요. 보조기를 쓰는 사람이 얼마나 많은데. 아니면…… 긴 드레스를 입어요." 마저리가 말했다.

이지는 술이 깼다. 얼굴이 조금 붉어진 것뿐이었다. "오, 찬송가, 블루그래스, 블루스 다 좋아요. 오페라도 해봤어요."

"음, 그럼 이제 노래를 불러요." 베스가 담배에 불을 붙이려다 성냥불이 너무 작아지자 손가락을 후후 불면서 말했다. "어서, 재능을 보여줘요."

"아니에요." 이지가 말했다. "노래는 혼자서만 해요."

"그럼 텅 빈 콘서트 무대가 되겠군요." 베스가 말했다.

이지는 그들을 바라봤다. 그러더니 몸을 일으키고 떨리는 소리로 심호흡을 하더니 노래를 시작했다.

"내 연인의 속삭임은 먼지로 변했고
부드러운 키스는 녹슬어버렸네.
그가 멀리 있어도 내 마음속에 붙잡고
내 사랑을 한밤의 별로 바꾸고 싶어."

이지는 눈을 감고 작은 도서관을 꿀에 담근 듯 감미로운 음성으로 채웠다. 이지는 그들 눈앞에서 새로운 존재로 변했다. 음에 닿기 위해 상체를 펴고 입을 벌렸다. 어딘가 멀리, 이지 자신이 사랑하는 곳으로 떠난 것 같았다. 베스는 부드럽게 몸을 흔들며 미소 지었다. 이 뜻밖의 상황에 대한 맑고 투명한 기쁨이 베스의 얼굴에 퍼졌다. 베스는 참을 수 없다는 듯 "젠장, 이거지!"라고 외쳤다. 그리고 잠시 후, 소피아가 도저히 참지 못하고 더 깊은 음성으로 이지와 화음을 이루며 함께 노래했다. 이지는 눈을 떴고 둘은 마주보고 노래하며 미소를 지었다. 그들의 음성에 작은 도서관이 둥실 떠오르는 것 같았다.

"그 빛은 멀지만 그래도 따뜻해.
하늘에서 백만 킬로미터 떨어져 있지만
연인이 돌아올 때까지 여기서 기다릴 테야.
내가 느끼는 빛이 켄터키 하늘의 별보다 더 밝아질 때까지."

지켜보는 앨리스는 밀주가 혈관을 따라 흐르고 온몸이 노래하는 것을 느꼈다. 그리고 마음속에서 뭔가 무너지는 것 같았다. 사랑과 상실, 외로움과 관련된 감정이었다. 앨리스는 편안한 표정으로 생각에 잠긴 마저리를 보며 그녀의 연인 이야기를 떠올렸다. 시선을 의식했는지,

마저리는 앨리스를 돌아보며 미소를 짓다가 뺨에 흐른 눈물에 깜짝
놀랐다.

마저리는 눈썹을 치켜뜨며 소리 없이 물었다.

집이 그립네요. 앨리스가 대답했다. 사실 그렇다고 생각했다. 다만,
그리운 집이 전에 살던 곳인지는 알 수 없었다.

마저리가 앨리스를 이끌고 밖으로 나가서 말들이 풀을 뜯는 풀밭으
로 걸어갔다.

마저리는 앨리스에게 손수건을 건넸다. "괜찮아요?"

앨리스는 코를 풀었다. 시원한 밖에 나오니 술이 깼다. "괜찮아요,
그럼요……" 앨리스는 하늘을 올려다봤다. "아뇨. 괜찮지 않아요."

"도움이 필요해요?"

"남이 도와줄 수 있는 일이 아닌 것 같아요."

마저리는 등을 담에 기대고 산을 바라봤다. "38년 동안 별꼴을 다
보고 별일을 다 들었죠. 무슨 말을 해도 그닥 놀라지 않을 거예요."

앨리스는 눈을 감았다. 그 일을 끄집어내면, 어떻게든 해결해야 하
는 진짜 문제가 되어버릴 것 같았다. 앨리스는 마저리를 흘끔거렸다.

"그리고 혹시 내가 남의 얘길 떠벌리고 다닐 거라고 생각한다면, 날
아직 잘 모르는 거예요, 앨리스 반 클리브."

"반 클리브 씨가 자꾸 아기 얘기를 해요."

"젠장, 여기선 다들 그래요. 손가락에 반지를 끼자마자 카운트다운
이 시작되죠."

"하지만 그게 문제가 아니라, 베넷이……" 앨리스는 손을 맞잡고
꼼지락거렸다. "몇 달쨌데, 그이는…… 아직……."

마저리는 제대로 들은 것인지 확인하려는 듯 잠시 기다렸다. "안 한다고요?"

앨리스는 숨을 크게 들이쉬었다. "시작은 좋았어요. 여행이랑 여러 가지 일로 너무 오래 미뤘고, 그건 좋았는데 갑자기 상황이…… 음, 반 클리브 씨가 옆방에서 소리를 지르기도 하고…… 아마 응원하려고 그러는 것 같은데…… 우리 둘 다 좀 놀라서 멈추고 눈을 뜨고 보니 베넷은 절 보지도 않더라구요. 짜증 난 표정으로 멀찍이 떨어지기에 무슨 일이냐고 물었더니 그이는 제가……." 앨리스는 침을 꿀꺽 삼키고 말했다. "……그런 걸 묻다니 숙녀답지 못하다고 했어요."

마저리는 잠자코 기다렸다.

"그래서 다시 누워서 기다렸어요. 그런데 그이는…… 음, 그때 할 줄 알았어요. 하지만 반 클리브 씨가 옆방에서 쿵쾅거리는 소리가 들렸고……. 음…… 그걸로 끝이었어요. 뭐라고 속삭이려고 했더니 그이가 짜증을 내면서 제 탓이라는 듯 굴었어요. 하지만 잘 모르겠어요. 전 한 번도……. 그래서 제가 뭘 잘못한 것인지, 그이가 잘못한 것인지 모르겠지만, 어쨌든 그이 아버지가 늘 옆방에 계시고 벽은 너무 얇고, 베넷은 이제 가까이 오지도 않아요. 그리고 그런 건 의논도 할 수 없는 일이고요." 말이 멋대로 튀어나와 버렸다. 앨리스는 얼굴이 달아오르는 걸 느꼈다. "좋은 아내가 되고 싶어요. 정말로. 하지만…… 불가능한 느낌이에요."

"그럼…… 한마디로 말해서, 아직……."

"모르겠어요! 어떻게 하는 건지도 모르니까요!" 앨리스는 고개를 젓더니 두려운 듯 양손으로 얼굴을 감쌌다.

마저리는 부츠를 내려다보며 이맛살을 찌푸렸다. "기다려요."

마저리는 오두막에 들어갔다. 안에서는 노랫소리가 다시 절정에 다다랐다. 앨리스는 갑자기 노랫소리가 멈춘다면 마저리가 자신을 배신한 것이라고 생각하며 초조한 마음으로 귀를 기울였다. 하지만 노랫소리는 더 커졌고 작은 박수 소리와 베스의 환호 소리가 들렸다. 마저리가 조그맣고 파란 책을 들고 계단을 달려 내려와 앨리스에게 건넸다. "자, 이 책은 장부에 등록하지 않았어요. 그 문제에 도움이 필요한 숙녀들끼리만 돌려보고 있죠."

앨리스는 가죽 장정 책을 빤히 봤다.

"사실만 적혀 있어요. 밀러스 크릭에 사는 사람에게 월요일에 빌려준다고 약속했는데, 주말 동안 도움이 되는 내용이 있는지 한번 보도록 해요."

앨리스는 책을 훑어보며 섹스, 벌거벗은, 자궁 같은 낱말에 화들짝 놀라서 얼굴이 붉어졌다. "이걸 도서관 책과 함께 대출해요?"

"이것도 우리 비공식 서비스라고 해두죠. 장부에 등록된 책도 아니고, 서가에 진열하지도 않아요. 우리끼리만 보는 거죠."

"읽어보셨어요?"

"처음부터 끝까지, 두 번 이상 읽었죠. 상당히 즐겁게 읽었어요." 마저리는 눈썹을 치켜올리며 미소를 지었다. "나만 읽은 것도 아니고."

앨리스는 눈을 껌뻑였다. 아무리 노력해도 자신이 처한 상황에서 즐거움을 찾을 순 없었다.

"안녕하세요, 여러분."

돌아보니 프레드 기슬러가 등불을 들고 길을 따라 다가오고 있었다. "꽤 요란한 파티 같네요."

앨리스는 망설이다 그 책을 불쑥 마저리에게 돌려줬다. "아…… 아니에요."

"사실만 적은 거예요, 앨리스. 그 이상은 아니에요."

앨리스는 재빨리 도서관으로 걸어갔다. "제가 알아서 할게요. 감사합니다." 앨리스는 뛰다시피 계단을 올라 안으로 들어가서 문을 쾅 닫았다.

프레드는 마저리 앞에서 걸음을 멈췄다. 마저리는 그가 살짝 실망하는 표정을 봤다. "제 말 때문인가요?"

"전혀요, 프레드." 마저리가 그의 팔을 잡았다. "들어와서 함께할래요? 턱에 수염이 난 것만 빼면 당신은 명예 사서니까요."

베스는 이것이 리 지역 역사상 최고의 사서 모임이었다는 데 돈이라도 걸겠다고 장담했다. 이지와 소피아는 기억하는 모든 노래를 함께 부르고 모르는 노래는 서로 가르쳐주고 즉석에서 몇 곡을 지어냈다. 자신감을 얻은 그들은 쉰 목소리로 발을 구르며 고함을 쳤고 박자를 맞추어 손뼉을 쳤다. 정말로 기꺼이 축음기를 가져온 프레드 기슬러는 모두 돌아가며 함께 춤을 춰 달라는 말에, 큰 키를 구부정하게 접어 이지에게 맞추고는 타이밍 좋게 몸을 흔들어 절뚝임을 감춰줬다. 이지는 눈물이 흐르도록 웃어댔다. 앨리스는 미소를 지으며 함께 발을 굴렀지만 속내를 드러낸 것이 부끄러운 듯 마저리의 눈을 피했고, 마저리는 아무 말도 하지 않았다. 소피아는 아무리 엄격하고 절제하는 사람이라도 음악에는 당할 수 없다는 듯 목이 쉬어라 노래하며 허리를 흔들고 있었다.

프레드는 밀주를 사양하더니 모두를 집까지 태워다줬다. 다 같이 그의 트럭 뒷자리에 옹기종기 올라탔고, 소피아는 나머지 넷 가운데 숨어 있었다. 가장 먼저 내린 소피아는 오솔길을 걸어가면서도 노래했다. 그다음에는 이지를 집 앞 대로변에 내려줬고, 그걸 본 브레이디 부인은 딸이 땀범벅이 되어 웃는 모습에 놀랐다. "여러분 같은 친구는 처음이에요." 이지가 취해서 한 말만은 아니라는 걸 모두 알았다. "솔직히, 사서가 되기 전엔 다른 여자랑 친해질지 몰랐어요." 이지는 아이처럼 신이 나서 모두를 끌어안았다.

앨리스는 차에서 내릴 무렵에 술이 깨고 말수가 줄어들었다. 쌀쌀한 날씨의 늦은 시간인데도 불구하고 반 클리브 부자는 현관에 앉아 있었고, 앨리스가 천천히 계단을 오르는 모습을 보고 마저리는 내키지 않는 발걸음이라고 느꼈다. 부자는 모두 자리에서 일어나지 않았다. 깜빡이는 현관 불빛 아래서 미소를 짓거나 인사하는 사람은 없었다.

마저리와 프레드는 마저리의 집까지 내내 아무 말 없이, 각자의 생각에 잠겨서 갔다.

"스벤에게 안부 전해줘요." 마저리가 문을 열고 블루이가 달려 나올 때 프레드가 말했다.

"그럴게요."

"좋은 사람이에요."

"당신도 그렇죠. 다른 사람을 찾아야 해요, 프레드. 이제 그럴 때도 됐어요."

프레드는 입을 열다가 다물었다.

"푹 쉬어요." 프레드는 한참 만에 이렇게 말하고 차를 돌렸다.

제7장

19세기 말과 20세기 초, 토지 회사 에이전트들이 〔켄터키〕 산지 전역을 돌아다니며 거주민들에게서 채굴권을 사들였는데, 1,200평당 50센트밖에 주지 않았다. …… 채굴권 양도 증서는 지하 광물을 채굴하기 위해 '지정한 땅의 진흙, 뼈, 셰일, 그리고 모든 흙'의 권리에 대한 계약인 경우가 많았다. 그러기 위해 '물 또는 그 밖의 쓰레기'를 어떤 방식으로든지 '필요하고 편리하게' 사용하고 오염시킬 수 있었다.

_『애팔래치아의 환경과 환경 운동』, 채드 몬트리

"왕자는 지금까지 본 사람 중에 가장 아름다운 여자라고 말했고, 결혼해줄 것인지 물었습니다. 그리고 그들 모두 오래오래 행복하게 살았습니다." 메이 호너는 만족스러운 듯 탁 하며 책을 덮었다.

"정말 잘했다, 메이."

"어제 땔감을 줍고 나서 네 번 읽었어요."

"음, 그런 것 같아. 네 읽기 실력이 우리 지역에서 최고로구나."

"제법 똑똑하죠."

앨리스가 고개를 들고 보니 문 앞에 짐 호너가 서 있었다. "제 엄마를 닮았소. 애 엄마는 세 살 때부터 글을 읽었소. 페인츠빌 근처에 책이 가득한 집에서 컸거든."

"저도 읽을 수 있어요." 앨리스 발치에 앉아 있던 밀리가 말했다.

"나도 안단다, 밀리." 앨리스가 말했다. "너도 글을 아주 잘 읽어. 솔직히 따님들처럼 글을 잘 배우는 아이들은 처음이네요, 호너 씨."

호너는 웃음을 꾹 참았다. "메이, 네가 한 일을 말씀드려라."

아이는 아버지 눈치를 살폈다.

"어서."

"파이를 만들었어요."

"파이를? 혼자서?"

"선생님이 두고 가신 〈농촌 가정〉 잡지에서 레시피를 봤어요. 복숭아 파이예요. 한 조각 드리고 싶은데, 우리가 다 먹었어요."

밀리가 키득거렸다. "아빠가 세 조각 먹었어요."

"노스 능선에서 사냥을 하고 있었는데, 저 애가 낡은 화덕에 불을 피웠소. 문으로 걸어 들어오는데, 마치 냄새가……." 그는 냄새를 기억하며 눈을 감았다. 버릇처럼 얼굴에 서려 있는 굳은 표정이 잠시 부드러워졌다. "들어오니 저 아이가 식탁을 차려놓고 있었소. 레시피 내용을 하나하나 다 따라 했던 거요."

"가장자리를 조금 태웠어요."

세 사람은 잠시 말없이 앉아 있었다.

"복숭아 파이를 만들다니." 앨리스가 말했다. "메이, 우리가 널 따라갈 수 있을지 모르겠구나. 이번 주에는 무슨 책을 빌려줄까?"

"『블랙 뷰티』 아직 안 들어왔어요?"

"들어왔지! 네가 꼭 보고 싶다고 한 말이 기억나서 가져왔어. 어떠니? 그 책의 글은 길어서 조금 더 어려울 수 있어. 그리고 가끔 슬픈 내용도 있고."

짐 호너의 표정이 변했다.

"말 말이야. 말들에게 좀 슬픈 부분이 있어. 말들이 말을 하거든. 설명하기 쉽지 않아."

"아빠, 제가 읽어줄게요."

"눈이 좋지 않아서 말이오." 호너가 설명했다. "예전처럼 잘 보이지 않는 것 같소. 하지만 어찌어찌 지내고 있소."

"그렇군요." 앨리스는 예전에는 그렇게 무섭던 작은 오두막에 앉아 있었다. 열한 살밖에 안 됐지만, 메이가 그곳의 살림을 맡아 청소도 하고 식탁에는 사과를 올려두고 의자에는 퀼트를 깔아놓으며 정리도 해서 그런지 삭막하고 어둡던 곳에 아늑한 느낌이 들었다. 앨리스는 책을 들고 모두 만족하는지 확인했다. 밀리는 앨리스의 목을 끌어안았고, 앨리스도 꼭 안았다. 그렇게 안긴 지 오랜만이라, 낯설고 복잡한 감정이 들었다.

"다시 만날 때까지 일주일이 걸릴 거예요." 아이가 침통하게 말했다. 아이 머리카락에서 땔감과 숲에서만 나는 달큰한 냄새가 났다. 앨리스는 그 냄새를 들이마셨다.

"그렇지. 그 사이에 얼마나 읽었는지 보고 싶어."

"밀리! 여기도 그림이 있어!" 메이가 바닥에서 말했다. 밀리는 언니 곁으로 갔다. 앨리스는 잠시 그들을 바라보다가 외투를 걸치며 문으로 걸어갔다. 유행에 맞췄던 트위드 재킷에 이끼와 진흙이 묻고 나뭇가지에 걸려 올이 풀려 있었다. 얼마 전부터 겨울이 시작된 듯 산지가 추워졌다.

"앨리스 씨?"

"네?"

아이들은 『블랙 뷰티』를 읽느라 정신없었다. 밀리는 언니가 읽는 글자를 손끝으로 훑었다.

짐은 책에 정신이 팔려 있는 아이들을 돌아봤다. "사과하고 싶었소."

앨리스는 목도리 묶던 손놀림을 멈췄다.

"아내가 세상을 떠난 후로 제정신이 아니었소. 하늘이 무너지는 느낌, 아시오? 그래서 처음 여기 와줬을 때 호의적이지 못했소. 하지만 지난 두 달 동안 아이들이 엄마를 찾으며 울지 않고 매주 기다리는 것이 생긴 걸 보니, 참⋯⋯. 흠, 참 고맙다는 말을 하고 싶었소."

앨리스는 두 손을 모았다. "호너 씨, 아이들이 저를 기다리는 것만큼 저도 아이들 만나는 게 기다려진답니다."

"흠, 아이들이 숙녀를 만나게 돼서 다행이오. 애들이⋯⋯ 엄마 손길을 얼마나 그리워하는지 몰랐소." 짐은 머리를 긁적였다. "아이들이 앨리스 씨 이야기를 많이 하고 있소. 말투라든가. 메이는 사서가 되고 싶다고 하고."

"그런가요?"

"그래서 깨달았소. 애들을 영영 곁에 둘 수 없다는 걸. 이보다 나은 곳에서 키우고 싶소. 둘 다 얼마나 똑똑한지 알게 됐으니." 짐은 잠시 말없이 서 있었다. 그러더니 말했다. "앨리스 씨, 독일인 숙녀가 가르치는 그 학교에 대해 어떻게 생각하시오?"

"바이데커 선생님이요? 호너 씨, 아이들이 그분을 아주 좋아할 것 같네요."

"그 선생은⋯⋯ 애들에게 회초리를 들지 않소? 이런저런 이야기가 있으니⋯⋯ 벳시는 학교에서 호되게 맞은 적이 있어서 아이들을 보내고 싶어 하지 않았소."

"제가 선생님을 소개해 드릴게요, 호너 씨. 선생님은 상냥한 분이고,

학생들이 좋아하는 것 같았어요. 아이에게 손을 대지 않을 거라고 믿어요."

짐은 곰곰이 생각했다. "이런 일을 결정하기가 쉽지 않소." 그는 산을 내다보며 말했다. "남자가 할 일만 하면 되는 줄 알았는데. 아버지가 집에 먹을 걸 가지고 온 후에 쉬고 있으면 어머니가 나머지는 다 알아서 하셨죠. 나는 아버지뿐만 아니라 어머니 노릇도 해야 하니."

"저 애들을 보세요, 호너 씨."

아이들은 엎드려서 책에 감탄하고 있었다.

앨리스는 미소를 지었다. "잘하고 계신 것 같아요."

핀 메이버그, 어퍼 핀치 미—〈밭고랑〉 1권 (1937년 5월호), 〈이상한 이야기〉 2권 (1936년 12월, 1937년 2월호).

엘렌 프린스, 이글스 탑(마지막 집)—루이자 메이 올컷의 『작은 아씨들』, 에드나 로든의 『농장에서 식탁으로』.

낸시와 필리스 스톤, 아넛스 능선—앰허스트 아처의 『맥 맥과이어와 인디언 소녀』, 앰허스트 아처의 『맥 맥과이어의 패배』(비고: 현재 나온 책은 모두 읽었으니 새로 구할 수 있는지 문의함).

마저리는 소피아가 우아한 글씨체로 날짜와 경로를 적어둔 장부를 훑어봤다. 장부 옆에는 도저히 살릴 수 없는 책에서 낱장들을 모아 만든 책이 쌓여 있었다. 그 옆에는 새 스크랩북 〈베일리빌 보너스〉가 놓여 있었다. 이번 편에는 망가진 〈가정생활의 벗〉에서 떼어낸 레시피

네 페이지와 「그녀가 말하지 않은 것」이라는 제목의 단편, 고사리 따기에 관한 특집 기사가 실려 있었다. 책에는 라벨이 붙어 정확하게 분류, 정리되어 있어서 도서관은 흠잡을 데 없어졌다.

소피아는 오후 5시쯤 와서 다른 사서들이 돌아올 무렵까지 두어 시간째 일하고 있었다. 이제 낮이 짧아지고 있어서 더 일찍 돌아와야 했다. 사서들은 가방에 든 책을 비우고 잡담을 나누고 귀가하기도 했다. 프레드는 남는 시간에 난로를 설치하고 있었는데, 아직은 미완성이었다. 파이프 주위의 틈은 걸레로 막아 비가 들어오지 않도록 했다. 그럼에도 불구하고 여자들은 날마다 조금 더 도서관에 머무를 구실을 찾았고 난로가 완성되고 나면 모두 퇴근하라고 등을 떠밀어야 할 것 같았다.

브레이디 부인은 마저리가 새로운 팀원을 밝히자 놀란 듯했지만 도서관 상태를 보더니 그저 입을 꼭 다물고 관자놀이를 손끝으로 누르기만 했다. "누구 불평하는 사람은 없었나요?"

"없었어요. 소피아는 뒷문으로 드나들어요."

브레이디 부인은 한참 동안 생각에 잠겼다. "노프시어 부인이 한 말은 알고 있어요? 물론 노프시어 부인이 누군지는 알겠죠."

마저리는 미소를 지었다. 그들은 모두 노프시어 부인을 알고 있었다. 브레이디 부인은 기회가 있을 때마다 그 이름을 언급했으니까.

"음, 얼마 전 그 부인이 교사와 학부모들에게 연설을 할 때 참석할 수 있었는데……. 잠깐만요, 적어둔 게 있어요." 마저리는 수첩을 뒤적였다. "도서관 서비스는 모든 이들을 위해 제공되어야 한다. 도시든 농촌이든, 백인이든 유색인이든' 이거죠. '백인이든 유색인이든' 부인은 그렇게 말했어요. 우리도 노프시어 부인처럼 진보와 평등의 중요성을 기억해야 해요. 그러니 여기에 유색인 사서를 채용한다고 해도 반대는 없겠죠." 부인은 책상에 난 자국을 문지른 뒤, 손끝을 살폈다. "하지만…… 아직 그걸 광고하진 않는 편이 낫겠어요. 막 시작한 사업이니, 논쟁을 부를 필요는 없죠. 내 말뜻 알 거예요."

"동감이에요, 브레이디 부인." 마저리가 말했다. "소피아에게 말썽을 안기고 싶지 않아요."

"일을 참 잘하는군요. 그건 인정해요." 브레이디 부인은 주위를 둘러봤다. 소피아는 '지식을 추구하는 것은 자신의 우주를 넓히는 일이다'라는 글귀를 수놓아 문 옆의 벽에 걸어두었고 브레이디 부인은 만족스러운 표정으로 그걸 톡톡 두드렸다. "오헤어 씨, 겨우 몇 달 만에 이만한 일을 해내다니 대단해요. 모두의 예상을 뛰어넘었어요. 노프시어 부인께도 서너 차례 서신으로 이 성과를 알렸고, 부인이 루스벨트 영부인께도 전할 겁니다……. 모두가 다 같은 감정이 아니라는 게 유감이지만요."

브레이디 부인은 더 이상 말하지 않기로 한 듯 시선을 돌렸다. "하지만 이곳은 이동 도서관의 모범이라고 믿어요. 그러니 여러분은 자부심을 가져도 좋아요."

마저리는 고개를 끄덕였다. 브레이디 부인에게는 도서관의 비공식 프로젝트를 알리지 않는 편이 나을 것 같았다. 매일 마저리는 출근해서 동이 틀 때까지 책상에 앉아 노스 능선 주민들에게 나눠줄 편지를 여섯 통씩 쓰고 있었다.

이웃 여러분께
호프먼 광산 소유주들이 댁 근처에 새로운 광산을 만들려고 한답니다. 그러면 수십만 평의 땅에서 나무를 베어내고, 새 굴을 파고, 많은 사람들의 집과 생계를 빼앗는 일이 일어납니다.

광산주들은 뜻을 관철하기 위해 속임수를 잘 부리고 냉혹한 사람들을 고용하는 것으로 유명하니 비밀리에 편지를 쓰지만, 그들이 계획한 일은 불법이며 부도덕하고 불행과 가난의 원인이 될 것이라고 생각합니다.

저희가 참조한 법률 서적에 따르면, 그렇게 땅을 황폐화시키는 걸 막고 가정을 지킨 전례가 있는 것으로 보이니 다음의 글을 읽어주십시오. 아래의 발췌문을 우선 읽어보세요. 여유가 되는 분들은 이러한 파괴를 방지하기 위해 베일리빌 법원에서 법정 대리인과 상담하시기를 촉구합니다. 그리고 채굴권 양도 계약서에 절대 서명하지 마세요. 돈을 준다고 약속해도 여기 서명하면 광산 소유주들에게 여러분의 집 바로 아래 땅을 채굴할 권리를 넘기게 되니까요. 이런 문서를 읽는 데 도움이 필요하시다면 이동 도서관 사서들이 기꺼이, 물론 비밀리에 도와드릴 겁니다.

익명의 친구로부터

마저리는 다 쓴 편지를 깔끔하게 접어 앨리스의 안장주머니를 제외한 모든 안장주머니에 하나씩 넣었다. 남은 하나는 마저리가 직접 전달할 생각이었다. 앨리스는 가뜩이나 복잡한 일이 많은데, 더할 필요가 없었다.

소년은 어른들 사이에 있다는 걸 기억한 듯, 마침내 비명을 멈추고 겨우 흐느낌을 억누르고 있었다. 석탄에 파묻힐 뻔했던 소년의 옷과 피부는 죄다 시커멓고 눈 흰자위에서는 충격과 고통이 보였다. 스벤은 사람들이 소년을 뉘인 들것을 들고 몸을 굽혀 낮은 지붕을 힘겹게 빠져나가는 것을 지켜봤다. 그러고는 거친 벽에 몸을 기댄 채, 그들이 나간 뒤 지붕이 무너진 곳에 버팀목을 세우며 힘들어 욕설을 하는 광부들에게 시선을 돌렸다.

여긴 광맥이 낮고 광산 갱실이 군데군데 너무 좁아 광부들이 무릎을 펼 수 없는 곳이 있었다. 최악의 채굴 작업이었다. 서른 살에 이미 몸이 망가져 지팡이를 짚고도 겨우 일어나는 친구들이 있었다. 스벤은 이런 토끼굴 같은 곳이 싫었다. 거기 들어가면 캄캄한 곳에서 착시 현상이 일어나 머리 위의 축축하고 검은 천장이 당장이라도 좁혀드는 것 같았다. 갑자기 천장이 무너져 부츠 한 켤레 말곤 시체도 찾지 못하는 일이 수없이 많았다.

"대장, 여기 좀 봐요."

스벤이 힘겹게 몸을 돌려 돌아봤다. 짐 맥닐이 장갑 낀 손으로 천장을 가리켰다. 지하 갱실들은 밖에서 새로운 갱도를 통해 들어가는 것이 아니라 서로 연결되어 있었는데, 광산주가 안전보다는 수익을 중시하는 경우라면 드문 일도 아니었다. 스벤은 통로를 따라서 다음 갱실로 간 후 안전모의 불빛을 맞췄다. 얕은 입구에 8개 정도의 버팀목이 서 있었는데, 천장의 무게 때문에 모두 눈에 띄게 흔들리고 있었다. 스벤은 머리를 서서히 움직여 빈 공간을 훑어보았고, 카바이드 불빛이 닿자 검은 표면이 번쩍였다.

"몇 명이나 데리고 나갔는지 보이나?"

"절반은 남아 있는 것 같아요."

스벤은 욕을 했다. "더 이상 들어가지 마." 그는 이렇게 말하고 몸을 돌려 뒤의 광부들에게 지시했다. "2번 갱실엔 안 들어간다. 들었어?"

"반 클리브에게 그렇게 말해봐요." 등 뒤에서 누가 말했다. "8번으로 가려면 2번을 지나야 해요."

"그럼 8번에 아무도 가지 마. 전부 손보기 전까진."

"반 클리브는 그런 소리는 듣지 않을 거예요."

"아, 들을 거야."

먼지로 공기가 탁했고, 스벤은 벌써 허리가 아프다고 느끼며 침을 뱉고 광부들을 돌아보며 말했다. "누가 들어가려면 7번 갱실에 버팀목을 10개는 더 놓아야 한다. 그리고 다시 작업을 시작하기 전에 보안 요원을 불러다 메탄 수치를 확인하라고 해."

동의하는 소리가 들렸다. 구스타브손은 광부의 편을 들어주는 몇 안 되는 실세였다. 스벤은 팀에게 밖으로 나가자고 손짓했고, 그들은 햇빛을 볼 수 있다는 기대에 이미 감사했다.

"그래서 손실은 어떻게 되나, 구스타브손?"

스벤은 아직도 코끝에서 나는 유황 냄새를 느끼며, 두꺼운 카펫이 깔린 사무실에 서서 흰 정장을 입은 반 클리브가 서류로부터 고개 들기를 기다리고 있었다. 사무실 건너편에서 베넷이 책상에 앉아 있었고, 그의 파란 면직 셔츠에는 깔끔하게 주름이 잡혀 있었다. 베넷은 광산에서 늘 불안해 보였다. 흙과 예측불허인 광산의 속성이 자신과는 상극이라는 듯 행정 구역에서 벗어나는 법이 없었다.

"흠, 그 애는 꺼냈지만, 아슬아슬했습니다. 허리가 거의 박살 났어요."

"좋은 소식이군. 자네 덕분이네."

"의무실로 보냈습니다."

"그래, 그래. 잘했네."

반 클리브는 그걸로 대화는 끝이라고 믿는 모양이었다. 스벤을 향해 미소를 날리고 왜 아직 그러고 서 있냐는 듯 조금 더 웃어 보였다. 그러더니 보란 듯이 서류를 획획 넘겼다.

스벤은 잠시 더 기다렸다. "천장이 무너진 이유가 궁금하실 텐데요."

"아, 그렇지. 물론."

"천장을 지지하는 버팀목을 7번 갱실에 쓰려고 채굴이 끝난 2번 갱실에서 꺼낸 모양입니다. 그래서 전체적으로 다 불안해졌습니다."

반 클리브가 마침내 다시 고개를 들었을 때, 그 표정은 스벤의 짐작대로 짐짓 놀람을 드러냈다. "흠, 그렇군. 버팀목을 재사용하면 안 되지. 그건 여러 번 얘기했을 텐데. 그렇지 않나, 베넷?"

거짓말도 못하는 베넷은 책상에서 고개를 숙였다. 스벤은 하고 싶은 말을 꿀꺽 삼키고 그다음 할 말을 조심스레 골랐다. "사장님, 광산 지면의 석탄 먼지 양이 위험하다는 것도 말씀드리고 싶습니다. 지면 위에 불연성 바위가 더 필요합니다. 그리고 사고를 방지하고 싶으시면, 환기 장치도 개선해야 합니다."

반 클리브는 종이에 뭐라고 끼적였다. 더 이상 듣지 않는 듯했다.

"반 클리브 씨, 우리 안전 요원들이 작업하는 광산 전체 중에, 호프먼의 상태가 가장…… 불만스럽다는 걸 알려드립니다."

"그래, 알겠소. 그렇게 전하겠소. 시정하지 않는 이유를 알 수 없군. 하지만 그걸로 너무 수선 떨지는 맙시다, 구스타브손. 일시적인 과실이니. 베넷이 감독들을 보내서 우리가 해결하겠소. 그렇지, 베넷?"

스벤은 18일 전쯤 불을 들고 들어가면 안 된다는 걸 몰랐던 어린 광부 때문에 9번 갱실 입구에서 폭발이 일어났을 때도 반 클리브에게 똑같은 말을 했음을 지적할 수도 있었다. 그 소년은 가벼운 화상만 입고 탈출할 수 있어서 다행이었다. 하지만 광부들은 또다시 싼값에 구할 수 있었다.

"어쨌든 모두 잘되고 있소." 반 클리브가 끙 소리를 내며 일어나더니 커다란 마호가니 책상을 돌아 나와 문을 가리키며 만남이 끝났음을 알렸다. "항상 도와줘서 고맙소. 우리 광산에서 당신 팀에 쓰는 돈은 아깝지 않소."

스벤은 움직이지 않았다.

반 클리브는 문을 열었다. 길고 어색한 순간이 지나갔다.

스벤이 상대를 마주 봤다. "반 클리브 씨. 제가 정치적인 사람이 아닌 건 아실 겁니다. 하지만 여기 이런 상태가 노조를 만들려는 사람들에게 근거를 제공한다는 걸 아셔야 합니다."

반 클리브의 표정이 어두워졌다. "설마하니……."

스벤은 양손을 들어 말을 막았다. "전 어디에도 가담하지 않습니다. 광부들이 안전하길 바랄 뿐이죠. 하지만 이 광산이 위험해서 제 팀원들이 오지 않겠다고 한다면 유감일 겁니다. 이곳 사람들이 그 소식을 반기지 않을 테니까요."

비록 억지웃음이긴 했지만, 미소는 싹 사라졌다. "흠, 조언 고맙소, 구스타브손. 그리고 이미 말했듯이, 우리 쪽에 처리하도록 시키겠소. 자, 그럼 급한 일이 있어서. 감독이 물을 가져다줄 거요."

반 클리브는 문을 붙잡고 있었다. 스벤은 시커먼 손을 내밀었고 반 클리브는 잠시 망설이다 그 손을 잡았다. 최소한 자국이 남도록 손을 꽉 잡고 난 스벤은 복도를 걸어 나왔다.

베일리빌에 첫서리는 돼지 잡는 시기에 내렸다. 벌레 한 마리 밟지 못하는 앨리스는 말만 들어도 어지러웠다. 특히 베스가 매년 자기 집에서 어떤 일이 벌어지는지 즐겁게 설명해주었는데, 꿀꿀거리는 돼지가 다리를 버둥거릴 때 남자들이 깔고 앉아서 목을 그으면 검은 피가 쏟아져 나온다고 했다. 그리고 남자들이 뜨거운 물을 붓고 뭉툭한 칼로 털을 깎아 돼지를 살과 비계와 뼈로 나눈다고 했다.

"리나 아주머니는 앞치마를 펼쳐 들고 머리를 잡을 준비를 해요. 아주머니가 컴벌랜드 갭 근방에선 수스(소금절임 – 옮긴이 주)를 최고로 잘 만들거든요. 혀랑 귀랑 족발로 만드는 거예요. 하지만 어렸을 때부터 제일 좋아하는 건, 아버지가 통에 부어놓은 내장 중에서 구워 먹을 부분을 고르는 거예요. 난 간을 고를 거예요. 꼬챙이에 끼워 불에 구우면 얼마나 맛있게요. 갓 구운 돼지 간. 냠냠."

앨리스가 입을 막고 소리 없이 고개를 젓자 베스는 웃어댔다.

하지만 베스처럼 모두 그날을 굉장히 기대하는 것 같았고, 소금에 절인 베이컨이나 달걀과 함께 구운 돼지의 뇌 같은 산지의 별미를 사서에게 선물하는 집이 많았다. 앨리스는 생각만 해도 속이 메슥거렸다.

돼지 잡는 날 말고도 기대할 일이 있었다. 텍스 라파예트가 오는 날이다. 채찍을 움켜쥔 흰옷 입은 카우보이의 포스터가 시내 곳곳에 나붙었고, 어린 꼬마들과 그에게 반한 여자들 모두 포스터를 열심히 봤다. 정착지마다 그 이름이 입에 오르내렸고, 다들 이렇게 물었다. 정말이야? 너도 가니?

수요가 커지자 그는 원래의 계획을 바꿔 시내 광장에서 공연하기로 했고, 낡은 판자 무대가 설치되기 시작했다. 며칠째 아이들이 그 무대 위를 뛰어다니고 반조 연주를 흉내 내면서 일꾼들을 방해했다.

"오늘 일찍 퇴근해도 될까요? 책을 읽을 사람들은 없을 것 같은데. 이 근방에 사는 사람들은 이미 죄다 광장으로 가고 있어요." 베스가 안장주머니에서 마지막 책을 꺼내면서 말했다. "젠장. 불쌍한 『보물섬』에 매킨지 아들들이 한 짓 좀 보게." 베스는 욕을 하며 바닥에 떨어진 낱장을 주웠다.

"그러죠." 마저리가 말했다. "소피아가 나머지는 맡아줄 테고, 이미 해가 저물었어요."

"라파예트가 누군가요?" 앨리스가 말했다.

넷은 앨리스를 빤히 봤다. "텍스 라파예트가 누구냐고요?"

"〈내 산의 녹음〉이나 〈내 마음의 울타리〉 못 봤어요?"

"오, 〈내 마음의 울타리〉 너무 좋아. 끝날 무렵에 나오는 노래를 듣고 있으면 마음이 아파요." 이지가 한숨을 쉬며 말했다.

"날 가둘 필요는 없었어요……."

"난 이미 당신의 포로니까……." 소피아가 합세했다.

"내 마음을 가둘 밧줄은 필요없어요……." 그들은 저마다 공상에 잠겨 합창했다.

앨리스는 멍한 표정을 지었다.

"영화관에 안 가요?" 이지가 물었다. "라파예트가 영화마다 나오는데."

"불붙인 담배를 입에 물고 있으면 라파예트가 채찍으로 쳐서 떨어뜨리는데 사람한테는 상처 하나 안 남겨요."

"초특급 미남이에요."

"저는 너무 피곤해서 밤에 나다니지 못해요. 베넷은 가끔 가요."

사실 앨리스는 이제 어두운 곳에서 남편과 나란히 있기가 너무 어색했다. 남편도 마찬가지인 것 같았다. 몇 주째 마주치지 않고 지냈다. 앨리스는 아침 식사 전에 출근했고 베넷은 아버지가 시킨 일을 하거나 친구들과 야구를 하느라 저녁을 밖에서 먹었다. 그리고 베넷은 드레스룸 소파에서 자니 얼굴을 보는 것조차 낯설어졌다. 반 클리브 씨가 아들 부부의 행동을 이상하게 여겼는지 몰라도 아무 말도 없었다. 그는 광산 일로 늦게 퇴근했다. 앨리스는 음울한 집안 분위기와 숨 막히는 내력이 싫었지만 부자와 작은 응접실에 처박혀 저녁 시간을 보내지 않아도 되는 것에 감사한 나머지 그 상황에 의문을 제기하지 않았다.

"텍스 라파예트 보러 갈 거죠?" 베스는 거울 앞에서 머리를 빗고 블라우스 매무새를 고쳤다. 아무래도 주유소 남자를 좋아하는 것 같은데, 팔을 두 번 세게 때리는 걸로 애정을 표현한 뒤로는 어떻게 해야 할지 모르는 눈치였다.

"아, 아뇨. 전 아무것도 모르는걸요."

"일만 하고 놀지 않으면 어떻게 되는지 알죠, 앨리스. 같이 가요. 시내 사람들이 전부 다 간다구요. 이지는 가게 앞에서 만날 건데, 이지 어머니가 솜사탕 값으로 1달러나 줬대요. 좌석 티켓도 50센트밖에 안 해요. 뒤에 서서 공짜로 구경해도 되고. 우린 그럴 거예요."

"글쎄요, 베넷은 야근해서 늦게 오겠지만 그래도 집에 가야 할 것 같아요."

소피아와 이지는 다시 노래를 부르기 시작했다. 사람들 앞이라 이지는 얼굴을 붉혔다.

"당신의 미소는 나를 옭아매는 밧줄

당신이 나를 발견한 후로 내내

나를 쫓아 내 마음을 사로잡을 필요 없어요……."

마저리는 베스에게 빌린 손거울을 보며 물수건으로 뺨을 문질렀다. "음, 스벤이랑 난 나이스 앤 퀵에 갈 거예요. 그이가 위층 테이블을 예약해서 잘 보일 거예요. 함께 가요."

"여기서 할 일이 있어요." 앨리스가 말했다. "하지만 고마워요. 나중에 가게 되면 만나요." 그저 인사치레였고 그들도 그걸 알았다. 단지 그녀는 도서관에서 조용히 시간을 보내고 싶을 뿐이었다. 저녁에 혼자 남아 희미한 등불 아래서 책을 읽으며 로빈슨 크루소의 열대 섬이나 칩스 선생님의 브룩필드 학교로 떠나는 게 좋았다. 소피아는 출근해서 바느질을 할 때 책을 눌러줄 수 있는지, 수선한 책 표지가 괜찮아 보이는지 물을 뿐이었다. 소피아는 잡담을 좋아하진 않았지만 누가 함께 있으면 더 편안해 보였다. 그래서 지난 몇 주 동안 말없이 지내보니 둘이 잘 맞는 것 같았다.

"좋아요, 그럼 나중에 봐요!"

둘은 신이 나서 손을 흔들며 쿵쾅쿵쾅 계단을 내려갔다. 바지를 입고 부츠를 신은 채였다. 문이 열리자 기대 어린 목소리가 흘러들었다. 광장은 이미 사람들로 가득 찼고, 기다리는 사람들을 위해 지역 음악가들이 연주를 하고 있었다. 웃음과 야유로 시끌벅적했다.

"안 가세요, 소피아?" 앨리스가 물었다.

"나중에 한번 가 보죠." 소피아가 말했다. "바람이 이쪽으로 부니까 소리도 실려오겠죠." 소피아는 바늘에 실을 꿰더니 책을 한 권 더 집어 들고는 중얼거렸다. "사람 많은 곳은 좋아하지 않아요."

소피아는 뒷문이 닫히지 않게 책으로 고정시켜 바이올린 소리가 흘러들게 했다. 앨리스는 구석에 앉아 기디언에게 편지를 쓰려고 했지만 펜이 움직이지 않았다. 뭐라고 해야 할지 알 수 없었다. 영국에선 모두 앨리스가 미국에서 큰 차를 타고 신나게 산다고 믿었다. 남동생에게 자신의 상황을 어떻게 전해야 할지 알 수 없었다.

소피아는 바이올린 연주곡을 다 아는 듯 콧노래를 흥얼거리고 있었다. 데스칸트(주 선율보다 높게 연주하는 선율 - 옮긴이 주)로 노래하기도 하고 몇 마디 가사를 덧붙이기도 했다. 너무나 부드럽고 위로가 되는 음성이었다. 앨리스는 펜을 내려놓고 예전의 남편, 자신을 품에 안고 귓전에 상냥한 말을 속삭이며 미래를 약속하던 그 사람과 함께 거기에 갈 수 있다면 얼마나 좋을까 생각했다. 지금 남편은 앨리스가 어쩌다가 그 자리에 있는지 모르겠다는 눈빛이었다.

"안녕하세요, 숙녀 여러분." 프레드 기슬러가 들어왔다. 그는 잘 다린 파란 셔츠와 정장 바지를 입고 있었고, 그들을 보더니 모자를 벗었다. 앨리스는 뜻밖의 모습에 조금 놀랐다. "불이 켜져 있기에 와 봤는데, 저런 행사를 두고 여기 계실 줄은 몰랐네요."

"오, 전 사실 팬이 아니에요." 앨리스는 공책을 치워놓으며 말했다.

"아무도 가자고 안 했어요? 카우보이 기술이 아니라도, 텍스 라파예트는 음성이 굉장해요. 그리고 날씨도 좋구요. 여기서 보내기엔 너무 아름다운 밤이에요."

"참 친절한 말씀이지만, 여기가 좋아요. 감사합니다, 기슬러 씨."

앨리스는 기슬러가 소피아에겐 청하지 않는 이유를, 다른 사람들이 소피아에겐 함께 가자고 조르지 않은 이유를 뒤늦게 깨달았다. 술에 취해 시끄러운 청년들이 가득한 광장은 소피아에게 안전하지 않았다. 문득 소피아에게 안전한 곳이 어딘지 알 수 없어졌다.

"음, 조금 걸어가서 구경하고 오려구요. 하지만 나중에 들러서 소피아 씨를 집까지 모셔다드릴게요. 오늘 밤에 광장에 술 마신 사람들이 많아서 숙녀가 9시에 다니긴 안 좋을 것 같네요."

"감사합니다, 기슬러 씨." 소피아가 말했다.

"당신은 가요." 프레드의 발걸음 소리가 멀어졌을 때, 소피아가 바느질감에서 고개를 들지 않고 말했다.

앨리스는 서류 낱장을 정리했다. "복잡한 문제예요."

"인생은 원래 복잡한 거예요. 그래서 기쁨을 찾는 게 중요하죠." 소피아는 인상을 찌푸리더니 바늘땀을 뜯어냈다. "여기선 남과 다르게 살기가 어려워요. 나는 이해해요, 정말로. 루이빌은 달랐는데." 소피아는 한숨을 쉬었다. "하지만 사서들은 당신을 소중히 여겨요. 친구들이죠. 그런데 거리를 두면 더 힘들어질 거예요."

나방 한 마리가 등불 주위를 파닥이며 날아다녔다. 앨리스는 조심스레 나방을 잡아 반쯤 열린 문으로 가서 놓아주었다. "여기 혼자 있어야 하잖아요."

"난 어른이에요. 그리고 기슬러 씨가 데리러 올 거고."

노래하는 카우보이가 무대에 오르자 환호하는 소리가 들려왔다. 앨리스는 창밖을 내다봤다.

"정말 가 봐야 할까요?"

소피아는 바느질감을 내려놨다. "세상에, 앨리스. 내가 그걸 가지고 노래라도 써야 되겠어요? 잠깐만." 앨리스가 현관으로 다가갈 때 소피아가 불렀다. "가기 전에 머리 좀 만져줄게요. 외모는 중요하니까."

앨리스는 달려가서 손거울을 봤다. 소피아가 빗질을 하는 동안 앨리스는 손수건으로 얼굴을 닦고 가방에서 산호색 립스틱을 꺼내 바른 후 만족해하며 셔츠와 바지를 털었다. "옷은 어쩔 수 없네요."

"위 절반은 그림처럼 예쁘네요. 어차피 다들 거기만 볼 거예요."

앨리스는 미소를 지었다. "고마워요, 소피아."

"나중에 와서 이야기해줘요." 소피아는 책상에 기대앉더니 음악에 빠져들어 다시 발을 구르기 시작했다.

앨리스의 시야에 그것이 들어왔다. 그것은 어두운 길을 후다닥 달려 건넜고, 이미 마음이 온통 광장에 가 있던 앨리스는 잠시 후에야 그걸 알아차렸다. 걸음을 늦췄다. 얼룩다람쥐! 앨리스는 그 주 내내 돼지 잡는 이야기 때문에 더 우울한 것 같았다. 자연 속에서 사는 베일리빌 사람들이지만 자연을 존중하는 마음이 없어 보였다. 앨리스는 걸음을 멈추고 다람쥐가 지나가길 기다렸다. 덩치가 크고, 숱이 많고 꼬리가 큰 녀석이었다. 그 순간 구름 뒤에서 달이 나와 그것이 다람쥐가 아니라, 더 검고 단단하며, 검은색과 흰색 줄무늬가 있는 동물임을 밝혀줬다. 녀석이 등을 돌리고 꼬리를 들자, 앨리스는 살갗에 축축한 것이 묻는 것을 느꼈다. 곧 그 느낌은 앨리스가 맡아 본 중에 가장 지독한 냄새로 바뀌었다. 앨리스는 헛구역질을 하면서 어쩔 줄 몰랐다. 하지만 도리가 없었다. 손, 셔츠, 머리에 온통 그것이 묻었다. 동물은 아무렇지도 않게 사라졌고 앨리스는 손을 흔들며 고함을 치면 냄새가 사라질 거라는 듯 옷을 두드리고 있었다.

나이스 앤 퀵 2층에선 사람들이 창문을 세 겹으로 에워싸고 카우보이를 향해 소리를 지르고 있었다. 마저리와 스벤만 테이블에 앉아 있었고, 그들의 앞에는 아이스티 잔이 놓여 있었다. 2주 전 지역 사진작가의 요청에 따라 이지, 마저리, 앨리스와 베스는 나란히 말을 타고 도서관 간판 앞에서 포즈를 취했고, 그때 찍은 사진은 식당 벽에 걸려 있었다. 리본으로 장식된 액자 속 멋들어진 모습에 마저리는 눈을 뗄 수 없었다. 평생 그보다 큰 자부심을 느낀 적이 있었을까.

　"형이 노스 능선에 땅을 산다던데. 보어 매칼리스터는 좋은 값을 부르고. 나도 땅을 살까 생각 중이야. 광산에서 영영 일할 수는 없으니까."

　마저리는 스벤에게 시선을 돌렸다. "땅 얼마나?"

　"50만 평쯤. 적당한 곳을 찾고 있어."

　"그럼 소식 못 들었구나."

　"뭘?"

　마저리는 손을 뻗어 가방에서 편지를 꺼냈다. 스벤은 조심스레 편지를 펼쳐 읽고 테이블 위에 도로 놓았다. "이 얘기 어디서 들었어?"

　"당신도 알고 있어?" 마저리가 물었다.

　"아니. 가는 곳마다 광산 노조를 부순다고 난리야."

　"두 가지가 얽혀 있다는 걸 알아냈어. 대니얼 맥그로, 에드 시들리, 브레이 형제, 노조를 조직한 사람들은 모두 노스 능선에 살아. 새로운 광산이 그들과 가족을 쫓아내면, 조직이 어려워져. 광부들과 회사 사이의 전쟁에서 할런 꼴을 당하고 싶지 않을 테니."

　스벤은 등을 기대고 한숨을 쉬며 마저리의 표정을 살폈다. "당신이 쓴 편지로군."

　마저리는 생긋 웃었다.

스벤은 이마를 문질렀다. "세상에, 마지. 그 깡패들이 어떤 놈들인지 알지. 정말로 조용히는 못 사는 거야? 아니, 대답하지 마."

"이 산을 다 망가뜨리는 걸 보고 있을 수 없어, 스벤. 그레이트 화이트 갭이 어떻게 됐는지 알잖아?"

"알지."

"계곡을 산산조각 내고, 물을 오염시키고, 석탄이 떨어지니까 하룻 밤 만에 떠나버렸지. 거기 살던 사람들은 일자리와 집을 잃었고. 여기 선 그런 일이 벌어지지 못하게 할 거야."

스벤은 편지를 다시 읽었다. "또 아는 사람은?"

"벌써 두 가족을 변호사에게 보냈어. 법률책에선 광산에 권리를 다 넘기는 계약서에 서명하지 않으면 광산주들이 땅을 폭파할 수 없다고 해. 케이시 캠벨은 자기 아버지가 서류를 읽도록 도와줬지." 마저리는 손으로 테이블을 콕콕 찔렀다. "뭘 좀 아는 여자보다 더 위험한 건 없 어. 그게 열두 살짜리라 하더라도."

"호프먼에서 당신이 주모자인 걸 알면 가만 안 있을 거야."

마저리는 어깨를 으쓱이고 아이스티를 마저 마셨다.

"농담이 아니야. 조심해, 마지. 당신에게 무슨 일이 생기는 건 원하 지 않아. 반 클리브는 노조랑 싸우려고 타지의 나쁜 놈들을 고용했어. 할런에서 어떻게 됐는지 봤잖아. 난…… 당신에게 무슨 일이 생긴다 면 참을 수 없어."

마저리는 스벤을 올려다봤다. "나 때문에 감상적인 사람이 되는 건 아니지, 구스타브손?"

"진심이야." 스벤은 몸을 돌려 마저리를 마주 봤다. "사랑해, 마지."

마저리는 농담으로 받아들이려고 했지만, 스벤의 진지하고 유약한 표정에 말문이 막혔다. 스벤이 마저리의 눈을 살폈고, 말로 할 수 없는 감정을 전하듯 마저리의 손을 잡았다. 마저리는 그를 마주 보다가 식당에서 함성이 터져 나오자 시선을 피했다. 텍스 라파예트가 「나는 계곡에서 태어났지」라는 노래를 부르기 시작했다.

"오, 이런. 저 친구들 모두 미치겠는데." 마저리가 중얼거렸다.

"'나도 사랑해'라고 대답할 생각이었지." 스벤이 잠시 후 말했다.

"다이너마이트 때문에 당신 귀가 이상해진 것 같아. 오래전에 말했는데." 마저리의 말에 스벤은 고개를 저으며 마저리가 웃음을 멈출 때까지 키스했다.

앨리스는 사람들이 북적대는 광장을 뚫고 지나가면서, 어디서 만나기로 했는지는 중요하지 않다고 생각했다. 장소가 어둡고 사람이 너무 많아 친구들을 찾을 가능성이 없었다. 불꽃놀이와 담배 연기, 맥주, 가판대에서 파는 솜사탕 냄새로 공기가 탁했지만, 앨리스는 아무것도 분간할 수 없었다. 가는 곳마다 숨을 흡 들이쉬고 얼굴을 찡그리며 코를 쥐고 물러나는 사람들이 있었다. "아가씨, 스컹크한테 당했군요!" 앨리스가 지나갈 때 주근깨 난 청년이 외쳤다.

"그러게요." 앨리스는 짜증을 내며 말했다.

"어머, 세상에." 두 여자가 앨리스를 보고 찡그리며 물러났다. "반 클리브의 영국인 아내 아니야?"

앨리스가 무대에 다가가니 사람들이 파도처럼 갈라졌다.

그때 그가 보였다. 베넷이 바 구석에서 허드폴 맥주를 들고 웃고 있었다. 앨리스는 파란 셔츠를 입고 웃는 남편을 봤다. 옆에 자신이 없을 때 더 편안한 모습 같다는 생각이 들었다. 야근이 아니었다는 사실에 놀란 마음은 서서히 그리움, 사랑에 빠졌던 남자에 대한 추억으로 바뀌었다. 다가가서 그날 저녁 겪은 일을 털어놓을까 갈등하고 있는데, 베넷의 왼쪽에 선 여자가 돌아서더니 콜라병을 들었다. 페기 포먼이었다. 그 여자가 다가가 뭐라고 말하자 베넷은 텍스 라파예트를 바라본 채 말을 듣더니, 페기를 돌아봤다. 바보 같은 미소를 짓고서. 앨리스는 달려가 그 여자를 밀쳐버리고 싶었다. 자기 자리인 남편 품을 차지하고 결혼 전처럼 상냥한 미소를 짓게 하다니. 하지만 그때도 사람들은 뒤로 물러나며 키득거리고 중얼거렸다. 스컹크. 앨리스는 눈물을 감추려고 고개를 숙이고 사람들을 헤치고 나갔다.

"이봐요!"

주위에서 터져 나오는 야유와 웃음소리를 무시하고 이를 악물고 지나가는데, 멀리서 음악이 잦아들었다. 앨리스는 어두워서 아무도 알아보지 못할 거라 여기며 눈물을 훔쳤다.

"세상에. 그 냄새 맡았어?"

"이봐요! ……앨리스!"

앨리스가 고개를 돌리니 프레드 기슬러가 사람들을 헤치며 다가오고 있었다. "괜찮아요?"

프레드가 냄새를 알아차리는 데는 2초쯤 걸렸다. 앨리스는 그의 얼굴에 스치는 충격과 소리 없이 우와 하는 입 모양을 봤다. 그러나 그는 곧바로 그걸 감췄다. 앨리스의 어깨를 감싸 안고 사람들을 헤치며 나아갔다. "자, 도서관으로 갑시다. 저쪽으로 갈까요? 지나갑니다."

어두운 도로까지 10분쯤 걸렸다. 시내 중심가에서 벗어나자마자, 앨리스는 프레드의 팔에서 벗어나 비켜섰다. "참 친절하시네요. 하지만 그럴 필요 없어요."

"괜찮아요. 어쨌든 냄새를 잘 못 맡으니까요. 제가 처음 돌보던 말이 뒷발로 코를 친 이후로 후각이 돌아오지 않아요."

앨리스는 거짓말이라는 걸 알았지만, 서글픈 미소를 지어 보였다. "잘 보진 못했지만, 스컹크 같아요. 제 앞에 서더니……."

"오, 스컹크였겠죠." 프레드는 웃지 않으려고 애썼다.

앨리스는 얼굴이 달아올랐다. 실은 울고 싶었지만 그의 표정에 마음이 누그러지더니 놀랍게도 웃음이 나왔다.

"최악이죠?"

"솔직히요? 이 정돈 아무것도 아니에요."

"흠, 그러면 흥미가 생기네요. 그럼 최악은 뭐였어요?" 앨리스가 물었다.

"스컹크 두 마리?"

"그만 웃어요, 기슬러 씨."

"마음 상하게 할 생각은 아니에요, 반 클리브 부인. 그냥 너무…… 당신처럼 예쁘고 세련된 분이…… 그 냄새를……."

"그렇게 말씀하시면 도움이 안 되네요."

"미안해요. 도서관에 가기 전에 제 집에 들러요. 새 옷을 빌려드릴게요. 그래야 집에 가도 소동이 일어나지 않죠."

그들은 나머지 몇백 미터를 말없이 걸었고, 큰 도로에서 벗어나 프레드 기슬러의 집으로 갔다. 앨리스는 그때까지 도서관 뒤, 길 안쪽에 자리 잡은 그 집을 제대로 본 적이 없었다. 현관에 불이 켜져 있었고 앨리스는 프레드를 따라 계단을 올랐다. 왼쪽을 보니 100미터쯤 떨어진 도서관에 아직 불이 켜져 있었는데, 이쪽에서는 아주 작은 문틈을 통해서 그 불빛이 보였다. 앨리스는 소피아가 낡은 책을 꿰매며 음악에 따라 콧노래를 부르는 모습을 떠올렸고, 프레드는 문을 열며 앨리스가 들어가도록 한 걸음 물러났다.

베일리빌에서 혼자 사는 남자들은 집에 장식을 하지도 가구를 많이 장만하지도 않았고, 생활 양식은 기본적인 것뿐이며 위생 관념도 의심스러웠다. 하지만 프레드의 집에는 왁스로 광택을 낸 마룻바닥이 깔려 있었다. 한쪽에는 흔들의자, 그 앞에는 파란 러그가 깔려 있었고 커다란 황동 스탠드가 책장에 부드러운 빛을 밝혔다. 벽에는 사진들이 걸려 있었고, 반대편에는 건물 뒤편과 말로 가득한 프레드의 마구간이 내다보이는 안락의자가 놓여 있었다. 축음기는 반들반들한 마호가니 테이블 위에 놓여 있었고, 그 옆에는 정교한 퀼트가 단정히 접혀 있었다. "그런데 여긴 아름답네요!" 앨리스는 이렇게 외치고 나서야 자기 말에 뼈가 있다는 걸 깨달았다.

프레드는 그걸 알아차린 것 같지 않았다. "제가 다 꾸민 건 아니에요. 하지만 깔끔하게 해놓으려고 노력하죠. 잠시만요."

앨리스는 달콤한 냄새가 나는 아늑한 집에 이런 악취를 묻히고 온 것이 미안해서 팔짱을 끼고 인상을 썼다. 그러면 냄새가 퍼지지 않을 거라는 양. 위층으로 뛰어올라간 프레드는 곧 드레스 두 벌을 들고 내려왔다. "이 중 한 벌은 맞을 거예요."

앨리스는 프레드를 올려다봤다. "드레스가 있어요?"

"집사람이 입던 옷이에요."

앨리스는 눈을 깜빡였다.

"옷을 주면 식초에 담글게요. 집에 가져가서 애니에게 세탁할 때 베이킹 소다를 함께 넣으라고 하세요. 참, 깨끗한 수건도 있어요."

앨리스가 돌아서자 프레드는 욕실을 가리켰다. 앨리스는 욕실에서 옷을 벗고 얼굴과 손을 씻은 후 잿물 비누와 수건으로 피부를 닦았지만 지독한 냄새는 지워지지 않았다. 따뜻하고 작은 실내에 있으니 냄새에 속이 메스꺼렸고, 앨리스는 있는 힘껏 몸을 문질렀다. 머리에 물을 붓고 비누로 문지르고 헹군 뒤 수건으로 대충 닦은 후에 녹색 드레스를 입었다. 짧은 팔에 꽃무늬와 흰 레이스 깃이 달린 드레스였다. 허리가 조금 헐렁했지만 청결한 냄새가 났다. 캐비닛 맨 위에 향수병이 있었다. 앨리스는 냄새를 맡아보고 젖은 머리에 조금 뿌렸다.

욕실에서 나가니 프레드가 창가에서 반짝이는 시내 광장을 보고 있었다. 그는 앨리스를 돌아보고 아내의 드레스 탓인지 혼란스러운 표정을 지었다. 곧 정신을 차리고 아이스티 한 잔을 건넸다. "이게 필요할 것 같았어요."

"고맙습니다, 기슬러 씨." 앨리스는 아이스티를 한 모금 마셨다. "바보가 된 기분이네요."

"프레드라고 불러요. 그리고 조금도 미안해하지 마세요. 누구나 겪을 수 있는 일이니까요."

잠시 서 있던 앨리스는 어색해졌다. 낯선 남자 집에서 죽은 아내의 옷을 입고 있다니. 시내 어딘가에서 함성이 들렸고, 앨리스는 얼굴을 찡그렸다. "아, 참. 예쁜 집에 고약한 냄새를 묻히고, 텍스 라파예트도 놓치게 했네요. 정말 죄송해요."

프레드는 고개를 저었다. "괜찮아요. 그런 얼굴을 하고 있는데, 그냥 둘 수가……."

"스컹크, 윽!" 앨리스는 밝게 말했지만 프레드의 염려스러운 표정은 바뀌지 않았다. 앨리스가 냄새 때문에 속상한 게 아님을 아는 사람마냥.

"그래도요! 지금이라도 돌아가면 나머지를 보실 수 있을 거예요." 앨리스가 주절주절 떠들기 시작했다. "한동안 더 노래를 부를 것 같으니까요. 그 말씀이 옳았어요. 노래가 정말 좋아요. 별로 많이 듣지는 못했지만, 왜 그렇게 인기 있는지 알겠어요. 사람들이 정말 좋아하는 것 같아요."

"앨리스……."

"세상에, 시간이 벌써. 돌아가는 게 좋겠어요." 앨리스는 고개를 숙이고 프레드 앞을 지나 현관으로 갔다. "어서 공연 보러 가세요. 저는 걸어서 갈게요. 멀지 않아요."

"제가 태워다 드리죠."

"스컹크가 또 나올까 봐서요?" 앨리스의 웃음소리가 어색했다. "솔직히 기슬러 씨……, 프레드……. 너무 신세를 졌어요. 정말이에요. 전……."

"태워다 드릴게요." 프레드가 단호히 말했다. 외투를 집더니 작은 담요를 들어 앨리스의 어깨를 덮어줬다. "쌀쌀해졌어요."

두 사람은 현관으로 나섰다. 앨리스는 갑자기 프레드릭 기슬러의 존재와 의중을 꿰뚫듯 바라보는 그의 시선을 의식하게 됐다. 이상하게 불편했다. 앨리스가 현관 계단에서 발을 헛디디자, 프레드가 손을 내밀어 잡아주었다. 앨리스는 그 손을 꽉 잡았다가 놓았다.

다른 말은 하지 말아줘요. 앨리스가 속으로 말했다. 다시 뺨이 달아오르고 머릿속은 뒤죽박죽이 됐다. 하지만 고개를 들고 보니 프레드는 다른 곳을 보고 있었다.

"돌아왔을 때 문이 저랬나요?" 프레드는 도서관 뒷문을 가리켰다.

음악이 들어오도록 조금 열어두었던 문이 활짝 열려 있었고, 안에서는 불규칙하게 쿵쿵 소리가 들렸다. 프레드는 가만히 서 있더니 싹 변한 얼굴로 앨리스에게 말했다. "거기 있어요."

프레드는 재빨리 2연발 소총을 가지고 나왔다. 앨리스는 한 발 뒤로 물러나서 그가 도서관으로 걸어가는 것을 보고 조용히 뒤따랐다.

"뭐가 문젠가?"

프레드릭 기슬러가 문 앞에서 물었다. 바닥에 흩어진 책들과 뒤집어진 의자가 보였다. 도서관에는 청바지와 셔츠를 입은 청년 둘, 아니 셋이 있었다. 하나는 맥주병을 들고 있었고, 또 하나는 책을 한아름 내동댕이쳤으며, 소피아는 구석에 서서 바닥을 응시하고 있었다.

"도서관에 유색인이 있어." 청년은 술에 취해 혀 꼬부라진 소리로 비음을 섞어 말했다.

"그래. 그런데 그게 자네와 무슨 상관인가 싶어서."

"여긴 백인 전용이야. 저 여잔 여기 있음 안 되지."

"그래!" 다른 두 청년도 술기운에 이렇게 외쳤다.

"너희들이 이 도서관을 운영하나?" 프레드의 음성은 얼음장 같았다. 앨리스가 처음 들어보는 어조였다.

"그건……."

"너희들이 이 도서관을 운영하냐고 물었다, 쳇 미첼?"

청년은 자기 이름을 듣자 눈알을 굴렸다. "아니."

"그럼 그만 나가주게. 셋 다. 이 총이 내 손에서 미끄러져 후회할 짓을 하기 전에."

"유색인 때문에 협박을 하는 건가?"

"자기 땅에 술 취한 얼간이 셋이 들어오면 어떻게 되는지 알려주는 거네. 그리고 원한다면, 나가란 소릴 안 들으면 어떻게 되는지 알려주지."

"왜 저 여자 편을 드는지 모르겠네. '브라우니'한테 마음이라도 있나 봐?"

프레드는 번개처럼 빨리 그 청년의 멱살을 잡아 벽에 밀어붙였다. 앨리스는 놀라서 고개를 푹 숙였다. "자꾸 건드리지 말게, 미첼."

청년은 침을 삼키더니 양손을 들었다. "농담이었어요. 농담도 못 해요, 기슬러 씨?"

"아무도 안 웃는 것 같은데. 어서 꺼져." 프레드가 내려놓자, 청년은 무릎이 꺾였다. 그는 목덜미를 문지르고 초조한 눈빛으로 친구들을 보더니 프레드가 한 걸음 다가오자 뒷문으로 달아났다. 앨리스는 두근거리는 가슴을 안고 뒤로 물러났고, 셋은 말없이 잘난 체하며 옷매무새를 고치고는 허둥지둥 나와 흙길을 따라 걸어갔다. 쉽게 조준할 수 있는 거리를 벗어나자, 용기가 돌아온 모양이었다.

"브라우니를 좋아하나 보지, 프레드릭 기슬러? 그래서 마누라가 달아난 거야?"

"어쨌든 총도 못 쏘잖아! 너 사냥하는 거 다 봤다고!"

앨리스는 토할 것 같았다. 그들이 모퉁이를 돌아 사라지는 것을 보고 나서야 좀 진정됐다. 프레드가 안에서 책을 모아 테이블 위에 올려두는 소리가 들려왔다.

"정말 죄송해요, 소피아 씨. 더 빨리 돌아왔어야 하는데."

"아니에요. 문을 열어 둔 제 잘못이죠."

앨리스는 천천히 계단을 올랐다. 소피아는 아무렇지도 않은 것 같왔다. 허리를 숙여 책들을 들어 찢어진 데가 없는지 살피고 떨어진 라벨을 보며 혀를 찼다. 하지만 떨어진 선반을 고치려고 프레드가 몸을 돌리자, 소피아는 책상을 꽉 움켜쥐었다. 앨리스도 안으로 들어가 말없이 정리를 시작했다. 소피아가 정성 들여 만든 스크랩북이 갈기갈기 찢어져 있었다. 정성껏 고친 책들이 다시 찢어져 바닥에 흩어져 있었고, 떨어져 나온 낱장이 굴러다녔다.

"이번 주엔 제가 남아서 고치는 걸 도울게요." 앨리스가 말했다. 그러다가 소피아가 대답하지 않자, 앨리스가 덧붙였다. "그건⋯⋯ 소피아 씨가 다시 오신다면요."

"코흘리개 몇 명 때문에 일을 그만둘 것 같아요? 괜찮아요, 앨리스 씨." 소피아는 애써 미소 지었다. "하지만 도와주면 고마울 거예요. 할 일이 더 생겼으니."

"미첼 가족에게 말해두겠습니다." 프레드가 말했다. "다시는 이런 일이 없을 겁니다." 프레드의 목소리는 부드러워졌고, 움직임도 편안해졌다. 하지만 프레드는 여자 둘을 트럭에 태워 귀가시킬 준비를 마친 뒤에야 긴장을 풀었다.

제8장

베일리빌에서는 소문이 삽시간에 돌다 보니, 소피아 켄워스가 이동 도서관에 취직했고, 동네 청년 셋이 시비를 걸었다는 소식은 순식간에 퍼져 나가서 마을 회의가 소집되었다.

앨리스는 마저리, 베스, 이지와 뒤쪽에 나란히 서 있었고, 브레이디 씨가 모인 사람들 앞에서 발표했다. 베넷은 두 줄 뒤에서 아버지의 옆에 앉아 있었다. "앉겠니, 아가?" 반 클리브 씨는 들어오면서 앨리스를 훑어보고 물었다.

"여기가 좋아요." 앨리스는 이렇게 말했고, 반 클리브 씨는 못마땅한 표정으로 아들을 봤다.

"우리는 늘 유쾌하고 질서 있는 도시를 만들어 온 데 자부심을 가졌습니다." 브레이디 부인이 말했다. "폭력배 같은 행동이 표준이 되는 곳이 되고 싶지 않습니다. 해당 청년들의 부모님들께 연락을 취해 이런 일을 좌시하지 않겠다고 알렸습니다. 도서관은 신성한 곳입니다. 신성한 배움의 장소죠. 여성들이 일하는 곳이라고 해서 만만하게 봐선 안 됩니다."

"브레이디 부인, 덧붙이고 싶은 말이 있습니다." 프레드가 앞으로 나섰다. 앨리스는 텍스 라파예트 공연 때 그가 자신을 바라보던 눈빛, 기묘하게 친밀한 느낌을 주던 욕실을 떠올리고 뭔가 부끄러운 일을 저지른 것 같았다. 애니에게는 녹색 드레스가 베스의 것이라 말했고 애니는 왼쪽 눈썹을 아주 높이 치켜올렸다.

"그 도서관은 제가 예전에 쓰던 창고입니다." 프레드가 말했다. "즉, 제 재산이란 말입니다. 침입자에게 무슨 일이 벌어질지, 전 책임지지 못합니다." 프레드는 천천히 모인 사람들을 둘러봤다. "제 허락 없이 그곳에 들어가거나 이분들을 성가시게 하는 사람이 있다면, 제가 가만있지 않겠습니다."

프레드는 앨리스와 눈이 마주쳤고, 앨리스는 다시 뺨이 달아오르는 걸 느꼈다.

"재산에 애착이 강한 것 같군, 프레드." 헨리 포터스가 일어났다. "하지만 논의해야 할 더 큰 문제가 있소. 나와 많은 이웃들은 이 도서관이 우리 작은 도시에 미치는 영향에 대해 염려하고 있소. 주부들이 잡지나 싸구려 연애 소설을 읽느라 집안일을 제대로 안 한다는 보고가 있소. 애들은 만화책에서 전복적인 생각을 배우고. 우리 가정에 미치는 영향을 통제하는 게 쉽지 않소."

"그건 그저 책이라고요, 포터스 씨! 옛날 위대한 학자들이 어떻게 공부했을 것 같아요?" 브레이디 부인은 팔짱을 앞으로 끼고, 단단하고 꽉 막힌 선반처럼 버티고 섰다.

"위대한 학자들은 『아라비아 족장의 연애』인가 뭔가, 며칠 전에 내 딸이 읽던 책은 안 읽었다고 장담하겠소. 정말로 그 애들 머리를 이딴 걸로 물들일 거요? 내 딸이 어느 이집트인이랑 달아날 생각을 하는 건 원치 않소!"

"따님이 아라비아의 족장을 보고 고개를 돌릴 가능성은 제가 클레오파트라가 될 가능성만큼이나 낮다구요!"

"하지만 장담할 순 없지."

"당신이 헛소리라고 여기는 게 있는지, 나더러 이 도서관의 책을 다 살펴보란 말인가요, 헨리 포터스? 성서에는 〈픽토리얼 리뷰〉 잡지보다 더 도전적인 이야기가 많다는 걸, 당신도 알잖아요."

"뭐, 부인도 이제 신성 모독적인 말을 하는구려."

바이데커 부인이 일어났다. "한마디 해도 될까요? 사서 여러분께 감사드리고 싶어요. 우리 학생들은 새 책과 학습 자료를 굉장히 재미있게 보고 있고, 교과서는 아이들 공부에 도움이 됐어요. 아이들에게 나눠주기 전에 만화책을 전부 확인하는데, 아무리 예민한 사람이라도 걱정할 것 없습니다."

"하지만 당신은 외국인이잖소!" 포터스 씨가 껴들었다.

"바이데커 부인은 탁월한 자격을 갖추고 우리 학교에 와 주셨어요." 브레이디 부인이 외쳤다. "그리고 당신도 그건 알고 있죠, 헨리 포터스. 당신 조카딸도 선생님 수업을 듣지 않나요?"

"뭐, 그만둬야 할지도 모르지."

"진정해요! 진정!" 매킨토시 목사가 일어났다. "감정이 격해진 건 이해하겠습니다. 그래요, 브레이디 부인. 이 도서관이 청소년에게 미치는 영향에 대해 좀 염려하는 사람이 있긴 합니다만……."

"그래서요?"

"또 한 가지 문제가 더 있습니다. ……유색인의 채용이죠."

"그게 무슨 문제가 됩니까, 목사님?"

"부인께선 진보적인 방향을 좋아하실 수 있지만, 유색인이 우리 도서관에 있어선 안 된다고 여기는 사람들도 많아요."

"그렇죠." 반 클리브 씨가 말하더니 하얀 얼굴들을 살폈다. "1933년 공공장소법에 따르면, 원문을 그대로 인용하겠습니다……. '인종에 따라 분리된 도서관의 설립'을 규정하고 있습니다. 그 유색인 여성은 우리 도서관에 들어오면 안 됩니다. 마저리 오헤어, 이제 법 위에 있다고 생각하는 거요?"

앨리스는 심장이 튀어나올 것 같았지만, 마저리는 아무렇지도 않은 척 앞으로 나섰다. "아뇨."

"아뇨?"

"네. 소피아 씨는 도서관을 이용하는 게 아니니까요. 거기서 일할 뿐이죠." 마저리는 반 클리브 씨를 향해 상냥하게 미소를 지었다. "어떤 경우에도 우리 책을 펼치거나 열어서는 안 된다고 단호히 일러뒀습니다."

낮은 웃음소리가 들렸다.

반 클리브 씨의 얼굴이 어두워졌다. "백인 도서관에는 유색인을 고용할 수 없어요. 법을, 그리고 자연법을 모두 위반하는 거예요."

"그들을 고용하면 안 된다고 생각하신다구요?"

"내가 아니라, 법이 그렇다니까."

"반 클리브 씨께서 불평하시는 걸 듣다니 굉장히 놀랍네요." 마저리가 말했다.

"무슨 소리요?"

"음, 광산에서 일하는 유색인 수를 생각하면……."

모두 숨을 흡 들이쉬는 소리가 들렸다.

"그렇지 않아요."

"여기 계신 많은 분들과 마찬가지로, 저는 그 사람들을 잘 알아요. 장부에 물라토(라틴 아메리카에 있는 백인과 흑인의 혼혈 인종. 주로 백인 아버지와 흑인 어머니 사이의 혼혈을 이른다 - 옮긴이 주)라고 등록한다고 해서 사실이 바뀌는 건 아니죠."

"오, 저런." 프레드가 숨을 죽이고 말했다. "그 말을 해버렸네."

마저리는 테이블에 등을 기댔다. "시대가 바뀌고 유색인은 온갖 일에 채용되고 있어요. 자, 소피아 씨는 사서 교육을 이수했고, 자료들을 제작하고 있어요. 〈베일리빌 보너스〉 잡지 말이에요. 모두 재미있게 읽었죠? 레시피와 단편까지?"

낮게 동의하는 소리가 들려왔다.

"음, 그건 전부 소피아 씨 작품이에요. 망가진 책과 잡지에서 성한 자료를 모아서 새 책을 만들고 있다구요." 마저리는 재킷에서 뭔가 꺼냈다. "그런데 저도 다른 사서들도 그렇게 바느질을 할 수가 없고, 아시다시피 지원자는 드물어요. 소피아 씨는 말을 타고 나가지도, 집집마다 방문하지도, 책을 고르지도 않아요. 그저 우리를 위해 일을 할 뿐이죠. 그러니 반 클리브 씨, 댁과 댁의 광산, 저와 제 도서관 모두에게 한 가지 규정이 적용된다면, 전 계속해서 소피아 씨를 쓸 겁니다. 모두 다 받아들일 수 있는 일이라고 믿어요."

마저리는 고개를 한번 끄덕이더니, 느긋한 걸음으로 고개를 꼿꼿이 들고 모임 가운데를 통과해서 걸어 나갔다.

스크린도어가 쾅 하고 닫혔다. 앨리스는 회관에서 오는 내내 아무 말도 하지 않았고, 두 남자 뒤에서 걸었다. 앞에서 곧 욕설이 들려왔다.

"대체 그 여자는 자기가 뭐라고 생각하는 거야? 나를 사람들 앞에서 욕보이다니?"

"아버지를 욕보였다고 생각할 사람은……." 베넷이 입을 열었지만, 그의 아버지는 테이블 위에 모자를 내동댕이치며 아들의 말을 막았다.

"평생 말썽만 부리는 여자야! 범죄자 애비까지. 그런데 사람들 앞에서 날 바보 취급해?"

앨리스는 몰래 위층으로 올라가려고 문 앞에서 어정거렸다. 경험상 반 클리브 씨의 짜증은 빨리 꺼지지 않았다. 버번을 연료 삼아 저녁 늦게 쓰러질 때까지 고함을 지르고 욕을 할 것 같았다.

"여자가 뭐라고 하는지 아무도 신경 쓰지 않아요, 아버지." 베넷이 다시 말했다.

"내 광산에 물라토로 등록한 유색인들은 피부색이 연하기 때문이야. 연한색 피부라고!"

앨리스는 소피아의 검은 피부를 떠올리고, 남동생이 광부라던데 남매의 피부색이 전혀 다를까 의아했다. 하지만 아무 말도 하지 않았다. "위층으로 가 보겠어요." 조용히 말했다.

"거기 있지 마라, 앨리스."

이런. 앨리스가 생각했다. 현관에 함께 있자고 하지 말아요.

"그럼……."

"그 도서관 말이야. 이제 거기서 일하지 마라. 그 여자랑 같이는 안 돼."

"네?"

앨리스는 숨이 막히는 것 같았다.

"사표를 내라. 내 가족이 마저리 오헤어와 함께하는 건 두고 볼 수 없다. 패트리샤 브레이디가 뭐라고 생각하든지 상관없어. 그 여자도 제정신이 아니니까." 반 클리브는 캐비닛으로 가서 버번을 큰 잔에 따랐다. "게다가 그 여자가 광산 장부에 누가 등록되었는지 어떻게 안단 말이야? 이것저것 캐고 다니는 걸 막겠다. 호프먼 근처에는 얼씬도 못하게 하겠어."

침묵이 흘렀다. 그러다 앨리스는 그녀의 의견을 주장했다.

"아뇨."

반 클리브가 고개를 들었다. "뭐?"

"아뇨. 도서관은 그만두지 않아요. 전 아버님과 결혼한 게 아니니까 제게 이래라저래라 하실 수 없어요."

"내가 시키는 대로 해라! 내 집에 살지 않니!"

앨리스는 눈도 깜빡하지 않았다.

반 클리브 씨는 앨리스를 노려보더니 베넷에게 손을 흔들었다. "베넷? 네 아내에게 말 좀 해라."

"도서관은 그만두지 않아요."

반 클리브 씨는 시뻘겋게 변했다. "한 대 맞아야 되겠나?"

분위기가 얼어붙었다. 앨리스는 남편을 봤다. *내게 손을 댈 생각도 하지 마.* 앨리스는 소리 없이 말했다. 반 클리브 씨는 흥분해서 씩씩거렸다. *생각도 하지 마.* 앨리스는 정말 손을 들면 어떻게 해야 할까 생각했다. 받아쳐야 할까? 방어를 위해 쓸 것이 있을까? 마저리라면 어떻게 할까? 앨리스는 빵칼과 화덕의 부지깽이를 들었다.

하지만 베넷은 바닥을 내려다보며 침을 꿀꺽 삼켰다. "이 사람은 도서관에 다닐 겁니다, 아버지."

"뭐라고?"

"거길 좋아해요. 일도…… 잘하고. 사람들을 돕잖아요."

반 클리브는 아들을 노려봤다. 누군가 목을 조르는 것처럼, 새빨간 얼굴에서 눈이 튀어나올 것 같았다. "너도 정신이 나간 거냐?" 그는 폭발에 대비하듯 볼을 빵빵하게 부풀리고 주먹을 꽉 쥐고서 두 사람을 봤다. 결국 남은 버번을 삼키고 잔을 쾅 내려놓은 뒤 밖으로 나갔다.

베넷과 앨리스는 조용한 주방에 서서 반 클리브 씨의 포드 세단 소리를 들었다.

"고마워요." 앨리스가 말했다.

베넷은 길게 한숨을 내쉬더니 돌아섰다. 앨리스는 뭔가 변한 것인지 궁금했다. 남편이 아버지에게 맞선 것이 두 사람 사이를 해결해줄까. 앨리스는 캐서린 블리와 그녀의 남편을 떠올렸다. 앨리스가 책을 읽어주는 중에도 캐서린은 지나가며 남편의 머리를 쓰다듬거나 손을 잡곤 했다. 개릿은 병들고 허약하긴 했지만 아내에게 손을 뻗었고, 퀭한 얼굴에는 희미한 미소를 띄웠다.

앨리스는 손을 잡을 수 있을까 생각하며 베넷에게 한 걸음 다가갔다. 하지만 그 마음을 읽은 것마냥, 베넷은 두 손을 주머니에 넣었다.

"감사하게 생각해요." 앨리스는 조용히 말하고 뒤로 물러났다. 그리고 남편이 아무 말도 하지 않자 앨리스는 마실 것을 가져다주고 위층으로 올라갔다.

이틀 뒤, 폐와 심장이 점점 안 좋아지던 개릿 블리가 결국 사망했다. 산속 사람들 사이에 소식이 전해졌고, 교회 종이 서른네 번 울려 누가 떠났는지 알렸다. 이웃들은 하루 일과를 마친 뒤 블리 집에 모였다. 캐서린에게 옷이 없을까 봐 좋은 옷을 가져가서 지역 관습에 따라 시신을 염했다. 관을 짜고 면과 실크로 안을 덧댔다.

하루 뒤 이동 도서관에도 소식이 전해졌다. 마저리와 앨리스는 베스와 이지에게 맡은 구역을 나눠주었고, 함께 블리의 집으로 출발했다. 산에 칼바람이 불었고, 앨리스는 내내 고개를 숙이고서 뭐라고 애도의 뜻을 전할까 궁리하며 카드나 꽃다발이 있었으면 좋겠다고 생각했다.

영국에서는 장례를 치를 때 큰 소리를 내지 않고 조심스럽게 행동했다. 하지만 앨리스는 이따금 부적절한 말을 했고, 그것에 대해 답답함을 느꼈다.

그러나 헬마우스 능선 꼭대기는 전혀 조용하지 않았다. 멀찌감치 자동차와 수레가 줄지어 서 있었고, 집 앞 헛간에는 못 보던 말들이 있었으며, 노랫소리도 들려왔다. 두꺼운 외투를 입은 남자 셋이 입김을 내뿜으며 곡괭이로 땅을 파고 있었다. "저기 묻을 건가요?" 앨리스가 마저리에게 말했다.

"네. 가족이 전부 저기 있어요." 앨리스는 곧 석판이 줄지어 놓인 것을 보았다. 어떤 것은 크고 어떤 것은 가슴이 아플 정도로 작았다. 블리 집안의 가족사를 알 수 있었다.

집 안에는 아이들, 음식 쟁반, 노래하는 여인들로 가득했고, 한쪽에 치워둔 개릿의 침대에도 사람들이 앉아 있었다. 여자들은 앨리스와 마저리를 보더니 노래를 부르며 고개를 끄덕였다. 유리가 없던 창문에는 덧창이 대어져 있었고, 등불과 촛불이 환히 켜져 밤낮을 분간할 수 없었다. 아이 하나는 상냥한 얼굴을 한 여인의 무릎에 앉아 있었고, 다른 아이는 눈을 감고 노래하는 캐서린에게 안겨 있었다. 탁자 위 소나무 관에 안치된 개릿 블리가 보였다. 어찌나 편안한 얼굴인지, 앨리스는 정말 그가 맞는지 의아했다. 움푹 들어간 광대뼈도 좀 부드러워졌고, 검은 머리 아래 이마 주름도 펴져 있었다. 몸은 정교한 퀼트에 덮여 있었으며 그 위에 흩어진 꽃과 약초에서 좋은 향이 풍기고 있었다. 시신을 보는 건 처음이었지만, 노래와 사람들의 온기에 에워싸여 있는 모습에 앨리스는 불편하지 않았다.

"얼마나 상심하셨어요." 앨리스가 말했다. 그렇게 말해야 한다고 배웠지만, 막상 말하니 무의미했다. 캐서린은 눈을 뜨더니 앨리스를 향해 멍하니 웃었다. 눈가가 붉었고 피로한 모습이었다.

"좋은 사람이었고, 좋은 아버지였죠." 마저리가 캐서린을 꼭 안으며 말했다. 마저리가 누군가를 끌어안는 건 처음이었다.

"그이가 고생이 많았어요." 캐서린은 이렇게 중얼거렸다. 품에 안긴 아이가 엄지를 물고 엄마를 멍하니 바라봤다. "더 오래 함께해주길 바랄 수 없었어요. 이제 주님과 함께 있을 거예요."

축 처진 턱과 슬픈 눈 때문에 그 말에서 진심이 느껴지지 않았다.

"개릿을 알았어요?" 손뜨개 숄 두 개를 걸친 나이 지긋한 여자가 침대 옆에 조금 남은 자리를 앨리스에게 권했다.

"아, 조금요. 전…… 그냥 사서예요."

그 여자가 바라봤다.

"방문 때만 봤어요." 앨리스는 조문 올 자격이 없는 것 같아 변명하듯 말했다.

"책을 읽어주던 분이에요?"

"네."

"오, 이런! 아들에게 참 큰 위로가 됐어요." 여자는 손을 뻗어 앨리스를 끌어안았다. 앨리스는 굳었다가 몸을 내맡겼다. "개릿이 당신이 와 주기를 얼마나 기다렸는지, 캐서린이 여러 번 이야기해줬어요. 책을 읽어주면 개릿이 아픈 걸 잊었다고."

"아드님이셨어요? 어머, 참 유감이에요. 정말 좋은 분 같았어요. 그리고 아드님과 캐서린은 서로 참 사랑했고."

"큰 신세를 졌어요, 아가씨⋯⋯."

"반 클리브 부인이에요."

"우리 개릿은 훌륭한 청년이었죠. 예전에는 본 적이 없나요? 컴벌랜드 갭 이쪽에선 그 아이만큼 어깨가 넓은 사람이 없었어요, 그렇지, 캐서린? 캐서린이랑 결혼했을 때, 여기서 버리아까지 여자들이 백 명은 울었을 거예요."

남편을 잃은 캐서린은 그 추억에 미소지었다.

"그런 몸집으로 광산에 어떻게 들어가는지 모르겠다고 했어요. 물론, 지금은 광산에 간 걸 후회하지만. 그래도⋯⋯." 개릿의 어머니는 침을 삼키더니 턱을 들었다. "우리가 하나님의 계획에 의문을 제기할 순 없죠. 그 앤 자기 아버지, 그리고 하나님 아버지와 함께할 테니. 이제 그 애 없이 사는 데 익숙해져야죠. 그렇지, 아가?" 그녀는 며느리의 손을 잡았다.

"아멘." 누군가 말했다.

앨리스는 조문을 마치면 곧 돌아갈 줄 알았는데, 오전이 오후가 되고 오후가 빠르게 저녁때가 되어도 사람들은 계속 늘어났다. 광부들이 일을 마치고 찾아왔고, 그들의 아내는 파이와 수스와 과일 젤리를 가져왔다. 해가 지자 더 많은 사람이 모여들 뿐, 아무도 돌아가지 않았다. 앨리스 앞에 부드러운 비스킷과 그레이비가 오더니 튀긴 감자와 닭고기가 더 나왔다. 누군가는 버번을 나누고 또 누군가의 웃음과 울음, 노랫소리가 들려왔고, 집 안이 구운 고기와 달착지근한 술 냄새로 가득했다. 바이올린을 가져온 이가 스코틀랜드 민요를 연주하자 앨리스는 약간의 향수를 느꼈다. 마저리는 앨리스가 괜찮은지 이따금 확인했지만, 앨리스는 거기 앉아 있는 것이 이상하게 좋았다.

그래서 앨리스 반 클리브는 그날 저녁의 리듬에 몸을 맡겼다. 고인 앞에 앉아서 음식을 먹고 술을 조금 마시고 잘 알지도 못하는 송가를 따라 부르며 낯선 사람들과 손을 맞잡았다. 그들은 더 이상 남으로 느껴지지 않았다. 서리가 내릴 테니 이제 그만 가야겠다고 마저리가 속삭이자, 앨리스는 집으로 가는 것이 아니라 집을 떠나는 기분이 들었다. 너무 심란했던 나머지, 등불을 들고 추운 산길을 내려가는 내내 다른 생각은 들지 않았다.

제9장

여러 의료인들은 수많은 신경 질환과 기타 질환이 여성의 자연스
러운 성감의 생리적인 해소 결여와 관련 있음을 인정하고 있다.
_『부부 간의 사랑』, 마리 스톱스

산파들의 말에 따르면 아기들이 주로 여름에 태어나는 이유는 베일
리빌에 해가 지면 할 일이 없기 때문이라고 한다. 영화관은 몇 달 지
난 영화만 상영했다. 게다가 운영자인 랜드 씨는 술을 너무 좋아해서,
그가 낮잠에 빠진 사이에 필름이 구겨지거나 불이 붙곤 해 영화를 끝
까지 볼 수 있을 거라 기약할 수 없을 정도였다. 그럴 때마다 관객들
은 야유하고 실망했다. 수확 축제와 돼지 잡기가 지나갔고, 추수 감사
절까지는 한 달이나 남았지만 어두워지는 하늘과 나무 태우는 냄새,
점점 더 심해지는 추위 말고는 아무것도 없었다.

하지만 올해 가을 남자들이 이상하게 즐거워하는 것을 눈썰미 있
는 사람들은 다 알아차렸다(그리고 베일리빌 주민들은 눈썰미가 워낙
좋았다). 남자들은 부리나케 집으로 달려갔고 수면 부족으로 눈이 뻘

게져서도 휘파람을 불어댔다. 매튜스 벌목장에서 운전을 하는 짐 포 레스터는 일을 안 할 때 죽치고 있는 술집에 코빼기도 보이지 않았다. 샘 토런스와 아내는 손을 잡고 미소를 지으며 돌아다녔다. 그리고 30년 내내 불만에 가득 차 입을 일자로 다물고 다니던 마이클 머피가 현관에서 아내에게 노래를 불러주는 모습이 목격되었다.

마을 노인들에게 이건 딱히 불평할 일이 아니었지만, 도무지 이해가 안 된다고들 했다.

이동 도서관 사람들은 놀라지 않았다. 어떤 베스트셀러보다 더 큰 인기로 계속 수선이 필요한 파란 책이 매주 잡지 더미 밑에 감추어져 대출과 반납을 거듭했다. 주고받는 사람들은 슬쩍 고맙다고 인사했다. *조슈아는 이런 걸 들어본 적도 없다지만, 정말 좋아하는 것 같아요! 이번 봄엔 아기도 없어서 얼마나 다행인지.* 신혼 아낙도 발그레한 얼굴로 속닥였다. 굳은 얼굴로 악마의 작품을 글로 찍어낸 건 처음이었다고 말하며 돌려주는 여자는 단 한 명뿐이었다. 하지만 그때도 몇 장의 모서리가 잘 접혀 있었다.

마저리는 그 책을 청소 도구와 물집 연고, 여분의 마구를 보관하는 나무함에 보관했고, 하루 이틀 뒤 또 외딴 오두막에 소식이 전해지면 사서에게 조심스러운 문의가 들어왔다. "음…… 초크 할로에 사는 사촌이…… 좀 민감한…… 문제를 다루는 책이 있다던데……." 그러면 그 책은 또 길을 나섰다.

"뭐 하고 있어요?"

마저리가 부츠 바닥에서 진흙을 털어내며 들어왔을 때, 이지와 베스는 구석에서 벌떡 일어났다. 베스는 웃음을 참지 못했고 이지의 뺨은 분홍빛으로 빛났다. 앨리스는 책상에 앉아 장부를 쓰며 못 본 체했다.

"내가 생각하는 그거 보고 있는 거예요?"

베스가 책을 들었다. "이게 정말인가요? '암컷 동물은 성교를 거부 당하면 실제로 죽을 수도 있다'?" 베스는 입을 딱 벌렸다. "전 남자가 없는데도 죽을 것 같진 않는데요. 그렇죠?"

"그런데 왜 죽는 거죠?" 이지가 황당하다는 표정으로 물었다.

"구멍이 닫혀서 숨을 제대로 못 쉬나 보지. 돌고래처럼."

"베스!" 이지가 외쳤다.

"거기로 숨을 쉬면, 성교가 문제가 아닐 것 같은데요, 베스 핀커." 마저리가 말했다. "어쨌든 둘은 그거 읽으면 안 돼요. 아직 결혼도 안 했잖아요."

"마저리 씨도 마찬가지죠. 그런데 두 번이나 읽었잖아요."

마저리는 못마땅한 표정을 지었다. 일리가 있는 말이니까.

"세상에, '여성 성기능의 자연스러운 완성'이 뭐예요?" 베스는 다시 웃기 시작했다. "어머나, 여기 좀 봐요. 만족을 얻지 못하는 여자들은 신경쇠약에 걸릴 수도 있대요. 믿을 수가 있어요? 하지만 만족을 얻으면 신체의 모든 기관이 영향을 받고 제 역할을 하도록 자극받으며 어지러울 정도로 황홀경에 다다른 영혼은 확산되어 망각된다고 해요."

"내 기관이 확산된다고?" 이지가 말했다.

"베스 핀커, 5분만 입 좀 다물래요?" 앨리스가 책을 쾅 내려놓았다. "일하는 사람도 있거든요."

잠시 침묵이 흘렀다. 여자들은 곁눈질했다.

"그냥 농담이었어요."

"음, 그 끔찍한 농담을 원하지 않는 사람도 있어요. 그만 좀 할래요? 재미없으니까."

베스는 앨리스를 향해 인상을 썼다. 아무렇지 않게 바지에서 솜 한 조각을 떼어냈다. "정말 미안해요, 앨리스 씨. 고통을 줬다니 내 자신이 싫어지네요." 베스는 엄숙하게 말했다. 그리고 음흉한 미소를 지었다. "혹시…… 신경 쇠약에 걸린 건 아니겠죠?"

반응 속도가 번개 같은 마저리는 앨리스가 주먹을 날리기 전에 둘 사이를 막아섰다. 마저리는 손을 벌려 들고 둘을 떼어놓은 뒤 베스에게 문을 가리켰다. "베스, 말들이 새 물을 먹었는지 봐줄래요? 이지, 그 책은 함에 도로 넣고 청소 좀 해요. 소피아 씨가 아주머니 댁에서 내일 돌아오는데, 이 꼴을 보면 뭐라고 하겠어요."

앨리스는 도로 자리에 앉아 장부를 보면서 온몸으로 마저리에게 한 마디도 하지 말라고 경고하고 있었다. 모두 다 귀가한 후에도 앨리스는 한참을 혼자 남아 있었다. 그리고 마저리는 그녀가 책을 한 글자도 읽지 않았다는 것을 알고 있었다.

앨리스는 마저리와 다른 사서들이 퇴근할 때 작별 인사를 중얼거렸다. 그들이 나가서 자기 이야기를 하리란 걸 알았지만 상관없었다. 베넷은 앨리스를 기다리지 않았고 밖에서 친구들과 어울렸다. 반 클리브 씨는 늘 광산에 늦게까지 있었고 애니는 3인분의 저녁 식사가 화덕에서 말라비틀어지는 것을 보고 혀를 찼다.

다른 사서들이 있어도 앨리스는 너무 외로운 나머지 울 것 같았다. 산에서 대부분의 시간을 혼자 보냈고, 가장 많은 대화를 한 상대가 말인 날도 있었다. 그런 자유로움이 좋은 때도 있었지만, 지금은 광활한 산지에서 외톨이라고 느꼈다. 앨리스는 추위를 막기 위해 옷깃을 세우고 장갑을 꼈다. 마음을 둘 곳은 먼 길과 근육통밖에 없었다. 말을 세우고 책을 전달할 때 말곤 얼굴이 굳은 것 같았다. 짐 호너의 딸들이 달려와 포옹할 때면, 그들을 꼭 끌어안고 소리 죽여 흐느꼈다. 타인의 손길이 그리운 적이 없었지만, 매일 밤 베넷에게서 멀찌감치 떨어져 자니 스스로가 대리석으로 변해가는 느낌이었다.

"아직 있군요?"

앨리스는 깜짝 놀랐다.

프레드 기슬러가 문틈으로 머리를 들이밀었다. "새 커피 주전자를 가지고 왔어요. 마지가 예전 것이 샌다고 해서."

앨리스는 눈물을 훔치고 밝게 웃어 보였다. "아, 네! 어서 오세요."

프레드는 문지방에서 머뭇거렸다. "제가…… 방해했나요?"

"아뇨!" 앨리스는 애써 명랑하게 대답했다.

"1분도 안 걸려요." 프레드는 주전자를 교체하고 양철통 안에 떨어진 것이 있는지 확인했다. 그는 소리 없이 매주 커피를 채워놓았고 교대 전에 몸을 덥히도록 땔감을 가져다줬다. "프레드릭 기슬러는 정말 천사야." 베스는 매일 아침 첫 커피를 마시며 말했다.

"사과도 가져왔어요. 일하러 갈 때 2개씩 가져가세요. 날씨가 추워지니 더 시장할 거예요." 프레드는 가방 안에서 외투를 꺼내 두었다. 아직 작업복과 진흙 묻은 부츠 차림이었다. 앨리스가 도서관에 도착할 때 프레드가 밖에서 어린 말들에게 "어이!" 하며 말을 거는 소리를 듣곤 했다. "야, 이 녀석아, 그보다는 잘해야지"라면서 말들에게 친구처럼 말을 걸거나 팔짱을 끼고 렉싱턴의 마주 옆에서 흥정을 했다. "얘들은 로마의 미인들이에요. 다른 말보나 좀 늦게 여무는 편이죠." 그는 주머니에 손을 꽂았다. "저는 항상…… 기대하는 편을 좋아합니다."

"참 친절하시네요."

"아무것도 아니에요. 열심히 일하니까요……. 그러고도 일한 만큼 인정도 받지 못하고."

앨리스는 프레드가 그러고 돌아갈 줄 알았는데, 그는 책상 앞에서 입술을 잘근거리며 머뭇거렸다. 앨리스는 책을 내려놓고 기다렸다.

"앨리스? 저…… 괜찮아요?" 프레드는 머릿속에서 스무 번, 서른 번 굴려본 질문처럼 말했다. "그저, 음, 이런 말을 해도 괜찮을지 모르겠지만…… 예전보다 너무 우울해 보여서요. 그러니까, 처음 왔을 때보다."

앨리스는 얼굴이 달아오르는 걸 느꼈다. *괜찮아요*라고 말하고 싶었지만, 말이 나오지 않았다.

프레드는 잠시 앨리스의 얼굴을 살피다가 천천히 현관문 왼쪽의 선반으로 걸어갔다. 그는 선반을 살피다가 찾던 책을 발견하고 고개를 끄덕였다. "조금 현실에 적응하지 못한 사람이긴 하지만, 글에서 느껴지는 뜨거움이 좋아요. 몇 년 전, 우울했을 때 이 책이…… 도움이 됐어요." 프레드는 종이에 페이지를 표시해서 건넸다. "마음에 안 들 수도 있어요. 시는 사적인 거니까요. 그냥 생각이 나서……." 그는 바닥에 떨어진 못 하나를 발로 찼다. 그리고 한참 뒤에 고개를 들었다. "어쨌든, 두고 갈게요." 프레드는 그래야 한다는 듯이 덧붙였다. "반 클리브 부인."

앨리스는 뭐라고 해야 할지 알 수 없었다. 프레드는 문으로 걸어가면서 어색하게 손을 들어 인사했다. 그의 옷에서 나무 연기 냄새가 났다.

"기슬러 씨? ……프레드?"

"네?"

앨리스는 타인에게 털어놓고 싶어 꼼짝도 못 하고 서 있었다. 속마음이 뻥 뚫린 것 같고, 지금껏 평생 이렇게 마음이 무겁고, 당혹스럽고, 돌이킬 수 없는 실수를 저지른 느낌은 처음이라고 말하고 싶었다. 앨리스는 일하지 않는 날이 열병처럼 두렵다고, 산과 말과 책 말고는 아무것도 가진 게 없는 느낌이라고 말하고 싶었다.

"고마워요." 앨리스가 말했다. "사과 말이에요."

프레드의 대답은 한 박자 늦게 나왔다. "천만에요."

문이 조용히 닫혔고 앨리스는 그가 집으로 걸어가는 발소리를 들었다. 프레드가 절반쯤 가다가 멈췄고 앨리스는 아주 가만히 앉아서 뭔지 모를 것을 기다렸다. 그러다가 발자국 소리가 계속되더니 사라졌다.

앨리스는 시집을 내려다보다가 펼쳤다.

별을 선사해준 사람

_에이미 로웰

내가 환영하니 그대의 영혼을 열어두세요.

그대 영혼의 고요가 그 맑고 잔잔한 청량함으로

나를 씻기게 하세요.

팔다리에 힘이 빠지고 지친 내가 그대의 평화 위에

상아 침대처럼 드러누워 휴식을 찾을 수 있도록.

앨리스는 귓전에 울리는 맥박 소리를 들으며 글을 뚫어져라 바라봤고, 그 글은 앨리스의 상상 속에서 형태를 거듭 바꿨다. 베스의 놀란 목소리가 문득 떠올랐다. 암컷 동물은 성교를 거부당하면 실제로 죽을 수도 있다는 게 정말인가요?

앨리스는 오랫동안 앉아서 앞에 놓인 책을 응시했다. 얼마나 그렇게 있었는지 잘 알 수 없었다. 개릿 블리가 아내에게 손을 뻗던 것, 죽기 직전까지도 두 사람이 서로를 이해하며 마주 보던 것이 기억났다. 한참 만에 앨리스는 일어나서 함 앞으로 갔다. 앨리스는 뒤를 한번 돌아보고 함 안을 뒤져 파란 책을 꺼내고 책상에 앉아서 읽기 시작했다.

앨리스는 9시 45분에 귀가했다. 포드 자동차가 집 앞에 있었고, 반 클리브 씨는 방에서 복도까지 들리도록 서랍을 세게 여닫았다. 앨리스는 두근거리는 마음으로 2층에 올라갔다. 욕실에 들어가 문을 잠그고 옷을 벗고 씻었다. 그리고 방에서 실크 잠옷을 꺼냈다. 복숭앗빛 옷감은 부드럽게 하늘거리며 살갗에 닿았다.

베넷이 침대에서 넓은 등을 돌리고 자고 있었다. 어둠 속에서 하얀 피부가 보였고, 몸을 뒤척일 때 부드럽게 움직이는 근육의 윤곽선이 보였다. 앨리스는 생각했다. 손목에 키스하며 가장 아름다운 존재라고 말해주던 베넷. 온 세상을 다 주겠다고 약속하던 베넷. 앨리스의 모든 면이 소중하다던 베넷. 앨리스는 이불을 들추고 거의 소리 없이 따뜻한 안쪽에 누웠다.

베넷은 꼼짝도 하지 않았지만, 깊이 잠든 편안한 숨소리였다.

그대 영혼의 깜빡이는 불꽃이 내 주위에서 노닐게 하세요.
내 팔다리 속으로 그 불꽃이 들어올 수 있도록…….

앨리스는 남편의 따뜻한 살갗에 자신의 숨결이 닿도록 가까이 다가갔다. 남편의 냄새를, 그의 결벽에 가까운 깔끔함도 지워내지 못하는 원초적인 어떤 것과 뒤섞인 비누 냄새를 들이마셨다. 앨리스는 손을 뻗고 잠시 망설이다 팔을 그의 몸에 올려두었고, 그의 손가락을 찾아 깍지를 꼈다. 앨리스는 기다렸고 베넷의 손이 자기 손을 쥐는 것을 느끼고 등에 뺨을 대고 눈을 감고서 그의 호흡을 느꼈다.

"베넷." 앨리스가 말했다. "미안해요." 뭐가 미안한지는 잘 알 수 없지만.

베넷이 손을 놓자, 잠시 앨리스의 심장이 멈췄다. 하지만 베넷은 몸을 돌려 앨리스를 마주 봤다. 겨우 눈을 뜬 것이 보였다. 베넷은 슬픈 눈으로 사랑을 애원하는 앨리스를 내려다봤다. 어쩌면 그 순간, 앨리스의 표정에 제정신인 남자라면 그 누구도 거부할 수 없는 어떤 것이 있었을지 모르겠다. 그가 한숨을 내쉬며 한 팔로 앨리스를 끌어안았기 때문이다. 앨리스는 남편의 쇄골에 손끝을 가볍게 댔고, 머릿속이 욕망과 안도감으로 뒤죽박죽된 상태로 받은 숨을 쉬었다.

"당신을 기쁘게 해주고 싶어요." 앨리스는 너무 작은 소리로 속삭여서 베넷이 제대로 들었는지 알 수 없었다. "정말이에요."

고개를 들었다. 베넷의 눈이 앨리스를 살피더니 고개를 숙여 키스했다. 앨리스는 눈을 감고 숨도 쉴 수 없을 만큼 칭칭 감겨 있던 무언가가 풀어지는 것을 느꼈다. 베넷은 키스하더니 커다란 손으로 앨리스의 머리카락을 쓸어 넘겼고, 앨리스는 영영 그 순간 속에 머무르고 싶었다. 베넷과 앨리스, 시작하는 러브 스토리.

> 불꽃이 핥아 일으키는 생명과 기쁨을 느끼고,
>
> 단단히 감겨 곡조에 맞추어 그대로부터 나가면
>
> 흐린 눈은 한 세상을 일으키고 그 속에 쏟아부을 수 있으리…….

앨리스는 몸속에서 욕망이 일어났다. 앨리스의 상상력은 시와 파란 책의 낯선 내용이 불붙인 이미지를 실현시키기를 갈구했다. 앨리스는 입술을 내어주고 가쁜 숨을 내쉬며, 베넷이 낮게 신음 소리를 내자 감전된 것처럼 짜릿함을 느꼈다. 베넷은 앨리스를 누르고 탄탄한 다리를 앨리스의 다리 사이에 넣었다. 앨리스는 모든 것을 잊고 온몸에서 새로운 감각을 느꼈다. *지금이야.* 이렇게 생각했지만, 그 생각마저 다급한 쾌감에 희미해졌다.

지금이야. 마침내. 그래.

"뭐 하는 거죠?"

베넷의 말을 이해하는 데 시간이 걸렸다.

"뭐 하는 거예요?"

앨리스는 손을 치우고 아래를 내려다봤다. "그…… 그냥 당신을 만진 건데요."

"거길?"

"조…… 좋아할 줄 알았어요."

베넷은 몸을 떼어내고 다리 위로 이불을 덮고 앨리스를 내버려뒀다. 앨리스는 아직도 욕망에 들떠 있었고, 그래서 과감해졌다. 음성을 낮추고 베넷의 뺨에 손을 댔다. "오늘 저녁에 책 한 권을 읽었어요, 베넷. 부부 사이의 사랑에 관한 책이었어요. 의사가 쓴 거였어요. 그런데 우리는 서로에게 온갖 즐거움을 선사하는 데 '자유로워야 한다고……."

"뭘 읽었다고요?" 베넷은 일어나 앉았다. "대체 왜 이러는 거예요?"

"베넷…… 부부가 읽는 책이었어요. 부부가 침실에서 서로에게 기쁨을 주도록 도와주는 책이고…… 음, 남자들은 만져주면 좋아하는 것 같아서⋯⋯."

"그만! 대체 왜⋯⋯ 숙녀답게 굴지 못하는 거죠?"

"무슨 말이에요?"

"이렇게 만지고, 쓰레기를 읽고. 대체 왜 이러는 거예요, 앨리스? 당신 당신⋯⋯ 때문에 아무것도 할 수가 없어!"

앨리스가 맞받아쳤다. "나 때문에 할 수 없다고요? 베넷, 1년이 다 되도록 아무 일도 없었어요! 아무 일도! 우린 혼인 서약을 할 때 서로를 온몸을 다해 사랑하겠다고 약속했잖아요! 신 앞에서 그렇게 맹세했어요! 그 책은 부부가 어디든지 서로를 만져도 된다고 해요! 우린 부부잖아요! 그렇게 적혀 있다고요!"

"닥쳐요!"

앨리스는 눈물이 차오르는 것을 느꼈다. "당신을 기쁘게 하려는 것 뿐인데, 왜 이러는 거예요? 당신이 날 사랑해주길 바랄 뿐이라고요. 난 당신의 아내잖아요!"

"그만해요! 왜 창녀처럼 말하는 거예요?"

"창녀가 무슨 말을 하는지 어떻게 알아요?"

"입 좀 다물어!"

베넷은 스탠드를 내던져 산산조각 냈다. "닥쳐! 내 말 들어요, 앨리스. 입 좀 다물라고!"

앨리스는 얼어붙었다. 옆방에서 반 클리브 씨가 일어났는지 침대 용수철이 삐걱거리는 소리가 들렸고, 앨리스는 양손에 얼굴을 파묻었다. 몇 초 뒤 침실 문을 두드리는 소리가 들렸다.

"거기 무슨 일이냐, 베넷? 왜 이렇게 시끄러워? 뭘 부순 거냐?"

"가세요, 아버지! 내버려두라구요!"

앨리스는 놀라서 남편을 봤다. 반 클리브 씨가 화를 내며 폭발하길 기다렸지만, 아들답지 않은 반응에 똑같이 놀란 모양인지 침묵만 이어졌다. 반 클리브 씨는 가만히 서 있더니 두 번 기침을 하고 자기 방으로 돌아갔다.

이번에는 앨리스가 일어났다. 앨리스는 침대에서 내려가 스탠드 조각을 맨발로 밟지 않도록 치운 뒤 협탁에 조심스레 올려두었다. 그리고 남편을 보지 않고 드레스룸으로 향했다. 앨리스의 얼굴은 다시 굳어 있었다. 소파에서 담요를 덮고 날이 밝기를 아니, 옆방의 침묵이 사라지기를 기다렸다. 어느 쪽이든 먼저 일어날 일을.

제10장

켄터키 산지 최악의 분쟁 중 한 건은…… 린빈 히긴스의 살해 이후에 하인드먼에서 일어난 일이었다. 노트 지역의 보안관 돌프 드론이 추격대를 조직해서 윌리엄 라이트 외 두 명에 대한 체포 영장을 가지고 레처 지역으로 출발했다. …… 그로 인한 싸움에서 서너 명이 부상당했고 보안관의 말이 죽었다(라이트 패거리의 우두머리 '데빌 존' 라이트가 '훌륭한 말이 죽은 것을 유감으로 여기기' 때문에 말 값을 치렀다). ……
이 분쟁은 몇 년 동안 이어졌고 그로 인해 150명이 사망했다.
_『켄터키주 안내』, 공공사업국 발행

산지의 겨울은 가혹했다. 마저리는 어둠속에서 스벤을 끌어안고 온기를 더 얻기 위해 다리로 그의 몸을 감쌌다. 밖에는 우물에 얼음이 10센티미터나 얼어 있고 먹이를 기다리는 동물들이 있다는 두 가지 사실이 매일 아침 미적거리는 5분을 더 달콤하게 만들었다.

"커피 끓여달라는 말을 이런 식으로 하는 건가?" 스벤은 잠에서 덜 깬 채 마저리의 이마에 입을 맞추며 중얼거렸다. 그것 역시 너무나 달콤했다.

"그냥 아침 인사야." 마저리는 이렇게 말하고 길게 만족한 한숨을 내쉬었다. 스벤의 피부에서 좋은 냄새가 났다. 가끔 스벤이 없을 때 마저리는 그의 셔츠를 덮고 자기도 했다. 마저리가 스벤의 가슴을 손가락으로 가만히 쓰다듬자, 스벤은 묵묵히 응했다. 그가 다시 입을 열기 전까지 기분 좋은 몇 분이 흘렀다.

"몇 시야, 마지?"

"음…… 5시 15분 전."

스벤은 앓는 소리를 냈다. "당신이 같이 있으면 30분씩 늦게 일어나는 거 알아?"

"일어나기 싫어. 게다가 반 클리브가 광산 근처에 얼씬도 못 하게 해."

마저리 말이 옳았다. 지난번 마저리가 스벤이 잊고 간 점심 도시락을 가지고 그를 만나러 갔을 때, 호프먼 광산을 지키는 밥이 마저리를 들여보내지 말라는 지시를 받았다고 했다. 노스 능선의 채굴을 금지하는 법적 문서와 마저리가 관련이 있다는 증거는 없었지만, 그런 일을 할 사람은 몇 없었다. 그리고 마저리가 사람들 앞에서 유색인 광부건을 폭로한 것도 큰 타격이었다.

"그럼 크리스마스는 여기서 보낼 건가." 스벤이 말했다.

"다들 모여서 집이 꽉 차겠지." 마저리가 스벤의 입술에 다가가 말했다. "나, 당신, 음…… 저기 블루이. 가자, 블루!" 이름을 부르자 먹을 것을 준다는 뜻으로 알아들은 블루이는 침대 위로 뛰어올라 서로 얽힌 두 사람의 몸을 밟고 서서 얼굴을 핥았다. "아야! 이 녀석아! 아, 됐다. 좋아. 커피를 끓일게." 마저리는 일어나 앉아 블루를 밀어냈다. 눈을 부비고 배를 감싸 쥔 손을 아쉬운 표정으로 떼어냈다.

"네가 날 도와주는 거냐, 블루이?" 스벤이 이렇게 말하자 개는 두 사람 사이에서 혀를 내밀고 뒹굴었다. 배를 긁어달라는 뜻이었다. "둘 다?"

마저리는 씩 웃고 주방으로 가서 추위에 떨면서 화덕에 불을 붙였다.

"그런데, 궁금한 게 있어." 부츠 신은 발을 서로 건드리며 달걀을 먹다가 스벤이 말했다. "우린 거의 매일 밤을 함께 보내. 식사를 함께하고 같이 잠도 자지. 당신이 달걀을 얼마나 좋아하는지, 당신 커피의 농도나 크림을 좋아하지 않는 것도 알아. 목욕물 온도, 머리카락을 40번씩 빗질하고 뒤로 묶고 나서는 하루 종일 보지 않는다는 사실도 알아. 당신이 키우는 동물 이름도 다 알지. 부리가 뭉툭한 암탉이 미니라는 것도."

"위니."

"좋아. 그건 빼고. 그럼 이렇게 사는 거랑 당신 손가락에 반지를 끼우는 거랑 뭐가 다르지?"

마저리는 커피를 한 모금 마셨다. "이런 얘기 안 하기로 했잖아." 마저리는 미소를 지으려고 했지만, 그 아래 경고의 뜻을 분명히 밝혔다.

"결혼을 하자는 건 아니야, 약속해. 그냥 궁금해서 그래. 내가 보기엔 별로 다를 것도 없는 것 같아서."

마저리는 나이프와 포크를 접시에 내려놓았다. "음, 차이가 있지. 지금은 내가 좋아하는 걸 할 수 있고, 아무도 그걸 말릴 수 없어."

"그건 변하지 않을 거라고 했잖아. 10년이나 사귀었으니, 내가 약속을 지키는 건 알 텐데."

"알아. 하지만 허락을 구하지 않고 행동할 자유만이 아니야. 내 머릿속의 자유가 중요하지. 아무에게도 구속되지 않는다는 걸 아는 거. 원하는 곳에 가고, 원하는 일을 하고, 원하는 말을 하는 것. 스벤, 당신을 사랑하지만 자유로운 여자로서 당신을 사랑해." 마저리는 다가가서 스벤의 손을 잡았다. "내가 반지 때문이 아니라 오로지 원하기 때문에 당신 곁에 있다는 걸 안다면 더 위대한 사랑이라고 생각되지 않아?"

"무슨 말인지 이해해."

"그런데 왜?"

"내 생각엔." 스벤은 접시를 밀어놓았다. "아마…… 두려운 것 같아."

"뭐가?"

스벤은 한숨을 쉬었다. 마저리의 손을 뒤집어봤다. "언젠가는 당신이 나가라고 할까 봐."

터무니없는 생각이라고 어떻게 말할까? 그는 마저리가 아는 최고의 남자이고 그와 만나지 않고 보낸 몇 달이 황량한 겨울날 같았다고 어떻게 알릴까? 만난 지 10년째인 지금도, 그가 허리에 손만 대면 마음속에서 뭔가 흔들리고 불꽃이 일어난다고 어떻게 말할까?

마저리는 식탁에서 일어나 스벤의 목을 끌어안고 무릎에 앉아 뺨을 맞대고 속삭였다. "절대, 결코, 나가라고 하지 않을 거야. 그런 일은 없어, 구스타브손 씨. 당신이 날 견딜 수 있는 한, 밤낮으로 함께할 거야. 그리고 나도 마음에 없는 소린 안 하는 거 알지."

스벤은 지각했고, 하루 종일 마음이 좋지 않았다.

호랑가시나무 화환, 옥수숫대 인형, 절인 과일이나 반들거리는 돌로 만든 팔찌. 크리스마스가 다가오면서 사서들은 날마다 작은 선물을 받았다. 그걸 도서관에 모아놓고 지난 6개월간 후원해준 프레드 기슬러에게도 선물을 하기로 마음을 모았다. 하지만 팔찌나 인형은 적당하지 않았다. 그를 행복하게 할 선물은 단 하나인데 줄 수 없었다.

앨리스는 도서관에서 사는 사람 같았다. 베일리빌에서 제퍼슨빌까지 길을 다 암기하고 마저리가 부탁하는 일에 망설이지 않았다. 매일 아침 가장 먼저 서리 내린 어두운 길을 걸어 출근했고 책들을 꿰매놓고 마지막에 퇴근했다. 비록 소피아가 그 책 바늘땀을 뜯고 다시 고쳤지만. 앨리스는 양팔에 근육이 생기고 피부가 거칠어졌으며 상냥한 미소는 꼭 필요할 때만 지었다. 그나마도 눈까지 웃는 경우는 드물었다.

"저렇게 슬픈 얼굴은 처음 보네." 앨리스가 안장을 가지고 들어왔다가 곧장 말에게 솔질하러 나가니, 소피아가 말했다. "저 집에 무슨 일이 있는 게야." 소피아는 바늘에 실을 꿰면서 고개를 저었다.

"베넷 반 클리브가 베일리빌 최고 신랑감인 줄 알았는데." 이지가 말했다. "그런데 며칠 전에 앨리스랑 걸어가는 걸 보니, 앨리스에게 벼룩이라도 있는 것처럼 굴더라구요. 팔짱도 끼지 않았어요."

"돼지 같은 놈." 베스가 말했다. "게다가 망할 페기 포먼이 차려입고 그 앞에서 늘 알랑거리지."

"쉿." 마저리가 침착하게 말했다. "앨리스는 우리 친구인데, 그런 소리 말아요."

"좋은 뜻에서 한 말이었어요." 이지가 항의했다.

"그래도 남의 일이죠." 마저리가 말했다. 프레드는 지도 세 장을 뚫어져라 보고 있었다. 프레드는 말들을 돌보고, 난로 땔감을 쌓거나 걸레로 외풍을 막은 뒤에도 핑곗거리를 찾아 늦게까지 도서관에 남아 있었다. 이유는 쉽게 짐작할 수 있었다.

"캐서린, 어떻게 지내세요?"

캐서린 블리는 이마를 훔치며 애써 웃었다. "아, 네. 어찌어찌 지내죠."

개릿 블리의 부재가 남긴 적막이 무거웠다. 식탁에는 이웃들이 보낸 음식이, 난로 위에는 위로 카드가 있었다. 뒷문 밖에는 밤새 누가 갖다둔 땔감 더미 위에 암탉 두 마리가 올라앉아 있었다. 비탈을 올라가면 새 비석이 반짝이고 있었다. 산에 사는 사람들은 이웃을 돌볼 줄 알았다. 그래서 오두막은 따뜻하고 먹을 것도 있었지만 적막했다. 아이들은 함께 낮잠을 자고 있었다. 시간이 정지된 느낌이었다.

"잡지를 좀 가져왔어요. 지난 호 몇 권은 제대로 읽지 못하셨지만, 단편은 혹시나 싶어서요. 아이들 읽을거리도."

"친절하시네요." 캐서린이 말했다.

앨리스는 캐서린을 훔쳐봤다. 엄청난 상실을 겪은 사람에게 뭐라고 해야 할지 알 수 없었다. 그 상실은 캐서린의 얼굴에, 내리깐 두 눈과 입가와 이마, 그리고 새로 생긴 주름에 그대로 새겨져 있었다. 캐서린은 그저 눕고 싶은 듯 지친 표정이었다.

"마실 것 좀 드릴까요?" 캐서린은 문득 생각난 듯 물었다. "커피가 좀 있을 텐데. 아직 따뜻할 거예요. 오늘 아침에 끓였거든요."

"괜찮아요. 감사합니다."

캐서린은 숄로 몸을 감쌌다. 바깥의 산은 고요했고 나무는 앙상했으며 잿빛 하늘이 낮게 드리워 있었다. 까마귀 우는 소리가 정적을 깼다. 울타리에 묶여 있던 스피릿이 한 발을 구르고 콧김을 뿜었다.

앨리스는 안장주머니에서 책을 꺼냈다. "피트가 토끼 이야기를 좋아하는데, 새 책이 나왔어요. 긴 내용을 읽고 싶지 않으시면, 위로가 되는 성경 이야기를 접어 뒀어요. 시도 있어요. 조지 허버트 아세요? 한번 읽어보세요. 요즘 저도…… 시를 많이 읽고 있어요."

앨리스는 식탁 위에 책을 가지런히 놓았다. "새해까지 두고 읽으셔도 돼요."

캐서린은 잠시 책들을 봤다. 손끝으로 제목을 쓰다듬었다. 그리고 손을 거뒀다. "앨리스 씨, 책은 가져가세요." 캐서린은 머리를 뒤로 넘겼다. "읽지도 않을 텐데 아깝네요. 다들 읽고 싶어 할텐데, 기다리기엔 너무 긴 시간이에요."

"상관없어요."

캐서린의 미소가 잦아들었다. "솔직히 여기까지 왜 오시는지 모르겠네요. 아무것도 내키지 않아요. 애들에게 책 읽어줄 기운이 없어요."

"걱정 마세요. 책과 잡지가 충분하니까요. 아이들에겐 그림책을 두고 갈게요. 아이들이……."

"못 하겠어요. 집중이 안 돼요. 아무것도 못 하겠어요. 매일 일어나서 집안일을 하고 애들을 먹이고 가축을 돌보지만, 모든 게 다……." 캐서린의 얼굴에서 미소가 사라졌다. 그녀는 얼굴을 손에 파묻고, 흐느끼듯 한숨을 내쉬었다. 잠시 시간이 흘렀다. 캐서린의 어깨가 소리 없이 흔들리더니 서러운 울음이 터져 나왔다. 그렇게 고통스러운 소리는 처음이었다. 가슴 저미는 소리였다. "그이가 보고 싶어요." 캐서린은 얼굴을 꼭 감싸 쥐고 울었다. "정말 보고 싶어요. 너무 보고 싶어요. 그이를 만지고 싶고 머리카락을 쓰다듬고 싶고 제 이름을 부르는 소리가 듣고 싶고, 오, 주여. 그이 없이 어떻게 살아가죠? 오, 주여, 오, 주여. 못 하겠어요, 도저히. 오, 앨리스 씨. 개릿이 돌아왔으면 좋겠어요. 너무 그리워요."

그곳 사람들은 분노와 가벼운 불만, 즐거움 말고는 감정을 드러내지 않기에 더욱 충격적인 모습이었다. 산지 사람들은 금욕적이었고 약한 마음을 드러내지 않았다. 앨리스는 캐서린을 안았고, 함께 몸을 떨었다. 앨리스는 캐서린을 꼭 끌어안고 울게 했다. 캐서린에게서 흘러나오는 슬픔을 느낄 수 있을 것 같았고, 캐서린이 짊어진 슬픔에 함께 짓눌리는 것 같았다. 앨리스는 캐서린에게 머리를 기대고 그 슬픔을 조금이라도 덜어주려고, 비록 찾기 어렵지만 이 세상에는 아직 아름다움이 있다고 전하려 했다. 결국 부서지는 파도처럼 흐느낌은 잦아들었고, 캐서린은 코를 훌쩍이고 딸꾹질을 하면서 눈물을 닦았다.

"죄송해요, 죄송해요, 정말 죄송해요."

"그러지 마세요." 앨리스가 속삭였다. "미안해하지 마세요." 앨리스는 캐서린의 손을 잡고 흔들었다. "누군가를 그렇게 사랑하다니 대단해요."

캐서린은 고개를 들더니 부어오른 눈으로 앨리스를 살폈다. 앨리스의 손을 꼭 쥐었다. 거칠고 마르고 강인한 손이었다. "죄송해요." 캐서린이 다시 말했는데, 이번에는 전혀 다른 의미였다. 캐서린은 한참 뒤에야 눈물을 닦으며 자는 아이들을 확인했다.

"세상에. 어서 가 보세요." 캐서린이 말했다. "갈 길이 먼데, 날씨가 어떻게 될지 몰라요. 그리고 아이들을 깨워야 되겠어요. 안 그러면 밤 늦도록 안 잘 테니."

앨리스는 움직이지 않았다. "캐서린?"

"네?" 꿋꿋이 지어 보이는 밝은 미소가 흔들렸다.

앨리스는 책들을 무릎 위에 놓았다. "혹시…… 책 좀 읽어드릴까요?"

하늘 아래 모든 것에 제철이 있고 모든 문제에는 때가 있다. 태어날 때와 죽을 때, 심을 때와 거둘 때. 부술 때와 고칠 때. 쓰러뜨릴 때와 세울 때. 울 때와 웃을 때. 애도할 때와 춤출 때.

하늘이 서서히 어두워지는 가운데, 두 사람은 드넓은 산속 오두막에 앉아 있었고, 등불은 사방을 금빛으로 밝혔다. 한 사람은 조용하고 정확한 목소리로 책을 읽었고 다른 사람은 양말 신은 발을 의자에 올리고 생각에 잠겼다. 시간은 서서히 흘러갔고, 아이들도 깨어나 조용히 앉아서 함께 들었다. 한 시간 뒤, 두 사람은 문 앞에서 서로를 와락 끌어안았다.

둘은 성탄 인사를 건넸고, 이번 해 성탄절은 둘 다 그저 견뎌야 하는 때라고 생각했다. "더 나은 날이 오겠죠." 캐서린이 말했다.

"네." 앨리스가 대답했다. "그럴 거예요." 앨리스는 목도리를 눈 밑까지 두르고 작은 말에 올라타 시내로 길을 떠났다.

아마도 정신없는 광산에서 몇 년 동안 지내다가 집에 틀어박혀 지내는 것이 지루해서였는지, 윌리엄은 소피아가 도서관에서 일어난 일을 들려주면 좋아했다. 마저리가 노스 능선의 가족들에게 익명의 서신을 보낸 것도, 프레드릭 씨가 앨리스를 점점 더 좋아하는 것도, 얼간이 베넷 반 클리브가 냉정하게 애정의 싹을 자르니 앨리스가 얼어붙어 가는 것도 윌리엄은 다 알고 있었다.

"그런…… 사람 같아?" 윌리엄이 물었다. "다른…… 남자를 좋아하는 남자?"

"누군들 알겠어? 내가 보기에 그 녀석은 자기 모습 말곤 아무것도 사랑하지 않는 것 같아. 매일 아침 아내 말고 거울에 대고 키스를 한다고 해도 놀랍지 않아." 소피아는 이렇게 비꼬았고, 오빠가 배를 잡고 웃어대는 드문 모습에 기분이 좋아졌다.

하지만 오늘은 이야깃거리가 없었다. 앨리스는 온 세상 짐을 짊어진 사람마냥 구석 의자에 앉아 있었다.

단순히 피로한 모습이 아니었다. 몸이 지치면 사서들은 부츠를 벗어놓고 눈을 문지르며 앓는 소리를 내면서 웃어댔다. 앨리스는 깊은 시름에 잠겨 꼼짝 않고 거기 앉아 있었다. 프레드도 그걸 알고 있었다. 다가가 위로해주고 싶어 안달이 났지만, 대신 그는 새 커피를 끓여 앨리스 앞에 슬그머니 놓아주었다. 어쩌나 조용한 움직임이었는지 앨리스는 바로 알아차리지 못했다. 그가 앨리스를 얼마나 부드럽게 바라보고 있었는지, 지켜보는 소피아의 마음이 저렸다.

"괜찮아요?" 프레드가 땔감을 더 가지러 나간 뒤, 소피아가 조용히 물었다.

앨리스는 아무 말도 하지 않다가 손바닥으로 눈을 훔쳤다. "괜찮아요, 소피아. 고마워요." 앨리스는 어깨 너머 문 쪽을 확인했다. "저보다 힘든 사람이 많잖아요, 그렇죠?" 앨리스는 여러 번 속으로 되뇐 것처럼 그렇게 말했다. 자신을 설득하려는 것처럼.

"늘 그렇지만은 않아요." 소피아가 대답했다.

그때 마저리가 들어왔다. 해질녘, 눈을 번득거리며, 눈이 잔뜩 쌓인 외투를 입고서 바람처럼 들이닥치더니 문을 닫는 것도 잊어서 소피아가 야단쳤다.

"여기 누구 안 왔어?" 마저리가 물었다. 얼굴이 유령처럼 창백했다.

"누굴 기다려?"

"아니." 마저리는 재빨리 대답했다. 손이 떨리고 있었는데, 추위 탓이 아니었다.

"괜찮아, 괜찮아." 마저리는 뭔가 기다리는 사람처럼 문밖을 내다봤다.

소피아가 가방에 눈길을 줬다. "그 책 내게 줄 거야? 서가에 꽂으라고?"

마저리는 아직도 문만 보며 대답하지 않았다. 소피아가 직접 책을 꺼내 하나씩 책상 위에 올렸다. "『맥 맥과이어와 인디언 추장』? 이거 아넛스 능선의 스톤 자매에게 가져가지 않았어?"

마저리가 고개를 돌렸다. "뭐? 아, 응. 그거…… 내일 가져다줄게."

"능선이 막혔어?"

"아니."

"그럼 내일은 어떻게 올라갈 건데? 아직 눈이 오고 있는데."

마저리는 잠시 할 말을 잃은 듯했다. "내가…… 생각해볼게."

"『작은 아씨들』은 어디 있어? 그것도 가지고 나갔잖아?"

마저리는 정말 이상했다. 그러다가 프레드릭 씨가 들어오자 참 희한한 말을 했다고 소피아가 말했다.

"프레드, 남는 총 있어요?"

프레드는 난로 옆에 땔감 바구니를 내려놓았다. "총이요? 총은 왜요, 마지?"

"그냥…… 사서들이 총 쏘기를 배우면 좋을 것 같아서요. 외딴곳에는 무기를 가지고 다니면. 혹시 몰라서." 마저리는 눈을 두 번 깜빡였다. "뱀이 많잖아요."

"겨울에요?"

"그럼 곰이요."

"곰도 겨울잠을 자잖아. 게다가 이곳에 곰이 나타나지 않은 지가 5년, 10년은 됐어. 이미 알고 있잖아."

소피아는 믿을 수 없다는 표정을 지었다. "브레이디 부인이 어린 딸에게 총을 들고 다니게 할 것 같아? 사서는 총이 아니라 책을 가지고 다녀야지. 가뜩이나 사서들을 믿지 않는 가족이 등에다 사냥총을 메고 나타나면?"

프레드는 인상을 찌푸리고 있었다. 그는 소피아와 눈짓을 교환했다. 마저리는 제정신을 차리는 듯했다. "맞아. 무슨 생각을 한 건지 모르겠네." 그리고 어색한 미소를 지었다.

도서관에서 또 이런 일도 있었다고, 소피아는 저녁을 먹으며 윌리엄에게 말했다. 이틀 뒤 마저리가 돌아와서 화장실에 갔을 때, 소피아가 책을 꺼내려고 안장주머니를 들었다. 날씨가 춥고 다니기 힘든 때라 소피아는 사서들을 도왔다. 그런데 남은 책을 꺼내다가 놀라서 가방을 떨어뜨릴 뻔했다. 맨 밑에 붉은 손수건으로 꼭꼭 싼 콜트 45구경 권총 손잡이가 튀어나와 있었던 것이다.

"밥이 당신이 여기서 기다린다고 하던데. 어젯밤에 왜 약속을 취소했는지 궁금했어." 스벤 구스타브손은 작업복 위에 두꺼운 플란넬 재킷을 껴입고 손을 주머니에 꽂고서 광산 출입구로 나왔다. "더 나은 제안이라도 받았나?" 스벤은 미소를 지으며 마저리의 다리를 건드렸다. 마저리가 흠칫했다.

스벤은 미소를 거두고 손을 치웠다. "괜찮아?"

"일 끝나면 우리 집에 올 수 있어?"

스벤은 마저리의 얼굴을 살폈다. "그럼. 그렇지만 금요일에 만날 줄 알았는데."

"부탁이야."

마저리는 부탁한다는 말을 하는 법이 없었다.

영하의 기온에도 불구하고 마저리는 작은 등불을 켜고 무릎에 소총을 올려놓은 채 흔들의자에 앉아 굳은 표정으로 정면을 바라보고 있

었다. 블루이가 발치에 앉아 추위에 떨어 자꾸만 마저리를 올려다보
았다.

"무슨 일이야, 마지?"

"클렘 맥컬러가 날 잡으려는 것 같아."

스벤이 다가갔다. 마저리는 스벤이 곁에 있는 걸 모르는 사람마냥
멍하니 경계하는 투로 말했다. 덜덜 떨면서.

"마지?" 스벤은 마저리의 무릎에 손을 올리려다가 그녀가 낮에 보
인 반응을 기억하고 등을 가볍게 건드렸다. 마저리의 몸이 차가웠다.
"마지? 여기 너무 추워. 안으로 들어가자."

"대비를 하고 있어야 해."

"누가 오면 개가 알려주겠지. 그래서, 무슨 일인데?"

마저리는 그제야 일어나 방에 들어갔다. 집이 몹시 추웠다. 마저리
가 창밖을 내다보는 사이, 스벤은 난로를 켜고 땔감을 더 가지고 왔다.
그리고 블루이를 먹이고 물을 끓였다. "어제 밤새 그러고 있었어?"

"한숨도 못 잤어."

스벤은 마저리에게 수프를 건넸다. 마저리는 먹기 싫은 표정이더
니 벌컥벌컥 마셨다. 다 마시고는 레드 릭에 다녀온 이야기를 했다. 마
저리답지 않게 목소리가 끊어졌고, 지금도 맥컬러의 손아귀와 뜨거운
입김이 느껴지는 것처럼 손을 떨었다. 그리고 술집 싸움을 스무 번 중
열아홉 번은 말릴 침착한 남자 스벤 구스타브손은 분노가 치미는 걸
느꼈다. 그는 당장 맥컬러를 찾아 주먹을 날리고 싶었다.

그런 것은 그의 얼굴에도, 침착한 음성에도 드러나지 않았다. "피곤
해 보여. 어서 자."

마저리가 올려다봤다. "당신은 안 자?"

"응. 여기 있을게."

마저리 오헤어는 남에게 의지하기 싫어했다. 하지만 그녀가 한마디 반대 없이 잠자리에 드는 걸 보고, 스벤은 마저리가 얼마나 놀랐는지 알 수 있었다.

제11장

페어 오크스는 1845년 셰이커 교도인 길포드 D. 러니언 박사가
세웠으며, 그는 금욕의 맹세를 철회하고 케이트 페럴 씨와 결혼하
기 위해 집을 지었다. 페럴 씨는 그 집이 완성되기 전에 사망했다.
러니언 박사는 1873년 사망할 때까지 결혼하지 않았다.

_『켄터키주 안내』, 공공사업국 발행

서랍장 위에 인형이 열다섯 개 있었다. 하얗고 발그레한 도자기 얼
굴을 하고 진짜 머리카락을(어디서 난 걸까? 그런 생각을 하며 앨리스
는 몸을 떨었다) 동글동글 말고서 어깨를 나란히 하고, 어울리지 않는
가족처럼 앉아 있었다. 아침에 소파에서 깨어난 날, 앨리스가 처음 본
것이 그것이었다. 그것들은 체리색 입술로 비웃음을 짓고, 풍성한 빅
토리아 스커트 아래 하얀 속바지를 드러내고서 멍한 얼굴로 앨리스를
보고 있었다. 반 클리브 부인은 인형을 사랑했다. 작은 봉제 곰 인형과
도자기 장식, 코담배 상자와 오랜 시간 정교하게 수놓아 벽을 장식한
시편을 사랑했듯이.

오로지 이 집 안에서 작고 무의미한 일들, 성인의 하루 일과라고 여
기기 어려운 일들에 집중하며 살아간 삶이 날마다 떠올랐다. 인형, 자

수, 먼지 떨기, 아무도 관심을 두지 않는 부적들의 배치 같은 것. 부인이 세상을 떠나고 나니, 그것은 남자들이 우상화하는 여성을 기리는 성소가 되었다.

앨리스는 그 인형들이 싫었다. 집 안의 무거운 정적과 답답함도 싫었다. 부인도 인형 같았을 거라고 앨리스는 생각했다. 미소를 짓고, 움직이지 않고 장식하는 소리 없는 존재.

앨리스는 협탁에 놓인 커다란 금박 액자의 돌로레스 반 클리브 사진을 내려다봤다. 통통한 두 손에 작은 나무 십자가를 들고 뾰로통한 얼굴을 하고 있었다. "어머니를 조금 멀리 두면 안 될까요? 저…… 밤에만이라도?" 처음 방을 보고 앨리스가 물었다. 하지만 베넷은 앨리스가 자기 어머니 무덤을 파헤치기라도 하자고 한 것처럼 인상을 썼다.

앨리스는 상념에서 벗어나 찬물로 세수를 하고 옷을 껴입었다. 사서들은 오늘 반나절만 일하고 크리스마스 쇼핑을 하기로 했다. 앨리스는 원래 노선대로 다니지 못하는 것이 실망스러웠다.

아침에는 짐 호너의 딸들을 만날 예정이었다. 그건 기다려졌다. 아이들이 스피릿이 다가오는 걸 보려고 창가에서 기다리는 것. 현관문으로 달려 나와 앨리스가 말에서 내릴 때까지 팔짝거리는 것. 서로 질세라 조잘거리며 앨리스에게 무엇을 가져왔는지, 어디 갔었는지, 지난번보다 좀 더 함께 있을 것인지 묻는 것. 책을 읽어주는 동안 아이들이 스스럼없이 매달리고, 작은 손가락으로 머리를 쓰다듬고, 여성의 손길이 간절히 그리운 듯 뺨에 입 맞추는 것. 그리고 짐은 예전과 달리 커피를 내오기도 하고 아이들에게 책을 읽어주는 시간을 이용해 장작을 패거나, 딸들이 그 주에 배운 읽기를 자랑할 때 함께하기도 했다. (아이들은 똑똑했다. 바이데커 선생님 덕분에 아이들의 읽기 실력이 다른 아이들보다 훨씬 뛰어났다.) 그렇다. 호너의 딸들은 큰 위로가 됐다. 그런 아이들이 크리스마스 선물로 아무것도 받지 못한다니 안타까웠다.

앨리스는 목에 목도리를 두르고 승마용 장갑을 끼고 산으로 가기 위해 양말을 한 켤레 더 신을지 잠시 궁리했다. 사서들은 전부 발가락 동상에 걸렸고, 손가락은 혈액 순환이 안 돼 하얘졌다. 앨리스는 창밖의 잿빛 하늘을 내다봤다. 거울은 보지 않았다.

앨리스는 전날 받은 봉투를 가방에 넣었다. 나중에 일을 마치고 나면 읽을 생각이었다. 말을 타고 말없이 두 시간이나 가야 하는데, 고민거리를 미리 알 필요는 없었다.

출발하려다가 서랍장에 눈길을 던졌다. 인형들이 아직도 빤히 보고 있었다.

"뭐?" 앨리스가 말했다.

이번에는 인형들이 전혀 다른 말을 건넸다.

"우리 거예요?" 밀리의 입이 어찌나 크게 벌어지는지, 소피아가 봤으면 벌레 들어간다고 할 것 같았다.

메이에게도 다른 인형을 건넸다. "하나씩. 오늘 아침에 얘들이 전에 살던 집보다 여기서 훨씬 더 행복할 것 같다고 하더라."

두 아이는 천사 같은 도자기 얼굴을 보며 입을 딱 벌리더니, 동시에 아버지를 향해 고개를 돌렸다. 짐 호너의 표정은 잘 읽을 수 없었다.

"새것이 아니에요, 호너 씨." 앨리스가 조심스레 밀했다. "하지만 원래 집에선 인형이 필요 없어요. 거긴…… 남자들만 살거든요. 인형을 거기 앉혀놓는 건 옳지 않은 것 같았어요."

앨리스는 호너가 망설이며 *글쎄*요라고 말하려는 걸 봤다. 아이들이 숨도 쉬지 않고 기다리는 동안 실내에 긴장이 감돌았다.

"아빠, 안 돼요?" 메이가 속삭이듯이 말했다. 아이들은 다리를 꼬고 앉아 있었고, 밀리는 인형 얼굴과 아버지 얼굴을 번갈아 보면서 탱글탱글한 인형 머리카락을 멍하니 쓰다듬었다. 몇 달 동안 사악해 보이던 인형들이 갑자기 순해 보였다. 있어야 할 자리를 찾아왔으니까.

"참 예쁘군요." 호너가 마침내 말했다.

"음, 여자아이들은 예쁜 걸 가질 자격이 있다고 생각해요, 호너 씨."

호너는 거친 손으로 정수리를 문지르더니 시선을 돌렸다. 메이는 시무룩해졌다. 호너는 문을 가리켰다. "잠시 밖에서 얘기 좀 할까요, 반 클리브 부인?"

앨리스는 호너를 설득할 방법을 생각하며 팔짱을 끼고 오두막 뒤로 나갔다. 아이들의 한숨 소리가 들렸다.

어린 여자아이들에겐 인형이 필요해요.

아이들이 갖지 않으면 인형은 버려질 거예요.

오, 제발, 그놈의 자존심 때문에…….

"어떻게 생각하세요?"

앨리스가 우뚝 멈췄다. 짐 호너는 커다란 갈색 자루를 들어 커다란 수사슴의 머리를 드러냈다. 뿔이 하늘로 90센티미터나 솟아 있고, 귀가 머리에 대충 붙어 있었다.

앨리스는 튀어나오려는 비명을 꾹 눌렀다.

"두 달 전에 리벳스 크릭 쪽에서 잡았소. 직접 박제를 해서 세웠고, 메이를 시켜서 우편으로 유리 눈알을 구했소. 살아 있는 것 같지 않소?"

앨리스는 사슴의 유리 눈알을 보고 입을 딱 벌렸다. 수사슴은 열병에 걸렸을 때 꿈에 나오는 무서운 동물 같았다. "끙……장히…… 인상적이네요."

"처음 만든 거요. 이걸로 장사를 할 수 있을까 해서. 몇 주에 하나씩 만들어 시내에서 팔게. 그러면 겨울에 먹고 살 수 있을 거요."

"그렇군요. 좀 작은 동물도 하실 수 있겠어요. 토끼라든가, 다람쥐 같은."

호너는 잠시 생각하더니 고개를 끄덕였다. "그래서, 이걸 가져가겠소?"

"네?"

"인형 대신. 물물 교환으로."

앨리스는 두 손을 들었다. "오, 호너 씨, 정말 그러실……."

"공짜로 받을 순 없소." 호너는 팔짱을 끼고 기다렸다.

"그게 뭐죠?" 앨리스가 기운 없이 말에서 내려 사슴뿔에서 나뭇잎을 떼어내자, 베스가 말했다. 오는 내내 사슴뿔이 나무에 걸려 앨리스는 서너 번이나 떨어질 뻔했고 온갖 나뭇가지와 잎이 들러붙어 원래보다 더 지저분해졌다. 앨리스는 계단을 올라가 그것을 조심스레 벽에 붙여 놓고, 아이들이 인형을 소중히 안고 노래를 불러주며 고맙다고 키스하던 걸 떠올리려고 노력했다. 짐 호너의 얼굴에 떠오른 부드러운 표정도.

"새 마스코트예요."

"새 뭐요?"

"머리털 하나라도 건드리면 당신도 박제로 만들어버리겠어요."

"젠장." 베스가 이지에게 말했고, 앨리스는 다시 말에게 나갔다. "앨리스가 숙녀답게 군 적이 있었어요?"

렉싱턴 화이트 호스 호텔의 점심시간이 거의 끝나 레스토랑이 비기 시작했다. 거리에는 크리스마스 쇼핑을 하는 사람들로 북적였다. 등심 스테이크와 감자튀김으로 식사를 마친 반 클리브 씨는 의자에 기대앉아 양손으로 배를 쓰다듬었다. 인생의 다른 분야에서 그런 만족감을 느끼는 일이 점점 줄어드는 듯했다.

그 여자 때문에 소화가 안 됐다. 다른 곳 사람들은 그런 짓을 곧 잊겠지만, 베일리빌에선 100년이 지나도 원한을 잊지 않았다. 스코틀랜드와 아일랜드의 켈트족 후예인 그들은 반감을 결코 잊지 않았다. 반 클리브 씨는 켈트족과 무관했지만 이 성품은 철저히 받아들였다. 게다가 한 사람에게 화풀이하는 아버지의 습관도 물려받았다. 그 대상이 마저리 오헤어였다. 반 클리브 씨는 마저리를 저주하며 일어났고 마저리가 자신을 조롱하는 모습을 떠올리며 잠자리에 들었다.

베넷은 곁에서 아무것도 하지 않았다. 그곳에서 벗어나고 싶어 했다. 사실 그는 사업에 필요한 집중력이 부족했다. 며칠 전 광부들이 베넷이 지나갈 때 검댕이 묻은 작업복을 닦는 척하면서 결벽증을 흉내 냈다. 반 클리브의 눈초리에 광부들은 아닌 체했지만, 아들이 놀림받는 것을 보니 마음이 아팠다. 처음에는 베넷이 영국인 여자와 결혼하기로 결심한 것이 자랑스러웠다. 드디어 제 마음을 깨달은 줄 알고! 돌로레스가 아들을 애지중지하고 딸처럼 야단스럽게 키웠다. 앨리스와 결혼하겠다고 할 때 베넷은 당당해 보였고, 폐기가 아까운 마음도 잠시였다. 아들이 처음으로 단호하게 구는 게 좋았다. 그러던 아들이 영국 여자의 드센 입담과 이상한 취향 때문에 기가 꺾이자 그놈의 유럽 여행을 가자고 한 게 후회스러웠다. 다른 것끼리 섞어서 좋은 일이 없었다. 유색인과도, 유럽인과도.

"이보게, 여기 부스러기가 남았네." 반 클리브가 테이블을 퉁퉁한 손 가락으로 찌르니 웨이터가 서둘러 치웠다. "버번 어떻습니까, 해치 주 지사님? 이만 마무리 지어야죠?"

"음, 내 팔을 비틀 생각이라면, 조······."

"베넷?"

"전 됐어요, 아버지."

"분 지역 버번 두 잔 주시오. 어서. 얼음은 빼고."

"네, 손님."

"베넷. 주지사님과 이야기할 동안 양복점에 다녀오겠니? 드레스 셔 츠가 더 있는지 물어보거라. 나도 곧 가마."

반 클리브는 아들이 나가기를 기다린 후 다시 이야기했다. "자, 주지 사님. 좀 민감한 문제를 의논하고 싶었습니다."

"광산에 또 문제가 있는 건 아니지요, 반 클리브 씨? 할런처럼 곤란 한 상황은 아니길 바랍니다. 스스로 해결하지 못하면 주 군대가 들이 닥칠 준비를 하고 있습니다. 주 경계선을 넘어 기관총이니 온갖 것이 드나들고 있어요."

"오, 호프먼에선 그런 걸 틀어막으려고 최선을 다하는 걸 알잖습니 까. 노조를 결성해 좋을 일이 없어요. 우리도 그건 압니다. 우리 광산 은 말썽이 없도록 조치를 취하고 있습니다."

"다행이군요. 다행이에요. 그럼······ 어······ 무슨 문제가 있죠?"

반 클리브 씨는 테이블 위로 몸을 당겼다. "이······ 도서관 일 말입 니다."

주지사는 이맛살을 찌푸렸다.

"여자들 도서관 말이에요. 루스벨트 영부인의 기획. 여자들이 농촌 가족들에게 책을 배달합니다."

"아, 그렇죠. 공공사업국 일로."

"그겁니다. 보통 그런 사업은 지지하는 입장이고 국민 교육에 대해선 대통령과 영부인의 뜻에 전적으로 동의하지만, 우리 지역에선 여자들이…… 음, 몇몇 여자들이 말썽을 일으키고 있어요."

"말썽이요?"

"이동 도서관이 불안을 조장하고 있어요. 변칙적인 짓거리를 장려하고 있다구요. 예를 들어 호프먼 광산 회사에서 노스 능선의 새 지역을 폭파할 계획이었죠. 몇십 년째 합법적으로 해온 일이에요. 그런데이 사서들이 거기에 대해 뜬소문과 거짓말을 퍼뜨린 겁니다. 그 지역에서 우리가 평소처럼 채굴권을 얻지 못하게 하는 법규 명령이 줄줄이 내려왔으니까요. 한 가족만이 아니라 여럿이 우리 길을 막으려고서명을 했어요."

"그거 불운한 일이군요." 주지사는 담배에 불을 붙이고 반 클리브에게도 권했지만, 그는 사양했다.

"그렇습니다. 이런 식이면 채굴할 곳이 없어질 겁니다. 그러면 어떻게 한답니까? 우린 켄터키 이 근방에선 큰 고용주입니다. 중요한 자원을 제공하고 있어요."

"흠, 조프. 요즘 채굴에 반대하는 사람들이 많아 나서기 어렵잖아요. 사서라는 증거가 있어요?"

"법원을 통해 우릴 막고 있는 가족 절반은 작년까지는 글을 몰랐어요. 도서관에서 빌린 책이 아니라면, 어디서 법적인 정보를 얻었겠습니까?"

버번이 나왔다. 웨이터는 버번을 은쟁반에서 들어 두 사람 앞에 정중히 내려놓았다.

"글쎄요. 여자들이 말을 타고 레시피나 나르는 거라고 하던데. 무슨 해가 있단 말입니까? 이건 그저 불운 탓이라고 여겨야 할 것 같은데요, 조프. 요즘 광산 주위에서 일어나는 말썽을 보면, 범인은 누구라도 될 수 있어요."

반 클리브 씨는 주지사의 관심이 사라지는 걸 느꼈다. "광산뿐만이 아닙니다. 우리 사회의 역학 자체를 바꾸고 있어요. 자연법을 바꾸려고 하는걸요."

"자연법이요?"

주지사가 믿지 못하겠다는 표정을 짓자, 반 클리브가 덧붙였다. "여자들이 부자연스러운 방식을 따른다고 하던데요."

이제 주지사가 관심을 가지고 몸을 앞으로 당겼다.

"제 아들 말입니다. 집사람과 저는 그 애를 신의 원칙에 따라 키웠고, 그래서 부부 간의 일에 그다지 세속적이지 않다는 걸 인정합니다. 하지만 그 아이의 젊은 아내가 도서관에서 일을 하는데, 여자들끼리 돌려보는 책이 있다고 한다더군요. 성적인 내용의 책이랍니다."

"성적인 내용이라!"

"그렇답니다!"

주지사는 술을 한 모금 마셨다. "그럼…… 음…… '성적인 내용'에 정확히 뭐가 들어간 겁니까?"

"흠, 놀라게 하고 싶지 않군요, 주지사님. 자세한 사항은……."

"오, 감당할 수 있어요, 조프. 원하는 만큼 자세히 말해보세요."

반 클리브 씨는 뒤를 한번 돌아보더니 음성을 낮췄다. "아들 밀론 아내가 (어느 모로 보나, 공주처럼 키운 아이입니다) 음, 그 애가 침실에서 프랑스 사창가에서나 기대할 일을 하겠다는 암시를 줬다더군요."

"프랑스 사창가라!" 주지사는 침을 꿀꺽 삼켰다.

"처음엔 영국의 관습인 줄 알았어요. 유럽 방식과 가까우니까요. 하지만 며느리가 도서관 책에서 봤다고 했다더군요. 불결한 걸 퍼뜨리다니. 성인 남자가 얼굴을 붉힐 짓거리를 암시하고 말입니다. 그러니까, 어쩌려고 이러는 겁니까?"

"그, 음, 예쁘장한 금발 말입니까? 작년 만찬 때 만났었죠."

"바로 그 앱니다. 앨리스. 아주 훌륭한 아이죠. 그런 여자가 그런 짓을 하겠다고 들었다니…… 음……."

주지사는 또 술을 한 모금 길게 마셨다. 눈이 흐려졌다. "무슨 행동을 하겠다는지, 자세히 설명하던가요? 전체적인 상황을 잘 알 수 있게 말입니다."

반 클리브 씨는 고개를 저었다. "가엾은 베넷은 충격이 심해 몇 주가 지난 뒤에 털어놨습니다. 그 후로 그 애에게 손가락 하나 대지 못하겠답니다. 옳지 않은 일이죠, 주지사님. 하늘을 두려워하는 점잖은 아낙이라면 그런 변태 짓을 하겠다고 들 수 없는 일입니다."

주지사는 깊이 생각에 잠긴 것 같았다.

"주지사님?"

"불결…… 그렇죠. 아, 그렇죠…… 아니, 그렇지 않죠."

"어쨌든. 다른 지역에서도 여자들과 소위 도서관에 같은 문제가 발생하는지 알 수 있다면 좋겠습니다. 이건 우리 노동력에나 기독교 가정에나 좋은 일이 아니라고 생각합니다. 도서관 전체를 전부 다 폐쇄하면 좋겠습니다. 이 채굴권 허가 문제도 마찬가지구요."

반 클리브 씨는 냅킨을 접어 테이블 위에 놓았다. 주지사는 여전히 이 사안을 조심스레 생각 중인 듯했다.

"아니면 최선의 방법은…… 이 문제는 적당히 처리해버리는 것이 나을지도 모릅니다."

그는 나중에 베넷에게 주지사가 마신 술이 머리까지 닿은 게 아닌지 모르겠다고 말했다. 점심 식사가 끝날 무렵에는 눈에 띄게 집중하지 못했다.

"그래서 뭐라고 하던가요?" 새 코듀로이 바지와 줄무늬 스웨터를 사고 기분이 좋아진 베넷이 물었다.

"내가 알아서 처리해야 할 것 같다고 했더니, '흠, 그러시죠'라고 하더니 가본다더구나."

앨리스에게

결혼 생활이 네 예상과 다르다니 유감이구나. 결혼이 어떤 거라고 생각하는지 모르겠고, 어떤 것이 실망스러운지 자세히 알려주지 않았지만 네 아빠와 나는 우리가 네게 잘못된 기대를 준 게 아닐까 싶다. 너는 잘생기고 재정적으로 안정되고 좋은 미래를 줄 수 있는 남편을 얻었다. 상당한 재력을 가진 점잖은 집안에 시집갔고. 네가 가진 것을 셈할 줄 알면 좋겠구나.

인생에서 행복이 가장 중요한 건 아니란다. 의무와 옳은 것에서 만족을 얻는 것이 중요하지. 네가 충동을 자제하는 법을 배웠길 바라고 있었다. 음, 이제 결정을 내렸으니 버티는 법을 배워야 할 거야. 아기를 가진다면 거기 집중하고 이런저런 잡념이 없어질 것 같구나. 혼자 돌아오기로 한다면 여기서 지낼 수는 없을 거라고 알려줘야 되겠다.

사랑하는 엄마가

앨리스는 미루다가 편지를 읽었다. 내용을 이미 짐작했다. 이를 악물고 편지를 접어 가방에 넣는데 거칠고 짧은 손톱이 눈에 들어와 이래서 그이가 내게 손대지 않으려는 걸까 생각했다. 그런 의문은 날마다 떠올랐다.

"좋아요." 마저리가 옆에서 등장하며 말했다. "뱃대끈(말 안장에 짐을 묶는 끈 - 옮긴이 주) 두 개와 안장깔개를 크롬튼 가게에서 주문했고, 프레드 선물은 이게 좋겠어요. 좋아할까요?" 마저리는 진녹색 목도리를 들어 보였다. 마저리의 낡아빠진 가죽 모자와 바지(돌아오면 다시 옷을 갈아입어야 하는데, 왜 렉싱턴에 가면서 옷을 차려입어야 하는지 모르겠다고 앨리스에게 말했었다)를 멍하니 보던 백화점 직원은 정신을 차리고 그 목도리를 포장해줬다. "돌아가는 길에 프레드가 보지 못하게 감춰야 해요."

"네."

마저리가 앨리스를 빤히 봤다. "보긴 했어요? ……왜 그래요, 앨리스?"

"뭘요? ……아, 이런…… 베넷이요. 베넷 선물을 골라야 해요." 남편의 옷 사이즈는커녕 뭘 좋아하는지도 모른다는 사실을 깨닫고, 앨리스는 손으로 얼굴을 감쌌다. 선반에서 호랑가시나무로 장식한 손수건 상자를 집었다. 손수건이라니. 거리가 느껴질까? 6주 동안 그의 맨살을 조금도 보지 못했는데, 얼마나 친밀한 선물을 할 수 있을까?

마저리가 앨리스를 이끌고 매장 구석으로 데려갔다. "앨리스, 괜찮아요? 계속 얼빠진 모습이네요."

"누가 뭐라던가요?" 앨리스는 손수건을 내려다봤다. 베넷의 이니셜을 수놓으면 나을까? 베넷이 크리스마스 아침에 그걸 열어보는 모습을 상상했다. 미소 짓는 얼굴이 떠오르지 않았다. 어떤 행동에도 남편이 미소 짓는 건 상상할 수 없었다. "어쨌든 마저리 씨도 이틀 동안 아무 말도 안 하고 지냈잖아요."

마저리는 놀란 표정으로 고개를 저었다. "일이 좀 있었어요." 마저리는 침을 삼켰다. "조금 놀라서."

앨리스는 슬퍼하는 캐서린 블리를 떠올렸다. "이해해요. 생각보다 힘들 때가 있죠? 책을 배달하는 게 전부가 아니에요. 제가 우울해했다면 미안해요. 기운을 낼게요."

사실 곧 크리스마스라는 사실에 앨리스는 울고 싶었다. 노려보는 반 클리브 씨와 말없이 속을 끓이는 베넷과 같이 식탁에 앉아 있다고 생각하면. 점점 악화되는 분위기에 즐거워 보이는 애니까지.

이런 생각을 하느라 앨리스는 마저리의 시선을 알아차리지 못했다.

"나무라는 게 아니에요, 앨리스. 난 그저……." 마저리는 그 말이 낯설다는 듯 어깨를 으쓱였다. "친구로서 묻는 거예요."

친구.

"날 알잖아요. 평생 혼자 잘 지냈어요. 하지만 지난 몇 달 동안은 말이죠, 음…… 당신과 함께 있는 게 좋아졌어요. 유머 감각도 마음에 들고. 사람들을 친절하게 존중하며 대하죠. 그래서 우리가 친구라고 생각하고 싶어요. 도서관 사람들 모두, 하지만 특히 앨리스와. 그런데 날마다 이런 모습이라니 마음이 아파요."

앨리스는 미소를 지었을지도 모른다. 마저리로선 굉장한 인정이었으니까. 하지만 지난 몇 달 동안 앨리스의 마음이 굳어져서 예전 같은 감정이 들지 않았다.

"한잔할래요?" 마저리가 한참 뒤 물었다.

"술 안 드시잖아요."

"음, 서로 입 다물어주기로 하죠." 마저리는 한 손을 내밀었고, 앨리스는 그 손을 잡았다. 둘은 백화점을 나서 가까운 술집으로 향했다.

"베넷과 전……." 앨리스는 음악 소리와 남자들 고함 소리 틈에서 말했다. "……우린 공통점이라곤 없어요. 서로를 이해하지 못해요. 대화도 안 해요. 서로 웃게 하지도, 그리워하지도, 떨어져 있는 시간이 아쉽지도……."

"전형적인 결혼 생활 같네요." 마저리가 말했다.

"그리고 물론, 또…… 있어요." 앨리스는 그 말을 하면서도 어색한 표정을 지었다.

"아직도? 음, 그건 문제로군요." 마저리는 그날 아침 자신을 감싸 안는 스벤의 따뜻한 몸을 기억했다. 함께 있어달라고 떨며 두려워했던 것이 바보처럼 느껴졌다. 맥컬러는 나타나지 않았다. 너무 취해서 아무것도 할 수 없었을 거라고 스벤이 말했다. 자기가 무슨 짓을 했는지 기억도 못했을 거라고.

"그 책 읽었어요. 추천해준 책."

"그랬어요?"

"하지만 그게…… 상황이 더 나빠진 것 같아요." 앨리스는 양손을 들어 보였다. "아, 할 말이 없어요. 결혼한 게 싫어요. 그 집에서 사는 게 싫어요…… 둘 중 누가 더 비참한지 모르겠어요. 하지만 제겐 그 사람뿐이에요. 아기도 갖지 못할 거예요. 아기가 있으면 모두 다 더 행복해질 수 있었을 텐데. 왜냐면…… 음, 아시잖아요. 그런데 아기가 생기면 도서관 일을 못 할 테니, 아기를 갖고 싶은지 모르겠어요. 도서관 일밖에 즐거운 게 없으니까요. 이러지도 저러지도 못하겠어요."

마저리는 인상을 찌푸렸다. "그런 건 아니죠."

"말은 쉽죠. 마저리 씨에겐 집이 있잖아요. 혼자 살아가는 방법도 알고."

"그들이 시키는 대로 하지 않아도 돼요, 앨리스. 다른 누가 시키는 대로 살지 않아도 돼요. 까짓거, 원한다면 오늘 짐을 싸서 영국으로 돌아가도 되잖아요."

"그럴 수 없어요." 앨리스는 가방에 손을 넣어 편지를 꺼냈다.

"음, 안녕하십니까, 예쁜 숙녀분들."

어깨가 넓은 정장을 입고 수염에 왁스칠을 하고, 온화한 척하는 남자가 두 사람 사이에 섰다. "대화에 열중하고 계셔서 방해하고 싶지 않았습니다. 그러다 생각이 났죠. 이봐, 헨리, 이 어여쁜 숙녀분들이 한잔하시면 좋을 것 같잖아. 게다가 두 분이 갈증을 느끼고 계신다면 제 자신을 용서할 수가 없을 겁니다. 자, 그럼 뭘로 시킬까요?"

그는 앨리스의 가슴을 흘끔거리며 어깨에 팔을 둘렀다.

"이름 한번 맞혀볼까요, 미녀 아가씨? 그게 제 기술이거든요. 여러 가지 기술 가운데 하나죠. 메리 베스. 메리 베스처럼 생겼어요. 맞죠?"

앨리스는 아니라고 중얼거렸다. 마저리는 앨리스 가슴께로 다가간 남자의 손을 노려봤다.

"아닌가. 그럼 로라. 아니, 로레타. 전에 아주 아름다운 로레타란 여자를 안 적이 있었죠. 로레타가 분명해." 남자는 앨리스에게 몸을 기댔고, 앨리스는 그의 기분을 상하게 하지 않으려는 듯 어색한 미소를 지었다. "내 말이 맞다고 할 거죠? 그렇지 않아요?"

"사실 전……."

"헨리라고요?" 마저리가 말했다.

"네, 그래요. 그럼 당신은…… 내가 맞혀보지!"

"헨리, 한마디 해도 될까요?" 마저리가 상냥하게 웃었다.

"뭐든지 말해도 됩니다, 아가씨." 그는 한쪽 눈을 치켜들며 능글거렸다. "원하는 건 뭐든지요."

마저리는 그의 귀에 대고 속삭일 수 있도록 바짝 다가갔다. "주머니에 넣은 내 손 있죠? 총을 쥐고 있어요. 내 친구에게서 손 안 떼면 방아쇠를 눌러 그 머리통을 저기로 날려버릴 거예요." 마저리는 상냥하게 웃으며 입술을 남자의 귀에 더 바짝 댔다. "있잖아요, 헨리? 나는 총을 꽤 잘 쏘거든요."

남자는 마저리가 앉은 의자에 발이 걸려 휘청거렸다. 그리고 멀찍이 줄행랑쳤다.

"참, 친절은 고맙지만 술은 됐어요!" 마저리가 더 큰 소리로 외쳤다.

"우와." 앨리스는 블라우스 매무새를 고쳤다. "뭐라고 했어요?"

"그냥…… 친절한 말씀이긴 하지만, 원하지도 않는 숙녀 몸에 손대는 건 신사답지 못하다고 했어요."

"잘 말씀하셨네요." 앨리스가 말했다. "전 필요할 때 적절한 말을 할 줄 몰라요."

"그래요. 음……." 마저리는 술을 한 모금 마셨다. "……난 요즘 연습을 좀 했거든요."

두 사람은 잠자코 앉아 있었다. 마저리는 버번을 한 잔 더 주문하더니 취소했다. "말해봐요. 하려던 말."

"아. 집으로 돌아갈 수 없어졌단 얘기요. 편지를 받았어요. 부모님이 돌아오지 말래요."

"왜요? 외동딸인데."

"전 늘 부모님께 부끄러운 존재였어요. 아마… 부모님껜 겉모습이 제일 중요해요. 그냥…… 말이 안 통해요. 베넷은 제 모습 그대로 좋아 해 줄 사람인 줄 알았어요." 앨리스는 한숨을 쉬었다. "그래서 이제 덫 에 걸려 꼼짝 못 하는 느낌이에요."

둘은 아무 말 없이 앉아 있었다. 헨리가 씨근거리며 나갔다.

"한 가지만 말할게요, 앨리스." 마저리답지 않게 앨리스의 팔을 꼭 잡고 말했다. "상황에서 벗어날 길은 언제나 있어요. 보기 흉한 방법일 순 있죠. 땅이 푹 꺼져버리는 느낌이 들 수도 있어요. 하지만 덫에 걸 려 꼼짝 못 하는 건 없어요, 앨리스. 내 말 듣고 있어요? 늘 빠져나갈 방법은 있다고요."

"저것 좀 보게."

"네?" 베넷은 새 바지의 주름을 살피고 있었다. 새 조끼를 맞추느라 팔을 뻗고 서 있던 반 클리브 씨는 갑자기 문 쪽을 가리키다 핀에 찔 려 욕설을 내뱉었다. "젠장! 저기 말이야, 베넷!"

베넷은 고개를 들고 양복점 창밖을 내다봤다. 놀랍게도 앨리스가 마저리 오헤어와 팔짱을 끼고 토드스 바에서 걸어 나오고 있었다. 문 앞 녹슨 간판에 '버크아이 맥주 판매 중'이라고 광고하는 지저분한 술 집이었다. 두 사람이 머리를 맞대고 깔깔 웃고 있었다.

"오헤어랑." 반 클리브 씨가 고개를 저었다.

"쇼핑하러 간댔어요, 아버지." 베넷이 기운 없이 말했다.

"저게 크리스마스 쇼핑으로 보이냐? 오헤어랑 어울린다니! 저 여사 도 쓰레기 같은 제 애비와 똑같다고 하지 않았어? 앨리스에게 뭘 시 키는지 알 수가 없구나. 핀을 뽑아주게, 아서. 저 아일 집에 데려가야 되겠으니."

"그러지 마세요." 베넷이 말했다.

반 클리브가 고개를 홱 돌렸다. "뭐? 네 마누라가 싸구려 술집에서 술을 마시고 있는데 네가 알아서 처리를 해야지!"

"그냥 두세요."

"저 애가 네 불알을 떼어가기라도 했냐?" 반 클리브가 외쳤다.

베넷이 흘끔 보니, 양복점 주인은 아무것도 못 들었다는 표정을 짓고 있었다. "제가 말할게요. 그냥…… 집에 가요."

"집안이 난장판이다. 저 여자가 네 마누라를 싸구려 술집에 끌고 다니는 게, 이 집안에 무슨 득이 된다고 생각하니? 버릇을 고쳐야 해. 네가 안 한다면 내가 하마, 베넷."

앨리스는 드레스룸 소파에 누워 천장을 응시하고 있었고 애니는 아래층에서 저녁 식사를 준비 중이었다. 감자 껍질 벗기기든, 썰기든, 튀기기든 무엇을 해도 애니가 못마땅하게 여겼기 때문에 식사 준비 돕기를 그만둔 지 오래였다. 애니의 잔소리도 지겨웠다.

앨리스는 드레스룸에서 자는 것을 애니가 아는 것도 신경 쓰지 않았다. 베일리빌 사람 절반에게 떠들어대는 것도 상관없었다. 아직 달거리를 하는 걸 들키는 것도. 아닌 척해봐야 무슨 소용인가? 잘 보이고 싶은 상대가 없었다. 반 클리브 씨의 포드 차가 자갈길에 멈추고 스크린도어를 요란하게 닫는 소리가 들렸다. 앨리스는 소리 없이 한숨을 쉬고 잠시 눈을 감았다. 그리고 몸을 일으켜 저녁 식사를 하기 전 씻기 위해 욕실로 들어갔다.

앨리스가 아래층에 내려갔을 때, 부자는 식탁에 마주 앉아 있었다. 문을 통해 김이 새어 나오고 있었고 주방에서 애니의 냄비 뚜껑이 달각거리는 걸로 보아 곧 음식이 나올 것 같았다. 앨리스가 들어서자 부자 모두 고개를 들었고, 앨리스는 신경 써서 꾸민 덕분이라고 여겼다. 베넷이 청혼했을 때 입었던 드레스를 입고 머리도 단정히 빗어 뒤로 넘겼으니까. 하지만 둘의 표정은 다정하지 않았다.

"그게 사실이냐?"

"뭐가요?" 앨리스는 오늘 잘못한 일을 다 떠올렸다. 술집에서 술을 마시고, 낯선 남자와 이야기하고, 마저리 오헤어와 부부 간의 사랑을 다룬 책에 대해 이야기하고, 어머니에게 집에 가도 되는지 묻고.

"크리스티나 씨는 어디 있냐?"

앨리스가 눈을 깜빡였다. "누구요?"

"크리스티나 씨 말이다!"

앨리스는 베넷과 그의 아버지를 번갈아 봤다. "저…… 무슨 말씀이신지 모르겠네요."

반 클리브 씨는 고개를 저었다. "크리스티나 씨 말이다. 에반젤린 씨도. 내 아내 인형 말이야. 애니가 없어졌다고 하던데."

앨리스는 마음이 놓였다. 아무도 의자를 빼주지 않아서 스스로 의자를 빼고 앉았다. "아. 그거요. 제가…… 가져갔어요."

"가져갔다니, 무슨 소리야? 어디로?"

"얼마 전에 어머니가 돌아가신 착한 아이 둘이 있어요. 크리스마스에 선물을 못 받을 것 같아서, 인형을 가져다 주면 아이들이 무척 기뻐할 것 같았어요."

"가져다 줘?" 반 클리브의 눈알이 튀어나올 것 같았다. "인형을 줬다고? 그…… 부랑자들에게?"

앨리스는 무릎 위에 단정히 냅킨을 올리고 자기 접시만 보고 있는 베넷에게 한번 눈길을 줬다. "두 개만요. 아무도 신경 쓰지 않으실 줄 알았어요. 그저 거기 놓아둘 뿐이고, 다른 인형도 많잖아요. 솔직히 모르실 줄 알았어요." 앨리스는 웃어 보이려고 했다. "다들 어른이시잖아요."

"그건 돌로레스의 인형이었다! 내 사랑 돌로레스! 어릴 적부터 크리스티나 씨를 갖고 있었다고!"

"그럼 죄송해요. 상관없을 줄 알았어요."

"대체 머릿속에 뭐가 든 게냐, 앨리스?"

앨리스는 스푼 바로 위의 식탁보를 응시했다. 입을 열었을 때, 긴장한 목소리가 나왔다. "남을 도왔어요. 반 클리브 부인도 늘 자선 사업을 하셨다면서요. 인형 두 개로 뭘 하실 생각이었는데요, 반 클리브 씨? 어른이시잖아요. 이 집에 있는 다른 잡동사니나 인형에 신경 안 쓰시잖아요. 그건 그냥 물건이잖아요! 의미 없는!"

"기념품이다! 베넷의 애들에게 줄 거야!"

앨리스는 자기도 모르게 입을 열었다. "글쎄요, 베넷은 아기를 가질 생각이 없는데요?"

애니가 눈을 반짝이며 문간에 서 있었다.

"뭐라고?"

"베넷은 아이를 가질 생각이 없어요. 우린 그런 쪽으로…… 아무것도 하지 않으니까요."

"그건 네 구역질 나는 생각 때문이다."

"뭐라고요?"

애니는 접시를 내려놓기 시작했다. 귀가 빨갰다.

반 클리브는 턱을 내밀고 식탁 위로 몸을 내밀었다. "베넷이 다 말했어."

"아버지⋯⋯." 베넷은 경고하는 투로 말했다.

"아, 그래. 네 그 더러운 책과 네가 하려던 타락한 짓에 대해 말했다."

애니는 앨리스 앞에 접시를 소리 나게 내려놨다. 그러고 종종걸음으로 부엌으로 가버렸다.

앨리스는 새하얗게 질린 얼굴로 베넷을 돌아봤다. "잠자리에서의 일을 아버지에게 말했어요?"

베넷은 뺨을 문질렀다. "당신이⋯⋯ 어떻게 해야 할지 몰랐어요, 앨리스. 당신이⋯⋯ 충격을 줘서."

반 클리브 씨는 식탁에서 벌떡 일어나 앨리스가 앉아 있는 곳으로 왔다. 그가 버티고 서서 침을 튀기며 말하자 앨리스는 저도 모르게 흠칫했다. "아, 그래. 나도 그 책과 그 도서관이란 것에 대해 다 알고 있다. 그 책이 이 나라에선 금지된 건 알고 있나? 얼마나 저질 책이면 그렇겠냐?"

"네, 그리고 연방 판사가 그 금지를 번복한 것도 알고 있어요. 저도 아버님만큼은 알고 있어요. 전 사실을 읽거든요."

"넌 뱀 같은 것이야! 마저리 오헤어에게 물이 들어선 내 아들을 타락시키려고 해!"

애니는 마지막 접시를 들고 문 앞에 서서 흘끔거리며 꼼짝 않고 있었다.

"게다가 돌로레스의 소중한 물건을 놓고 이러쿵저러쿵하지 마라, 이 배은망덕한 것아! 넌 그 여자 발뒤꿈치에도 못 미쳐! 내일 아침에 인형을 도로 가져와라."

"싫어요. 엄마 잃은 아이들에게서 인형을 빼앗아 올 순 없어요."

반 클리브는 통통한 손가락을 들어 앨리스 코앞에서 삿대질을 했다. "그럼 넌 지금부터 그놈의 도서관에 못 간다, 알겠냐?"

"아뇨." 앨리스는 눈도 깜빡이지 않았다.

"아니라니?"

"전에도 말씀드렸잖아요. 전 성인이에요. 제게 이래라저래라 할 수 없어요."

반 클리브의 얼굴이 너무 시뻘겋게 달아올라 심장이 멎으면 어쩌나 싶었다. 그리고 그가 손을 들었다. 앨리스는 무슨 일인지 깨닫기도 전에 머리가 아파왔고, 식탁에 부딪치며 쓰러졌다.

앞이 캄캄해졌다. 앨리스가 하얀 식탁보를 움켜쥐자 접시들이 앞으로 쏠렸다. 앨리스는 식탁보를 쥔 채 주저앉았다.

"아버지!"

"네가 오래전에 이렇게 했어야지! 맞고 정신을 차리게!" 반 클리브는 두툼한 주먹으로 식탁을 내리쳤고 실내가 온통 진동했다. 앨리스는 정신을 차리기도 전에 머리채를 잡혔고, 또 한 차례 관자놀이를 맞고 식탁 모서리에 부딪쳤다. 사방이 빙빙 돌았고, 앨리스는 고함 소리와 접시가 바닥에 쏟아지는 소리를 어렴풋이 느끼면서 한 팔을 들어 방어하려고 했다. 베넷이 아버지 앞에 버티고 섰고, 둘의 대화는 귀가 울려 들리지 않았다.

앨리스는 겨우 몸을 일으켜 비틀거렸다. 어지러운 와중에 애니가 놀란 표정으로 문 앞에 서 있는 것이 느껴졌다. 목구멍에서 시큼한 맛이 났다.

멀리서 베넷이 외치는 소리가 들렸다. "그만…… 그만, 아버지!" 앨리스는 아직도 냅킨을 꽉 쥐고 있는 것을 깨달았다. 냅킨에 피가 묻어 있었다. 눈을 깜빡이며, 무엇인가 하고 가만히 봤다. 몸을 세우고, 현기증이 가라앉길 기다려 냅킨을 식탁 위에 단정히 올려두었다.

그리고 외투도 찾지 않고 부자 앞을 차분히 지나 복도로 나갔고, 현관문을 열고서 눈길을 따라 계속 걸어갔다.

1시간 20분 뒤, 마저리는 문을 빼꼼히 열었다. 맥컬러나 그의 일당이 아니었다. 가녀린 앨리스 반 클리브가 하늘색 드레스를 입고, 찢어진 스타킹에 눈이 잔뜩 들러붙은 구두를 신고 떨고 있었다. 앨리스는 머리에는 피가 말라붙고 눈에 멍이 들어 있었다. 드레스 네크라인은 피에 젖어 있었고, 무릎에는 그레이비소스 같은 것이 튀어 있었다. 둘이 서로를 멍하니 바라보고 있을 때, 창가에서 블루이가 요란하게 짖어댔다.

앨리스가 어설프게 물었다. "우……리가 친구라고 하셨죠?"

마저리는 소총을 내려놨다. 문을 열고 친구의 팔을 잡았다. "들어와요. 어서 들어와요." 마저리는 어두워진 주변을 둘러보고는 빗장을 잠갔다.

제12장

산속에선 남자가 집안의 주인이고 여자들은 힘든 삶을 산다.
남자가 개와 총을 들고 산속에서 일을 하든, 어딜 찾아가든, 떠돌
아다니든, 남이 간섭할 일이 아니다. ……그는 사회가 자신의 일에
간섭하는 걸 전혀 이해하지 못한다. 그가 옥수수를 술로 바꾼다 해
도, 그건 자기 것이니 남이 상관할 수 없다.

_『켄터키주 안내』, 공공사업국 발행

베일리빌에는 부부 사이의 사적인 일에 간섭하지 않는다는 불문율
이 존재했고, 이는 오랫동안 지켜져 왔다. 남편이 아내를, 때로는 아내
가 남편을 구타하는 것을 아는 사람이 있어도, 잠을 못 자거나 일상에
방해를 받는 등 자기 삶에 침해가 없으면 간섭하지 않았다. 그게 정해
진 이치였다. 고함을 치고 주먹질을 한 뒤에 사과를 하기도 했고 멍과
상처가 나으면 정상으로 돌아갔다.

다행히 마저리는 남들이 어떻게 사는지 관심이 없었다. 마저리는
앨리스 얼굴에서 피를 닦아내고 멍든 데는 컴프리 잎 반죽을 붙여줬
다. 아무것도 묻지 않았고, 앨리스도 눈을 찡그리고 이를 악다물 뿐이
었다. 앨리스가 잠자리에 든 후, 마저리와 스벤은 해뜨기 전까지 번갈
아 망을 보다가 반 클리브가 찾아오면 며느리를 절대 데려가지 못하

게 하기로 했다.

아니나 다를까, 반 클리브는 동트기 직전에 찾아왔고 앨리스는 마저리의 빈방에서 곤히 잠들어 있었다. 마저리의 오두막은 도로에서 바로 들어올 수 없었고, 반 클리브는 약 1킬로미터를 걷느라 벌겋게 달아올라 땀을 흘리고 있었다.

"오헤어?" 그가 외쳤다. 그리고 아무 대답이 없자, "오헤어!"라고 한 번 더 크게 외쳤다.

"대답할 거야?" 커피를 끓이던 스벤이 고개를 들었다.

개가 요란하게 짖어대자 밖에서 욕하는 소리가 들렸다. 마구간에서는 찰리가 먹이통을 걷어찼다.

"내 이름에 경칭도 붙이지 않는 사람에게 왜 대답을 해야 하지?"

"그러게." 스벤이 침착하게 대답했다. 그는 한쪽 눈으로는 문을 지키며 혼자서 카드 게임을 하면서 여자를 때리는 남자를 어떻게 해줄까 생각했다.

"마저리 오헤어!"

"세상에, 이렇게 시끄럽게 굴면 앨리스를 깨우겠어."

스벤은 말없이 총을 건넸고, 마저리는 왼손에 총을 가볍게 들고 스크린도어를 열고 나갔다. "무슨 일이죠, 반 클리브 씨?"

"앨리스를 데려와. 여기 있는 거 아니까."

"어떻게 아셨죠?"

"도를 지나쳐도 너무 지나쳤어. 그 앨 데리고 나오면 아무 말도 하지 않겠다."

마저리는 고개를 숙이고 곰곰이 생각했다. "전 그렇게 생각하지 않아요, 반 클리브 씨. 안녕히 가세요."

마저리가 돌아서자 그의 목소리가 높아졌다. "뭐? 잠깐, 문 닫지 마!"

마저리는 천천히 돌아섰다. "자기 말에 말대답한다고 여자를 때리지 말아요. 다시는."

"앨리스는 어제 어리석은 짓을 했어. 서로 흥분한 건 인정해. 집에 와서 문제를 해결해야지. 집에서." 반 클리브는 얼굴을 쓰다듬더니 목소리를 낮췄다. "오헤어 씨, 이성적으로 굴어요. 앨리스는 유부녀야. 여기서 지낼 수 없어."

"제가 보기에 앨리스는 원하는 대로 할 수 있어요, 반 클리브 씨. 다 큰 어른이니까. 개나…… 인형이 아니라."

반 클리브의 눈빛이 사나워졌다.

"일어나면 어떻게 하고 싶은지 물어보겠어요. 일하러 가야 해요. 그러니 설거지를 하게 돌아가 주세요. 감사합니다."

반 클리브는 목소리를 낮추고 마저리를 빤히 봤다. "네가 잘난 줄 알지, 응? 노스 능선에서 그놈의 편지로 한 짓을 모르는 줄 아나? 그 더러운 책과 부도덕한 여자들이 선한 여자들을 죄악에 빠뜨리는 걸 모를 줄 알아?"

잠시 주위가 얼어붙는 느낌이었다. 개까지 조용해졌다.

반 클리브가 위협했다. "몸조심해, 마저리 오헤어."

"좋은 하루 보내세요, 반 클리브 씨."

마저리는 집으로 들어갔다. 차분한 음성에 흔들림 없는 발걸음이었지만, 커튼 옆에 서서 반 클리브가 사라질 때까지 창밖을 내다봤다.

"대체 『작은 아씨들』은 어디 있는 거죠? 그 책을 얼마나 찾는지 몰라요. 지난번에 대출한 페그는 반납했다고 하는데, 장부에는 대출 중으로 적혀 있어요."

이지는 짜증이 나서 고개를 저으며 서가의 책들을 손으로 훑었다.
"앨버트, 앨더, 앨메인…… 누가 훔쳐 갔나?"

"찢어져서 소피아가 고치고 있을지도 모르지."

"물어봤어요. 못 봤대요. 대출해 달라는 집이 둘인데, 아무도 어디
있는지 모르는 것 같아서 짜증 나요. 책이 분실되면 소피아가 어쩌는
지 알잖아요." 이지는 겨드랑이에 끼고 있던 지팡이를 고쳐 들더니 오
른쪽으로 움직여 책 제목을 자세히 살폈다.

마저리가 뒷문으로 앨리스를 데리고 들어서자 목소리가 잦아들었다.

"마저리, 가방 어딘가에『작은 아씨들』이 들어 있는 건 아닌가요?
이지가 어쩌나 짜증을 내는지…… 아이고. 누구한테 흠씬 맞은 모양
이네."

"말에서 떨어졌어요." 더 이상의 언급을 금지한다는 말투였다. 베스
는 부어오른 앨리스의 얼굴을 보더니 이지에게로 시선을 돌렸다.

잠시 침묵이 흘렀다.

"너무…… 많이 다치지 않았길 바라요, 앨리스." 이지가 나직이 말
했다.

"마저리 씨의 바지를 입은 건가요?" 베스가 물었다.

"켄터키주에서 가죽 바지는 나밖에 안 입어요? 남의 차림새에 그렇
게 집착하는지 몰랐네요. 누가 보면 할 일이 없는 줄 알겠어." 마저리
는 장부를 뒤적거리기 시작했다.

베스는 명랑하게 그 말을 받았다. "어쨌든 앨리스가 입으니 더 잘
어울리네요. 아이고, 밖이 우물 파는 사람 등짝보다 더 차갑네요. 누가
내 장갑 봤어요?"

마저리는 장부를 훑어봤다. "자, 앨리스가 좀 아프니까 베스가 블루스톤 크릭 쪽 두 노선을 맡아요. 엘리노어 씨는 동생이 왔다고 하니 이번에는 새 책이 필요 없을 거예요. 그리고 이지, 맥아더 가족을 맡아주겠어요? 그럼 되겠죠? 5만 평 들판을 가로질러서 보통 때 노선과 만나도록 하죠. 쓰러진 헛간이 있는 곳으로."

사서들은 앨리스를 흘끔거리며 불평 없이 동의했다. 앨리스는 얼굴을 붉힌 채 바닥을 응시하고 있었다. 이지는 출발하며 손을 내밀어 앨리스의 어깨를 부드럽게 어루만졌다. 앨리스는 그들이 가방을 싸고 말에 오르기까지 기다렸다가, 조심스레 소피아의 의자에 앉았다.

"괜찮아요?"

앨리스는 고개를 끄덕였다. 둘은 말발굽 소리가 멀어질 때까지 앉아 있었다.

"남자가 때리면 가장 나쁜 게 뭔지 알아요?" 마저리가 마침내 입을 열었다. "아픈 게 아니에요. 여자라는 게 뭔지 깨닫게 된다는 거죠. 아무리 똑똑하고, 아무리 논리적으로 말을 잘하고, 아무리 그들보다 잘나도, 끝. 그들이 주먹으로 입을 다물게 할 수 있다는 걸 깨닫는 순간이에요. 한방에."

앨리스는 술집 남자가 그들 사이에 껴들었을 때 마저리가 한 행동을 기억했다.

마저리는 커피 주전자를 가져오더니 안이 빈 것을 보고 욕을 했다. 잠시 무언가 생각하더니 앨리스에게 어색한 미소를 지었다. "물론, 그건 더 세게 받아치는 법을 배울 때까지만이죠."

낮이 그렇게 짧아졌음에도 하루가 길고 낯설었다. 도서관에는 무슨 일인가 일어날 것 같은 희미한 긴장이 감돌았고, 앨리스는 누굴 기다려야 하는지, 무슨 일이 일어나길 기다려야 하는지 알 수 없었다. 전날 밤 맞을 때는 그다지 아프지 않았다. 그러나 시간이 흐르면서 여기저기 붓고 삐걱거렸고, 반 클리브의 두툼한 주먹이나 딱딱한 식탁에 닿은 곳이 전부 욱신거렸다.

앨리스가 괜찮다고 한 뒤 마저리가 출발했다. 앨리스는 사람들이 책을 받기를 바랐고, 혼자 있는 내내 빗장을 걸겠다고 약속했다. 사실 앨리스는 혼자만의 시간이, 자신에 대한 남의 반응을 염려하지 않아도 되는 시간이 필요했다.

그리고 몇 시간 동안 앨리스는 혼자 생각할 수 있었다. 머리가 지끈거려 책을 읽을 수 없었고, 뭘 봐야 할지도 알 수 없었다. 마음속이 뒤죽박죽 엉망이었다. 미래에 대한 질문이(어디서 무얼 하고 살지, 영국으로 돌아가야 할지) 너무 크고 어디서부터 시작해야 할지 알 수 없어 작은 것에 집중하는 것이 더 쉽게 느껴졌다. 책을 정리하고 커피를 끓이고, 화장실에 갔다가 되돌아와 재빨리 문을 잠갔다.

점심시간에 문을 두드리는 소리가 들리자 앨리스는 몸이 굳었다. 하지만 프레드의 목소리가 "나예요, 앨리스"라고 하자, 앨리스는 의자에 일어나 빗장을 열고 그가 들어오도록 한 걸음 물러섰다.

"수프 좀 가져왔어요." 프레드는 이렇게 말하고 책상 위에 천을 덮은 그릇을 올려놓았다. "배가 고플 것 같아서."

그리고 앨리스의 얼굴을 봤다. 프레드는 재빨리 충격을 감추고 화난 표정을 지었다. 프레드는 등을 돌리고 섰고, 그가 마치 강철 같은 것으로 변한 느낌이었다.

"베넷 반 클리브는 멍청이예요." 프레드가 중얼거렸다.

"베넷이 때린 게 아니에요."

프레드가 그 말을 이해하는 데 잠시 시간이 걸렸다. "빌어먹을." 그는 다시 돌아와 앨리스 앞에 섰다. 앨리스는 잘못한 사람마냥 얼굴을 붉히며 고개를 돌렸다. "부탁이에요." 뭘 부탁하는지 앨리스 자신도 잘 알 수 없었다.

"어디 봐요." 프레드는 이맛살을 찌푸리고 앨리스의 얼굴을 살폈다. 앨리스는 그의 손끝이 부드럽게 턱선을 훑을 때 눈을 감았다. 따뜻한 피부와 옷에 묻은 말 냄새가 풍겨왔다. "의사에겐 보였어요?"

앨리스는 고개를 저었다.

"입을 벌릴 수 있어요?"

앨리스는 시키는 대로 했다. 그리고 찡그리며 다시 다물었다. "아침에 이를 닦았어요. 두어 개가 흔들리는 것 같아요."

프레드는 웃지 않았다. 손끝이 앨리스의 얼굴을 매만졌는데, 너무 부드러워 상처와 멍든 곳을 건드릴 때도 잘 느껴지지 않을 정도였다. 망아지의 등뼈에 문제가 있는지 쓰다듬는 것과 같았다. 프레드는 광대뼈를 지나며 인상을 썼고, 이마에서는 망설이더니 머리카락을 걸어냈다. "부러진 곳은 없는 것 같네요." 낮게 중얼거리는 목소리였다. "그렇다고 그자를 때려눕히고 싶지 않은 건 아니에요."

항상 친절이 사람을 죽였다. 앨리스는 눈물이 흐르는 걸 느꼈고, 프레드가 보지 않길 바랐다.

프레드는 돌아섰고 뒤이어 스푼을 올려놓는 소리가 들렸다. "토마토 수프예요. 허브랑 크림을 넣고 만들었어요. 아무것도 가져오지 않았을 것 같아서. 수프는 씹을 필요가 없으니."

"요리할 줄 아는 남자는 드문데." 앨리스의 목소리에 흐느낌이 섞였다.

"네. 음. 요리를 안 했으면 지금쯤 굶어 죽었겠죠."

앨리스가 눈을 떠 보니 프레드가 그릇 옆에 스푼과 냅킨을 단정하게 차려놓았다. 앨리스는 전날 저녁이 떠올랐지만, 기억을 밀어냈다. 이 사람은 반 클리브가 아니라 프레드였다. 그리고 놀랍게도 배가 고팠다.

앨리스가 식사하는 동안 프레드는 의자에 발을 올려놓고 시집을 읽었다.

앨리스는 입을 벌릴 때마다 인상을 찌푸리며 수프를 거의 다 먹었다. 가끔 혀가 흔들리는 치아에 저절로 닿곤 했지만 뭐라고 해야 할지 몰라 아무 말도 하지 않았다. 마치 자신이 자초한 일이라는 듯, 얼굴의 명이 인생의 실패를 대변한다는 듯, 뜻밖의 이상한 굴욕감을 떨칠 수 없었다. 앨리스는 전날 밤에 있었던 일을 곱씹었다. 입을 다물고 있어야 했나? 그러겠다고 해야 했나? 하지만 그렇게 하면…… 뭐가 될까? 그놈의 인형이나 다름없어질 것이다.

프레드의 음성이 생각을 방해했다. "제 아내가 바람을 피우고 있다는 것을 알았을 때, 여기서 호프먼까지 사는 남자들 절반은 어째서 제가 아내를 때려서 집으로 데려오지 않는지 물었던 것 같아요."

앨리스는 고개를 뻣뻣이 돌려 프레드를 봤지만, 프레드는 책만 보고 있었다.

"사람들은 제가 아내를 혼내고 가르쳐야 한다고 했죠. 처음에 화가 치밀었을 때도, 아내가 내 마음을 다 짓밟아놓았다고 생각했을 때도, 그 말은 납득 못 했어요. 말을 때리면 굴복시킬 수 있죠. 하지만 잊지 않아요. 그리고 말은 절대 그 주인을 좋아하지 않아요. 그러니 말에게도 하지 않는 짓을 어떻게 인간에게 하라는 건지."

앨리스는 프레드의 말을 들으며 천천히 그릇을 밀어놓았다.

"셀레나는 저와 살면서 행복해하지 않았고, 저도 그걸 알고는 있었어요. 셀레나는 흙먼지가 날리고 추운 이곳과 어울리지 않았어요. 도시 여자였는데, 제가 그걸 신경 쓰지 않았던 거죠. 아버지가 돌아가신 이후로 사업을 일으키려고 애쓰고 있었어요. 셀레나도 어머니처럼 자기 길을 찾을 줄 알았죠. 3년을 살았고 아기가 없었으니, 말재주 좋은 판매원이 와서 미래를 약속하면 그 사람 고개가 돌아가리라는 걸 알았어야 하는데. 그래도 손찌검은 안 했어요. 그 사람이 짐을 싸서 나가면서 내가 남편 노릇을 못했다고 할 때도. 그래서 이 도시 사람 절반은 내가 남자답지 못하다고 생각할 거예요."

난 아니에요. 앨리스는 이렇게 말하고 싶었지만, 목소리가 나오지 않았다.

둘은 조금 더, 각자의 생각에 잠겨 말없이 앉아 있었다. 마침내 프레드가 일어나더니 커피를 따라주고 빈 그릇을 들고 문으로 걸어갔다. "오늘 오후에 근처에서 프랭크 닐슨의 망아지를 데리고 일할 거예요. 녀석은 다리 균형이 좀 안 맞아서 편평한 땅을 좋아해요. 걱정되는 일이 있으면 창문을 두드려요. 알겠죠?"

앨리스는 아무 말도 하지 않았다.

"거기 있을게요, 앨리스."

"고마워요."

"그 여잔 내 아내야. 이야기할 권리가 있다고."

"당신이 뭐라든 내가 상관이라도……."

프레드가 먼저 막아섰다. 앨리스는 의자에서 졸고 있다가(뼛속까지 피곤했다) 사람들 소리에 깨어났다.

"괜찮아요, 프레드. 들어오라고 해요." 앨리스가 외쳤다.

앨리스는 빗장을 열고 문을 조금 열었다.

"음, 그럼 나도 들어가요." 프레드가 베넷을 뒤따라 들어왔고, 두 남자는 부츠와 옷에서 눈을 털어내며 거기 잠시 서 있었다.

베넷은 앨리스를 보더니 흠칫했다. 앨리스는 자기 얼굴을 보지 않고 있었지만, 베넷의 표정을 보니 어떤지 알 것 같았다. 베넷은 숨을 한번 들이쉬더니 손바닥으로 뒤통수를 문질렀다. "집에 와요, 앨리스." 그리고 덧붙였다. "다시는 안 그럴 거예요."

"언제부터 당신이 아버지가 하는 일에 이래라저래라 할 수 있었죠?" 앨리스가 말했다.

"약속했어요. 그렇게 세게 칠 생각은 아니었대요."

"조금만 때린다고. 그럼 괜찮은 거로군." 프레드가 말했다.

베넷이 프레드를 노려봤다. "다들 흥분했어요. 아버지는…… 여자가 말대꾸하는 데 익숙하지 않은 분이라서."

"그럼 앨리스가 다음에 또 입을 열면 어쩔 셈이랍니까?"

베넷은 돌아서서 프레드를 마주 봤다. "이봐, 기슬러. 좀 빠지겠나? 이건 자네가 신경 쓸 일이 아닌데."

"힘없는 여자가 얻어터지는 걸 보면 신경이 쓰여."

"그럼 자네는 아내를 다루는 전문가라도 되나? 자네 부인이 어떻게 됐는지 우리 모두 아는데……."

"됐어요." 앨리스가 말했다. 앨리스는 서서히 일어났다. 갑자기 움직이니 머리가 지끈거렸다. "잠시만 자리 좀 비켜주겠어요, 프레드? 부탁이에요."

프레드는 앨리스와 베넷을 번갈아 봤다. "바로 앞에 있죠."

문이 닫힐 때까지 두 사람은 발치를 내려다봤다. 앨리스가 먼저 고개를 들고 1년 전에 결혼한 남자를 봤다. 지금 보니 진정한 정신이나 영혼의 결합이기보다는 탈출 방편으로 이용한 남자였다. 결국 두 사람은 서로에 대해 무엇을 안 것일까? 그들은 서로에게 이국적인 존재였고, 각자 주위의 기대 때문에 꼼짝달싹할 수 없었던 처지로부터 벗어날 다른 세계를 의미할 뿐이었다. 그리고 서서히 앨리스의 다름이 그에게 불쾌해졌다.

"그럼 집에 오는 거죠?" 베넷이 말했다.

미안해요. 우리가 대화로 해결할 수 있어요. 사랑해요, 밤새 걱정했어요. 이런 말이 아니었다.

"앨리스?"

우리끼리 어디론가 가서 살아요. 다시 시작해요. 당신이 그리웠어요, 앨리스. 이런 말도 아니었다.

"아뇨, 베넷. 안 가요."

앨리스가 한 말을 베넷은 곧바로 이해하지 못했다. "무슨 말이에요?"

"돌아가지 않아요."

"음…… 어디로 갈 건가요?"

"아직은 몰라요."

"당…… 당신은 그냥 떠날 순 없어요. 그런 식으로 사는 게 아니에요."

"누가 그래요? 베넷……당신은 날 사랑하지 않아요. 그리고 난…… 당신에게 필요한 아내가 될 수 없어요. 우린 서로를 너무나 불행하게 만들고 있고, 이런 상황이 변할 것 같지 않아요, 전혀. 그러니 안 가요.

가 봐야 소용없어요."

"이건 마저리 오헤어 때문이죠. 아버지 말이 옳았어. 그 여자
가……."

"오, 제발. 나도 내 마음은 안다구요."

"하지만 우린 부부잖아요."

앨리스는 허리를 폈다. "그 집엔 안 가요. 그리고 당신이랑 아버지가
날 여기서 100번 끌어낸다 해도, 난 계속 나올 거예요."

베넷은 목 뒤를 문지르며 고개를 젓더니 조금 돌아섰다. "아버지가
용납하지 않을 거예요."

"그분은 그러겠죠."

앨리스가 지켜보는 가운데 베넷의 얼굴에서 서너 가지 감정이 스쳐
지나갔고, 앨리스는 그 모든 것이 주는 슬픔과 끝이라는 사실의 인정
에 잠시 압도됐다. 하지만 거기엔 안도감도 있었다. 베넷도 그걸 감지
할 수 있기를 바랐다.

"앨리스?" 베넷이 말했다.

그리고 이렇게 늦은 시점에라도 그가 앨리스를 품에 안고, 앨리스
없이는 살 수 없다고 맹세하고, 이 모든 것이 끔찍한 실수였으며 약속
대로 함께하자고 말하지 않을까 하는 괴상한 희망이 봄날의 꽃봉오리
처럼 피어났다. 모든 사랑의 이야기는 그 속에 행복한 결말의 가능성
을 품고 있다는 앨리스 마음 깊숙이 새겨진 믿음이.

앨리스는 고개를 저었다.

베넷은 한 마디도 더 하지 않고 떠났다.

크리스마스는 조용히 지나갔다. 마저리는 크리스마스에 대한 좋은

추억이 한 가지도 없어서 전통적인 방식의 축하는 하지 않았지만, 스벤은 작은 칠면조를 사서 속을 채워 굽고 어머니의 스웨덴 레시피에 따라 시나몬 쿠키도 구웠다. 마저리에게는 여러 가지 재주가 있지만, 요리를 맡기면 모두 말라 죽을 거라며 스벤은 고개를 절레절레 저었다.

그들은 프레드를 초대했고, 앨리스는 어쩐지 부끄러웠다. 프레드가 마주 앉은 앨리스를 볼 때마다 앨리스는 눈이 마주쳤고 얼굴을 붉혔다. 프레드는 어머니의 레시피대로 구운 던디 케이크와 아버지가 돌아가시기 전부터 창고에 있었던 프랑스산 적포도주 한 병을 가져왔다. 그들은 그걸 마시고 흥미롭다고 했지만, 스벤과 프레드는 시원한 맥주만 못하다는 데 의견을 모았다. 캐럴을 부르거나 게임을 하지는 않았지만, 서로에게 따뜻한 감정을 가지고 있는 네 사람의 우정이 편안했고, 좋은 음식과 하루 이틀의 휴식이 그저 고마웠다.

그것 외에 앨리스는 하루 종일 누군가 문을 두드리고, 어쩔 수 없이 대치하게 될 순간이 두려웠다. 반 클리브는 결국 자기 뜻대로 해버리는 데 익숙한 사람이었고 크리스마스보다 더 흥분하기 좋은 때는 별로 없었다. 그리고 실제로 그 순간이 왔다(앨리스의 예상과는 달랐지만 말이다). 앨리스는 벌떡 일어나 마구 짖어대는 블루이와 자리를 다투며 창밖을 내다봤다. 하지만 계단에 선 것은 애니였다. 언제나처럼 짜증이 가득한 얼굴이었지만, 크리스마스 휴일이라는 점에 비추어 사실 애니를 탓할 수만은 없었다.

"반 클리브 씨께서 이걸 배달하라고 하셨어요." 애니는 봉투를 하나 내밀었다.

앨리스는 뛰어나가 새 손님을 맞으려는 블루이를 꽉 붙잡았다. 블루이는 소리만 내고 화는 내지 않아서 경비견 노릇을 제대로 못 하는 녀석이라고 마저리는 말하곤 했다. 한 배에서 난 강아지 중에 제일 허약한 녀석. 늘 바보처럼 살아 있는 것만으로도 신난다는 걸 모두에게 알리는 녀석이었다.

애니가 블루이를 경계하는 눈초리로 노려봤고, 앨리스는 봉투를 받았다. "그리고 크리스마스 인사도 전하셨어요."

"직접 인사하러 올 순 없었나 보지, 응?" 스벤이 문을 통해 말했다. 애니는 인상을 썼고 마저리는 조용히 스벤을 나무랐다.

"애니, 돌아가기 전에 뭐 좀 드시고 가세요." 마저리가 말했다. "추운 날인데 함께 드시면 좋겠네요."

"고마워요. 하지만 돌아가야 해요." 애니는 가까이 가면 변태적인 성행위 애호가의 병이 옮기라도 할까 봐 두려운 것처럼 앨리스에게 가까이 다가가기 싫은 눈치였다.

"음, 어쨌든 여기까지 와 줘서 고마워요." 앨리스가 말했다. 애니는 자신을 놀리는 것이 아닌가 수상쩍은 표정이었다. 그리고 돌아서서 빠른 걸음으로 산을 내려갔다.

앨리스는 문을 닫고 개를 놓아줬고, 개는 방금 누굴 봤는지 다 잊은 것처럼 창문으로 뛰어오르며 짖어댔다. 앨리스는 봉투를 보고 있었다.

"뭐예요?"

마저리가 식탁에 앉았다. 앨리스는 반짝이와 리본이 정교하게 붙은 카드를 열면서 마저리와 프레드가 눈짓을 주고받는 걸 봤다.

"앨리스를 되찾으려는 거지." 스벤이 의자에 기대며 말했다. "예쁘장하고 낭만적인 걸로. 베넷이 잘 보이려고 하는 거야."

하지만 카드는 베넷이 보낸 것이 아니었다. 앨리스는 내용을 읽었다.

앨리스, 네가 돌아와줘야 한다. 이만하면 됐고, 내 아들이 그리워하는구나. 내가 잘못했으니 보상을 하고 싶다. 네가 렉싱턴의 고급 가게에서 뭘 좀 사고 기분이 나아져서 집에 돌아오라는 뜻으로 선물을 넣었다. 내 소중한 돌로레스에겐 이렇게 하면 늘 효과가 있었으니, 너도 그 사람처럼 좋아해주었으면 한다.

지나간 일은 지나간 일로 삼아야지.

아버지,
조프리 반 클리브

카드에서 50달러 지폐가 미끄러졌다. 앨리스는 멍하니 돈을 봤다.

"내가 생각하는 그건가요?" 스벤이 다가와 살폈다.

"나가서 좋은 드레스를 사라고 하네요. 그리고 돌아오라고." 앨리스는 카드를 식탁 위에 놓았다.

긴 침묵이 이어졌다.

"안 갈 거죠." 마저리가 말했다.

앨리스는 고개를 들었다. "천 달러를 준대도 안 가요." 앨리스는 돈을 다시 봉투에 넣었다. "하지만 지낼 곳을 찾아볼 거예요. 마저리 씨에게 방해가 되고 싶지 않아요."

"진심이에요? 원하는 만큼 있어도 돼요. 앨리스가 있어도 아무렇지 않아요. 게다가 블루이가 당신을 어찌나 좋아하는지, 스벤의 관심을 두고 쟤랑 싸우지 않아도 되는 것도 좋고."

프레드가 안도의 한숨을 내쉬는 걸 마저리만 알아차렸다.

"좋아요!" 마저리가 말했다. "그 문제는 해결됐어요. 앨리스는 여기서 지낸다. 내가 치우는 게 어떨까요? 그리고 스벤이 구운 시나몬 쿠키를 가지고 와요. 못 먹을 정도면 사격 연습에 쓰죠."

1937년 12월 27일
반 클리브 씨께
제가 창녀라고 여러 차례 말씀하셨죠. 하지만 전 창녀와는 달리 돈
으로 살 수 없어요.
그래서 애니 편에 돈을 돌려드립니다.
제 물건을 마저리 오헤어의 집으로 보내주시기 바랍니다.

_앨리스 올림

반 클리브는 그 편지를 책상 위에 탁 놓았다. 베넷이 사무실 건너편
에서 고개를 들었다가 내용을 짐작하겠다는 듯이 한숨을 쉬었다.
"좋아." 반 클리브가 말하고 편지를 구겼다. "오헤어는 선을 넘었다."

열흘 뒤, 전단지가 나돌았다. 이지가 맨 먼저 학교 건너편 길에 날아
다니는 전단지를 발견하고 말에서 내려 그걸 주운 뒤 눈을 털어내고 읽
었다.

베일리빌의 만장하신 시민 여러분
이동 도서관이 일으키는 도덕적 위험에 주의하십시오.
올바른 시민은 모두
그 도서관 이용을 중지하길 바랍니다.
화요일 오후 6시 마을 회관 회의장
도시의 도덕적 기강이 해이해졌습니다.

"도덕적 기강. 여자 얼굴을 식탁에 처박은 놈이 할 소린가." 마저리가 고개를 저었다.

"이제 어떻게 하죠?"

"회의에 가야죠. 우리도 올바른 시민이잖아요." 마저리는 낙관적인 모습이었다. 하지만 그 전단지를 꽉 쥔 손과 목의 힘줄이 도드라졌다. "그리고 그 늙은이가……"

문이 벌컥 열렸다. 브린이 헉헉거리며 말했다.

"오혜어 씨? 오혜어 씨? 베스가 얼음판에서 넘어져서 팔이 부러졌어요."

모두 브린을 뒤따라 눈길을 달려갔다. 대장장이 댄 미킨스가 창백한 얼굴의 베스를 안아 옮기고 있었다. 베스는 핼쑥한 얼굴로 팔을 움켜쥐고 있었다.

"자갈더미 바로 옆에서 말이 미끄러졌어요." 댄 미킨스가 말했다. "살펴봤는데, 말은 괜찮은 것 같아요. 하지만 베스 팔에 충격이 다 간 것 같아요."

마저리는 살펴보고 낙심했다. 이미 손목 부위가 검붉게 부어올라 있었다.

"괜히 소란이네요." 베스가 이를 악물고 말했다.

"앨리스, 프레드를 데려와요. 초크 능선의 의사에게 데려가야 해요."

한 시간 뒤, 세 사람은 가넷 선생의 작은 치료실에 있었고 의사는 콧노래를 흥얼거리며 다친 팔에 두 개의 부목을 댔다. 베스는 눈을 감고 이를 악물고 있었다. 남자 형제들만 있는 집에서 자란 외동딸다웠다.

"그래도 말은 탈 수 있겠죠?" 치료가 끝나자 베스가 말했다. 의사가 고리를 목에 걸고 묶어줬다.

"절대 안 돼요. 아가씨, 적어도 6주는 못 써요. 승마도, 물건 들기도, 주먹질도 안 됩니다."

"하지만 말을 타야 해요. 그러지 않곤 책을 어떻게 배달해요?"

"우리 도서관 얘길 들으셨는지 모르겠지만, 선생님……." 마저리가 말했다.

"오, 도서관은 다들 알죠." 의사는 엉큼하게 웃으며 말했다. "핀커 양, 지금으로선 골절이 심하지 않아 잘 나을 겁니다. 하지만 무리하면 절대 안 돼요. 감염이 시작되면 절단해야 할 수도 있어요."

"절단이요?"

앨리스는 혐오인지 공포인지 알 수 없는 감정을 느꼈다. 베스는 눈이 휘둥그레졌고, 침착함은 사라졌다.

"어떻게든 해볼게요, 베스." 마저리는 일부러 자신 있게 말했다. "선생님 말씀을 들어요."

프레드가 최대한 빠르게 차를 몰았지만 회의가 시작된 지 30분쯤 지난 후에 도착했다. 앨리스와 마저리는 뒤로 살그머니 들어갔다. 앨리스는 모자를 푹 눌러쓰고 머리를 내려 심한 상처를 가렸다. 프레드는 하루 종일 그랬듯이 경호원처럼 앨리스 뒤를 바짝 따라 움직였다. 문이 조용히 닫혔다. 반 클리브가 어찌나 요란하게 떠들고 있었는지, 그들이 들어갔을 때 아무도 돌아보지 않았다.

"오해하지 마십시오. 나는 독서와 교육에 찬성하는 사람입니다. 내 아들 베넷이 학교에서 우등생이었던 걸 기억하는 사람들도 있을 겁니다. 하지만 좋은 책도 있고 잘못된 생각을 심어주는 책, 그릇된 생각과

불순한 생각을 퍼뜨리는 책이 있어요. 그냥 놔두면 사회를 갈라놓는 책 말이에요. 그런데 그런 책으로부터 어린 사람들을 보호하지 않고, 우리 지역사회에 돌아다니게 하고 있는 게 아닌가 싶군요."

마저리는 누가 왔는지, 누가 고개를 끄덕이는지 확인하려고 했다. 뒤에서는 잘 보이지 않았다.

반 클리브는 그런 정보를 전하게 되어 진정 서글프다는 듯 고개를 저었다. "가끔은 말입니다, 이웃 여러분. 선한 이웃 여러분. 우리가 읽어야 할 책은 성경밖에 없는 게 아닌가 싶습니다. 거기에 필요한 사실과 배움이 다 들어 있지 않습니까?"

"뭘 제안하는 겁니까, 조프?"

"음, 당연한 거 아닌가요? 거길 닫아버려야 합니다."

몇몇 사람들은 놀라고 염려스러운 표정으로, 몇몇 사람들은 고개를 끄덕이며 찬성하면서 서로를 마주 봤다.

"레시피를 교환하고 아이들에게 글을 가르치는 건 고맙게 생각합니다, 브레이디 부인. 하지만 더 이상 좌시할 수 없어요. 도시의 기강을 다잡아야 합니다. 그러니 소위 도서관이란 곳을 닫는 것부터 시작해야 합니다. 가급적 빠른 시일 내에 주지사께 건의할 테니, 올바른 시민 여러분은 최대한 지지해주기 바랍니다."

30분 뒤 사람들은 알 수 없는 표정으로 서로 숙덕이면서, 뒤에 서 있는 여자들에게 호기심 어린 눈길을 던지며 회관을 빠져나갔다. 반 클리브는 매킨토시 목사와 대화하며 걸어 나왔고 둘 다 그들을 보지 못했다. 혹은 그들의 존재를 무시하기로 작정한 듯했다.

그러나 브레이디 부인은 그들을 봤다. 실외용 털모자를 쓴 채로 사람들 뒤를 살피다가 마저리가 눈에 띄자 단상으로 오라고 손짓했다.

"정말인가요? 『부부 간의 사랑』 책 말이에요."

마저리는 부인을 똑바로 봤다. "네."

부인은 작게 신음 소릴 냈다.

"사실만 적은 거예요, 브레이디 부인. 여자들이 자기 몸과 삶을 통제할 수 있게 도와주는 내용일 뿐이에요. 죄가 되는 내용은 없어요. 연방 법원에서도 그 책을 인정해줬어요."

"연방 법원이라고요!" 브레이디 부인이 코웃음을 쳤다. "여긴 연방 법원에서 아주 먼 곳이고 그들 결정에 아무도 신경 쓰지 않는다는 걸 알잖아요. 이 시골구석은 얼마나 보수적인지. 특히 육체의 문제에 있어서 말이죠." 부인은 팔짱을 끼고 폭발하듯 말했다. "젠장, 마저리. 말썽을 일으키지 않을 거라 믿었는데! 이게 얼마나 민감한 사업인지 알잖아요. 이제 도시 전체가 그 책에 관한 소문으로 들썩이고 있어요. 그리고 저 늙은 얼간이는 자기 뜻대로 우릴 폐쇄하려고 난리고."

"전 솔직하게 대답한 것뿐이에요."

"음, 원하는 걸 얻으려면 정치적으로 행동해야죠. 그것 때문에 저 작자는 원하던 화약을 얻었다구요."

마저리는 어색하게 꼼지락거렸다. "아, 이러지 마세요, 브레이디 부인. 아무도 반 클리브 씨 말은 듣지 않아요."

"그렇게 생각해요? 뭐, 벌써 이지의 아버지도 설득당한 것 같던데."

"네?"

"브레이디 씨는 이지가 이 프로그램을 그만둬야 한다고 말했어요."

마저리가 입을 딱 벌렸다. "설마요."

"사실이에요. 도서관은 지역 주민들의 선의에 의존하고 있어요. 대중의 이익이라는 개념에 의존하고 있다고요. 당신이 한 일은 논란을 일으켰고 브레이디 씨는 외동딸이 얽히는 걸 원하지 않아요."

부인은 갑자기 뺨에 손을 댔다. "오, 이런. 노프시어 부인이 이 소식을 들으면 좋아하지 않겠네. 결코 좋아하지 않을 거야."

"하지만…… 베스 핀커가 좀 전에 팔을 다쳤어요. 이미 사서 한 명이 줄었다구요. 이지까지 없으면 도서관을 운영할 수가 없을 거예요."

"음, 그…… 급진적인 서적으로 일을 복잡하게 만들기 전에 그걸 생각했어야죠." 그때 부인은 앨리스의 얼굴을 봤다. 눈을 깜빡이고 인상을 쓰더니 이것 역시 이동 도서관이 크게 잘못되어가는 증거라는 듯이 고개를 저었다. 그리고 부인은 밖으로 나갔고, 소매를 잡혀 끌려나가던 이지는 절망적인 눈빛으로 그들을 흘끔거렸다.

"그것 참."

마저리와 앨리스는 빈 회관의 계단 위에 서 있었고, 마차들과 뭐라고 중얼거리는 부부들이 모두 떠났다. 마저리는 처음으로 진짜 난처한 표정을 지었다. 구겨진 전단지를 손에 쥐고 있다가 내던지고, 발로 밟아 눈 속에 처박았다.

"내일은 제가 나갈게요." 앨리스가 말했다. 아직 입이 부어 말이 제대로 나오지 않았다.

"안 돼요. 당신 얼굴을 보면 가족들은 고사하고, 말도 놀랄 거예요." 마저리는 눈을 문지르고 숨을 크게 들이쉬었다. "내가 다른 노선을 최대한 맡아보겠어요. 하지만 눈 때문에 이미 시간이 더 걸리고 있는데."

"우릴 망가뜨리려는 거죠, 그렇죠?" 앨리스가 멍하니 말했다.

"그래요."

"저 때문이에요. 50달러를 돌려줬거든요. 그래서 제게 화가 나서 괴롭히려고 저러는 거예요."

"앨리스가 돌려주지 않았으면 나라도 했을 거예요. 반 클리브는 여자가 세상에서 어떤 자리도 차지하지 못하게 하려는 거죠. 자책할 것 없어요."

앨리스는 주머니에 손을 넣었다. "어쩌면 의사가 말한 것보다 베스의 팔이 빨리 나을지도 모르죠."

마저리가 곁눈질했다.

"방법을 찾아야 해요." 앨리스는 스스로 다짐하듯이 말했다. "마저리 씨는 늘 그래왔으니까요."

마저리는 한숨을 쉬었다. "자. 그만 돌아가요."

앨리스가 두 계단 아래로 내려가면서 재킷을 꼭 여몄다. 프레드가 나머지 물건을 가지러 함께 가 줄지 궁금했다. 혼자서 가는 건 두려웠다.

그때 누군가의 목소리가 정적을 깼다. "오헤어 씨?"

캐서린 블리가 한 손으로 등불을, 다른 한 손으로는 말고삐를 쥐고서 회관 모퉁이를 돌아 나왔다. "반 클리브 부인."

"안녕하세요, 캐서린. 어떻게 지내셨어요?"

"회의에 왔어요." 캐서린의 얼굴에 불빛 그늘이 졌다. "아까 여러분에 대해서 이야기하는 걸 들었어요."

"네, 뭐. 여기선 누구나 의견이 있으니까요. 모든 이야기를 믿고 싶지……."

"제가 일을 할게요."

마저리가 고개를 갸우뚱했다.

"제가 나갈게요. 브레이디 부인에게 한 이야기 들었어요. 시어머니가 아이들을 봐주실 거예요. 다른 분 팔이 나을 때까지 제가 함께 일할게요."

마저리도 앨리스도 아무 대답이 없자, 캐서린이 말했다. "이 근방의 집들은 길을 다 알아요. 말도 잘 탈 수 있고. 두 분의 도서관이 절 버티게 해줬는데, 이렇게 문 닫게 두지 않겠어요."

마저리와 앨리스는 서로 마주 봤다.

"그럼 내일 몇 시까지 오면 되나요?"

마저리가 말문이 막힌 모습은 처음이었다. 마저리는 조금 머뭇거리다가 다시 입을 열었다. "5시쯤 오면 돼요. 가야 할 곳이 많아요. 물론 아기들 때문에 어려우면……."

"5시로 해요. 말은 있어요." 캐서린이 당당하게 말했다. "개릿의 말이죠."

"그럼 부탁할게요."

캐서린은 인사를 하고 커다란 검은 말에 올라타더니 어둠 속으로 사라졌다.

훗날 돌이켜봤을 때, 앨리스는 1월을 가장 어두운 달로 기억했다. 낮이 짧고 추우며 칠흑 같은 어둠 속에서 말을 타야 하고, 옷깃을 높이 끌어올리고 움직일 수 있을 만큼 최대한 옷을 껴입어야 하는 것 때문만은 아니었다. 찾아가는 집의 가족들도 추워서 파랗게 질려 있었고, 아이들과 노인들은 침대에서 기침을 하고 다 죽어가는 난롯가에 모여 있으면서도 좋은 이야기가 가져다주는 재미와 희망을 간절히 기다리고 있었다. 그들에게 책을 가져다주는 일이 너무나 힘들어졌다. 길이 자주 막혔고, 높이 쌓인 눈에 말이 비틀거리거나 얼음에 미끄러지는 일이 많아 베스의 팔을 떠올리며 말에서 내려 걸어야 했다.

캐서린은 약속한 대로 남편의 검은 말을 타고 일주일에 나흘씩 5시에 출근해 책을 챙겨 말없이 산속으로 들어갔다. 노선을 확인해야 하는 일도 별로 없었고, 찾아간 집의 가족들은 반갑게 캐서린을 맞이했다. 일이 힘들고 아이들과 오래 떨어져 있어야 하지만, 집을 벗어나 일하는 것이 캐서린에게 좋은 영향을 주는 것 같았다. 몇 주 만에 캐서린은 성취감을 느끼는 듯했고 도서관을 닫자는 반 클리브의 주장에 흔들렸던 이웃들의 마음도 되돌렸다. 도서관은 좋은 곳이며, 자신과 개럿에겐 그렇게 믿을 이유가 있다는 캐서린의 주장 덕분이었다.

하지만 그래도 쉽지 않았다. 산속 가구의 4분의 1 정도와 상당수의 마을 사람들이 떨어져 나갔고, 예전에는 사서들을 환영하던 사람들도 이제는 그들을 경계하기 시작했다.

리랜드 씨는 사서 중 한 명이 로맨스 소설을 읽고 정욕에 미쳐 혼외자를 낳았다고 하던데요.

스플릿 윌로에 사는 다섯 자매가 레시피 책에 껴놓은 정치 글을 읽고 부모를 안 돕겠다고 한다던데요. 그중 하나는 손등에 털을 기른다고 하고.

영국 여자가 공산주의자라는 말이 사실인가요?

이따금 사서들은 모욕과 폭력을 당하기도 했다. 남자들이 문 앞에서 음란한 말을 외치거나 그 책에서 봤다며 외설적인 손짓을 하며 뒤따라오는 바람에 중심가 술집을 피하게 됐다. 사서들은 이지의 노래와 열정이 그리웠지만, 아무도 그런 말은 입 밖에 내지 않았다. 브레이디 부인의 후원이 없어지자 허전했다. 베스는 몇 차례 도서관에 들렀지만 어찌나 부루퉁한지 베스 본인도, 다른 사서들도 오지 않는 게 낫다고 판단했다. 소피아는 책 정리를 안 해도 되는 시간에 스크랩북을 만들었다. "상황은 언제나 바뀔 수 있어요." 소피아는 마저리와 앨리스에게 강한 어조로 말하곤 했다. "믿음을 가져요."

앨리스는 용기를 내서 마저리와 프레드를 대동하고 반 클리브 집에 갔다. 반 클리브는 출타 중이었다. 애니가 두 개의 짐 가방을 내주고 문을 쾅 닫자 마음이 놓였다. 마저리는 앨리스에게 얼마든지 자신의 집에 머물러도 된다고 했지만 앨리스는 침입자가 된 느낌, 제대로 적응 못 해 피난처를 찾으러 온 느낌을 떨칠 수 없었다.

스벤 구스타브손은 세심하게 배려해줬다. 그는 앨리스가 불청객이라고 느끼지 않도록 친절히 대했고, 찾아올 때마다 영국에 있는 앨리스의 가족과 그녀의 안부를 물었으며, 반가운 손님을 대하듯 했다.

스벤은 반 클리브의 광산 상황을 알려줬다. 그곳의 만행, 노조 방해자들, 앨리스가 머릿속에 떠올리기도 어려운 광부들의 망가진 몸과 작업 조건을. 그는 담담하게 상황을 설명했지만 앨리스는 그 큰 집에서 살면서 누린 것들이 부끄러웠다.

앨리스는 구석에서 마저리의 책 122권 중 한 권을 읽거나, 한밤중에 마저리의 침실에서 흘러나오는 소리에 생각을 방해받곤 했다. 두 사람이 거침없이 환희를 누리는 소리를 듣고 있으면, 앨리스는 굉장히 부끄러웠다. 한 주가 지나자 마저리와 스벤의 사랑이 자신과 너무나 다르다는 사실에 슬픔과 호기심을 느꼈다.

앨리스는 스벤이 마저리 곁에서 머물고, 차분한 시선으로 마저리를 바라보고, 마저리가 가까이 있으면 숨 쉬듯 손을 잡는 걸 훔쳐봤다. 스벤이 마저리의 일을 자랑스러워하며 경청하고 제안하거나 지지하는 말을 하면 놀라웠다. 스벤이 부끄러워하거나 어색해하지 않고 마저리를 끌어당겨 귓속에 비밀을 속삭이고 친밀한 미소를 나누는 걸 보면 마음에 구멍이 난 듯 허전했다. 커다란 구멍이 점점 커져 앨리스를 통째로 집어삼킬 것 같았다.

　도서관에 집중해. 앨리스는 이불을 턱까지 끌어당기고 귀를 막으며
말하곤 했다. 도서관이 있으면, 넌 빈손이 아니야.

제13장

사랑 없는 종교는 없으며 사람들은 종교에 대해 원하는 만큼 이야기해도 좋다. 하지만 종교가 선하게 행동하라거나 인간이나 동물에게 친절하라고 가르치지 않는다면, 그건 사기다.

_『블랙 뷰티』, 애나 슈얼

결국 매킨토시 목사가 찾아왔다. 반 클리브의 말이 통하지 않는다면 신의 말은 통할 거라는 듯이. 화요일 저녁 목사가 문을 두드렸을 때, 사서들은 난롯가에 모여 앉아 더운물이 담긴 양동이를 놓고 안장을 닦으면서 잡담을 나누고 있었다. 목사는 모자를 벗어 품에 안았다.

"여러분, 일을 방해해서 죄송하지만 반 클리브 부인과 이야기 좀 나눌 수 있을까요."

"매킨토시 목사님, 반 클리브 씨가 보낸 거라면 괜히 말씀하실 필요 없어요. 제가 그분과 아들, 가정부, 그 밖에 묻는 모두에게 한 말을 그대로 해드릴 테니까요. 전 안 돌아가요."

"저런, 고집이 장난 아니네." 베스가 중얼거렸다.

"음, 지난 몇 주 동안 감정이 격해진 걸 감안하면 이해할 수 있는 일입니다. 하지만 부인은 유부녀입니다. 더 높은 권위에 복종해야죠."

"반 클리브 씨의 권위요?"

"아뇨. 하나님의 권위지요. 하나님이 짝지어 주신 것을 사람이 나누지 못할지니라."

매킨토시 목사는 미소를 거두고 문 옆 의자에 앉았다. "앨리스, 하나님 앞에서 혼인했으니 집에 돌아가는 게 의무입니다. 이렇게 집을 나와버리는 건…… 파장이 커요. 그 행동이 미치는 영향을 생각해야죠. 베넷이 불행해하고 있어요. 그의 아버지도 마찬가지고."

"그럼 제 행복은요? 그건 상관없는 모양이죠."

"앨리스…… 진정한 만족은 가정생활을 통해 얻는 거예요. 가정에서, 여인의 역할에서. '아내들이여 자기 남편에게 복종하기를 주께 하듯하라. 이는 남편이 아내의 머리 됨이 그리스도께서 교회의 머리 됨과 같으니 그가 바로 몸의 구주시니라' 에베소서 5장 22절 말씀입니다."

마저리는 고개를 들지 않고 안장을 열심히 닦았다. "목사님, 여기 결혼 안 하고도 행복한 여자들이 모인 건 알고 계시죠?"

목사는 못 들은 체했다. "앨리스, 성경을 길잡이 삼아 하나님 말씀을 경청하길 바랍니다. '그러므로 젊은이는 시집가서 아이를 낳고 집을 다스리고 대적에게 비방할 기회를 조금도 주지 말지어다' 디모데 전서 5장 14절 말씀입니다. 무슨 말씀인지 이해하고 있나요?"

"아, 이해한다고 생각해요. 감사합니다, 목사님."

"앨리스, 여기 앉아서 이럴 필요는……."

"전 괜찮아요, 마저리." 앨리스가 손을 들며 말했다. "목사님과 전 늘 재미있는 대화를 나눴어요. 그리고 목사님께서 무슨 말씀을 하시는 건지 이해해요."

다른 여자들은 소리 없이 눈짓을 교환했다. 베스는 고개를 살짝 저었다.

앨리스는 걸레로 흙을 북북 문질렀다. "하지만 좀 더 조언을 주시면 감사하겠어요."

목사는 손가락을 폈다. "그럼, 할 수 있고말고요. 뭐가 궁금합니까?"

앨리스는 잠시 생각하더니 고개를 들지 않고 입을 열었다. "며느리가 엄마 없는 두 아이에게 오래된 인형을 줬다고 머리를 식탁에다 마구 치는 짓에 대해서 하나님은 뭐라고 하셨죠? 거기에 대해서도 성경 구절이 있나요? 꼭 듣고 싶어서요."

"잠시만…… 뭐라고……."

"시아버지가 세게 때려서 별이 보일 지경이었고, 한쪽 눈이 아직도 안 보이는 경우에 대해서 말씀하신 성경 구절도 있나요? 남자가 자기 뜻을 관철하려고 돈으로 매수하는 경우에 대해서 말씀하신 구절은요? 에베소서에 거기에 대한 말씀이 있나요? 50달러면 꽤 큰 액수잖아요. 온갖 죄를 눈감아줄 만큼 큰돈이죠."

베스의 눈이 휘둥그레졌다. 마저리는 고개를 푹 숙였다.

"앨리스, 이건…… 음…… 이건 사적인 문제라……."

"그건 신성한가요, 목사님? 열심히 듣고 있지만 모두 제가 잘못했다고 하는 것 같아서요. 실은 반 클리브 집안에서 제가 가장 신실하다고 생각해요. 교회에서 보내는 시간이 많지는 않지만, 사실 가난하고 아프고 부족한 사람들을 도왔거든요. 다른 남자를 만난 적도 없고, 남편에게 의심을 살 짓도 하지 않았어요. 할 수 있으면 남들과 나누며 살고요." 앨리스는 안장 위로 몸을 숙였다. "제가 안 하는 행동을 말씀드리죠. 전 일꾼들을 위협하기 위해 다른 주에서 기관총 가진 사람들을 불러들이지 않아요. 그 일꾼들에게 적정한 물건값의 4배를 내게 하지도, 회사 가게가 아닌 곳에서 먹거리를 산다고 해고하지도 않아요. 그래서 그들이 죽기 전까지 빚을 다 갚지 못하게 만들지도 않고요. 병들어 일하지 못하는 사람들을 사택에서 내쫓지도 않아요. 젊은 여자가 앞을 못 볼 때까지 때린 뒤에 사람을 보내 돈으로 무마하려고 들지도 않아요. 그러니 말씀해보세요, 목사님. 여기서 신성하지 못한 사람이 누군가요? 이래라저래라 설교를 들어야 할 사람이 누군가요? 전 정말이지 모르겠어요."

도서관이 조용해졌다. 목사는 입만 뻐끔거리면서 여자들의 얼굴을 하나씩 살폈다. 베스와 소피아는 아무것도 모르는 척 일했고 마저리는 두 사람을 번갈아 흘깃거렸으며 앨리스는 정말 궁금하다는 듯 고개를 들고 있었다.

목사는 머리에 모자를 썼다. "바…… 바쁜 것 같군요, 반 클리브 부인. 나중에 다시 오죠."

"오, 그렇게 하세요, 목사님." 앨리스가 이렇게 말할 때 목사는 문을 열고 나갔다. "성경 공부 참 재미있었어요!"

매킨토시 목사의 마지막 시도가 실패하면서, 앨리스 반 클리브가 정말 남편을 버렸고 돌아가지 않을 거라는 소문이 파다했다. 광산 문제로 골치 아프던 반 클리브는 그 일로 더욱 기분이 상했다. 익명의 서신에 용기를 얻어 말썽꾼들이 노조 부활을 재개한다고도 했다. 하지만 그들은 더 똑똑해졌다. 이번에는 마빈스 바나 레드 호스 술집 같은 곳에서 조용히, 느긋하게 논의를 진행했고, 반 클리브의 수하들이 도착했을 때는 한잔하러 모인 일꾼 몇 명만 남아 있었다.

"반 클리브 씨가 한발 늦었다고들 하더군요." 주지사가 호텔 바에서 말했다.

"놓쳐요?"

"그놈의 도서관에 집착하느라 광산 일에 집중을 못 한다고."

"그런 헛소리를 어디서 들었습니까? 나는 모든 상황을 파악하고 있습니다, 주지사님. 바로 두 달 전에도 그런 말썽꾼들을 찾아내 막지 않았습니까? 잭 모리세이와 부하들을 시켜서 처리하라고 했습니다. 그렇고말고요."

주지사는 술만 들여다봤다.

"지역 전체에 눈과 귀가 있습니다. 전복시키려는 세력을 확인하고 있어요. 하지만 경고는 보냈습니다. 보안관 사무소에 이런 일을 잘 처리하는 친구들이 있습니다."

주지사는 눈썹을 살짝 치켜들었다.

"네?" 반 클리브가 잠시 후에 물었다.

"집안에도 문제가 있다던데."

반 클리브가 목을 쑥 집어넣었다.

"며느님이 집을 나갔는데 아직 데려오지 못했다는 게 사실인가요?"

"어린것들이 좀 문제가 있긴 합니다. 그…… 그 애가 친구 집에서 지내겠다고 하더군요. 베넷이 좀 진정될 때까지 그러라고 했답니다." 반 클리브는 얼굴을 쓰다듬었다. "애를 못 가져서 감정적이 되었어요……."

"음, 안된 일이군요, 조프. 하지만 그게 문제가 아니라고 말하고 싶어요."

"네?"

"오헤어가 당신을 꽉 잡고 있다던데."

"프랭크 오헤어의 딸이요? 흥. 그 조그만…… 사기꾼이. 그…… 그 여자가 앨리스를 붙잡고 늘어지는 겁니다. 앨리스에게서 떨어지질 않아요. 그 여자에 대한 일은 들어봐야 좋을 거 없습니다. 하! 듣자하니 소위 도서관이란 곳도 곧 문을 닫는다고 하더군요. 도서관이 있으나 없으나 별 상관은 없지만요. 아, 그렇고말고."

주지사는 고개를 끄덕였다. 하지만 웃지도, 동의하지도 않고 반 클리브의 등을 두드린 뒤 위스키를 권했다. 그리고 고개를 한번 끄덕이고 잔을 비운 뒤 일어나서 떠났다.

그리고 반 클리브가 버번을 몇 잔 더 마시고 깊은 생각에 잠겼다가 일어났을 때, 그의 낯빛은 짙은 자주색이었다.

"괜찮으세요, 반 클리브 씨?" 바텐더가 물었다.

"뭐? 자네도 무슨 의견이 있나?" 그는 빈 잔을 휙 밀었고, 바텐더는 반사 신경이 좋아서 잔을 떨어뜨리지 않았다.

아버지가 스크린도어를 쾅 닫는 소리에 베넷은 고개를 들었다. 라디오를 들으며 야구 잡지를 읽던 중이었다.

반 클리브가 아들 손에서 잡지를 낚아챘다. "더는 못 참겠다. 코트 입어라."

"네?"

"앨리스를 데려오자. 끌어다 트렁크에 처박아서라도 데려와."

"아버지, 백 번은 말씀드렸잖아요. 우리가 알아들을 때까지 안 온다니까요."

"그럼 조그만 계집애 말을 들을 거냐? 네 마누라 말을? 이게 지금

내 명예에 얼마나 먹칠을 하는지 알아?"

베넷은 다시 잡지를 펼치며 중얼거렸다. "괜한 소리예요. 곧 잦아들겠죠."

"무슨 소리냐?"

베넷은 어깨를 으쓱였다. "글쎄요. 그냥 두라는 거죠."

반 클리브는 아들이 외계인으로 변하기라도 한 것처럼 노려봤다. "그 애가 집에 돌아오는 걸 바라기는 하는 거냐?"

베넷은 또 어깨를 으쓱였다.

"대체 무슨 뜻이야?"

"모르겠어요."

"아하…… 페기 포먼이 또 네 앞에 알짱거려서 그러냐? 그래, 나도 알고 있다. 널 보고 있어. 이런저런 소리도 들려오고. 네 엄마와 나는 힘든 일이 없었던 줄 아냐? 서로 꼴 보기가 싫었던 적이 없었던 줄 알아? 그래도 네 엄마는 자기 책임을 아는 여자였다. 넌 유부남이야. 알겠냐? 하나님 앞에서 법에 따라 혼인했다고. 페기랑 놀고 싶으면 사람들 입에 오르지 않게 조용히 놀아라. 알겠냐?"

반 클리브는 재킷 매무새를 고치고 거울을 봤다. "이제 어른스럽게 행동해라. 버릇없는 영국 여자가 내 가족의 평판을 망치는 것도 이제 지겹다. 반 클리브라는 이름은 이곳에서 각별한 의미가 있다. 너도 코트 입어."

"어떻게 하실 건데요?"

"데리고 와야지." 반 클리브는 자기 앞을 가로막고 선 덩치 큰 아들을 올려다봤다. "날 막는 거냐? 내 아들이?"

"아버지, 전 그러고 싶지 않아요. 어떤 일은 그냥…… 두는 게 낫다고요."

아버지는 입을 꽉 다물고 있었다. 아들을 밀치고 나갔다. "그냥 둘 순 없어. 네가 그렇게 약하니까 말을 못 알아듣지. 하지만 내가 잠자코 있을 줄 알았다면 오산이다."

마저리는 앞으로 사흘 동안 먹을 것이 있는지 고민하던 시절이 그립다고 생각하며 귀가했다. 습관처럼 고민이 깊어지면 혼잣말을 중얼거렸다. "그렇게 나쁜 상황은 아니야. 우린 아직 버티고 있잖아. 그렇지, 찰리? 책을 빌려 가는 사람들도 여전히 있고."

노새가 귀를 쫑긋거리는 걸 보고 마저리는 자기 말을 절반은 이해했다고 믿었다. 스벤은 마저리가 동물들에게 말하는 것을 보고 웃었지만, 마저리는 어떤 부류의 인간보다는 동물들과 훨씬 더 잘 통한다고 받아쳤다. 그리고 물론 스벤도 마저리가 보지 않는 줄 알고 아기를 어르듯이 개에게 말을 걸곤 했다. *착하지, 아가? 여기서 누가 제일 착하지?* 둔감한 사람인데도 개에게만큼은 상냥해지고, 마음이 약해졌다. 다른 여자가 집에 얹혀살 때 모든 남자들이 다 그렇게 친절하지는 않을 것이다. 마저리는 전날 저녁 앨리스가 구워놓은 애플파이를 떠올렸다. 절반은 아직 남아 있었다. 요즘은 오두막이 늘 북적이는 것 같았다. 돌아다니고, 요리를 하고, 집안일을 돕고. 1년 전에는 그런 게 불편했을 것이다. 이젠 빈집이 낯설었다.

노새가 어두운 길을 걷는 동안 마저리는 이런저런 생각을 하다가 캐서린 블리가 남편 없는 집에 귀가하는 모습을 떠올렸다. 캐서린 덕분에 지난 2주 동안 추운 날씨에도 불구하고 거의 모든 곳을 찾아갈 수 있었지만 반 클리브가 퍼뜨린 소문 때문에 일거리도 줄었다. 예산이 있으면 캐서린에게 먹을 것을 가져가고 싶었다. 하지만 브레이디 부인은 도서관의 앞날에 대해 별말이 없었다. "현재 문제에 대해 노프시어 부인에게 알리는 건 미루고 있어요." 부인은 그 전주에 이렇게 말했고, 브레이디 씨의 반대로 이지가 돌아오지 못한다고 했다. "사람들의 마음을 돌려 노프시어 부인에게 이…… 불행한 사건을 알리지 않아도 되길 바라고 있어요."

멍이 빠진 앨리스는 다시 일을 시작했다. 스피릿을 실컷 걷게 해준다면서 멀리 패쳇츠 크릭까지 가는 노선을 맡았다. 마저리가 스벤과 단둘이 집에 있게 해주려는 것이었다. 개울가의 가족들은 앨리스를 좋아했고 영국 지명(볼로, 피카딜리, 레스터 스퀘어)을 말해 달라고 하고는 억양에 웃음을 터뜨리곤 했다. 앨리스는 싫어하지 않았다. 별로 기분 나빠하는 일이 없는 여자였다. 앨리스의 장점 중 하나였다. 그곳 사람들이 별것도 아닌 사소한 말에 상처를 입고, 칭찬을 해도 남몰래 기분 나빠하는 반면, 앨리스는 만나는 사람마다 좋은 점만 봤다. 아마도 그래서 인간 비프스테이크 같은 베넷과 결혼한 것 같았다.

마저리는 스벤이 얼마나 있어야 귀가할지 생각하면서 하품을 했다. "어떻게 생각해, 찰리? 목욕물을 데우고 씻을 시간이 될까? 씻으나 마나 그이가 신경을 쓸 것 같아?"

마저리는 큰 대문 앞에서 내려 문을 열었다. "내 느낌으론 스벤이 여기 올 때까지 깨어 있기나 하면 다행이야."

문을 잠근 뒤 이상한 점을 알아차리는 데까지 조금 걸렸다.

"블루이?"

마저리는 블루이를 부르며 눈길을 걸어 올라갔다. 노새 고삐를 현관 기둥에 걸고 손을 들어 이마를 짚었다. 그놈의 개가 어디로 간 걸까? 이 주 전, 녀석은 개울 건너 5킬로미터나 떨어진 헨셔의 집에 가서 그 집 강아지와 놀았었다. 잘못을 저지른 걸 아는 것처럼 귀를 늘어뜨리고 캥기는 표정으로 돌아왔기에 마저리는 꺼지라고 말할 수 없었다. 마저리의 목소리가 쩌렁쩌렁 울렸다. "블루이?"

마저리는 현관 계단을 두 단씩 올라갔다. 그리고 흔들의자 끄트머리에서 녀석을 봤다. 축 늘어진 몸뚱이, 천장을 멍하니 올려다보는 허연 눈, 혀를 내밀고, 달리다가 갑자기 멈춘 듯 다리를 벌리고 있었다. 머리에 붉은 총알구멍이 나 있었다.

"오, 이런. 오, 이런."

마저리는 달려가서 무릎을 꿇었고 어딘지 알 수 없는 가슴속 깊은 곳에서 울음이 터져 나왔다. "오, 안 돼. 안 돼, 우리 아기."

마저리는 블루이의 머리를 안고, 뺨에 난 부드러운 털을 만지며 주둥이를 쓰다듬었다. 어쩔 수 없다는 걸 알면서도. "오, 블루이. 우리 아가." 마저리는 얼굴을 댔다. *미안해, 미안해, 미안해.* 블루이를 끌어안고 슬퍼했다.

이때, 지친 몸으로 30분간 말을 타고 온 앨리스가 마저리를 발견했다.

아버지의 장례식 내내 눈물 한 방울 흘리지 않았고, 동생을 묻을 때는 피가 나도록 입술을 깨물었으며, 세상에서 가장 사랑하는 남자에게 고백하는 데 4년이 걸렸고, 감상적인 면이 없다고 장담하는 여자, 마저리 오헤어가 현관에 아이처럼 주저앉아서 죽은 개를 안고 울고 있었다.

*

앨리스는 반 클리브보다 포드 차를 먼저 봤다. 몇 주 동안 그가 지나칠 때는 뒤로 숨거나 고개를 돌렸다. 허튼짓 그만두고 집에 돌아오라는, 아니면 후회하게 될 거라는 소리를 또 들을까 봐 가슴이 두근거렸다. 그날 당한 주먹질이 세포 속에 새겨져 있는 것처럼 사람들과 함께 있을 때도 그를 보면 몸이 떨렸다.

하지만 지금, 자신의 슬픔보다 훨씬 쓰라린 슬픔을 밤새 지켜보고 나자 앨리스는 자주색 자동차가 언덕을 내려오는 것을 보고 발꿈치를 꾹 눌렀고 스피릿이 길 가운데 버티고 섰다. 반 클리브는 차를 가게 앞에 세웠고 밀가루를 싼값에 사러 나온 많은 사람들이 그 광경을 구경하게 됐다. 반 클리브는 처음에는 누군가 싶어 말을 탄 여자를 향해 눈을 껌뻑거리다가 창문을 내렸다. "이제 진짜 미친 거냐, 앨리스?"

앨리스는 그를 노려봤다. 고삐를 내리고, 분노로 번쩍이는 날카로운 목소리로 외쳤다. "마저리의 개를 죽였어요?"

잠시 침묵이 흘렀다.

"마저리의 개를 쐈냐고요!"

"아무것도 안 쐈다."

앨리스는 턱을 치켜들고 반 클리브를 노려봤다. "네, 그랬겠죠. 자기 손은 더럽히지 않으니까요. 그렇죠? 사람을 시켜 강아지를 죽이라고 했겠죠." 앨리스는 고개를 저었다. "세상에, 대체 어떤 인간이!"

앨리스는 베넷이 놀라 아버지를 돌아보는 모습을 보고 내심 기뻤다.

입을 딱 벌리고 있던 반 클리브는 재빨리 평정을 되찾았다. "미쳤구나. 그 오헤어랑 살다가 미쳤어!" 차창 밖 이웃들이 서로 수군댔다. 조용한 소도시에서 신나는 소문거리였다. 반 클리브가 마저리 오헤어의 개를 쐈대! "미쳤어! 저것 보시오! 말을 타고 내 차 앞을 막아서다니! 내가 개를 쐈다는 둥 하면서!" 반 클리브는 운전대를 내리쳤다. 앨리스는 움직이지 않았다. 반 클리브의 음성이 조금 더 커졌다. "내가! 망할 개를 쐈다고!"

그리고 마침내 아무도 움직이지 않고 아무도 말하지 않자, 반 클리브가 말했다. "가자, 베넷! 할 일이 있잖니." 차가 앨리스를 휙 돌더니 속도를 높이자, 돌이 튀어 스피릿이 놀라 껑충 뛰었다.

놀랄 일이 아니었다. 스벤은 프레드와 두 여자와 함께 식탁에 모여 앉아 할런 지역에서 들려오는 이야기, 노조 분쟁으로 침대에서 다이너마이트가 터져 죽은 사람들, 기관총을 든 폭력배들, 모른 체하는 보안관들 이야기를 전했다. 그러니 개가 죽은 것은 놀랄 일도 아니었다. 하지만 마저리는 전투 의지를 잃은 것 같았다. 그로 인한 충격으로 두 번 토하고, 집에 오면 습관처럼 개를 찾았고, 개가 언제라도 튀어나올 것 같다고 했다.

"반 클리브는 약은 놈이야." 마저리가 또다시 찰리가 무사한지 확인하러 나갈 때, 스벤이 중얼거렸다. "누가 총을 들이대도 마저리는 꿈쩍하지 않을 걸 알았던 거지. 하지만 사랑하는 걸 건드리면……."

앨리스는 이 말을 곰곰이 생각했다. "걱……정되시나요, 스벤?"

"내 걱정이요? 아뇨. 난 회사 사람인걸요. 그리고 반 클리브에겐 안전 담당자가 필요합니다. 조합원도 아니고, 내게 무슨 일이 생기면 부하들이 모두 나갈 테니까요. 그건 합의해두었습니다. 우리가 나가면 광산은 문을 닫아야 해요. 반 클리브가 보안관을 매수했을지 몰라도, 주 정부에서 봐주는 데는 한계가 있거든요. 게다가 이 일은 그자와 두 사람 사이의 일이죠. 그자는 여자 둘과 싸우고 있다는 사실을 알리고 싶지 않을 겁니다. 절대로요."

스벤은 버번을 한 모금 마셨다. "겁을 주려는 거예요. 하지만 수하들은 여자를 다치게 하진 않을 겁니다. 그자의 폭력배들도 말이에요. 그들도 이곳의 불문율을 따라야 하니까요."

"다른 주에서 데려온 자들은요?" 프레드가 말했다. "그들도 이곳 불문율을 따를까요?"

거기 대해선 스벤도 답을 모르는 것 같았다.

프레드는 앨리스에게 샷건 쓰는 법을 알려줬다. 개머리판을 어깨쪽으로 당겨 균형을 잡고, 조준하면서 뒷걸음질 칠 것을 감안하고, 숨을 멈추지 않고 서서히 내쉬면서 방아쇠를 당겨야 한다고 가르쳤다. 앨리스가 처음 방아쇠를 당겼을 때 프레드는 가까이 서서 어깨를 잡고 있었고, 그녀가 뒤로 너무 세게 튕겨나가 프레드에게 안기는 바람에 달아오른 얼굴이 한 시간쯤 진정되지 않았다.

앨리스는 타고난 명사수라고, 쓰러진 나무 위에 깡통들을 늘어세우며 프레드가 말했다. 며칠 만에 앨리스는 그것들을 명중시켜 떨어뜨릴 수 있었다. 밤이면 새로 단 자물쇠를 채우고 총을 걸머지고서 상상속의 침입자들을 향해 쏘는 시늉을 했다. 친구를 위해서라면 방아쇠를 당길 생각이었다. 흔들림 없이.

근본적인 것이 변했다. 앨리스는 적어도 여성으로서 자신이 소중히 여기는 것을 위해 화를 내는 것이, 차가운 분노를 끌어내는 것이, 사랑하는 것을 다치게 한 누군가가 고통당하기를 바라는 것이, 쉽다는 걸 알게 됐다.

더 이상 두렵지 않았다.

제14장

겨우내 사서들은 어찌나 옷을 두껍게 입었는지 자신의 본모습이 기억나지 않았다. 속옷 두 개, 플란넬 셔츠, 두꺼운 스웨터와 외투에 목도리 한두 개를 두른 것이 산지를 오를 때 복장이었고, 거기에 자기 장갑과 남자 장갑을 하나 더 끼고 모자를 최대한 꾹 눌러쓰고 목도리를 코 위로 감았다. 집에 돌아와도 마지못해 옷을 벗고 덜덜 떨면서 담요 밑으로 들어가곤 했다. 빨래할 때가 아니면 이동 도서관에서 일하는 여자들은 자기 몸을 별로 보지 않고도 몇 주씩 지냈다.

앨리스는 반 클리브 부자와 여전히 전쟁 중이었지만, 다행히 그들은 한동안 조용했다. 앨리스는 자주 오두막 뒤 숲속에서 프레드의 낡은 총을 가지고 사격 연습을 했다. 총알이 깡통에 명중할 때마다 슝, 딱 소리가 고요한 하늘에 울려 퍼졌다.

이지는 우울한 표정으로 어머니를 따라다니는 모습만 간혹 보였다. 이런 상황에 농담할 수 있는 사람인 베스는 가끔 나타나 다친 팔로 할 수 있는 일과 없는 일을 늘어놓곤 했다. 그래서 마저리의 체중이 늘어난 것을 아무도 알아보지 못했다. 스벤은 자기 몸처럼 마저리의 몸을 속속들이 알았고, 여성의 몸매에 생기는 변화를 이해하고 즐길 뿐, 현명하게 입을 다물었다.

마저리는 이야기와 지식의 가치를 믿지 않는 사람들을 날마다 설득하느라 녹초가 되는 데 익숙했다. 하지만 피로와 염려 때문에 아침마다 베개에서 머리를 들기 어려웠다. 몇 달째 눈이 내리니 온몸에 한기가 들었고 밖에서 오랜 시간 지내다 보면 허기가 끊이지 않았다. 그러니 다른 여자들이라면 더 빨리 알아차렸을 일을, 다른 걱정거리에 신경을 쓰느라 조금 늦었다 한들, 이해할 수 있는 일이었다.

그래도 그 변화를 무시할 수 없는 때가 왔다. 2월 말의 어느 날 밤, 마저리는 스벤에게 할 일이 있으니 오지 말라고 했다. 마저리는 소피아의 책 정리를 도와주고, 앨리스에게 인사한 뒤 도서관에 혼자 남게 되자 빗장을 걸어 잠갔다. 프레드가 고맙게도 난로에 땔감을 채워준 덕분에 여전히 따뜻했다. 마저리는 생각에 잠겨 있다가 일어나더니 서가에서 교과서 한 권을 꺼내 책장을 넘겼다. 이맛살을 찡그리고 찬찬히 정보를 읽었다. 내용을 이해한 뒤 손가락으로 셈을 했다. *하나, 둘, 셋, 넷, 다섯, 다섯 반.*

다시 한번 반복했다.

리 지역 근방 사람들의 짐작과 달리, 마저리는 욕을 잘 하지 않았다. 하지만 마저리는 한 번, 두 번 욕을 내뱉었고 얼굴을 감싸 쥐었다.

제15장

정부는 차치하더라도 소도시의 은행가, 식료품점 주인, 편집자, 변호사, 경찰관, 보안관은 모두 돈과 그 지역 기업가에게 굴복하는 것 같았다. 물질적으로나 개인적으로나 어려움을 줄 수 있는 힘을 가진 이들과 잘 지내려는 것이 이들의 욕망 내지는 충동이었다.

_『할런 광부들의 목소리』, 시어도어 드라이저 서문

"호프먼 근처 새로 생긴 주택지에선 성경 이야기 말고는 책을 받지 않겠다는 곳이 세 집, 문을 쾅 닫아버린 곳이 한 집이었지만, 코터 부인은 우리가 육욕을 전파하는 괴물이 아닌 걸 알고 돌아온 것 같고 도린 애브니는 토끼 고기 파이 레시피가 든 잡지를 다시 빌리고 싶다고 해요." 캐서린이 가방을 내려놨다. 캐서린은 앨리스를 돌아보고 손에서 먼지를 털어냈다.

"아, 그리고 반 클리브 씨가 거리에서 절 불러 세우더니 우리더러 썩 사라져야 하는 가증스러운 것들이랬어요."

"가증스러운 게 뭔지 제대로 보여주겠어." 베스가 으스스한 목소리로 말했다.

3월 중순이 되자 베스가 돌아와 다시 일했지만 캐서린은 도서관에 계속 나왔다. 고집은 좀 세지만 공정한 성품의 브레이디 부인은 이지가 일을 그만둔 이후로 급료를 받지 않았고 마저리는 월급봉투를 캐서린에게 건넸다. 그전까지는 마저리 개인 돈으로 캐서린의 급료를 줬기 때문에 마음이 좀 놓였다. 캐서린의 시어머니가 두 차례 아이들을 데리고 도서관에 찾아와 엄마가 하는 일을 보여줬다. 사서들은 아이들을 귀여워하며 새로 들어온 책을 보여주고 노새에 앉혀주기도 했다. 캐서린의 미소와 시어머니의 따스한 마음에 모두 위로받았다.

앨리스가 돌아갈 마음이 없다는 걸 안 반 클리브는 앨리스에게 꺼지라고 고함을 쳤다. 차로 따라와서 앨리스가 탄 스피릿이 놀란 적도 있었다.

"넌 혼자서 먹고살 방법이 없다. 그 도서관은 몇 주 뒤면 끝장날 거야. 주지사 사무실에서 내가 직접 확인했다. 집에 돌아오지 않을 거면 살 곳을 찾아라. 영국으로 돌아가라고!" 앨리스는 못 들은 체 앞만 보고 말을 몰았고, 그 때문에 반 클리브는 더 소리를 질러대니 베넷은 몸을 숙이고 있었다.

"넌 이제 예쁘지도 않아!"

"제가 함께 지내도 마저리는 정말 괜찮은 걸까요?" 앨리스는 나중에 프레드에게 물었다. "방해가 되고 싶지 않아요. 하지만 그 말이 옳아요. 거기 말곤 갈 곳도 없어요."

프레드는 뭐라고 말하고 싶지만 할 수 없는 것처럼 입술을 깨물었다.

"마저리는 앨리스가 함께 살아서 좋은 것 같아요. 우리 모두 마찬가지고." 프레드는 조심스레 대답하곤 했다.

앨리스는 프레드에게서 새로운 점을 발견하기 시작했다. 당당히 말을 붙잡고, 유연하게 움직이는 동작 같은 것. 베넷은 달랐다. 그는 운동을 좋아하면서도 항상 어색하게 움직였다. 앨리스는 소피아를 돕는다는 핑계로 오두막에 늦게까지 머물곤 했다. 이유는 알고 있었지만, 소피아는 물론 모두 다 그것에 대해선 입을 꾹 다물고 있었다.

"그 사람 좋아하죠?" 소피아가 어느 날 밤 대놓고 물었다.

"저요? 프레드를? 오, 이런. 전……." 앨리스는 더듬거렸다.

"좋은 사람이에요." 소피아는 누군가와 비교하듯이 '좋은'을 강조했다.

"결혼한 적 있어요, 소피아?"

"아뇨." 소피아는 실을 입에 물고 깨물었다. 그리고 앨리스가 너무 직접적인 질문을 한 것일까 생각하는 순간, 이렇게 덧붙였다. "사랑한 사람은 있어요. 벤저민이라는 광부였죠. 윌리엄이랑 친한 친구 사이였어요. 어릴 적부터 서로 알았죠." 소피아는 바느질거리를 등불에 바짝 갖다 댔다. "하지만 죽었어요."

"광산에서…… 돌아가셨어요?"

"아뇨. 누가 총을 쐈어요. 일 마치고 퇴근하던 길에."

"오, 소피아. 정말 안됐어요."

소피아는 오랜 세월 감정을 숨겨온 사람마냥 알 수 없는 표정을 지었다. "여기 오랫동안 돌아올 수 없었어요. 루이빌로 가서 그곳 유색인 도서관 일에 집중했어요. 그리고 살았지만, 그 사람이 매일 그리웠어요. 윌리엄에게 사고가 났다는 소식을 듣고 제가 이곳에 돌아오지 않게 해달라고 하나님께 기도했어요. 하지만 하나님이 정한 길이 있죠."

"아직도 힘들어요?"

"처음엔 그랬어요. 하지만…… 상황은 변해요. 벤은 이제 죽은 지 14년이 됐어요. 세상은 변하죠."

"다른 사람은…… 안 만나세요?"

"오, 아뇨. 그럴 시기는 지났어요. 내게 맞는 상대도 없고. 이 주위 남자들과 살기에는 너무 많이 배웠죠. 오빠는 내가 너무 자기주장이 강하다고 해요." 소피아는 웃었다.

"저도 익숙한 얘기네요." 앨리스는 한숨을 쉬었다.

"오빠와 같이 지내잖아요. 그렇게 살면 돼요. 그리고 희망이 있어요. 좋은 일들이 많고." 소피아는 미소를 지었다. "자기가 얻은 축복을 알아야 해요. 일도 즐겁고. 이제 여기 친구들도 생겼으니."

"저도 그렇게 느껴요."

소피아는 불쑥 가녀린 손을 내밀어 앨리스의 손을 잡았다. 앨리스도 사람의 손길이 주는 위안에 놀라며 손을 맞잡았다. 둘은 서로의 손을 꼭 잡았고 내키지 않는 마음으로 놓았다.

"친절한 사람 같긴 해요." 잠시 후 앨리스가 말했다. "그리고…… 잘생겼고."

"이봐요, 말만 하면 돼요. 그 사람은 내가 여기 온 날부터 당신을 개가 뼈다귀 보듯이 보고 있다구요."

"하지만 그럴 수 없잖아요?"

소피아가 고개를 들었다.

"사람들 절반은 도서관이 부도덕한 곳이라고 여기고, 그중에서도 제가 최악이라고 생각해요. 제가 남자를 만나면 뭐라고 할까요? 남편이 아닌 남자를 만나면?"

앨리스의 말에도 일리가 있다고 소피아는 나중에 윌리엄에게 말했다. 서로 그렇게 좋아하는 사람들이 함께하지 못하다니, 참 안타까운 일이라고.

"음, 이 세상이 공평하다고 하는 사람은 아무도 없었잖아." 윌리엄이 말했다.

"그렇지 않아." 소피아는 바느질을 하며 이렇게 말하고는, 잘 웃고 자신을 늘 웃게 하며, 허리에 팔을 감곤 했던 남자를 잠시 떠올렸다.

"그 친구가 선생님이야, 스피릿." 어둑해진 길을 따라 귀가하면서 프레드가 말했다. 가랑비가 와서 오일클로스 재킷을 입고, 사서들이 크리스마스 선물로 준 녹색 목도리를 두른 차림새였다. 그걸 날마다 두르고 다녔다. "오늘 봤지? 그 애가 놀랄 때마다 그 친구가 '정신 차려라'라고 말하는 것 같았어. 그리고 그 애가 듣지 않으면, 그 친구가 귀를 뒤로 넘기더라고. 가르치는 게 맞다니까."

앨리스는 두 말이 나란히 걸어가는 걸 보며 프레드가 알아차리는 작은 차이에 감탄했다. 그는 말의 형태를 평가하며 어깨가 늘어졌다거나, 혹이 났다거나, 발달이 덜 된 곳을 볼 줄 알았다. 앨리스가 보기에는 다 '좋은 말'로 보였는데 말이다. 그는 말들의 성격도 판단할 줄 알았다. 사람들이 너무 망쳐놓지만 않으면 말들은 태어날 때부터 변하지 않는다고 했다. "물론 다들 어쩔 수 없겠죠." 앨리스는 종종 프레드가 이런 말을 할 때 전혀 다른 이야기를 하는 느낌이 들었다.

프레드는 어린 서러브레드, 파이어럿을 타고 앨리스의 마중을 나왔다. 앨리스는 어린 말이 차분한 성품의 스피릿 옆에서 움직이면 도움이 된다고 했지만, 마중을 나오는 데는 다른 이유가 있을 거라고 생각했고 개의치 않았다. 거의 하루 종일 혼자 지내는 것만으로도 힘들었으니까.

"하디 책은 다 보셨어요?"

프레드는 인상을 썼다. "읽었어요. 그 에인절이라는 인물은 좋아지지 않더군요."

"그래요?"

"그 사람을 걷어 차주고 싶을 때가 많았네요. 불쌍한 여자가 사랑하고 싶어 하는데. 그런데 그 작자는 무슨 목사처럼 비판을 하잖아요. 여자가 잘못한 건 아무것도 없는데. 그러더니 그 사람 여동생과 결혼하다니!"

앨리스는 웃음을 꾹 참았다. "그 부분은 잊어버렸네요."

둘은 서로에게 추천한 책 이야기를 나눴다. 앨리스는 마크 트웨인 책을 재미있게 읽었고 조지 허버트의 시가 굉장히 감동적이었다. 최근 그들은 현실보다 책에 대해 이야기하는 편이 편했다.

"그럼…… 집에 태워다 드려도 될까요?" 둘은 도서관에 도착해 프레드의 헛간에 말들을 데려다 놓았다. "길이 젖어 마지의 집까지 가기 힘들어요. 큰 참나무까지 태워다 드릴게요."

참 매혹적인 제안이었다. 어둠 속에서 오래 걷는 게 하루 중에서 가장 힘들었다. 배도 고프고 온몸이 쑤시고 위안이라고는 없는 시간이었다. 스피릿을 타고 가서 밤새 마저리의 집에 두던 때도 있었지만, 당분간은 거기 다른 동물은 두지 않기로 했다.

프레드는 헛간 문을 닫고 기대하는 눈빛으로 앨리스를 봤다. 앨리스는 그의 옆에 앉아서 운전대를 잡은 강한 손과 가끔 이야기를 하면서 짓는 미소, 그렇게 전하는 작은 비밀들이 주는 조용한 즐거움을 떠올렸다. "글쎄요, 프레드. 사실 사람들이……."

"음, 생각해봤는데요……." 프레드는 발을 조금 움직였다. "마저리와 스벤에게 두 사람만의 시간을 주고 싶어 하는 거 아는데…… 특히 요즘……."

마저리와 스벤 사이에 이상한 조짐이 있었다. 사랑을 나누는 소리
가 끊어진 지 한두 주쯤 됐다. 스벤은 앨리스가 일어나기 전에 출근했
고, 함께 있을 때도 둘은 농담을 속닥이지 않았고 어색한 침묵과 불편
한 시선뿐이었다. 마저리는 다른 데 정신이 팔렸다. 얼굴은 굳어 있었
고, 행동은 쌀쌀맞았다. 하지만 전날 밤, 앨리스가 나가는 게 좋을까
물었더니 마저리의 표정이 누그러졌다. 대답은 뜻밖이었다. 귀찮은
듯 괜찮다고, 그럴 거 없다고 하는 대신, "아뇨. 나가지 말아줘요"라고
조용히 말했다. 사랑싸움일까? 앨리스는 친구의 사생활을 발설할 생
각은 없었지만, 어째야 할지 알 수 없었다.

"……그래서 저랑 식사를 좀 하면 어떨까 하는데요? 제가 요리해줄
게요. 그리고……."

앨리스는 프레드에게 시선을 되돌렸다.

"……8시 30분쯤 오두막에 데려다줄 수 있어요."

"프레드, 안 돼요."

프레드는 말하려다 입을 다물었다.

"시…… 싫어서 그러는 건 아니에요. 그저…… 사람들이 보면……
당분간은 좀 어려워요. 여기 사람들이 얼마나 말이 많은지 알잖아요."

프레드는 예상했다는 표정을 지었다.

"도서관에 더 폐를 끼칠 순 없어요. 또…… 저를 위해서도. 좀 진정
되면 나중에요."

그렇게 말하는 앨리스도 어떻게 나아질지 알 수 없었다. 이곳에서
소문은 호박 속에 든 벌레처럼 오래갔다. 몇백 년 뒤에도 이야깃거리
가 될 것 같았다.

"그러죠." 프레드가 말했다. "음, 그래도 권하고 싶었어요. 마저리의 요리가 지겨울까 봐."

프레드는 웃어 보였고 둘은 어색하게 마주 보고 서 있었다. 프레드가 먼저 모자를 들어 올리며 인사했고, 자기 집으로 돌아갔다. 앨리스는 그 집 안의 온기와 파란 러그와 마룻바닥의 달착지근한 냄새를 떠올렸다. 그러다 한숨을 쉬고, 목도리를 끌어올린 뒤 마저리의 집까지 오르기 시작했다.

스벤은 마저리를 밀어붙여 봐야 소용없다는 걸 알았다. 하지만 그 주 들어 세 번째로 오지 말라는 말에 불안을 무시할 수 없었다. 마저리가 찰리에게서 안장을 벗기는 걸 보고, 스벤은 몇 주 동안 생각하던 말을 해버렸다.

"내가 뭘 잘못했어, 마지?"

"응?"

또 그랬다. 마저리는 스벤의 눈을 피했다.

"몇 주째 내 곁에 오고 싶어 하지 않는 것 같아서."

"미친 소리."

"무슨 말을 해도 즐거워하지 않는 것 같은데. 내가 침대에 누우면, 당신은 누에고치처럼 이불을 돌돌 말고, 만지지도 못하게 하고⋯⋯." 스벤은 그답지 않게 말끝을 흐렸다. "떨어져 있을 때도 우린 서로 차갑게 굴지 않았어. 10년 동안 내내. 그저⋯⋯ 내가 뭘 잘못했는지 알고 싶어."

마저리의 어깨가 조금 처졌다. 말 아래로 손을 넣어 허리띠를 잡아 안장 위로 올렸고, 버클이 달칵 소리를 냈다. 마저리가 그렇게 하는 모습에서 스벤의 어머니가 말 안 듣는 아이에게 했듯이 지친 기색이 느껴졌다. "당신은 잘못한 거 없어, 스벤. 그저…… 피곤해서 그래."

"그럼 왜 안는 것조차 싫어하는 거야?"

"늘 안기고 싶진 않아."

"전엔 그러지 않았잖아."

스벤은 마저리에게서 안장을 받아 집으로 들어갔다. 마저리는 찰리를 헛간에 풀어주고 문을 잠근 뒤 말없이 뒤따랐다. 요즘은 달라진 것이 있거나 이상한 소리가 들리지 않는지 늘 긴장했다. 도로에서 이어지는 작은 길에는 줄을 치고 종과 깡통을 달아놓아 침입자를 알리게 했고, 침대 양옆에는 장전한 샷건을 뒀다.

스벤은 안장을 내려놓고 마저리에게 다가가 뺨을 쓰다듬었다. 마저리는 고개를 들지 않았다. 예전이라면 스벤의 손을 꼭 누르고 키스했을 것이다. 그렇게 생각하니 스벤 가슴속에서 뭔가 툭 떨어지는 느낌이었다.

"우린 항상 서로에게 솔직했잖아, 그렇지?"

"스벤……."

"당신의 생활 방식을 존중해. 당신이 얽매이고 싶지 않아 하는 것도 받아들였어. 그때 이후로 그런 이야기는 하지도……."

마저리는 이마를 문질렀다. "지금은 이런 이야기 안 하면 안 될까?"

"내 말에…… 동의했잖아. 당신이 나를 더 이상 원치 않으면 말하기로…… 했잖아."

"또 이 이야기야?" 마저리는 슬프고 화가 난 것 같았다. 스벤에게서 돌아섰다. "당신 탓이 아니야. 당신이 떠나는 건 원하지 않아. 그저…… 생각할 게 많아서 그래."

"우리 모두 생각할 게 많아."

마저리는 고개를 저었다.

"마저리."

마저리는 찰리처럼 고집을 부리며 서 있었다. 아무 말도 하지 않고.

스벤 구스타브손은 까다롭진 않았지만 자부심이 강하고 참는 데 한계가 있었다. "계속 이렇게 지낼 순 없어. 당신을 성가시게 하지 않을게." 마저리가 고개를 들자 스벤은 돌아섰다. "날 다시 만날 준비가 되면 어디로 찾아와야 하는지 알지." 그는 산을 걸어 내려가며 한 손을 들어보이곤 뒤돌아보지 않았다.

금요일은 윌리엄의 생일이라 소피아가 휴가를 냈다. (앨리스가 도서관에서 야근을 많이 한 덕분에) 책 수선할 것이 더 없어 마저리는 소피아에게 오빠와 함께 하루를 보내라고 했다. 해질녘 앨리스는 도서관에 켜진 불을 보고 소피아가 없는데 누가 남아 있는지 궁금해졌다. 베스는 늘 책을 내던지고 농장으로 달려갔다(빨리 귀가하지 않으면 남자 형제들이 자기 몫까지 다 먹어치웠으니까). 캐서린도 아이들이 잠들기 전에 서둘러 귀가했다.

앨리스는 스피릿의 안장을 벗기고 잠시 따뜻한 헛간에 서서 말의 목덜미에 얼굴을 대고 있었다. 스피릿은 부드러운 코로 앨리스의 주머니에 간식거리가 있는지 킁킁거렸다. 앨리스는 스피릿의 습성과 장점을 다 알고 사랑하게 됐다. 그러고 보니 앨리스가 평생 가장 오래 사귄 상대는 이 작은 말이었다. 말이 편하도록 해주고 도서관 뒷문으로 향했다. 아직도 불빛이 새어 나오고 있었다.

"마지?" 앨리스가 불렀다.

"음, 정말 천천히 오는군요."

앨리스는 프레드가 깔끔한 플란넬 셔츠와 청바지를 입고 작은 테이블에 앉아 있는 것을 보고 눈을 깜빡였다.

"사람들 눈에 띄지 말아야 한다는 말엔 일리가 있어요. 하지만 그래도 함께 식사를 할 순 있을 것 같아서요."

앨리스는 봄의 전령인 머위를 꽂은 작은 꽃병과 의자 두 개, 깔끔하게 차려진 테이블을 바라봤다.

프레드는 앨리스가 놀라 아무 말도 못 하는 것을 조심스러움으로 받아들이는 모양이었다. "돼지고기와 검은콩 수프예요. 별거 아니죠. 언제 돌아올지 알 수가 없어서. 야채는 좀 식었을지도 모르겠어요. 내 말을 그렇게 철저히 돌보는지 몰랐거든요." 프레드는 묵직한 무쇠 냄비 뚜껑을 들었고, 실내에 푹 익은 고기 냄새가 가득했다. 앨리스 옆의 테이블 위에는 옥수수빵과 완두콩 그릇이 놓여 있었다.

갑자기 배가 꼬르륵거리자, 앨리스는 부끄러워 배를 손으로 눌렀다.

"음, 누군가는 반가워하네요." 프레드가 무덤덤하게 말하고 일어나서 의자를 빼줬다.

앨리스는 책상 위에 모자를 올려두고 목도리를 풀었다. "프레드, 전……."

"알아요. 하지만 난 당신과 있는 게 좋아요, 앨리스. 그리고 이 지역 남자이다 보니, 당신 같은 사람에게 대접할 기회가 흔하지 않아요." 프레드는 다가와 포도주를 한 잔 따랐다. "그러니 당신이…… 나를 좀 봐주면 아주 고마울 거예요."

앨리스는 반대하려고 입을 열었지만, 무엇에 반대해야 할지 알 수 없었다. 고개를 드니 프레드가 지켜보고 있었다. "멋지네요." 앨리스가 말했다.

그 순간까지 앨리스가 일어나서 달아날지도 모른다고 생각한 듯, 프레드는 그제야 숨을 내쉬었다. 그리고 음식을 덜어주며 프레드가 너무나 만족한 듯 미소를 지어서 앨리스는 마주 보고 웃을 수밖에 없었다.

이동 도서관은 지난 몇 달 동안 여러 가지를 상징하는 곳이 되었고, 어떤 사람들에겐 논란과 불편을 일으키는 장소였다. 하지만 그 3월의 춥고 습한 밤, 그곳은 작고 반짝이는 피난처가 되었다. 두 사람은 그 안에서 복잡한 일들과 주위 사람들이 주는 부담에서 벗어나 맛있는 음식을 먹고 웃으며 시와 이야기, 말과 각자의 실수에 대해서 얘기했고, 빵을 건네거나 잔을 채워줄 때 우연히 살갗이 스치는 것 말고는 접촉이 거의 없었음에도 앨리스는 잊고 있던 자신을 조금은 되찾았다. 말을 타고 산을 오르는 것만큼이나 읽은 것과 본 것, 생각한 것을 이야기하기 좋아하는 활달한 젊은 여인으로 돌아갔다. 프레드 역시 여인의 관심을, 자신의 농담에 깔깔 웃어주고 자신과 다른 의견을 내놓는 모습을 즐겼다. 시간이 쏜살처럼 흘렀고 둘은 배부르고 행복한 상태로 자신이 타인에게 이해받는다는 것을 확인하는 데서 생기는, 누군가 자신의 가장 좋은 점만 봐주는 사람이 있다는 걸 아는 데서 생겨나는 따뜻한 마음으로 그날 하루를 마쳤다.

프레드는 식탁을 도로 집으로 가져가려고 들어다 밖에 내놓고 문을 잠그기 위해 돌아섰다. 앨리스는 배가 부르고 기분 좋은 상태로 목도리를 감았다. 둘 다 도서관 건물에 가려진 상태로 바짝 붙어 서 있었다.

"집까지 태워다주지 않아도 될까요? 춥고 어둡고 길이 먼데."

앨리스는 고개를 저었다. "오늘 밤엔 5분처럼 느껴질 거예요."

프레드는 어스름한 불빛에서 앨리스를 살폈다. "요즘은 별로 무섭지 않죠?"

"네."

"마저리 덕분일 거예요."

둘은 마주 보고 미소를 지었고, 프레드가 말했다. "기다려요."

그는 집으로 달려가더니 샷건을 가지고 나와 건넸다. "혹시 모르니까요. 당신이 쉽게 겁먹지 않아도, 이걸 가지고 가면 내 마음이 편할 거예요. 내일 가져와요."

앨리스는 아무 말 없이 총을 받았고, 둘은 헤어져야 하는 걸 알지만 그러고 싶지 않은 마음이었다.

"음." 마침내 앨리스가 말했다. "늦었네요."

프레드는 테이블 위를 엄지로 문지르면서 입을 꾹 다물고 있었다.

"고마워요, 프레드. 정말 여기 온 이후로 가장 즐거운 저녁이었어요. 고마워요."

두 사람 사이에 복잡한 시선이 오갔다. 으레 마음이 들뜨겠지만, 불가능한 일이 있다는 걸 알기에 둘은 마음이 아팠다.

그러자 마법 같은 분위기가 약간 가라앉았다.

"그럼, 잘 가요, 앨리스."

"잘 있어요, 프레드." 그리고 앨리스는 총을 어깨에 메고 돌아서서 길을 걸었다. 이미 엉망인 상황을 더 복잡하게 만들 말을 해버리기 전에.

제16장

이 나라의 문제는 바로 그것이다. 날씨니 뭐니, 모든 것이 너무 길게 이어진다. 우리나라의 강과 육지처럼 불투명하고, 느리고, 거칠다. 그렇게 바꿀 수 없이 음울한 모습 속에서 인간의 삶을 형성하고 창조하면서.

_『내가 죽어 누워 있을 때』, 윌리엄 포크너

3월이 한참 지나도록 비가 내려 처음에는 얼어붙었던 도로를 빙판으로 만들더니, 저지대의 얼음과 눈을 한데 모아 끝없이 펼쳐진 잿빛 얼음판으로 바꾸어 놓았다. 기온이 약간 높아지고 따뜻한 날이 올 거라는 기대 속에서도 즐거움은 별로 찾을 수 없었다. 비가 멈추지 않았기 때문이다. 닷새 동안 비가 와 비포장도로가 진흙탕으로 바뀌거나 흙이 완전히 쓸려가 날카로운 돌과 구멍이 드러나서 조심하지 않는 사람은 넘어지게 됐다. 말들은 고개를 숙이고 꼬리를 엉덩이에 끼우고 있었고 자동차들은 미끄러운 산길을 덜컹거리며 지나다녔다. 농부들은 상점에서 불평했고 점원들은 하늘에 아직도 물이 남아 있는지 모르겠다고 했다.

새벽 5시에 출발한 마저리가 양말까지 젖은 채 돌아오니 사서들은 프레드와 함께 손을 부비고 발을 문지르며 앉아 있었다.

"지난번에 비가 이렇게 왔을 때 오하이오에선 제방이 무너졌는데."

베스는 문밖을 내다봤다. 도로에 고인 물이 쏟아져 내려가고 있었다.

베스는 담배를 마지막으로 한번 빨고는 부츠로 밟아 껐다.

"비가 너무 와서 말을 탈 순 없겠어요." 마저리가 말했다. "찰리를 또 데리고 나가진 않을래요."

프레드는 아침 일찍 밖을 내다보고 앨리스에게 말을 데리고 나가지 않는 게 좋겠다고 했다. 앨리스는 프레드의 말만은 진지하게 들었다. 프레드는 자기 말들을 고지대로 옮겨 놓았었다.

"헛간보다도 위쪽에 두는 편이 더 안전해요." 마지막 두 마리를 앨리스가 함께 옮길 때 프레드가 말했다. 그가 어렸을 때 아버지가 헛간에 가두어 둔 암말과 망아지들을 모두 잃은 적이 있었다고 했다. 강이 넘쳤는데 가족들이 일어나 보니 수면 위로 나와 있는 건 건초다락(여물이나 건초를 쟁여두는 헛간─옮긴이 주)뿐이었다. 아버지가 운 건 그때뿐이었다.

프레드는 앨리스에게 그 전해에 났던 물난리 이야기를 했다. 집들이 뒤집혀 떠내려가고 사람이 많이 죽었다. 물이 빠지고 나니 소가 7미터 높이의 나무에 매달려 있었는데 끌어내릴 방법이 없자 총으로 쏴서 죽여야 했다.

네 사람은 한 시간 동안 도서관에 앉아 있었다. 아무도 출발하고 싶지 않았지만, 할 일도 없었다. 그들은 어릴 때 했던 장난, 동물 사료가 가장 싼 곳, 빠진 이 사이로 휘파람을 불면서 자기 목소리를 더해 1인 오케스트라를 만들 줄 아는 남자 이야기를 했다. 이지가 함께 있다면 노래를 불러줄 거라고도 했다. 하지만 비가 더 세차게 내리자 대화가 서서히 줄었고 모두 불안한 마음으로 문만 바라보고 있었다.

"어때요, 프레드?" 마저리가 침묵을 깼다.

"예감이 좋지 않아요."

"저도요."

그 순간 말발굽 소리가 들려왔다. 프레드는 혹시 말이 달아나나 싶어서 문 앞으로 걸어갔다. 하지만 모자챙에서 물을 뚝뚝 떨어뜨리는 집배원이었다.

"강물이 빠르게 불고 있어요. 강가 사람들에게 알려야 하는데, 보안관 사무실에 아무도 없어요."

마저리가 베스와 앨리스를 봤다.

"굴레 가져올게요."

이지는 생각에 잠겨 어머니가 자수를 들어 보고 혀를 차는 것도 몰랐다. "오, 이지. 이 바늘땀 다 뜯어야 되겠다. 패턴이랑 비슷하지도 않잖니. 뭘 하는 거니?"

브레이디 부인은 〈가정생활의 벗〉에서 패턴을 찾았다. "다 틀렸구나. 체인 스티치를 해야 하는 곳에 러닝 스티치를 했어."

이지는 천으로 시선을 돌렸다. "바느질 싫어요."

"전에는 싫다는 소리 없었잖아. 요즘은 왜 그러는지 모르겠구나." 이지는 아무 반응이 없었고, 브레이디 부인은 더욱 큰 소리로 혀를 찼다. "바느질이 이보다 더 엉망인 여자는 못 봤다."

"제가 왜 이러는지 엄마도 잘 아시잖아요. 지루한데 여기 갇혀 있어야 하고, 엄마랑 아버지가 조프리 반 클리브 같은 얼간이 말을 듣는 걸 견딜 수 없어요."

"그 이야기는 그만둬라. 퀼트를 할래? 전에는 좋아했잖아. 위층 함에 예쁜 천이 좀 있는데……."

"내 말이 보고 싶어요."

"그건 네 말이 아니야." 브레이디 부인은 입을 꼭 다물었다가 말했다. "하지만 승마를 원하면 말을 사줄 수도 있다."

"뭐 하게요? 뱅글뱅글 돌기만 하라고요? 바보 같은 인형처럼 예쁘게? 일하고 싶어요, 엄마. 친구들도 보고 싶어요. 평생 처음으로 진짜 친구가 생겼어요. 도서관에서 행복했다고요. 그게 엄마께는 아무런 의미도 없어요?"

"공연히 과장해서 말하지 마라." 브레이디 부인은 한숨을 쉬고 딸 옆에 앉았다. "아가, 노래하는 거 좋아하지? 아버지께 정식 레슨을 받게 해달라고 할까? 렉싱턴에서 성악 연습을 시켜줄 사람을 구할 수도 있을 게다. 아버지 말씀 잘 들으면 시켜줄 테니까. 아이구, 어쨌든 이 비가 그쳐야지. 이런 비는 처음이구나."

이지는 대답하지 않았다. 응접실 창가에 앉아서 흐릿한 바깥 경치를 내다볼 뿐이었다.

"있잖니, 네 아버지에게 전화를 걸어야겠다. 강이 넘칠까 걱정이 돼. 루이빌 홍수 때 좋은 친구들을 잃고 난 뒤로 강을 보면 무서워. 마지막에 한 스티치를 다시 해볼까?"

브레이디 부인은 복도로 사라졌고 이지는 어머니가 아버지 사무실에 전화를 걸어 나지막이 말하는 소리를 들었다. 이지는 창밖의 잿빛 하늘을 바라보며 창문에 지그재그로 흐르는 빗물 위를 쓰다듬고 더 이상 보이지 않는 지평선을 향해 시선을 옮겼다.

"음, 네 아버지가 아무 데도 가지 말라는구나. 올드 루이빌의 캐리

앤더슨에게 전화를 걸어 혹시 모르니 여기서 하루 이틀 지내지 않겠냐고 물어봐야 할 것 같다는데. 하지만 그 여자 강아지들은 어떻게 할지 모르겠네. 그 개들을 우리가 감당할 수 있을지…… 이지? ……이지?" 브레이디 부인은 텅 빈 응접실 안에서 빙글 돌았다. "이지? 위층에 올라갔니?"

부인은 복도를 걸어 주방으로 들어갔고, 반죽을 하던 하녀는 고개를 저었다. 그때 브레이디 부인은 뒷문 안쪽에 빗물이 들이친 것을 봤다. 딸의 다리 보조기가 타일 바닥에 놓여 있었고, 승마 부츠가 보이지 않았다.

마저리와 베스는 물을 튀기며 중심가를 달렸다. 산에서 내려오는 빗물이 비포장도로를 흐르고 있었고 하수구는 역류하고 있었다. 그들은 고개를 숙여 비를 피했고, 풀밭에선 말의 발이 얽혔다. 둘은 스프링 크릭 하류에서 갈라져 말에서 내린 뒤, 집집마다 문을 두드렸다.

"물이 불어나고 있어요!" 말고삐를 당기며 외쳤다. "고지대로 피하세요!"

사람들이 문밖, 창밖으로 고개를 내밀고는 그 말을 들어야 할지 갈등하고 있었다. 그 길을 좀 더 내려갔을 때, 사람들은 가구를 위층으로 옮기거나 마차나 트럭에 싣고 있었다. 덮개가 없는 차에는 방수포를 씌우고 아이들은 어른 사이에 껴 있었다. 베일리빌 사람들은 홍수를 자주 겪어 그 위험을 잘 알고 있었다.

마저리는 물에 흠뻑 젖은 채 스프링 크릭의 마지막 집 문을 두드렸다. "코니시 부인? ……코니시 부인?"

젖은 머릿수건을 쓴 여자가 불안한 표정으로 문을 열었다. "오, 이런.

마저리, 노새를 데리고 갈 수가 없어요." 부인이 손짓하며 달려갔다.

노새는 강과 연결된 방목장 아래 있었다. 비가 안 오는 날도 미끄러운 아래 비탈은 진흙탕이 되어 있었고 갈색과 흰색의 노새는 가슴까지 진흙에 빠져 포기한 듯 꼼짝도 안 하고 있었다.

"움직이지 못해요. 도와주세요."

마저리는 고삐를 당겼다. 그래도 소용없자, 노새에게 자기 체중을 실어 밀어보려고 했다. 노새는 코만 움직일 뿐이었다.

"진흙에 빠져서 꼼짝도 못 해요." 코니시 부인이 안타까워했다.

베스가 다른 편으로 달려가 최선을 다해 엉덩이를 때리고 소리를 지르고 어깨로 밀었지만 소용없었다. 마저리는 한 걸음 물러나 베스를 봤고, 베스는 고개를 저었다.

다시 한번 어깨로 노새를 밀었지만, 귀를 쫑긋거리는 것 말곤 아무 반응이 없었다. 마저리가 멈추고 생각했다.

"얘를 버리고 갈 순 없어요."

"버리고 가지 않을 거예요, 코니시 부인. 마구 있어요? 밧줄은요? 베스? 베스? 이리 와요. 코니시 부인, 찰리 좀 잡아주세요."

비가 세차게 내리는 동안, 두 여자는 마구를 찾아서 노새에게 돌아갔다. 그들이 움직이는 동안에도 물은 계속 차올라왔다. 몇 달 동안 졸졸 흐르며 햇빛이 비추는 아름다운 개울이었던 그곳이 가차 없이 누런 급류를 이루며 콸콸 흘러가고 있었다. 마저리는 노새의 머리에 마구를 씌우고 버클을 채웠다. 빗소리가 너무 요란해 소리를 지르고 손짓을 해야 했지만, 서로 몇 달 동안 함께 일한 덕에 손발이 잘 맞았다. 베스도 옆에서 똑같이 했고, 둘은 동시에 외쳤다. "됐다!" 둘은 뱃대끈을 연결하고, 밧줄을 노새 어깨의 고리에 연결했다.

뱃대끈에서 이어지는 끈이 다리 사이로 지나가는 걸 견디는 노새는 많지 않았지만, 찰리는 똑똑해서 한 번만 말해주면 됐다. 베스는 밧줄을 스쿠터의 가슴판에 연결했고, 물이 덜 찬 곳으로 둘을 몰고 갔다.

"가자! 가자, 찰리, 어서! 가자, 스쿠터!"

두 녀석은 귀를 쫑긋거렸고, 찰리는 평소와 다른 무게에 눈을 동그랗게 떴다. 베스는 찰리와 스쿠터를 앞으로 몰았고, 마저리는 밧줄을 당기며 작은 노새를 격려했다. 노새는 앞으로 끌려가자 버둥거리며 고개를 흔들었다.

"그거야, 친구. 할 수 있어."

코니시 부인은 노새 반대편에 쪼그리고 앉아서 판자 두 개를 앞에 놓아 버틸 수 있게 했다.

"힘내라, 얘들아!"

마저리가 돌아보니 찰리와 스쿠터는 앞으로 나아가며 힘이 들어 옆구리를 떨고 있었다. 노새가 정말 심하게 꽉 박혀 있다는 걸 깨닫고 당혹감을 느꼈다. 찰리와 스쿠터가 저렇게 땅을 파기만 한다면 그들도 곧 진흙탕에 박힐 것 같았다.

베스는 이미 그 생각을 하고 마저리를 보며 얼굴을 찡그렸다. "두고 가야 되겠어요, 마지. 물이 금세 차오르고 있어요."

마저리는 작은 노새의 뺨을 만졌다. "두고 갈 순 없어요."

고함 소리가 들려 둘이 고개를 돌렸다. 뒷집에서 농부 둘이 달려왔다. 마저리가 시장에서 본 적 있는 탄탄한 체구의 중년 남자들이었다. 그들은 말 한마디 없이 노새 옆으로 미끄러져 내려가 찰리와 스쿠터와 함께 마구를 들어 당기기 시작했다. 부츠 신은 발로 땅을 디디고, 몸은 45도 각도로 구부러졌다.

"자! 힘내라, 얘들아!"

마저리도 합세해 고개를 숙이고 온몸의 체중으로 밧줄을 당겼다. 몇 센티. 또 몇 센티. 쭈욱 소리가 나면서 노새의 앞다리가 빠져나왔다. 노새는 놀라서 고개를 들었고, 두 남자는 끙끙거리며 함께 힘을 줬다. 찰리와 스쿠터도 고개를 숙이고 뒷다리를 떨며 힘을 줬고, 한번 휘청하며 노새가 일어나더니, 찰리와 스쿠터가 멈출 때까지 진흙탕 풀밭을 60센티미터 정도 미끄러졌다. 노새는 놀라 눈이 둥그레져 코를 벌름거리며 일어났고, 남자들은 재빨리 물러났다.

농부들에게 고맙다는 인사를 할 시간도 별로 없었다. 짧게 고개를 끄덕이고, 젖은 모자챙을 들어 올린 뒤 그들은 물건을 최대한 챙기러 각자 집으로 달려갔다. 마저리는 고향 사람들에게 잠시 순수한 애정을 느꼈다. 사람이든 노새든 혼자 고통당하도록 버려두지 않는 사람들에게.

"괜찮아요?" 마저리는 거친 손으로 노새의 흙투성이 다리를 매만지던 코니시 부인에게 외쳤다.

"괜찮아요." 부인이 외쳤다.

"고지대로 가셔야 해요."

"여기서부턴 내가 데려갈 수 있어요. 어서 가요!"

마저리는 배 속 어딘가가 갑자기 당겨 인상을 썼다. 잠시 머뭇거리더니 상체를 숙이고 찰리를 향해 휘청거리며 다가갔고, 베스는 밧줄을 풀었다.

"다음은 어디죠?" 베스가 스쿠터에 올라타며 물었고, 마저리는 찰리에게 올라타느라 힘이 들어서 숨을 몰아쉰 다음에 대답했다.

"소피아." 마저리가 갑자기 중얼거렸다. "소피아에게 가봐야겠어요.

여기 홍수가 나면, 그 집도 위험할 거예요. 베스는 시내 건너 집으로 가세요."

베스는 고개를 끄덕였고, 말을 돌려 떠났다.

캐서린과 앨리스는 손수레에 책을 싣고 자루로 덮어서 프레드가 집으로 끌고 가게 했다. 손수레가 하나뿐이라 사서들은 안장주머니에 책을 최대한 가득 담아 무게에 휘청거리면서 프레드의 뒤를 따라갔다. 지난 한 시간 동안 도서관 책의 3분의 1쯤을 옮겼지만 그때부터 물이 두 번째 계단까지 차올랐고 앨리스는 때맞춰 책을 옮기지 못할까 봐 두려웠다.

"괜찮아요?" 프레드는 앨리스를 지나쳐서 돌아갔다. 오일클로스 옷을 입은 그의 모자 옆으로 빗물이 흘렀다.

"캐서린은 가 봐야 할 것 같아요. 아이들과 함께 있어야죠."

프레드는 하늘과 도로를 확인했다. 억수 같은 비에 산이 보이지 않았다. "가라고 해요." 프레드가 말했다.

"하지만 두 사람은 어떻게 하죠?" 캐서린이 물었다. "둘이서 다 못 옮겨요."

"최대한 해볼게요. 어서 가세요."

캐서린이 다시 망설이자, 프레드가 팔을 잡았다. "그래봐야 책일 뿐이에요, 캐서린."

캐서린은 더 이상 반대하지 않았다. 고개를 끄덕이고 개릿의 말에 타더니 돌아서 물을 튀기며 출발했다.

두 사람은 잠시 도서관 안에서 쉬면서 캐서린이 돌아가는 모습을 지켜봤다. 오일클로스에서 떨어진 물이 바닥에 웅덩이를 만들었다.

"정말 괜찮아요, 앨리스? 힘든 일인데."

"저 보기보다 튼튼해요."

"음, 그건 맞는 말이에요."

둘은 마주 보고 웃었다. 프레드는 거의 무의식적으로 손을 들어 앨리스의 눈 밑에 떨어진 빗물을 엄지로 닦았다. 앨리스는 그의 살갗이 닿은 것에, 강렬한 연회색 눈빛에, 젖은 속눈썹에 놀라 잠시 꼼짝하지 못했다. 앨리스는 그의 엄지를 입에 넣고 깨물고 싶은 기묘한 충동을 느꼈다. 둘의 눈이 마주쳤고 앨리스는 숨을 제대로 쉴 수 없고 뺨이 붉어지는 것을 느꼈다. 프레드가 자기 마음을 읽기라도 하는 것 같았다.

"도와줄까요?"

이지가 어머니의 차를 난간 옆에 딱 붙여 세운 채 부츠를 들고 서 있자, 둘은 놀라서 떨어졌다. 양철 지붕에 떨어지는 빗소리에 이지가 도착한 걸 알아채지 못했다.

"이지!" 앨리스가 부끄러운 나머지 너무 높게, 쇳소리로 외쳤다. 앨리스는 충동적으로 한 걸음 나아가 이지를 끌어안았다. "아, 보고 싶었어요! 프레드, 이지가 왔어요!"

"도울 게 있는지 보러 왔어요." 이지가 얼굴을 붉히며 말했다.

"그…… 그거 반가운 소식이네요." 프레드는 이렇게 말하고 고개를 숙였다. 이지의 다리에 보조기가 없었다. "걷지 못하는 거 아닌가요?"

"빨리는 못 걷죠." 이지가 말했다.

"좋아요. 생각해봅시다. 저걸 여기까지 몰고 왔어요?" 프레드가 믿지 못하는 표정으로 물었다.

이지는 고개를 끄덕였다. "왼쪽 다리 때문에 클러치를 잘 밟지 못해도 지팡이를 짚으면 괜찮아요."

프레드는 눈썹을 치켜떴다. "마저리와 베스는 도시 남쪽 노선으로 갔어요. 가능하면 차로 학교까지 가서 시내 반대편에 고지대로 이동하라고 전해주세요. 하지만 다리로 가요. 차로 시내를 가로지를 생각은 하지 말고, 알겠죠?"

이지는 팔로 비를 막고 차에 타며 방금 본 광경을 납득해보려고 했다. 프레드가 앨리스의 뺨을 부드럽게 어루만졌고, 둘이 꼭 붙어 있었다. 학창 시절 자신만 따돌림을 당하던 느낌이 들었지만, 앨리스의 반가워하는 표정만 기억하려고 했다. *이지! 보고 싶었어요!*
한 달 만에 처음으로 이지 브레이디는 본모습을 되찾은 것 같았다. 지팡이를 클러치에 던져놓고 차를 후진시켜 돈 다음 도시 반대편으로 향했다. 다시 한번 임무를 완수하기 위해 턱을 치켜들었다.

도착했을 때 모나크 크릭은 이미 30센티미터 정도 잠겨 있었다. 지역에서 가장 낮은 곳이었다. 이 땅이 대부분 유색인의 몫으로 남겨진 데는 이유가 있었다. 풀은 잘 자랐지만 범람이 쉽게 일어났고, 여름 내내 모기와 진드기가 들끓었다. 찰리가 비를 뚫고 산을 내려가는 동안, 마저리는 소피아가 머리에 나무 상자를 이고 물을 헤치고 나오느라 드레스 자락이 주위에 둥둥 떠 있는 모습을 봤다. 소피아와 윌리엄의 소지품 한 무더기가 위의 숲 비탈에 놓여 있었다. 윌리엄은 문간에서 초조한 얼굴로 목발을 끼고 내다보고 있었다.
"오 주여!" 마저리가 다가가자 소피아가 외쳤다. "물건들을 지켜야 해."
마저리는 노새에서 뛰어내려 집을 향해 물속으로 달려들어 갔다. 소피아가 현관에서 길가 전신주까지 밧줄을 묶어놓아서 마저리는 그걸 붙잡고 시내를 가로질렀다. 무릎까지 닿는 물은 얼음장 같았고 물살이 불길하게 셌다. 집 안에 들어가니 소피아가 소중히 여기는 가구가 뒤집혀 있었다. 작은 물건들은 물에 둥둥 떠 있었다. 마저리는 잠시 우뚝 멈췄다. 뭐부터 챙기지? 벽에 붙은 사진과 책, 장식품을 잡아 외투에 끼우고 사이드 테이블을 붙잡아 문밖 풀밭으로 끌고 나갔다. 배가, 골반 아래가 아파와 인상이 찌푸려졌다.

"더 이상은 가져올 수 없어." 마저리가 소피아에게 외쳤다. "물이 너무 빨리 불어나고 있어."

"우리 전 재산인데." 소피아의 음성에 절망이 서렸다.

마저리는 입술을 깨물었다. "그럼 한 번 더 가자."

윌리엄이 팔로 벽을 붙잡고 물이 들어찬 방을 돌아다니며 냄비, 도마, 그릇 등 필수품을 붙잡아 건지려 했다. "비가 좀 그치긴 해?" 윌리엄은 이미 답을 아는 얼굴로 물었다.

"나가야 해, 윌리엄." 마저리가 말했다.

"두 개만 더 들고."

자부심 강한 장애인에게 아무 도움이 안 된다는 말을 어떻게 한단 말인가? 그가 거기 있는 것이 방해가 될 뿐 아니라, 모두를 위험에 빠뜨린다는 말을 어떻게 한단 말인가? 마저리는 입을 꾹 다물고 소피아의 반짇고리를 집어 겨드랑이에 끼고서 물을 헤치고 밖으로 나가 현관에서 나무 의자를 집어다가 마른 땅에 옮기며 끄응 소리를 냈다. 또다시 자궁에서 날카로운 통증을 느끼자, 마저리는 아래를 내려다봤다. 물이 사타구니까지 올라와 긴 외투가 허벅지를 감쌌다. 10분 만에 7센티미터가 더 불어 오른 건가?

"가야 돼!" 소피아가 고개를 숙이고 돌아오는데, 마저리가 외쳤다.

"시간이 없어."

소피아는 괴로운 얼굴로 고개를 끄덕였다. 마저리는 자신을 끌어당기는 것 같은 물을 헤치고 밖으로 나갔다. 둑 위에 있던 찰리는 거기서 멀리 달아나고 싶은 듯, 묶어놓은 고삐를 당기며 초조한 기색으로 안절부절못하고 있었다. 찰리는 물을 원래 좋아하지 않았고, 마저리는 잠시 녀석을 달랬다. "나도 알아, 친구. 참 잘하고 있어."

마저리는 나머지 소피아의 물건을 쌓아놓고 방수포를 덮은 뒤 위로 옮길 물건이 더 있나 생각했다. 그때 몸속에서 뭔가 파드득거렸고, 마저리는 그 정체를 깨닫는 순간까지 놀라 굳어 있었다. 걸음을 멈추고 손을 배 위에 얹어 다시 느꼈다. 뭐라 설명할 수 없는 감정이 북받쳤다.

"마저리!"

돌아보니 소피아가 윌리엄의 소매를 잡고 있었다. 수위가 갑자기 솟아서 허리까지 차올라 있었다. 물은 검은색으로 변해 있었다. "오, 세상에." 마저리가 중얼거렸다. "거기 있어!"

소피아와 윌리엄은 조심스레 물에 잠긴 계단으로 내려왔다. 소피아는 한 손으로 밧줄을 단단히 잡고 나머지 한 손으로는 오빠의 허리를 잡았다. 콸콸 흐르는 시커먼 물은 공중으로도 기묘한 기운을 방출했다. 윌리엄은 아래를 내려다보면서 목발을 짚고 불어 오른 물속을 헤쳐 나오려고 했다.

마저리는 다가오는 그들을 바라보며, 반쯤 달리고 반쯤 구르다시피 산을 내려갔다.

"계속 와! 건널 수 있어!" 마저리는 이렇게 외치며 물가에서 미끄러지듯 멈췄다. 그때, 뚝!……밧줄이 끊겼고, 소피아와 윌리엄은 모두 쓰러지며 하류로 밀려 내려갔다. 소피아는 비명을 질렀다. 앞으로 쓰러져 잠시 사라졌다가 물 위로 나와 덤불을 붙잡았다. 마저리는 놀라 그 옆으로 달려갔다. 몸을 엎드려 소피아의 젖은 손목을 잡았다. 소피아는 마저리의 다른 쪽 손목을 잡았고, 잠시 후 마저리는 소피아를 끌어낼 수 있었다. 소피아는 진흙투성이 손과 무릎으로 꿇어앉아 숨을 헉헉 몰아쉬고 있었다.

"윌리엄!" 소피아가 외치는 소리에 마저리가 돌아보니 윌리엄은 밧줄을 따라 나오려고 무진 애를 쓰며 반쯤 물에 잠겨 있었다. 목발은 보이지 않았고, 물은 허리까지 차 있었다.

"못 가겠어!" 윌리엄이 외쳤다.

"수영은 할 수 있어?"

"아니!" 소피아가 울부짖었다.

마저리는 젖은 옷을 끌고 찰리를 데리러 달려갔다. 어딘가에서 모자를 잃어버렸고, 물에 젖은 머리가 얼굴에 들러붙어 계속 밀어내야 앞이 보였다.

"좋아, 친구." 마저리는 찰리의 고삐를 풀며 중얼거렸다. "네 도움이 필요해."

마저리는 찰리를 끌고 내려가 물속으로 들어가서 빈손으로는 가장자리를 붙잡아 균형을 잡고 부츠로 바닥을 확인했다. 찰리는 귀를 뒤로 붙이고 눈을 번득이면서 꼼짝도 하지 않았다. 하지만 마저리가 재촉하자 물속을 헤치고 들어갔다. 그들이 닿았을 때 윌리엄은 양손으로 밧줄을 잡고 헉헉거리고 있었다. 그는 당혹한 얼굴로 마저리를 붙잡았고, 마저리는 물소리보다 크게 외쳤다. "윌리엄! 찰리 목을 잡아, 응? 팔을 목에 감아!"

윌리엄은 찰리의 목을 감싸 안고 온몸을 붙였고, 마저리는 둘을 물속에서 돌려 개울가로 다시 나왔다. 찰리는 한 걸음 내디딜 때마다 소리 없이 저항했다. 시커먼 물은 이제 가슴까지 닿았고 찰리는 놀라 주둥이를 들고 앞으로 뛰어나가려고 했다. 또 한번 물이 쏟아져 들어오면서 찰리의 발이 뜨는 걸 느낀 마저리는 땅이 꺼지는 것 같은 공포에 사로잡혔다. 그러나 그들 역시 물에 뜨는 걸 느끼는 순간, 다시 발이 땅에 닿았고 찰리도 마찬가지임을 확인한 뒤 조심스레 한 발자국을 옮기는 걸 느꼈다.

"괜찮아, 윌리엄?"

"여기 있어."

"착하지, 찰리. 어서 가자."

시간이 더디게 흘렀고, 그들은 2센티미터씩 움직이는 것 같았다. 바닥에 뭐가 있는지 알 수 없었다. 차곡차곡 옷을 개켜 넣은 서랍 하나가 앞에서 떠내려가더니 죽은 강아지 한 마리도 보였다. 검은 물은 살아 숨 쉬는 존재가 되었다. 그것이 마저리의 코트를 잡아채 진로를 방해했고 굴복을 요구했다. 가차 없이 귀를 먹먹하게 하는 그 물 때문에 두려움이 목구멍까지 치솟았다. 마저리는 추위에 새파랗게 질려 찰리의 갈색 목덜미에 몸을 붙이고서 윌리엄의 굵은 팔에 머리를 기댔다. 의식하는 건 오로지 하나였다.

집에 데려다줘, 찰리.

한 발자국.

둘.

"괜찮니, 마저리?"

마저리는 윌리엄의 커다란 손이 팔을 붙잡는 것을 느꼈다. 세상은 모두 물러나고 마저리 자신과 윌리엄, 노새 그리고 귓전에 울리는 우레 같은 물소리, 윌리엄이 중얼거리는 기도 소리, 찰리가 미끄러지는 땅바닥과 싸우는 소리밖에 남지 않았다. 커다란 나무둥치가 쏜살같이 스쳐 지나갔다. 흙탕물 때문에 눈이 따가웠다. 소피아가 힘으로 셋을 끌어낼 기세로 손을 내밀고 있었다. 소피아의 음성에 다른 누군가의 목소리가 더해졌다. 남자. 또 남자들. 더 이상 앞이 보이지 않았다. 아무것도 생각할 수 없어 이제 감각 없는 손가락을 찰리의 갈기에 감고 다른 손으로는 굴레를 붙잡았다. 여섯 걸음만 더. 네 걸음. 1미터.

제발.

제발.

제발.

그리고 노새가 앞으로 튀어나갔고 마저리는 강한 힘에 밀려나갔다. 윌리엄이 떨리는 소리로 외쳤다. "주여, 감사합니다! 감사합니다!" 물이 마지못해 손아귀를 놓자, 마저리는 얼어붙은 입술로 같은 말을 되뇌었다. 찰리의 털을 꽉 쥐고 있던 주먹이 마저리 자신도 모르게 배로 향했다.

그리고 사방이 캄캄해졌다.

제17장

베스는 아이들을 보기 전에 목소리를 먼저 들었다. 허물어져 가는 오두막 앞에서 발목까지 물에 잠긴 채로 외치는 소리였다. "선생님! 선생님!" 애들 성은 기억나지 않았다. 매카시? 매칼리스터? 그러는 와중에 말을 몰아 물을 건너려고 했지만, 낯선 분위기와 세찬 빗줄기에 놀란 스쿠터가 뒷걸음질을 쳐 돌아서는 바람에 떨어질 뻔했다. 베스는 몸을 바로 세웠지만 스쿠터는 콩콩거리며 흥분해서 움직이지 않았다. 베스는 말이 다칠까 봐 염려했다.

베스는 욕설을 하며 말에서 내려 고삐를 기둥에 걸쳐두고 물을 헤쳐 아이들에게 다가갔다. 가장 어린 아이가 두 살쯤 돼 보였다. 얇은 면직 원피스를 입은 아이들이었다. 다가가니 여섯 개의 작은 팔이 베스를 향해 다가왔다. 베스는 물이 불어나기 직전에 아이들에게 닿았다. 시커먼 물이 세차게 밀려들자, 베스는 휩쓸려가지 않기 위해 아이를 붙잡아야 했다. 그리고 베스는 주위에 몰려들어 외투를 부여잡는 어린아이 셋과 함께 거기 남았다. 아이들을 안심시키는 자신의 목소리가 들렸지만, 거기서 어떻게 빠져나가야 할지 스스로도 알 수 없었다.

"집에 누구 있어?" 베스는 가장 큰 아이에게 외쳤다. 아이는 고개를 저었다. 이상한데. 베스는 침대에 앓아누운 조부모가 있을 줄 알았다. 아기를 끌어안은 다친 팔이 벌써 욱신거렸다. 스쿠터가 반대편에서 언제라도 고삐를 당겨 달아나려고 하는 모습이 보였다. 프레드가 권했던 그 말이 서러브레드 핏줄이란 사실이 늘 좋았다. 빠르고 멋지고 전진하라고 재촉하지 않아도 되는 말이었다. 그런데 지금은 당황을 잘하고 머리가 나쁜 것이 저주스러웠다. 이 아이 셋을 스쿠터에게 어떻게 데려갈까? 물이 부츠 입구까지 닿아 양말을 적시기 시작했고, 가슴이 철렁했다.

"선생님, 우리 갇혔어요?"

"아니, 안 갇혔어."

그때 자동차가 달려오는 소리가 들렸다. 브레이디 부인? 베스는 자세히 봤다. 차는 속도를 늦추더니 멈췄고, 이지 브레이디가 내리더니 손으로 비를 막고 시내 건너 누가 있는지 살피고 있었다.

"이지? 이지 맞아요? 도와주세요!"

그들은 시내를 가로질러 서로에게 외쳤지만, 물소리 때문에 잘 들리지 않았다. 결국 이지는 기다리라는 듯 손을 흔들더니 번쩍이는 차의 시동을 걸고 그들 쪽으로 다가오기 시작했다.

그놈의 차로 물을 건널 순 없다고. 베스는 고개를 저으면서 중얼거렸다. 저 애는 생각이 있는 건가? 하지만 이지는 앞바퀴가 반쯤 잠기는 지점에서 차를 세우더니 트렁크로 달려가 열고 밧줄을 꺼냈다. 차앞으로 다시 달려와 밧줄을 풀어 그 끝을 베스에게 한 번, 두 번, 세 번째 던지자 베스가 잡았다. 이제 베스는 이해했다. 밧줄은 건너편에서부터 현관 기둥까지 묶을 수 있는 길이였다. 베스는 체중을 실어 밧줄을 당기고는 단단히 묶인 것에 안도했다.

"허리띠." 이지가 손짓하며 외쳤다. "허리띠를 밧줄에 묶어요." 베스는 빠르고 야무진 손놀림으로 밧줄 끝을 차에 묶었다. 그리고 이지는 밧줄을 잡고 그들을 향해 나아가기 시작했다. 물속에서는 다리 저는 것이 보이지 않았다. "괜찮아요?" 이지가 현관으로 올라가며 물었다. 머리는 물에 젖어 납작했고, 코트 아래 흰 스웨터도 축 처져 있었다.

"아기를 안아요." 베스가 대답했다. 그 순간 베스는 이지를 끌어안고 싶었지만 꾹 참고 서둘렀다. 이지는 아이를 안고 소풍을 나온 것처럼 환히 웃어 보였다. 이지는 웃으면서 목에서 목도리를 풀어 제일 큰 아이 허리에 감아서 밧줄에 묶었다.

"자, 나랑 베스가 꽉 잡고 건너갈 건데, 너는 우리 사이에서 밧줄에 묶여 함께 갈 거야. 알겠니?"

큰아이는 눈을 동그랗게 뜨고 고개를 저었다.

"1분이면 건널 거야. 그리고 몸을 말리고 엄마한테 데려다줄게. 가자, 아가."

"무서워요." 아이가 조그맣게 말했다.

"알아. 그래도 건너야 해."

아이는 물을 보더니 오두막에 들어가려는 듯 뒷걸음질 쳤다.

베스와 이지는 시선을 교환했다. 물이 빠르게 차오르고 있었다.

"노래를 부를까?" 이지가 말했다. 이지는 아이 눈높이에 맞게 쪼그리고 앉았다. "난 무서운 게 있으면 즐거운 노래를 해. 그러면 기분이 좋아지거든. 아는 노래 뭐 있니?"

아이는 떨고 있었다. 하지만 이지와 눈을 마주쳤다.

"〈캠프타운 달리기〉는 어때? 그거 알죠, 베스?"

"아, 제일 좋아하는 노래지." 베스가 물을 보며 말했다. "좋았어!" 이
지가 외쳤다.

캠프타운 아가씨가 이 노래를 하네.
두-다 두-다.
캠프타운 경주장은 8킬로미터.
오, 디 두-다 데이.

이지는 미소를 지으며 허벅지까지 차오른 물로 들어갔다. 신나게 노
래를 부르며, 온 세상에 아무런 걱정거리도 없다는 듯 아이를 향해 손짓
했다.

밤새 달리자.
밤새 달리자.
난 꼬리 달랑거리는 말에게 돈을 걸었어.
누군가는 갈색 말에게 걸었지.

"그래, 아가. 따라와. 꼭 잡고."
베스는 중간 아이를 안고 뒤따랐다. 세차게 흐르는 물에서 시큼한
화학 약품 냄새가 났다. 이 물속을 걷는 것보다 내키지 않는 일이 없
었고, 아이가 싫어한다고 야단칠 수 없었다. 아이를 꼭 안자, 아이는
그곳을 보고 싶지 않다는 듯 눈을 감고 엄지를 물었다.
"어서요, 베스." 이지가 앞에서 노래하듯 외쳤다. "이제 같이 불러요."

꼬리 긴 망아지와 커다란 검은 말.

두-다 두 다.

진흙 구덩이에 빠져서 엉망이 됐네.

오, 디 두-다 데이.

그렇게 그들은 앞으로 나아갔고, 베스는 다 죽어가는 소리로 노래를 하며 아이를 앞으로 밀었다. 어린 소녀는 밧줄을 꽉 움켜쥐고 두려움에 인상을 쓰고서, 발을 들 때마다 놀라며 이따금 노래했다. 이지는 뒤를 돌아보면서 베스에게 노래하라고 격려하고 계속 움직였다.

물살도 세지고 수위도 높아졌다. 베스는 앞장선 이지가 침착하고 힘차게 말하는 소리를 들었다. "자, 이제 많이 왔죠? 어때요. 밤새 달려야지. 밤새 달려……."

이지의 노래가 끊어지자 베스가 고개를 들었다. 어렴풋이 차가 그렇게 많이 물속으로 들어오진 않았겠지라고 생각했다. 그때 이지가 허둥지둥 큰 아이 허리에 묶은 목도리 매듭을 풀었다. 베스는 그제야 왜 노래가 멈췄는지, 왜 그렇게 당황하는지 깨닫고 자기 몸에 묶인 밧줄을 둑에 거의 던지다시피 하곤 버클을 풀었다.

어서요, 베스! 풀어요!

손이 마음대로 움직이지 않았다. 당혹감이 목구멍까지 차올랐다. 이지의 손이 허리띠를 잡아 물 위로 벗겨내려고 했지만 허리가 죄는 불길한 느낌이 들었다. 앞으로 딸려나가려는 순간, 딸칵하고 허리띠가 풀렸고 이지는 어디서 그런 힘이 났는지 온몸으로 베스를 당겼다. 그리고 갑자기 훅 하며 커다란 녹색 차가 밧줄을 단 채 물에 잠겨 믿을 수 없는 속도로 떠내려갔다.

그들은 허둥지둥 아이들의 손을 꼭 잡고 앞에 펼쳐지는 광경에서 시선을 떼지 못한 채 언덕을 올라 고지대로 옮겨갔다. 밧줄이 팽팽하게 당겨졌고, 차가 기우뚱거리더니 도저히 감당할 수 없는 무게에 밧줄이 뚝 끊어졌다.

브레이디 부인의, 녹색으로 도장하고 크림색 가죽으로 내부를 꾸며 디트로이트로부터 실어 온 올즈모빌이 물개처럼 우아하게 배를 드러내며 뒤집혔다. 흠뻑 젖은 다섯 명이 지켜보는 가운데, 차는 시커먼 물에 반쯤 잠겨 떠내려가더니 모퉁이를 돌아 사라졌다.

아무도 입을 열지 않았다. 그러다 아기가 양손을 들자 이지가 허리를 숙여 안아 들었다. "음." 잠시 후 이지가 말했다. "앞으로 10년은 외출 금지일 것 같은데."

감정을 잘 드러내지 않는 베스가 자신도 모르게 이지를 와락 당겨 뺨에 쪽 소리가 나도록 키스했다. 그리고 얼굴이 붉어진 두 사람이 영문 모를 웃음을 터뜨리는 바람에 어린아이들은 어리둥절했다.

끝!

마지막 책들이 프레드의 거실에 들어갔다. 문을 닫고 프레드와 앨리스는 깔끔하던 응접실에 산더미처럼 쌓인 책들을 바라보다가 서로를 마주 봤다.

"하나도 남김없이 다 옮겼네요." 앨리스가 놀란 표정으로 말했다.

"네. 곧바로 도서관을 다시 열 수 있어요."

프레드는 스토브에 주전자를 올리고 창고를 들여다봤다. 손을 뻗어 달걀과 치즈를 꺼내 조리대에 올려두었다. "그래서…… 여기서 좀 쉬어도 될 것 같다고 생각했어요. 뭘 좀 먹고, 오늘은 아무도 멀리 다니지 못

해요."

"이런 날 밖에 나가봐야 소용없을 것 같네요." 앨리스는 젖은 머리를 문질렀다.

위험하다는 걸 알았지만, 그 순간만큼은 앨리스에게 도로 위로 쏟아지는 물이 세상의 평소 흐름을 멈추어주고, 자신의 편을 들어주는 존재로 느껴졌다. 프레드의 집에서 쉰다 해도 아무도 앨리스를 비판하지 못할 테니까. 결국, 책을 옮겨 놓은 것뿐이었으니까.

"마른 옷을 빌리고 싶으면, 계단에 있어요."

앨리스는 위층으로 올라가 젖은 스웨터를 벗고 타월로 물기를 닦고 마른 셔츠를 입으면서 부드러운 플란넬의 촉감을 느꼈다. 남자 셔츠, 프레드의 셔츠를 입으니 가슴이 두근거렸다. 살갗에 닿는 그의 엄지손가락, 앨리스 자신의 속내를 들여다보는 것 같은 그의 뜨거운 눈빛을 머릿속에서 떨칠 수 없었다. 이제는 동작 하나하나가 그 움직임을 떠오르게 했고, 아무렇지도 않은 시선이나 말에도 새로운 의도가 가득한 것 같았다.

앨리스는 천천히 계단을 내려가면서 몸이 뜨거워지는 걸 느꼈다. 그의 살갗이 닿는 것을 생각만 하면 그랬다. 주위를 둘러보니 프레드도 앨리스를 보고 있었다.

"그 셔츠가 나보다 더 잘 어울리는군요."

앨리스는 얼굴이 달아올라 시선을 피했다.

"여기." 프레드는 뜨거운 커피를 건넸고, 앨리스는 집중할 대상이 반가워 잔을 두 손으로 쥐었다.

프레드는 책을 옮기고 바구니에서 땔감을 꺼내 난로에 더 넣었다. 앨리스는 프레드의 팽팽한 팔 근육과 탄탄한 허벅지를 봤다. 이 도시에서 프레드릭 기슬러가 얼마나 효율적으로 움직이는지, 살갗 아래 강인한 근육이 어떻게 바뀌는지 눈여겨보는 사람이 아무도 없는 건 어찌된 일일까?

그대 영혼의 깜빡이는 불빛이 내 주위에 있게 하세요.
내 팔다리로 뜨거운 불길이 전해지기를……

프레드는 몸을 일으키더니 앨리스를 마주했고, 앨리스는 그때, 모든 감정이 얼굴에 그대로 드러났을 거라고 생각했다. 오늘만큼은 어떤 규칙도 적용되지 않는다는 생각이 들었다. 둘은 비참하고 힘겨운 바깥세상에서 벗어나 둘만의 공간에 있었다. 앨리스는 자석에 끌리듯한 걸음, 책들을 건너 그에게 다가갔고, 그의 눈을 바라보며 잔을 내려놨다. 둘은 서로에게서 시선을 떼지 않은 채, 활활 타오르는 난롯불의 열기를 온몸에 받으며 다가서 있었다. 앨리스는 말하고 싶었지만 뭐라고 해야 할지 알 수 없었다. 그저 프레드가 자신을 다시 만져주길, 그의 살갗이 입술에 닿길, 손끝에 닿길 바랄 뿐이었다. 다른 사람들은 그렇게 쉽게 경험하는 것을, 어두운 방 안에서 속삭이는 비밀을, 말로 설명할 수 없는 친밀감을 알고 싶었다. 그 간절한 바람이 온몸을 불사르는 것 같았다. 프레드의 눈이 앨리스의 눈을 살피며 부드러워졌고, 숨이 가빠지자 앨리스는 그 순간 프레드를 가졌음을 알 수 있었다. 이번에는 다를 거라는 걸. 프레드는 손을 뻗어 앨리스의 손을 잡았고, 앨리스는 뭔가 뜨겁고 다급한 것이 온몸을 관통하는 걸 느꼈다. 프레드는 손을 들었고, 앨리스는 숨이 멎었다.

프레드가 말했다. "여기까지만 할게요, 앨리스."

앨리스가 그 말을 이해하는 데 잠시 시간이 걸렸고, 충격이 너무 커서 아무런 반응도 할 수 없었다.

앨리스, 당신은 너무 충동적이에요.

"당신이⋯⋯."

"가 봐야겠어요." 앨리스는 부끄러워 돌아섰다. 어쩌면 그렇게 어리석을 수 있을까? 눈물이 차올랐고, 책에 발이 걸려 넘어질 뻔하자, 욕이 튀어나왔다.

"앨리스."

코트를 어디 뒀지? 어디에 걸었나? "코트요. 제 코트 어디 있죠?"

"앨리스."

"제발 그냥 두세요." 앨리스는 프레드가 팔을 잡는 걸 느끼고, 불에 덴 사람마냥 뿌리쳤다. "건드리지 마세요."

"가지 말아요."

앨리스는 울음이 날 것 같아서 부끄러웠다. 얼굴이 구겨지자 손으로 가렸다.

"앨리스. 부탁이에요. 내 말을 끝까지 들어요." 프레드는 말하기가 힘든 것처럼 입을 꾹 다물었다. "가지 말아요. 내가⋯⋯ 당신을 얼마나 원하는지, 거의 매일 밤 잠 못 이루고 미칠 것 같다는 걸 안다면⋯⋯." 프레드답지 않게 뚝뚝 끊어지는 낮은 목소리였다. "사랑해요. 처음 만난 날부터 그랬어요. 당신이 주위에 없으면, 모든 게 시간 낭비 같아요. 당신이 여기 있으면 마치⋯⋯ 온 세상이 조금 더 밝아진 것 같아요. 당신의 몸을 만지고 싶어요. 당신의 미소를 보고 웃음소리를 듣고, 당신이 모든 걸 잊고 웃음을 터뜨릴 때면⋯⋯ 당신을 행복하게 하고 싶어요⋯⋯. 매일 아침 당신 곁에서 일어나고 싶고⋯⋯ 그리고……." 프레드는 선을 넘었다는 듯 얼굴을 잠시 찡그렸다. "그런데 당신은 결혼한 상태예요. 저는 좋은 사람이 되려고 정말 노력해요. 그래서 그 문제를 해결하기 전까지는 할 수 없어요. 손을 댈 수 없어요. 아무리 원해도." 프레드는 떨리는 소리로 한숨을 내쉬었다. "앨리스, 내가 할 수 있는 건 약속뿐이에요."

소용돌이 바람이 들이치더니 모든 것을 뒤엎어놓았다. 그 바람은 앨리스 곁에서 잦아들었고, 작은 먼지가 반짝였다.

몇 년의 시간이 흐른 것만 같았다. 앨리스는 침착한 목소리를 낼 수 있을 때까지 기다렸다. "약속이요."

프레드가 고개를 끄덕였다.

앨리스는 손등으로 눈을 훔치며 생각했다. 손을 가슴에 대고 두근거림이 조금 가라앉기를 기다렸다. 프레드는 앨리스에게 고통을 준 것만 같은 느낌에 눈살을 찌푸렸다.

"조금 더 있어도 될 것 같아요." 앨리스가 말했다.

"커피 드세요." 프레드는 잠시 후에 잔을 건넸다. 손끝이 닿지 않도록 주의하면서.

"고마워요."

둘은 잠시 서로를 봤다. 앨리스는 긴 한숨을 내쉬었고, 더 이상 말없이 나란히 서서 책을 정리하기 시작했다.

비가 그쳤다. 브레이디 부부는 브레이디 씨의 큰 포드 차에 딸을 태우고 아무 말 없이 어린 여자아이 셋도 함께 태워 적어도 다음 날 아침까지는 집에서 묵게 했다. 브레이디 씨가 아이들의 이야기와 밧줄과 부인의 차 이야기를 듣고 묵묵히 자동차를 잃었다는 사실을 납득

하는 동안 부인은 딸을 꼭 끌어안았다가 눈물을 글썽이며 팔을 풀었다. 베스는 차가 보이지 않을 때까지 손을 흔들어 작별 인사를 한 뒤, 집을 향해 걷기 시작했다.

마저리가 눈을 떴을 때, 자신의 손을 잡고 있는 스벤의 따뜻한 손이 느껴졌다. 반사적으로 그 손을 꼭 잡았다가 그럴 수 없는 이유가 차츰 떠올랐다. 담요와 이불 아래 파묻혀 거의 꼼짝할 수 없었다. 발가락을 하나씩 조심스레 움직여보고, 몸이 뜻대로 움직이는 데 마음이 놓였다.

마저리는 눈을 깜빡이면서 어둠 속에서 침대 가의 등불을 봤다. 스벤의 시선이 향하자 그들은 눈이 마주쳤고 마저리의 머릿속에 생각이 자리 잡았다. 입을 여니 목소리가 쉬어 있었다.

"얼마나 정신을 잃은 거지?"

"6시간 조금 넘었어."

마저리는 그 말을 곰곰이 생각했다.

"소피아랑 윌리엄은 무사해?"

"아래층에 있어. 소피아가 먹을 걸 만들고 있어."

"사서들은?"

"다들 돌아왔어. 베일리빌에서 집 네 채가 없어지고, 호프먼 바로 아래 정착지는 사라진 것 같아. 새벽이 되면 피해가 더 심해질 거야. 강물이 더 차오르지만 비가 한두 시간 전에 그쳤으니 최악은 지나간 것 같아."

스벤이 말하는 동안 마저리는 온몸에 부딪히는 물살의 힘을 떠올리고 자기도 모르게 몸을 떨었다.

"찰리는?"

"잘 있어. 솔질하고 당근이랑 사과로 상을 줬어. 날 걷어차려고 했지만."

마저리는 조금 웃었다. "찰리 같은 노새는 없어. 너무 많은 걸 시켰지."

"사람들을 많이 도왔다면서."

"누구라도 그랬을 거야."

"하지만 안 했지."

마저리는 이불의 무게와 따스함에 몸을 맡기고, 뼛속까지 피로를 느끼며 누워 있었다. 이불 속에 파묻힌 손을 부른 배 위로 쓰다듬으며 답하듯이 파닥이는 것을 느끼고 나니 마음속 한구석이 편안해졌다.

"그래서." 스벤이 말했다. "내게 말할 거야?"

그때, 마저리는 스벤의 상냥하고 진지한 얼굴을 올려다봤다.

"눕히려고 옷을 벗겨야 했어. 몇 주 동안 당신이 왜 날 밀어냈는지 마침내 알게 됐지."

"미안해, 스벤. 어떻게…… 해야 할지 알 수가 없었어." 마저리는 흐르는 눈물을 참으려고 눈을 깜빡였다. "두려웠던 것 같아. 아이를 낳을 생각이 없었잖아. 어머니가 될 재목도 아니고." 마저리가 훌쩍였다. "내 개도 지키지 못했는데, 안 그래?"

"마지……."

마저리는 눈물을 닦았다. "내가 무시하면, 내 나이도 그렇고 혹시…… 사라지지 않을까 했어……." 농부가 새끼고양이 죽이는 것도 보지 못하는 스벤은 눈살을 찌푸렸다. "하지만……."

"하지만?"

마저리는 잠시 아무 말도 하지 않았다. 그리고 속삭이듯 말했다. "아이가 느껴져. 내게 뭐라고 말을 해. 그리고 저기 물속에서 깨달았어.

의문을 가질 일이 아니야. 딸아이는 이미 와 있어. 여기 오고 싶어 해."

"딸?"

"알 수 있어."

스벤은 웃으며 고개를 저었다. 마저리의 손에는 아직도 검댕이 묻어 있었고, 스벤은 엄지로 그 손을 쓰다듬었다. 그리고 뒤통수를 긁었다. "그럼 이제 시작이네."

"그런 것 같아."

둘은 어스름 속에 앉아 예상치 못한 새 미래를 그려봤다. 아래층에서 작게 중얼거리는 소리, 냄비와 접시가 부딪히는 소리가 들려왔다.

"스벤."

스벤은 마저리에게 고개를 돌렸다.

"물속에 들어가고, 당기고 힘을 쓰고, 그런 것이 아기를 다치게 했을까? 배가 아파. 너무 추웠고. 지금도 상태가 좋지 않아."

"지금은 어때?"

"음…… 언제부턴지 기억은 안 나지만 괜찮아."

스벤은 조심스레 대답을 생각했다. "이제 우리 손을 떠났어, 마지." 스벤은 마저리의 손을 잡았다. "하지만 아기는 당신의 일부야. 그리고 마저리 오헤어의 일부라면, 강철처럼 튼튼할 거야. 그런 폭풍우를 견딜 아기가 있다면, 당신 아기일 거야."

"우리 아기." 마저리가 고쳐줬다. 마저리는 스벤의 손을 잡고 이불속에 넣어 따뜻한 손이 배를 어루만지게 했다. 그러는 내내 둘은 서로의 눈을 바라봤다. 마저리는 잠시 가만히 누워 스벤의 손길이 가져다주는 깊고 깊은 평화를 느꼈고, 아기는 다시 아주 살짝 움직였다. 두 사람은 동시에 눈이 휘둥그레졌고, 스벤은 자신이 방금 느낀 것이 맞는지 마저리에게 물었다.

마저리는 고개를 끄덕였다.

그리고 감정의 동요를 모르는 스벤 구스타브손은 남은 손으로 얼굴을 가렸고, 마저리에게 눈물을 보이지 않으려고 돌아서야 했다.

브레이디 부부는 심한 말을 하는 데 익숙하지 않았다. 두 사람의 결혼이 완벽한 만남이라고 할 순 없었지만, 어느 쪽도 집안의 불화를 즐기지 않았고 서로에게 건전한 존경심을 갖고 있었기 때문에 대놓고 성낸 적이 없었다. 30년 결혼 생활을 보내고 나니 서로의 반응을 충분히 이해해 다툼을 피할 수 있었다.

그래서 홍수가 났던 날 저녁에 브레이디 집안은 엄청난 충격에 휩싸였다. 세 아이를 손님방에서 먹이고 재우는 것을 감독하고 이지를 잠자리에 들게 한 뒤, 브레이디 부인은 하인들이 일을 마치기를 기다린 다음 딸이 이동 도서관에 다시 합류하기를 바란다는 말을, 더 이상의 반대를 불허한다는 말투로 전했다. 그 말을 제대로 들은 것인지 재차 확인한 브레이디 씨는 어울리지 않게 단호한 어조로 대답했다. 자동차를 잃고 루이빌의 여러 사업체에서 홍수 피해를 보고하는 전화를 받은 뒤라 신경이 곤두섰을 것이다. 브레이디 부인 역시 강한 어조로 딸을 잘 알고 있으며 그날 딸의 모습이 그 무엇보다 자랑스러웠다고 남편에게 대답했다. 그는 가만히 앉아 딸이 불만스럽고 자신감 없이 집에 처박혀 지내게 만들거나, 20년 동안 본 적 없는 용감무쌍하고 과감한 딸이 원하는 일을 하며 살게 하거나 둘 중 하나라고 했다. 그리고 부인은 남편에게 딸이 아니라 얼간이 반 클리브의 말을 듣는다면, 그동안 함께 산 상대가 누군지 알 수 없게 될 것이라고 소리를 높여 덧붙였다.

부인은 그렇게 싸웠다. 브레이디 씨도 마찬가지로 강한 어조로 응했고, 집이 크긴 했지만 넓은 목재 복도에 밤새, 동이 틀 때까지 그 목소리가 울려 퍼졌다. 기절하듯 잠든 아이들이나 이지는 그 소리를 듣지 못했지만. 그리고 날이 밝아오자 둘 다 녹초가 되었고 브레이디 씨는 홍수 피해를 복구해야 하는 날이니 한 시간 정도 눈을 붙여야겠다고 했다.

브레이디 부인은 승리감에 조금 화가 누그러지자 남편이 갑자기 불쌍해졌고, 잠시 후 화해의 손을 내밀었다. 그리고 한 시간 반 뒤 해가 떴을 때, 하녀는 이들 부부가 옷을 다 입은 채 큼지막한 마호가니 침대에서 손을 맞잡고 잠든 모습을 발견했다.

제18장

최근 오클라호마에서 진취적인 상인이 이틀 만에 말채찍 스물네 개를 팔았다. 하지만 손님 셋은 낚싯대에 쓰려고 샀다고 했고 하나는 아들을 '패주려는' 어머니에게 팔렸다.

_〈밭고랑〉, 1937년 9 – 10월호

일요일 아침, 마저리가 더운물로 머리를 감는데 앨리스가 들어왔다. 앨리스는 잠이 덜 깨 몽롱한 채 미안하다고 했다. 누가 있는지 몰랐다고. 그리고 작은 주방에서 돌아나가다가 얇은 면잠옷에 비친 마저리의 배를 보고 다시 한번 확인했다. 마저리는 곁눈질을 하며 수건으로 머리를 감싸다가 앨리스와 눈이 마주쳤다. 마저리는 허리를 펴고 배꼽에 손을 올렸다.

"그래요, 맞아요. 이제 6개월이 지났고, 나도 알아요. 계획한 건 아니었어요."

앨리스가 황급히 손으로 입을 막았다. 지난낮, 나이스 앤 퀵에서 본 마저리와 스벤의 모습이 문득 떠올랐다. 마저리가 저녁 내내 스벤의 무릎 위에 앉아 있었고, 스벤은 마저리의 허리를 감싸 안고 있었다.

"하지만……"

"그 파란 책을 생각만큼 자세히 읽지 않았던 모양이죠."

"하지만…… 어떻게 할 생각이에요?" 앨리스는 동그란 배에서 눈을 떼지 못했다. 너무나 뜻밖의 일이었다. 마저리의 가슴도 부풀어 올랐고, 밖으로 드러난 흰 피부엔 파란 혈관이 도드라졌다.

"어떻게? 내가 할 수 있는 일은 별로 없어요."

"결혼 안 했잖아요!"

"결혼! 그거 때문에?" 마저리는 혀를 찼다. "앨리스, 사람들이 뭐라는지 내가 신경 쓸 것 같아요? 뭐, 스벤과 나는 결혼한 것과 같아요. 딸을 키울 거고, 이 주위 어떤 부부보다 아이와 서로에게 잘할 거예요. 교육도 시키고, 옳은 일과 그른 일을 가르치고, 사랑해주는 엄마 아빠가 있다면 문제될 것 없다고 봐요."

앨리스는 임신 6개월이나 된 사람이 자기 아이가 사생아가 될 수도 있고, 심지어 지옥에 가게 될지도 모른다는 사실에 신경 쓰지 않는다는 걸 도저히 이해할 수 없었다. 그렇지만 마저리의 명랑한 확신을, 그 환히 빛나는 얼굴을 보니 이게 정말 큰일이라고 주장하기도 어려웠다.

앨리스는 한숨을 푹 내쉬었다. "누구…… 아는 사람…… 있어요?"

"스벤 말고?" 마저리는 머리를 열심히 닦더니 손으로 얼마나 젖었는지 확인했다. "음, 떠들고 다니진 않았어요. 하지만 더 이상 입을 다물 순 없을 것 같네요. 몸이 더 불면 불쌍한 찰리가 비틀거릴 테니까."

아기. 앨리스는 복잡한 감정에 휩싸였다. 마저리가 자기 뜻대로 사는 사람이라는 사실을 다시 한번 확인한 것에 대한 충격, 존경심…… 하지만 그 모든 것에 슬픔이 관통했다. 모든 것이 변해야 한다는, 다시는 친구와 함께 산을 오르고 아늑한 도서관에서 웃을 수 없을 거라는

데 대한 슬픔. 마저리는 이제 다른 사람들처럼 엄마가 되어 집에 있어야 할 테니까. 마저리가 없으면 도서관은 어떻게 될까. 도서관에서 심장이자 척추가 사라지는 셈인데. 그리고 더욱 걱정스러운 일이 떠올랐다. 아기가 태어나면 앨리스는 여기서 어떻게 지낼까? 공간이 부족할 것 같았다. 지금도 세 사람이 지내기엔 비좁았다.

"조바심 내는 소리가 여기까지 다 들려요." 마저리가 방으로 돌아가며 말했다. "그리고 아무것도 변하는 건 없어요. 아기는 태어나면 걱정할 거예요. 그때까지는 스스로를 들볶을 필요 없어요."

"난 괜찮아요." 앨리스가 말했다. "정말 기뻐요." 그리고 그게 사실이길 간절히 바랐다.

마저리는 토요일에 모나크 크리으로 가서 청소를 하고 현관에서 진흙을 치우고 망가진 가구를 땔감으로 쓰려고 모으는 가족들을 지나치며 인사를 건넸다. 홍수는 도시의 저지대, 불평도 못 하는 가난한 가족들이 사는 곳을 휩쓸어버렸다. 그들이 불평한다 해도 들어주는 사람은 없었다. 더 부유한 지역은 이미 거의 정상으로 돌아갔다.

마저리는 소피아와 윌리엄의 집 앞에서 찰리를 세웠고, 피해 범위를 살피며 낙심했다. 작은 집은 겨우 서 있긴 했지만, 도로의 낮은 쪽에 있었던지라 홍수의 영향을 그대로 받았다. 깔끔한 데크 기둥은 금이 가 부서졌고 화분과 흔들의자는 창문 두 개와 함께 물에 떠내려갔다.

잘 가꾼 채소밭은 검은 진흙으로 뒤덮였다. 식물이 자라던 곳에 부러진 나무가 여기저기 튀어나와 있었고 불결한 유황 냄새가 풍겼다. 위쪽 틀과 빗물받이에는 물이 차오른 자국이 검게 남아 있었고 마저리는 안이 어떤지 짐작할 필요도 없었다. 차가운 물살을 떠올리고 몸을 부르르 떤 마저리는 찰리의 보드라운 목에 손을 얹고 따뜻하고 안전한 집으로 돌아가고 싶은 충동을 느꼈다.

마저리는 말에서 전보다 조금 더 힘겹게 내린 뒤 고삐를 근처 나무에 걸었다. 노새가 뜯어 먹을 것이 없었다. 비탈 위까지 검은 진흙뿐이었다.

"윌리엄?" 작은 오두막으로 걸어가자, 마저리의 부츠에서 저벅저벅 소리가 났다. "윌리엄? 마저리야."

마저리는 두어 번 더 부르고 아무도 없는 것을 확인한 뒤 아기가 이제 언제든지 자기 존재를 알릴 수 있게 된 것처럼, 배가 이상하게 당기는 것을 느끼고 노새를 향해 돌아섰다. 나무 앞에서 고삐를 쥐려는데, 뭔가 눈에 띄었다. 고개를 돌리고 나무 밑에서 몇 센티미터 위의 물자국을 살폈다. 도서관에서부터 내내 불었던 개울물이 남긴 자국은 적황색이었다. 색은 조금씩 달랐지만, 기본적으로 진흙이나 토사였다. 반면 여기 자국은 역청처럼 시커먼 색이었다. 마저리는 물이 갑자기 검게 변한 것과 눈과 목구멍 뒤에서 느껴지던 화학 물질의 느낌을 기억했다.

반 클리브는 홍수가 난 이후로 사흘 동안 시내에서 보이지 않았다.

마저리는 쪼그리고 앉아 나무껍질을 문지르고 냄새를 맡았다. 거기 가만히 앉아서 생각했다. 그리고 손을 재킷에 닦고는 끙하며 일어나 안장에 올랐다. "가자, 찰리." 마저리는 노새를 돌렸다. "아직은 집에 못 가겠네."

*

마저리는 땅이 가파르고 풀이 빽빽해 다닐 수 없다는 베일리빌 북

296

동쪽 좁은 길을 올랐다. 마저리와 찰리 모두 거친 땅에서 본능적으로 길을 찾을 수 있었고, 마저리는 고삐를 노새 목에 올려놓고 고개를 숙여 늘어지는 나뭇가지를 피했다. 길 찾기는 모두 찰리에게 맡겼다. 높이 올라갈수록 추워졌다. 마저리는 모자를 꾹 눌러쓰고 턱을 옷깃 속에 넣었다. 숨 쉴 때마다 입김이 피어올랐다.

위로 올라갈수록 나무들이 빽빽했고 땅이 가파르고 돌이 많아 찰리도 휘청거리고 머뭇거렸다. 결국 마저리는 바위가 튀어나온 곳에서 내려 고삐를 작은 나무에 걸어놓고 정상까지 남은 길은 걸어서 갔다. 몸이 불어 조금 헉헉거리면서 이따금 등허리에 손을 짚고 멈추곤 했다. 홍수 이후로 유난히 피곤했고, 여기 온 걸 알면 스벤이 뭐라고 할까 하는 생각은 밀어두었다.

호프먼 뒤쪽, 75만 평 부지 가운데 광산에서 보이지 않는 쪽에서 보이는 능선까지 오르는 데 1시간 가까이 걸렸다. 마저리는 나무 몸통을 끌어안고 꼭대기에 오른 뒤, 잠시 숨을 골랐다.

그리고 아래를 내려다보곤 욕설을 내뱉었다.

능선 뒤, 산꼭대기를 통과하는 문이 달린 터널을 통해서만 접근할 수 있는 거대한 댐이 세 개 있었다. 두 개는 비 때문에 더욱 수위가 높아져 시커먼 물로 가득했다. 세 번째 댐은 비어 있었는데, 진흙 바닥은 새카맣게 물들어 있었고 둑은 무너져 있었다. 거기서 진흙이 터져 나왔고, 베일리빌 저지대 쪽으로 굽이굽이 흐르는 강바닥을 따라서 자국을 남기고 있었다.

하필 오늘 애니의 다리가 아프다니, 참 불편한 날이지 뭐냐. 반 클리브가 자리에 앉아 종업원이 음식을 가져오기를 기다리며 중얼거렸다.

반대편에는 베넷이 앉아 사람들이 뭐라고 할지 궁리하듯 다른 손님들을 훑어보고 있었다. 반 클리브는 며칠 더 시내에 가는 걸 피하고 싶었지만, 하녀가 식사를 준비하지도 며느리가 상식적으로 집에 돌아오지도 않으니 달리 방법이 없었다. 렉싱턴까지 차를 몰고 가지 않는다면, 제대로 된 식사를 할 수 있는 곳은 나이스 앤 퀵뿐이었다.

"식사 나왔습니다, 반 클리브 씨." 몰리가 프라이드치킨을 앞에 놓으며 말했다. "말씀하신 대로 콩과 포테이토를 곁들였어요. 그때 시키셔서 다행이에요. 재료 배달이 안 돼서 요리가 거의 다 떨어졌거든요."

"음, 우리가 재수가 좋지!" 반 클리브가 외쳤다. 황금색의 껍질이 바삭한 저녁 식사를 보더니 기분이 좋아졌다. 반 클리브는 만족스러운 한숨을 쉬며 냅킨을 옷깃에 꽂았다. 베넷에게도 망할 유럽인들처럼 무릎에 깔지 말고 옷깃에 꽂으라고 하려는데, 하늘에서 검은 진흙이 한 덩어리 내려와 철퍽 하면서 치킨에 떨어졌다. 그는 얼떨떨한 표정으로 빤히 봤다. "대체 이게……."

"뭐 빠뜨린 거 없어요, 반 클리브?"

마저리 오헤어가 분노로 시뻘겋게 달아올라 떨리는 목소리로 테이블 앞에 버티고 서 있었다. 분탄 때문에 검게 변한 주먹을 내밀고 있었다. "모나크 크릭 주위의 집이 떠내려간 건 홍수 탓이 아니었어. 당신의 분탄 댐 때문이었고, 당신도 알고 있었지. 부끄러운 줄 알아!"

레스토랑이 조용해졌다. 뒤에서 몇몇 사람들이 일어나 무슨 일인가 구경했다.

"내 저녁 식사에 진흙을 떨어뜨려?" 반 클리브는 의자를 찌익 밀며 일어섰다. "그런 짓을 하고 여길 찾아와서 내 음식에 흙을 뿌려?"

마저리는 눈을 번득였다. "흙이 아냐. 분탄이지. 독이라고. 당신이 만든 독. 능선에 올라가서 터진 댐을 봤어. 당신이었어! 비 때문이 아니고, 오하이오주 때문도 아니야. 당신이 터뜨린 더러운 물이 흘러든 집만 망가졌다고.”

레스토랑 곳곳에서 웅성거리는 소리가 들렸다. 반 클리브는 옷깃에서 냅킨을 빼냈다. 삿대질을 하며 한 걸음 다가섰다. “잘 들어, 오헤어. 아무 데서나 비난하기 전에 굉장히 조심해야 할 거야. 이미 말썽을 충분히 일으켰고…….”

하지만 마저리도 받아쳤다. “내가 말썽을 일으켰다고? 내 개를 총으로 쏜 사람이 할 말인가? 며느리 머리를 쳐서 이를 두 개나 빼놓은 사람이? 당신이 일으킨 홍수 때문에 나랑 소피아, 윌리엄은 익사할 뻔했어! 가진 게 별로 없는 사람들에게 남은 건 아무것도 없다고! 사서들이 구하지 않았으면 어린아이 셋이 죽었을 거야! 그런데 아무 상관 없는 일이라는 듯이 잘난 체 돌아다녀? 당신은 체포당해야 해!”

스벤이 뒤에서 나타나 어깨에 손을 올렸지만, 마저리는 화가 나서 손을 떨쳤다. “당신이 안전보다 돈을 중시해서 사람들이 죽어나가고 있어! 사람들을 속여서 집을 내놓는 계약을 하지! 사람들의 생계를 앗아가고 있어! 당신 광산은 재난을 일으켜! 당신이 바로 재난이야!”

“그만.” 스벤이 마저리의 쇄골에 팔을 감고 뒤로 당겼지만 마저리는 반 클리브에게 삿대질을 하며 고함쳤다. “그만. 밖으로 나가자.”

“그래! 고맙네, 구스타브손! 그 여자를 끌어내게!”

“당신은 전능자처럼 굴고 있어! 무법자처럼! 하지만 내가 보고 있어, 반 클리브. 내가 살아 있는 한 진실을 밝힐 테니까…….”

“그만.”

스벤이 버둥거리는 마저리를 끌고 레스토랑 문을 통해 나가는 동안

긴장이 감돌았다. 유리창을 통해 길에서 마저리가 팔을 빼내며 소리
지르는 모습이 보였다.

반 클리브는 주위를 둘러보고 다시 앉았다. 다른 손님들은 아직도
보고 있었다.

"오헤어 집안 것들이란, 흥!" 반 클리브는 과장되게 크게 외치고 냅
킨을 다시 꽂았다. "저 집안이 또 무슨 짓을 할지 알 수가 없지."

베넷은 아버지 접시를 흘깃거렸다.

"구스타브손은 제정신이야. 사리 분별도 하고. 그렇지? 근데 저 여
자가 제일 미쳤어. 그렇지? 그렇지?" 반 클리브의 미소가 잦아들었다.
한숨을 내쉬고 웨이트리스에게 손짓했다. "몰리, 아가씨? 혹시…… 치
킨 좀 새로 가져다줄 수 있나? 고맙네."

몰리는 아쉬운 표정을 지었다. "죄송해요, 반 클리브 씨. 치킨은 떨
어졌네요." 몰리는 접시를 보더니 눈살을 찡그렸다. "수프랑 비스킷은
있는데 데워드릴까요?"

"자. 제 거 드세요." 베넷은 건드리지 않은 접시를 아버지에게 밀었다.

반 클리브는 옷깃에서 냅킨을 빼냈다. "밥맛이 없다. 구스타브손에
게 한잔 사고 집에 가자."

밖을 내다보니 구스타브손이 아직도 오헤어와 함께 서 있었다. "여
자를 보내고 나면 들어오겠지." 그 여자를 쫓아낸 것이 자기 아들이
아니라는 사실에 막연한 실망감이 느껴졌다.

하지만 참 이상한 일이었다. 오헤어가 계속해서 소리를 지르고 손
짓 발짓을 하는데 구스타브손은 손을 털고 식당으로 돌아오는 대신,
오헤어에게 한 걸음 다가가 고개를 숙였다.

반 클리브가 인상을 쓰며 지켜보는 가운데 마저리의 손이 잠시 얼

굴을 가렸고, 둘이 가만히 서 있었다. 그리고 스벤 구스타브손이 오혜어의 튀어나온 배에 손을 얹고, 여자가 고개를 들 때까지 기다리더니 키스를 하는 것이었다.

"대체 얼마나 더 말썽에 얽히고 싶은 거야?"

마저리는 스벤을 밀치려고 했지만, 스벤이 팔을 꽉 잡았다.

"당신은 못 봐서 그래, 스벤! 저 작자가 만든 독극물이 수천 리터라고! 그런데 강물 때문인 척하는 거야. 윌리엄과 소피아의 집이 망가지고, 모나크 크릭 주위의 땅과 물이 되돌아오려면 얼마나 걸릴지 몰라."

"나도 믿어, 마지. 하지만 사람들 가득한 식당에서 그에게 덤비는 건 아무 도움이 안 된다고."

"망신을 당해봐야지! 무슨 짓을 하고도 괜찮을 거라고 믿잖아! 그런데 감히 날 버릇없는 개처럼 끌고 나오다니!" 마저리는 양손으로 힘껏 밀어 스벤의 손아귀에서 벗어났고, 스벤은 두 손을 들어 보였다.

"그저…… 그저 저자가 당신을 해치지 않길 바라는 것뿐이야. 앨리스에게 한 짓을 봤잖아."

"난 무섭지 않아!"

"음, 무서워하는 게 좋겠어. 반 클리브 같은 자에겐 약게 굴어야 해. 교활한 작자라고. 당신도 알잖아. 자, 마저리. 이성을 잃지 마. 올바른 방법으로 해결해야 해. 현장 감독관에게 말하든가. 노조나, 주지사에게 편지를 보내든가. 다른 방법을 써."

마저리는 조금 누그러지는 것 같았다.

"가자." 스벤이 손을 내밀었다. "혼자 싸울 필요는 없어."

그러자 마저리는 마음을 바꿨다. 흙을 한 번 발로 차면서 숨을 돌렸다. 고개를 들었을 때, 마저리의 눈에는 눈물이 글썽였다. "저자가 싫어, 스벤. 정말로. 항상 아름다운 걸 다 부숴버린다고."

스벤은 마저리를 끌어당겼다. "다는 아냐." 그는 마저리의 배에 손을 얹고 긴장이 풀리기를 기다렸다. "자." 스벤은 키스했다. "집에 가자."

소도시의 특성상 그리고 마저리의 성격상 임신 소식이 퍼지는 데 얼마 걸리지 않았고, 적어도 며칠 동안 사람들이 모이는 곳(사료상, 교회, 상점)에서는 그 이야기가 오갔다. 프랭크 오헤어의 딸이 그럴 줄 알았다는 사람들도 있었다. 쓸모없는 오헤어의 자식에겐 불명예와 재난뿐이라고. 혼외 관계에서 태어난 아기라면 못마땅하게 말하는 사람들이 늘 있었다. 하지만 반 클리브가 홍수에 책임이 있다는 말을 기억하는 사람들도 많았다. 다행히 시내 사람들 대부분이 그랬다. 그들은 이미 안 좋은 일이 많이 일어났으니, 상황이 어떻든지 아기가 태어나는 것은 반가운 일이라고 여겼다.

그리고 소피아는 거기 속하지 않았다.

"그럼 그 사람이랑 결혼할 거야?" 소피아는 소식을 듣더니 물었다.

"아니."

"네가 네 자신밖에 몰라서?"

마저리는 주지사에게 편지를 쓰던 중이었다. 펜을 내려놓고 소피아를 노려봤다.

"날 노려보지 마, 마저리 오헤어. 네가 결혼을 어떻게 생각하는지 알아. 내 말 믿어. 우리 모두 네 관점을 알고 있어. 하지만 이건 네 일만이 아니야. 알겠니? 그 애가 학교에서 놀림받기를 원해? 그 애가 차별받길 원해? 사람들이 부르지 않아서 따돌림받길 원하냐고?"

마저리는 책을 가져온 프레드를 위해 문을 열었다. "애가 태어난 다음에 잔소리를 하면 안 될까?"

소피아는 눈썹을 치켜떴다. "잘 들어. 가엾은 애한테 그런 굴레를 씌우지 않아도, 여긴 살기 힘든 곳이야. 사람들이 부모가 한 일과 내린 결정을 가지고 너를 판단하는 거 알잖아."

"알았어, 소피아."

"음, 그랬지. 그리고 네가 고집이 세서 원하는 삶을 살았지만 그 애는 너랑 다르면 어쩔 거야?"

"나를 닮을 거야."

"애들을 몰라서 그런 소릴 하는 거야." 소피아가 코웃음을 쳤다. "한 번만 말하겠어. 이건 네가 바라는 것과는 상관없는 문제야." 소피아는 책상에 장부를 탁 내려놓았다. "그러니 잘 생각해봐."

스벤도 마찬가지였다. 그는 흔들거리는 식탁 의자에 앉아 부츠를 닦고 있었고, 말수는 적고 음성은 침착했지만 요지는 똑같았다.

"다시 말하진 않을게, 마저리. 하지만 이제 상황이 달라졌어. 나는 아이 아버지라는 걸 밝히고 싶어. 제대로 아버지 노릇을 하고 싶어. 우리 애를 사생아로 키우고 싶지 않아."

스벤이 식탁 너머로 가만히 바라보는 시선에 마저리는 갑자기 열 살 때처럼 고집을 부리며 방어적으로 굴고 싶어졌다. 그래서 멍하니 모직 담요를 뜨며 눈길을 피했다. "그거 말고 걱정거리가 없어?"

"거기까지만 이야기할 거야."

마저리는 머리를 뒤로 넘기고 아랫입술을 잘근거렸다. 스벤은 팔짱을 끼고, 눈을 내리깔고서 마저리가 당신 때문에 미치겠다고, 잔소리

안 할 거라고 약속하지 않았느냐고, 지겨우니 집으로 가버리라고 고함을 지르기를 기다렸다.

하지만 스벤은 놀랐다. "생각해볼게." 마저리가 이렇게 말했기 때문이다.

"둘은 잠시 말없이 앉아 있었다. 마저리는 식탁을 손끝으로 두드리며 발목을 이리저리 돌렸다.

"뭐?" 스벤이 물었다.

마저리는 다시 담요 끄트머리를 뜯다가 쓰다듬고 스벤을 곁눈질했다.

"뭐?" 스벤이 다시 물었다.

"그럼 내 옆에 와서 좀 앉아주면 안 돼, 스벤 구스타브손? 아니면 내가 당신 때문에 젖소처럼 부풀어 오르니까 매력을 잃어버린 거야?"

앨리스는 프레드 생각에 그날 본 일들을 다 잊어버리고 늦게 귀가했다. 가재도구와 함께 책도 잃어버린 가족들의 사과, 나무 아래 남은 시커먼 분탄 자국, 여기저기 흩어진 물건들, 짝이 안 맞는 신발, 편지들, 부러지거나 망가진 가구가 이제는 잔잔해진 시내를 따라 줄지어 늘어선 광경을 다 잊게 한 말.

앨리스, 내가 할 수 있는 건 약속뿐이에요.

그날 이후 매일 아침, 매일 밤 앨리스는 뺨을 쓰다듬는 프레드의 손끝을 느끼며 그의 진지한 눈을 봤고, 그 강한 손이 그렇게 부드럽고 확고하게 몸을 만지면 어떤 기분이 들까 궁금했다. 상상력이 지식 사이의 빈틈을 채웠다. 그의 음성, 강렬한 표정을 기억하면 숨이 가빠졌다. 앨리스는 프레드를 너무 많이 생각해서 다른 사람들도 그것을, 머릿속에 끊임없이 울리는 웅웅거리는 소리를 알아차릴 것 같았다. 4월의 바람에 옷깃을 세우고, 마저리의 집에 도착해 두어 시간은 책이나 분탄, 껍질 콩 같은 딴생각을 할 수 있다는 것에 마음이 놓일 지경이었다.

앨리스는 스크린도어를 조용히 닫고(반 클리브 집에서 나온 이후로 문을 쾅 닫는 것이 무서워졌다) 코트를 벗어 옷걸이에 걸었다. 집 안이 조용해서 마저리가 다시 밖으로 나가 찰리나 암탉을 돌보는 것 같았다. 앨리스는 블루이가 없으니 여전히 허전하다고 생각하면서 빵이 남았는지 확인했다.

마저리를 부르려고 하는 순간, 지난 몇 주 동안 들리지 않았던 소리가 들려왔다. 마저리 방에서 숨죽인 비명 소리, 쾌락의 신음 소리가 흘러나온 것이다. 앨리스가 우뚝 멈췄을 때, 그 소리가 갑자기 높아졌다가 낮아지더니, 애정을 담아 부르는 소리와 함께 침대 용수철이 삐걱거리고 헤드가 목재 벽에 부딪히는 소리가 점점 높아졌다.

"오, 이런 세상에." 앨리스는 나직이 중얼거렸다. 그리고 다시 코트를 입고 빵 한 조각을 물고서 현관 흔들의자에 앉아 한 손으로는 빵을 들고 다른 손으로는 귀를 막고 있었다.

산꼭대기에서는 눈이 한 달도 넘게 녹지 않는 것이 드문 일은 아니었다. 그래서 4월에 접어들고 나서야 가장 높은 능선의 눈이 녹으면서 클렘 맥컬러의 시신이 버리아의 사냥꾼에게 발견되었다. 동상 입은 코가 먼저 보였고 굶주린 동물이 뜯어 먹은 나머지 얼굴과 사라진 눈이 곧 드러났다. 썩어가는 얼굴과 끝이 없어 보이는 눈구멍을 본 사냥꾼은 그 후로 몇 달 동안 악몽에 시달렸다.

유명한 술주정뱅이 시신이 발견된 건 소도시, 특히 밀주로 유명한 곳에선 놀랄 일이 아니어서 평소라면 며칠 사람들 입에 오르고 말 일이었다.

하지만 이번은 달랐다.

클렘 맥컬러의 머리는 튀어나온 바위 뒤쪽에 처박혀 있었다고 보안관과 부하들이 산에서 내려온 후 발표했다. 그리고 눈이 녹으면서 마지막으로 드러난 가슴에는 피 묻은 『작은 아씨들』이 놓여 있었는데, 베일리빌 이동 도서관 표시가 찍혀 있었다.

제19장

남자들은 여자들이 차분하고 침착하며 협조적이고 정숙하길 기대
했다. 특이한 행동에는 눈살을 찌푸렸고 선을 지나치게 넘는 여자
는 큰 곤경에 처했다.

_『여자들은 너무 거칠었다』, 버지니아 컬린 로버츠

반 클리브는 돼지고기로 배를 채운 뒤, 이마에 땀을 번들거리며 보
안관 사무소에 들어갔다. 그는 시가 한 상자를 들고 환히 웃고 있었
지만, 이유는 밝히지 않았다. 하지만 맥컬러의 시신이 발견됐다면 무너
진 댐과 분탄 처리는 과거지사가 됐다는 의미였다. 반 클리브와 아들
은 다시 거리를 확보할 수 있게 됐고, 몇 주 만에 처음으로 차에서 내
리면서 발걸음이 가벼운 걸 느꼈다.

"음, 밥. 솔직히 놀랍지는 않네. 그 여자가 1년 내내 말썽을 일으키
면서 우리 지역 사회를 망가뜨리고 악에 물들이고 있었으니까." 그는
몸을 숙여 보안관의 시가에 라이터로 불을 붙여줬다.

보안관은 의자에 기대앉았다. "그 말에 전적으로 동의하는지는 잘
모르겠네, 조프."

"음, 오헤어를 체포하지 않을 건가?"

"오헤어와 관련이 있다고 생각하는 이유가 뭔가?"

"밥…… 밥…… 우린 오랫동안 친구 사이 아니었나. 맥컬러가 오헤어 집안과 사이가 나빴던 건 자네도 나만큼 잘 알잖아. 아주 먼 옛날부터 말이야. 게다가 말을 타고 거기까지 올라갈 사람이 누가 있냐는 말이지."

보안관은 아무 말도 하지 않았다.

"게다가 시체에서 도서관 책이 발견됐다고 하던데. 음, 그 정도면 확실한 것 아닌가. 사건 종료." 반 클리브는 시가를 길게 빨았다.

"내 부하들도 자네처럼 사건을 신속하게 해결하면 좋겠군, 조프." 보안관은 흥미로운 듯 눈을 반짝였다.

"뭐, 그 여자가 내 아들 베넷의 처를 꾀어낸 걸 알고 있잖나. 우리가 망신스러워서 쉬쉬하고 있지만 말이네. 그 여자가 나타나기 전까지 그 애들은 잘 살았다고! 그렇지, 그 여자가 다른 여자들 머리에 사악한 생각을 심고 가는 곳마다 아수라장을 만들고 있네. 오늘 밤에 그 여자가 감옥에 갇힌다면, 우선 나는 발 뻗고 잘 수 있을 거야."

"그런가?" 반 클리브의 며느리 일을 몇 달 전부터 알고 있었던 보안관이 말했다. 이 지역에서 벌어지는 일 중에 그가 모르는 일은 거의 없었다.

"그 집안은 말이네, 밥." 반 클리브는 천장을 향해 연기를 뿜었다. "오헤어 집안 핏줄에 문제가 있어. 그 여자 삼촌 빈센트 기억하나? 부랑자도 있었고……."

"증거가 불충분해, 조프. 우리끼리면 모르지만, 그 여자가 그 길에 있었는지 알 수 없고 목격자가 하난데 들은 목소리가 누구 것인지 모르겠다고 하네."

"물론 그 여자였지! 그 다리 저는 여자나 우리 앨리스가 그런 짓을 했을 리는 없잖나. 그렇다면 농장 여자와 유색인이 남지. 그런데 유색인은 말을 타지 않아."

보안관은 확신이 없다는 표정으로 입꼬리를 늘어뜨렸다.

반 클리브는 책상을 손가락으로 찔렀다. "저 여자는 악영향을 퍼뜨리고 있네, 밥. 해치 주지사에게 물어보게. 그는 아니까. 가족 도서관인 척하면서 외설적인 책을 퍼뜨리고 있는 걸 보면…… 오, 그건 몰랐나? 노스 지역에서도 불화를 일으켜서 사람들이 광산에서 법적 절차를 밟지 못하게 방해하니. 지난 한 해 동안 여기서 일어난 말썽은 다 마저리 오헤어가 일으킨 거라네. 도서관 때문에 그 여자는 주제를 모르고 날뛰게 되었어. 오래 가둬둘수록 더 좋은 일이야."

"임신 중인 걸 알잖나."

"음, 그것도 말이지! 부도덕한 일이야. 점잖은 여자가 그렇게 행동하겠나? 그런 여자가 어린아이들과 남의 영향을 잘 받는 청소년들이 있는 곳에 들어가도 되겠나?"

"그렇지 않을 것 같군."

반 클리브는 어딘가 멀리 지평선을 보며 허공에 손끝으로 지도를 그렸다. "그 여자가 노선을 따라가다가 집에 가는 맥컬러와 마주쳤고 술에 취한 걸 보고는 쓸모없는 아비 복수를 하겠다고 손에 잡히는 걸로 때려죽인 거야. 눈에 파묻힐 걸 다 알고 말이야. 아마 동물들이 먹어치워 시체도 발견되지 않을 거라고 생각했겠지. 전능하신 주님의 은혜 덕분에 발견된 거지. 냉혈한 여자 같으니! 자연의 이치를 모조리 어긴다고!"

반 클리브는 시가를 깊이 빨고 고개를 저었다. "내 장담하는데, 그 여자가 그런 짓을 또 한다 해도 놀라지 않을 거야." 그리고 이렇게 덧붙였다. "그래서 자네 같은 사람이 여길 맡아서 다행이네. 무법자를 막아줄 사람, 두려움 없이 법을 지킬 사람이 말이야."

반 클리브는 시가 상자에 손을 뻗었다. "시가 두어 개비 가져가지 않겠나? 아니, 상자째로 가져가게."

"참 후하구먼, 조프."

보안관은 아무 말도 하지 않고 시가를 길게 음미하며 빨았다.

남은 책을 서가로 옮긴 날 저녁, 마저리 오헤어는 도서관에서 체포됐다. 보안관이 부하를 이끌고 찾아왔다. 프레드는 새로 깐 마루와 선반을 살피러 온 줄 알고 따뜻하게 인사를 건넸다. 베일리빌 사람들 모두 집마다 수리가 얼마나 진전되었는지 살피고 있었다. 하지만 보안관의 얼굴은 비석처럼 차갑고 음울했다. 그가 도서관 가운데 버티고 서서 주위를 돌아보자, 마저리는 묵직한 돌이 바닥없는 우물로 떨어지는 느낌이 들었다.

"레드 릭 위 산지 노선을 담당하는 사람이 누구요?"

모두 서로를 번갈아 봤다.

"무슨 일인가요, 보안관님? 누가 책을 늦게 반납한다던가요?" 베스가 물었지만 아무도 웃지 않았다.

"클렘 맥컬러의 시체가 이틀 전 아넛스 능선에서 발견됐소. 살인 무기가 이 도서관에서 나온 것 같소."

"살인 무기요?" 베스가 물었다. "여긴 무기가 없어요. 살인 이야기는 있지만."

마저리의 얼굴이 하얗게 질렸다. 눈을 깜빡이며 손을 내밀어 균형을 잡았다. 보안관은 그 모습을 봤다.

"임신 중이라. 좀 어지러워요." 앨리스가 말했다.

"그리고 임신 중인 여인이 듣기에는 좀 놀라운 소식이네요." 이지가 덧붙였다.

하지만 보안관은 마저리를 노려보고 있었다. "오헤어 씨, 당신이 그 노선을 담당하는 거요?"

"노선은 모두 나눠서 담당해요, 보안관님." 캐서린이 끼어들었다. "그날 누가 일하냐, 말 상태가 어떠냐에 따라 달라져요. 그쪽 먼 길을 잘 다니지 못하는 사람들도 있으니까요."

"누가 어디 가는지 기록하고 있소?" 보안관이 책상에서 일어나 가장자리를 꽉 움켜쥐고 있는 소피아에게 물었다.

"네."

"지난 6개월 동안 모든 사서들이 담당한 노선을 알고 싶소."

"6개월이요?"

"맥컬러 씨의 시신은 좀…… 상해 있소. 거기 얼마나 있었는지 알 수 없고. 기록에 따르면 가족이 실종 신고를 안 한 듯하니 모을 수 있는 모든 정보를 구해야겠소."

"그건…… 장부 내용을 많이 확인해야 되는데요. 그리고 홍수 때문에 아직 좀 정리가 안 됐어요. 이 책들 중에서 장부를 찾는 데 시간이 좀 걸릴 거예요." 소피아가 천천히 장부를 바닥에서 발로 끌어와 책상 밑에 감추는 건 앨리스의 위치에서만 볼 수 있었다.

"사실, 보안관님. 장부를 많이 잃어버렸어요." 앨리스가 덧붙였다. "해당 부분이 물난리 때문에 전부 다 없어졌을 수도 있어요. 물에 떠

내려간 것도 있고요." 앨리스는 그보다 더 엄격한 사람들도 흔들어놓는 딱 부러지는 영국 억양으로 말했지만, 보안관은 못 들은 체했다.

그는 마저리에게 다가가서 고개를 갸우뚱했다. "오헤어 집안은 맥컬러 집안과 오랫동안 다툼이 있지 않았소?"

마저리는 부츠에 붙은 먼지를 떼어냈다. "그럴걸요."

"내 아버지도 당신 아버지가 클렘 맥컬러의 형을 뒤쫓았던 걸 기억하시지. 탐? 탬? 내 기억이 옳다면 1913년…… 1914년 크리스마스에 그자 배에 총을 쐈고. 두 집안 사이에 싸움을 기억하는 사람은 또 있을 텐데."

"제가 알기로는, 제 남자 형제들과 함께 싸움은 끝났어요, 보안관님."

"그렇다면 이곳에서 집안 사이 싸움이 끝난 건 처음 있는 일인데." 보안관은 성냥개비를 물며 말했다. "참 특이한 일이지."

"음, 전 관습을 따르는 사람이 아니니까요." 마저리는 평정을 되찾은 듯했다.

"그럼 클렘 맥컬러가 어떻게 그렇게 됐는지 모른다는 건가?"

"네."

"희한하군. 그에게 앙심을 품은 사람은 자네밖에 없을 텐데."

"그만 하세요, 아처 보안관님." 베스가 항의했다. "그 집안이 싸움꾼 쓰레기라는 건 보안관님도 아시잖아요. 그들은 아마 테네시주 내시빌 가는 길에도 적이 있을걸요."

그건 사실이라고 모두 동의했다. 소피아까지 고개를 끄덕였다.

그 시점에 자동차 엔진 소리가 들려왔다. 차가 다가오자, 보안관은 아주 느긋하게 문으로 천천히 걸어갔다. 또 한 사람의 부하가 다가와 귓속말을 했다. 보안관은 고개를 들고 마저리를 돌아보더니 더 들으려고 귀를 기울였다.

　부하가 도서관에 들어오니 모두 셋이 됐다. 앨리스는 프레드와 눈이 마주쳤고 그도 매우 당황한 것을 알 수 있었다. 보안관이 돌아서더니 입을 열었을 때는 섬뜩한 기운이 느껴졌다.

　"여기 댈튼이 낸시 스톤을 만났다는데. 그 사람 말론 12월에 당신을 봤고 총소리랑 시끄러운 소리가 들렸다더군. 그 전날까지는 눈이 오나 비가 오나 빠지는 법이 없었는데 당신이 그날은 오지 않았다더군."

　"그때는 능선을 넘을 수 없었어요. 눈이 너무 깊어서." 마저리의 음성이 살짝 떨리는 것을 앨리스는 알아차렸다.

　"낸시 말과는 다르군. 이틀 전에 눈이 줄었고 당신이 시내의 상류를 지나고 총소리가 나기 직전까지 말을 타고 있었다는데. 한동안 당신을 몹시 걱정했다고 하고."

　"아니에요." 마저리가 고개를 저었다.

　"그런가?" 보안관은 과장되게 생각하는 척 아랫입술을 내밀었다. "거기 이동 도서관 사서가 확실히 있었다고 하던데. 그날 다른 사서가 간 거란 말이오, 오혜어 씨?"

　마저리는 덫에 걸린 동물마냥 주위를 둘러봤다.

　"대신 다른 사서와 이야기를 해야 되겠소? 살인을 할 사람이 있다고 생각해서? 당신은 어떻소, 캐서린 블라? 아니면 이 영국인 숙녀는? 반 클리브 아들의 부인 맞소?"

　앨리스는 턱을 치켜들었다.

　"아니면, 당신…… 이름이 뭐지?"

　"소피아 켄워스입니다."

"소—피—아 켄—워—스." 보안관은 피부색에 대해서는 말하지 않았지만, 이름을 길게 늘여 발음했다.

실내가 고요해졌다. 소피아는 이를 악물고 눈도 깜빡이지 않은 채 책상 가장자리만 응시했다.

"아뇨." 마저리가 말했다. "이 사람들은 아닌 게 확실해요. 강도일 거라고 생각해요. 아니면 밀주업자나. 산속 상황이 어떤지 알잖아요. 온갖 일이 벌어지죠."

"온갖 일이 벌어진다. 그렇지. 하지만 칼과 총, 도끼 같은 것들이 가득한 지역에서 강도가 선택한 무기가……." 보안관은 기억을 더듬는 척 말끝을 흐렸다. "……『작은 아씨들』 초판이라는 건 참 이상한 일 아니겠소."

마저리의 얼굴에 스쳐 지나가는 당혹감에, 보안관은 잘 먹고 만족한 사람마냥 느긋해졌다. 그는 어깨를 펴고 목을 옷깃 속에 쑥 집어넣었다. "마저리 오헤어, 클렘 맥컬러 살인 용의자로 체포한다. 자, 데려가자."

그 후 지옥이 펼쳐졌다고 소피아는 그날 저녁 윌리엄에게 이야기했다. 앨리스는 정신 나간 여자처럼 소리를 지르며 보안관에게 달려들어 책을 던졌고, 보안관이 체포하겠다고 협박하고 프레데릭 기슬러가 양손으로 끌어안아 겨우 말렸다. 베스는 착각이라고 무슨 소린지도 모르고 지껄인다고 소리를 질렀다. 캐서린은 고개를 저으며 말없이 충격받은 표정을 지었고 이지는 울음을 터뜨리며 "하지만 이럴 수 없어요! 마저리는 아기를 가졌어요!"라고 외쳤다. 프레드는 차로 달려가 스벤 구스타브손에게 최대한 빨리 알렸고 스벤은 백지장처럼 하얘져서 달려와 무슨 일인지 물었다. 그러는 사이 마저리 오헤어는 유령처럼 조용히 고개를 숙이고 한 손은 배에 얹고서 구경꾼들을 지나 경찰차 뒤에 탔다.

윌리엄은 이 이야기를 듣고 고개를 저었다. 집을 청소하던 그의 작업복은 시커멓게 물들어 있었고, 뒤통수에 손을 대자 살갗에 검은 기름 자국이 남았다.

"어떻게 생각해?" 윌리엄이 물었다. "정말로 누굴 죽인 것 같아?"

"글쎄." 소피아는 고개를 저었다. "마저리가 사람을 죽이지 않은 건 알지만…… 뭔가 이상한 점은 있어. 마저리가 말 안 한 사실이." 소피아가 고개를 들었다. "하지만 한 가지는 확실해. 반 클리브가 이 일에 관여했다면, 이번엔 마저리가 빠져나올 가능성이 매우 적다는 거지."

스벤은 마저리의 부엌에 앉아 앨리스와 프레드에게 그간의 일들을 전부 이야기했다. 산속 능선에서 있었던 사건, 마저리는 맥컬러가 복수하러 뒤쫓아 왔다고 믿은 것, 스벤이 추운 밤에 소총을 무릎 위에 올려둔 채 블루이를 데리고 현관을 지킨 후 두 사람 모두 맥컬러가 확실히 쓰러져가는 오두막으로 돌아갔으며 술에 너무 취해 자신이 무슨 짓을 했는지 기억도 못 할 거라고 확신했던 것까지.

"하지만 보안관에게 말해야죠!" 앨리스가 말했다. "정당 방어였다고!"

"그런다고 도움이 될 것 같아요?" 프레드가 말했다. "책으로 그자를 쳤다고 말하는 순간, 자백으로 여길 거예요. 잘해야 살인죄 판결을 받을 것이고. 지금 당장은 가만히 앉아서 증거가 나오지 않길 바라는 게 최선이에요."

보석금은 2만 5천 달러로 정해졌다. 이 근처의 누구도 구할 수 없는 액수였다. "자기 약혼자를 총으로 쏜 헨리 H. 덴하트의 보석금도 같은 액수였어요."

"그렇죠. 다만, 그자는 남자였고 높은 자리에 친구들이 있어서 그걸 낼 수 있었고."

낸시 스톤은 보안관 부하들이 자신의 증언으로 무슨 짓을 했는지 듣고 울었다고 했다. 낸시는 그날 저녁 산을 내려와(2년 만에 처음 있는 일이었다) 보안관 사무소 문을 두드리고 증언을 다시 하겠다고 했다. "전부 잘못 말한 거예요!" 낸시는 빠진 이 사이로 욕을 했다. "마저리를 체포할 줄 몰랐다구! 그 여자는 우리 자매에게 도움만 줬는데…… 게다가 이 지역을 위해서도. 그런데 이런 식으로 되갚는다고, 목매달아 죽일 놈들 같으니!"

체포 소식을 듣고 지역 사람들은 못마땅한 소리를 냈다. 하지만 살인은 살인이었고, 맥컬러 집안과 오헤어 집안은 아주 오래전부터 마치 카힐 집안과 로저슨 집안처럼, 캠벨 집안 두 분파처럼 세대를 걸쳐 사이가 나빴다. 아니, 마저리 오헤어는 걸음마를 시작한 이후부터 이상한 아이였고 가끔은 일이 그렇게 돌아가곤 했다. 냉정한 사람이기도 했다. 자기 아버지 장례식 때 눈물 한 방울 안 흘리고 굳은 얼굴로 앉아 있지 않았나? 이리저리 바뀌던 여론이 얼마 지나자 마저리에게 결국 악마 같은 면이 있었는지 모른다는 쪽으로 기울기 시작했다.

산속 오두막에서 캐서린 블리는 잠든 아이들을 끌어안고 물소 같은 어깨와 부드러운 손길을 가진 남편을 떠올렸다.

북서쪽으로 5킬로미터 떨어진 잘 깎은 잔디밭을 가진 큰 저택에서 브레이디 부인은 책을 읽고 있었고 딸은 방에서 노래 연습을 하고 있었다. 부인은 인생이 생각대로 흘러가지 않는 것이 슬퍼져 책을 내려놓고 이 일을 노프시어 부인에게 어떻게 설명할지 고민했다.

교회 건너편 집에서 베스 핀커는 지도책을 읽으며 할머니 파이프로 담배를 피우고 있었다. 조프리 반 클리브를 필두로 때려주고 싶은 사람들을 생각하면서.

마저리 오헤어의 오두막에서는 두 사람이 잠 못 이루고 이런저런 궁리를 하고 있었다. 크고 무거운 불안이 둘을 짓눌렀다.

그리고 몇 킬로미터 떨어진 곳에서 마저리는 감방 벽에 등을 대고 바닥에 앉아 당혹감과 싸우고 있었다. 복도 건너 남자들이(하나는 다른 주의 술주정뱅이이고 또 하나는 얼굴이 기억나는 상습 절도범이었다) 마저리에게 외설적인 욕설을 하고 있었고, 여자 감방이 따로 없는 것이 염려된 간수는(임산부는 고사하고 여자가 베일리빌 감옥에 갇힌 적이 있었는지 기억나지 않았다) 시트를 창살 위로 덮어 간이 커튼을 만들어서 마저리를 가려줬다. 하지만 그들의 욕설은 들려왔고, 오줌과 땀 냄새가 났다. 마저리는 불안하고 불편해서 몸이 피곤해도 잠들 수 없었다.

특히 아기가 이런저런 곳을 눌렀기 때문에 매트리스에 누우면 더 편안했을 테지만, 벼룩이 들끓어 5분만 앉아 있었는데도 가렵기 시작했다.

거기 커튼 좀 치워 보지? 이걸 보면 잠이 올 거다.

그만둬, 드웨인 프로갯.

재미 좀 보자는 거요, 간수 양반. 저 여자도 좋아한다니까. 허리를 보면 다 알잖수.

맥컬러가 결국 마저리에게 복수를 했다. 피투성이 시체가 그의 무기였고, 도서관 책이 자백서였다. 그는 결국 산에서 마저리를 뒤쫓아 온 셈이었다.

마저리는 뭐라고 해야 할지 생각해봤다. 그를 다치게 했는지 몰랐다. 무서웠다. 일을 하려는 것뿐이었다. 하지만 마저리는 어리석지 않았기에 상황을 알 수 있었다. 도서관 책을 부탁한 낸시가 자기도 모르게 마저리의 운명을 결정지은 셈이었다.

마저리 오헤어는 손으로 얼굴을 감싸고 한숨을 길게 내쉬었다. 당혹감이 다시 차올랐다. 창살 밖 어둠이 내리고 새소리가 해가 지는 걸 알렸다. 어두워지자 마저리는 천장이 낮아지고 벽이 좁혀오는 느낌에 눈을 감았다.

"여기 있을 순 없어. 안 돼." 마저리는 나직이 속삭였다. "여기 있을 수 없어."

내게 속삭이는 건가? 자장가라도 불러 주려고?

커튼 좀 걷어봐. 어서. 아빠 여기 있다.

술주정뱅이의 웃음소리.

"여기 있을 순 없어." 숨이 가빠지고 주먹에 힘이 들어가면서 감방이 빙빙 돌기 시작했고 바닥이 위로 솟아올랐다.

그때 마저리에게 혼자가 아니라고 알리는 것처럼, 배 속에서 아기가 한 번, 두 번 움직였다. 마저리는 흐느끼는 소리를 내며 두 손을 배에 얹고 눈을 감고 천천히 숨을 내쉬었다. 공포가 지나가기를 기다리면서.

제20장

"별들의 세상이라고 했나요, 테스?"

"네."

"우리 세상과 같은?"

"그건 모르지만, 그럴 것 같아요. 별들은 우리 나무에 열린 사과 같기도 해요. 모두 잘 익었고 흠집이 없어요……몇 개만 벌레 먹었고."

"우린 뭘 먹나요…… 잘 익은 걸 먹나요, 벌레 먹은 걸 먹나요?"

"벌레 먹은 거요."

_『테스』, 토머스 하디

아침이 되자 소식이 퍼졌고, 몇몇 사람들은 도서관까지 걸어와서 모두 터무니없는 일이며 마저리가 잘못했다고 믿지 않는데 경찰이 그렇게 취급하다니 안타깝다고 푸념하기도 했다. 하지만 훨씬 더 많은 사람들은 마저리 편을 들지 않았고 앨리스는 스플릿 크릭 옆의 작은 오두막에서도 그런 이들이 숙덕이는 소리를 들을 수 있을 것 같았다. 앨리스는 몸을 움직여 불안을 눌렀다. 닭과 노새를 돌보겠다고 약속하며 스벤을 보냈고, 둘이 같은 지붕 아래서 자는 모습을 보이는 건 좋지 않다고 여긴 스벤은 그 말에 따랐다. 하지만 두려움 때문에 잠들 수 없어, 해질녘이면 스벤이 돌아오리라는 걸 둘 다 알고 있었다.

"저도 이곳 사정이 어떻게 돌아가는지 이제 알아요." 앨리스는 스벤의 접시에 달걀 하나와 베이컨 네 조각을 놓았다. "오래 지냈으니까요.

마저리는 곧 나올 거예요. 그 사이에 제가 옷을 좀 가져다줘야겠어요."

"저 감옥은 여자가 지낼 곳이 아닌데." 스벤이 나직이 말했다.

"뭐, 곧 나올 테니까요."

앨리스는 그날 아침 사서들을 보통 때 노선으로 내보내며 장부를 확인하고 안장주머니에 책 싣는 걸 도왔다. 누군가 맡아주니 고맙다는 듯, 아무도 앨리스의 역할에 의문을 제기하지 않았다. 베스와 캐서린은 안부를 전해 달라고 했다. 그리고 앨리스는 도서관 문을 잠그고 마저리가 갈아입을 옷을 들고 스피릿에 올라타 맑고 상쾌한 하늘 아래 감옥으로 향했다.

"안녕하세요." 앨리스는 지친 표정의 마른 간수에게 인사를 했다. 커다란 열쇠 꾸러미에 바지가 흘러내릴 것 같았다. "마저리 오헤어에게 옷을 가져다주러 왔어요."

간수는 앨리스를 올려다보더니 고개를 숙이고 콧잔등을 찡그렸다. "허가증 가져왔어요?"

"무슨 증이요?"

"보안관에게 받은 거요. 죄수 면회를 허가해주는."

"그런 거 없는데요."

"그럼 못 들어가요." 간수는 시끄럽게 코를 풀었다.

앨리스는 얼굴을 붉히며 잠시 서 있었다. 그리고 어깨를 폈다. "아이 가진 여자를 아주 불결한 곳에 가둬두고 있잖아요. 최소한 갈아입을 옷은 전하게 해줘야죠. 대체 어떤 신사이기에 이러는 거죠?"

간수는 불편한 표정을 지었다.

"왜 이러는 거예요? 제가 마저리를 몰래 빼내기라도 한다는 건가요? 총이라도 건네준다고? 임산부라고요. 자요. 그 불쌍한 사람에게 뭘 가져왔는지 보여줄게요. 세탁한 면 블라우스 하나. 여기, 모직 양말. 가방을 다 뒤져보고 싶어요? 새로 빤 속옷이랑……."

"알겠어요, 알겠어." 간수는 손을 들어 보였다. "도로 넣어요. 10분만이에요, 알겠죠? 다음에는 허가증을 가져와요."

"물론이죠. 고마워요. 참 친절하시네요."

앨리스는 감방으로 들어가는 계단을 따라 내려가면서도 이렇게 자신 있는 태도를 유지하려고 노력했다. 간수는 열쇠 꾸러미를 쩔렁거리며 찾아서 묵직한 철제문을 열었고, 한 번 더 문을 열자 작은 복도에 4개의 감방이 늘어서 있었다. 그 아래 공기는 탁하고 냄새가 났고 불빛이라고는 감방 꼭대기에 좁게 가로로 난 창문을 통해 들어오는 것뿐이었다. 눈이 어둠에 적응하자, 왼쪽 감방에서 움직임이 보였다.

"시트로 가려놓은 오른쪽 방이에요." 간수가 말하고는 돌아서서 문을 잠그고 나가자, 쩔그렁거리는 열쇠 소리에 앨리스의 가슴도 두근거렸다.

"어이, 예쁜이." 그림자 속에서 남자 목소리가 말했다.

앨리스는 그를 보지 않았다.

"마저리?" 앨리스가 철장에 다가가며 속삭였다. 아무 말이 없더니, 시트가 조금 걷히고 마저리의 모습이 보였다. 창백하고 눈이 퀭했다. 그 뒤에는 좁은 침대와 더러운 매트리스, 구석에 금속 요강이 있었다. 서 있는 앨리스 발치로 뭔가 쪼르르 달려갔다.

"괜……찮아요?" 앨리스는 충격을 드러내지 않으려고 했다.

"괜찮아요."

"몇 가지 가져왔어요. 옷을 갈아입어야 할 것 같아서. 내일 더 가져올게요. 자." 앨리스는 가방에서 물건을 하나씩 꺼내 창살 사이로 넘겼다. "비누랑 칫솔, 그리고…… 제 향수를 가져왔어요. 혹시……." 앨리스는 머뭇거렸다. 지금 보니 어이없는 생각이었다.

"내 거는 뭐 없어, 예쁜이? 나 정말 외로운데."

앨리스는 그쪽으로 등을 돌렸다. "어쨌든." 앨리스는 목소리를 낮췄다. "옥수수빵이랑 사과가 있어요. 먹을 걸 주는지 몰라서. 집에는 아무 일도 없어요. 찰리랑 닭은 잘 먹였고, 염려할 일 없어요. 돌아오면 모두 그대로일 거예요."

"스벤은 어디 있어요?"

"일하러 갔어요. 나중에 올 거예요."

"그이는 괜찮아요?"

"좀 놀란 것 같아요. 모두 다 그래요."

"어이! 이리 와! 뭐 좀 보여줄게!"

앨리스는 이마가 창살에 닿도록 몸을 숙였다. "어떻게 된 일인지 이야기해줬어요. 맥컬러랑."

마저리는 잠시 눈을 감고 창살에 손가락을 감아 꼭 쥐었다. "아무도 다치게 할 생각은 없었어요, 앨리스." 마저리의 목소리가 갈라졌다.

"물론이죠. 누구라도 그렇게 했을 거예요." 앨리스는 단호했다. "누구나 정당방위라고 할 거예요."

"어이! 어이! 그만 떠들고 이리 와. 내 거 뭐 있나, 응? 난 너한테 줄 게 있는데."

앨리스는 화난 얼굴로 돌아서서 말했다. "이봐, 좀 닥쳐. 친구랑 이야기하고 있잖아! 제발 좀!"

잠시 조용해지더니 다른 감방에서 웃음소리가 나왔다. "그래, 좀 조용히 해라! 친구랑 이야기한다잖아!"

두 남자는 곧 자기들끼리 말다툼을 시작했다.

"여기 있을 순 없어요." 마저리가 나직이 말했다.

앨리스는 이곳에서 하룻밤을 보내고 투지를 모두 잃은 마저리의 모습에 충격을 받았다. "음, 어떻게든 해결해야죠. 당신은 혼자가 아니에요. 우리가 가만있지 않을 거예요."

마저리는 지친 눈으로 앨리스를 봤다. 아무 말도 하지 않겠다는 듯 입을 꾹 다물었다.

앨리스는 마저리의 손을 손가락으로 쓰다듬었다. "다 해결될 거예요. 좀 쉬고 뭘 좀 먹어요. 내일 다시 올게요."

앨리스의 말을 마저리가 이해하는 데 잠시 시간이 걸리는 것 같았다. 마저리는 고개를 끄덕이고 앨리스를 보더니, 한 손을 배에 올리고 뒤로 물러나 벽에 기대고 주저앉았다.

앨리스는 간수에게 들릴 때까지 문을 두드렸다. 그는 힘겹게 일어나더니 앨리스를 꺼내주고 문을 닫으며 마저리의 어깨만 보이는 시트 쪽에 시선을 던졌다.

"그럼." 앨리스가 말했다. "내일 다시 올게요. 증을 받아올 시간이 있을지 모르겠지만, 임산부에게 기본적인 위생과 도움을 제공하는 여자를 막진 않으리라 믿어요. 그게 예의죠. 제가 여기 오래 살진 않았지만, 켄터키 사람들은 가장 예의 바른 사람들이라는 걸 알고 있어요."

간수는 뭐라고 대답해야 하는지 모르는 표정이었다.

"어쨌든." 앨리스는 그가 너무 열심히 생각하기 전에 말했다. "이렇게…… 융통성 있게 대해 주셔서 감사의 뜻으로 옥수수빵을 가져왔어요. 상황이 안 좋지만, 곧 해결되길 바라고, 그 동안에는 친절에 감사드리겠어요. 성함이……"

간수는 눈을 껌뻑였다. "둘스요."

"둘스 간수님. 여기요."

"부보안관이요."

"둘스 부보안관님. 죄송해요." 앨리스는 냅킨에 싼 빵을 건넸다. "참." 그가 꾸러미를 열자 앨리스가 말했다. "냅킨은 내일 주시면 돼요. 그냥 접기만 해서. 정말 고마워요." 그가 미처 대답도 하기 전에 앨리스는 돌아서서 빠른 걸음으로 나왔다.

스벤은 할아버지의 은시계를 팔아 루이빌에서 변호사를 구했다. 변호사는 좀 더 적절한 보석금을 정하려고 했지만, 터무니없이 거절당했다. 그 여자는 살인자이며 살인자들로 유명한 가족의 일원이고, 주 정부에서는 그 여자가 풀려나 같은 짓을 반복하는 것을 원치 않는다는 대답이었다. 보안관 사무소 앞에서 몇몇 사람들이 모여 시위를 해도 보안관은 떠들 테면 떠들어도 좋지만 법을 지키는 것이 자신의 일이며 그렇게 할 거라고, 그들도 아버지가 살해를 당한다면 다시 생각하게 될 거라고 했다.

"음, 좋은 소식은 켄터키주에서는 1868년 이후로 여성이 사형당한 적이 없다는 겁니다." 변호사가 차에 다시 오르며 말했다. "임산부는 고사하고 말이죠." 이 사실에 스벤은 별로 기분이 나아지는 것 같지 않았다.

"이제 어쩌죠?" 스벤이 앨리스와 감옥에서 돌아가며 말했다.

"계속해야죠." 앨리스가 말했다. "평소처럼 모든 일을 계속하며 누군가 정신 차리기를 기다려야죠."

＊

그러나 6주가 흘러도 아무도 정신을 차리지 않았다. 온갖 다른 범죄자들이 들어오고 나가는 와중에도(그리고 몇 명은 되돌아오기도 했다) 마저리는 감옥에 계속 남아 있었다. 여성 교도소로 옮기려는 시도도 방해받았지만 사실 앨리스는 마저리가 갇혀 있다면 아무도 모르는 곳, 전혀 모르는 세상의 소음과 공기 속에 에워싸여 있느니 친구들이 면회할 수 있는 곳이 낫다고 생각했다.

그래서 앨리스는 날마다 따뜻한 옥수수빵이나(도서관 책에서 레시피를 구했고, 이제 보지 않고도 구울 줄 알게 됐다) 파이, 손에 넣을 수 있는 것이라면 뭐든지 담아서 감옥으로 갔고 간수들이 가장 반기는 존재가 됐다. 이제 아무도 증 이야기는 하지 않았고 전날 받은 냅킨을 건네고 아무 말 없이 지나가라고 손짓했다. 스벤은 덩치 때문에 불안했는지 조금 더 물고늘어지긴 했다. 앨리스는 먹을 것과 함께 갈아입을 속옷, 모직 스웨터, 책 등을 가지고 갔다. 지하가 너무 어두워 하루에 읽을 수 있는 시간이 얼마 안 됐지만 말이다. 그리고 거의 매일 저녁 앨리스는 도서관 일이 끝나면 집으로 가서 스벤과 함께 테이블에 앉아 곧 이 일은 해결될 거라고 서로를 위로했다. 마저리가 신선한 공기 속으로 다시 나온다면 이전 모습으로 돌아갈 거라고도 했다. 둘 다 서로의 말을 믿지 않으면서 이렇게 이야기하다가 스벤이 돌아가면 앨리스는 날이 밝도록 천장을 보며 누워 있곤 했다.

그해는 봄을 완전히 잃은 느낌이었다. 얼어붙게 추운 날씨였다가,

그다음에는 홍수가 두어 달을 그냥 씻어내버린 것 같았다. 리 지역에 갑자기 폭염이 닥쳤기 때문이다. 큰 나비들이 돌아오고, 아메리카 말채나무 아래 허리께까지 잡초가 자랐으며 앨리스는 마저리의 챙 넓은 가죽 모자를 빌리고 목에는 손수건을 두르고 고삐 버클로 말의 목에 달려드는 벌레들을 쫓았다.

앨리스와 프레드는 최대한 함께 시간을 보냈지만 마저리 이야기는 별로 하지 않았다. 필요한 것들을 최대한 가져다주고 나면 뭐라고 해야 할지 알 수 없었으니까.

검시관 조사에 따르면 클렘 맥컬러는 후두부에 입은 치명상으로 사망했는데, 아마 바위에 떨어지며 뒤통수를 부딪쳤기 때문일 거라고 했다. 불행히도 시신 부패로 더 이상 정확한 결론을 내기 어려웠다. 마저리는 법정에서 증언하게 되어 있었지만 화난 사람들이 밖에 모여들었고, 마저리의 상태로 봐서 하지 않는 편이 현명하다고 판단되었다.

출산 예정일이 다가올수록 스벤은 점점 더 초조해져서 간수에게 화를 내다가 1주일 동안 면회 금지를 당하기도 했다. 스벤의 평판이 좋고 그의 불안을 모두 이해했기에 그 정도로 그쳤다. 마저리는 창백해졌고, 더러운 머리카락을 축 늘어뜨리고 있었다. 앨리스가 음식을 가져다주면 마저리는 의무적으로 먹었다. 앨리스는 마저리를 가두는 건 자연 질서에 위배되는 짓이라고 생각했다. 모든 당위를 거스르는 짓이었다. 마저리가 갇혀 있는 동안은 모든 것이 잘못된 느낌이었다. 산은 텅 빈 것 같았고, 도서관에는 중요한 조각이 빠진 것 같았다. 찰리도 마구간 안에서 서성거리거나 큰 귀를 세우고 주둥이를 축 늘어뜨리고 있었다.

가끔 앨리스는 집에 들어서면 불안을 견디지 못하고 흐느끼곤 했다. 마저리의 눈물을 앨리스가 대신 흘렸다. 아기가 태어나면 어떻게 할까. 그 후에 마저리가 어떻게 될까. 모두 입을 열지 않았다. 모든 게 비현실적이고 아기는 아직 추상적인 개념일 뿐이었다.

매일 새벽 4시 30분, 앨리스는 일어나서 스피릿에 책을 가득 채운 가방을 싣고 잠이 덜 깬 채 2킬로미터 정도를 갔다. 마주치는 사람 모두 이름을 부르며 인사했다. "트랙터 수리법에 대한 책을 받았어요, 짐? 부인은 단편집을 좋아하던가요?" 그리고 반 클리브의 차가 보이면 그 앞에 말을 세워 그가 도로에 차를 세우게 하고서 노려봤다. "밤에 잠은 잘 오나요?" 앨리스는 날카로운 목소리로 묻곤 했다. "만족해요?" 반 클리브는 얼굴이 터질 듯이 시뻘겋게 달아올라 차를 돌려 가곤 했다.

앨리스는 혼자 지내는 게 무섭지 않았지만 프레드는 누가 다가오면 경고해줄 덫을 더 놓아줬다. 어느 날 밤, 책을 읽고 있는데 나무 사이에 친 줄에서 종소리가 들렸다. 앨리스는 번개처럼 빠르게 난롯가로 돌아가 소총을 내려 들고 두 개의 총신을 문틈에 겨누고 있었다.

밖에 무슨 움직임이 있는지 알아차리려고 눈을 가늘게 뜨고, 꼼짝 않고 서서 어둠을 응시하다가 어깨를 늘어뜨렸다.

"사슴이구나." 앨리스는 혼잣말을 중얼거리고 소총을 내렸다.

이튿날 아침 출근 때가 되어서야 밤새 문틈으로 들어온 쪽지를 발견했다.

넌 여기 어울리지 않아. 네 집으로 돌아가라.

처음 있는 일도 아니었고, 앨리스는 그 쪽지가 불러일으키는 감정을 꾹 눌렀다. 마저리라면 웃어넘겼을 테니, 앨리스도 그렇게 했다. 종이를 구겨 난로에 집어넣고 욕설을 중얼거렸다. 내 집이 어딜까 생각하지 않았다.

프레드는 어스름에 현관 옆에서 땔감을 쪼개고 있었다. 앨리스가 못 하는 일 중 하나였다. 도끼 무게를 감당하기 어려웠고, 도끼날이 이상한 각도로 박혀 프레드가 돌아와서 뽑아줄 때가 많았다. 반대로 프레드는 도끼를 한 번 휘둘러 통나무를 절반으로, 사등분으로 깔끔하게 잘라냈고, 세 번 휘두르고 나면 도끼 쥔 손을 쉬고 다른 손으로 새 통나무를 던져 옮겼다. 프레드는 팔뚝으로 이마를 훔치다가 잔을 들고 서 있는 앨리스를 봤다.

"내 건가요?"

앨리스는 몇 발자국 걸어 나와 잔을 건넸다.

"고마워요. 생각보다 통나무가 많네요."

"고마워요."

프레드는 물을 쭉 들이켜고 숨을 한번 내쉰 뒤 잔을 도로 건넸다. "음, 겨울에 추우면 안 되죠. 작게 자르면 더 빨리 말라요. 한번 해볼래요?"

앨리스 표정을 보더니 프레드는 농담을 멈췄다.

"괜찮아요, 앨리스?"

앨리스는 미소를 짓고 고개를 끄덕였지만, 스스로도 확신하지 못했다. 그래서 일주일 내내 미루고 있었던 이야기를 꺼냈다. "부모님이 편지를 보내셨어요. 집에 와도 된다고."

프레드의 미소가 사라졌다.

"반기는 건 아니지만 여기서 혼자 지낼 순 없고, 결혼은 어려서 저지른 실수로 여기기로 하셨대요. 진 아주머니가 로이스토프에서 함께 지내자고 하셨어요. 아이들을 돌볼 사람이 필요하고, 모두 다 이렇게 제가…… 조용히 영국으로 돌아가면 좋겠다고 해요. 아마 적당한 거리를 두고 법적인 문제를 해결할 수 있나 봐요."

"로이스토프가 뭐죠?"

"북해 연안의 작은 도시예요. 가고 싶은 곳은 아니지만…… 적어도 독립적으로 지낼 순 있을 거예요." 그리고 부모님과 떨어져서 지낼 수 있죠. 앨리스는 소리 없이 덧붙였다. 침을 삼켰다. "제가 돌아갈 경비를 보내고 계세요. 마저리의 재판이 끝날 때까진 여기 있어야 한다고 말씀드렸어요." 앨리스는 건조하게 웃었다. "살인으로 기소된 사람과 친구 사이라고 하는 게 저에 대한 평가에 도움이 될지는 모르겠지만요."

긴 침묵이 이어졌다.

"그럼 정말로 떠나는군요."

앨리스는 고개를 끄덕였다. 더 이상 말할 수 없었다. 그 편지와 함께, 이곳에서의 삶이 모조리 열병에 들떠 꾼 꿈이라는 말을 들은 것 같았다. 앨리스는 모트레이크 혹은 로이소프트의 튜더 시대 주택(르네상스의 장식적 요소를 1485~1558년의 수직 고딕 양식에 접목시킨 양식의 주택 – 옮긴이 주)을 흉내 낸 집에 돌아가 아주머니가 잘 잤는지, 아침 식사를 좀 할 건지, 그날 오후 시립 공원에 산책을 가려는지 질문을 듣고 있는 자기 모습을 떠올려봤다. 튼 손과 부러진 손톱 그리고 다른 옷 위에 14일 연속으로 입고 지낸, 털 사이에 지푸라기와 풀이 붙어 있는 스웨터를 내려다봤다. 앨리스는 멀리 산속을 지나고 시냇물을 건너고 좁은 진흙길을 지나려 말에서 내리고 강렬한 햇볕과 끝없는 비를 뚫고 지내온 나날을 보여주는 지저분한 부츠를 봤다. 다시 그 여자로 돌아가면 어떨까? 반짝이는 구두에 스타킹을 신고 양순하고 단정한 존재로 돌아간다면? 손톱은 잘 손질하고 머리는 일주일에 두 번 감아서 치장하는? 나무 뒤에서 용변을 보려고 말에서 내리지도, 일하면서 먹으려고 사과를 따지도, 나무 연기와 진흙이 콧구멍을 막지도 않고, 기차역에 가는 238번이 맞냐고 버스 안내원에게 예의 바르게 묻는 시절로 돌아간다면.

프레드가 보고 있었다. 그의 표정에 너무 고통스럽고 솔직한 구석이 있어서 앨리스는 멍해지는 것 같았다. 프레드는 자기 감정을 감추고 도끼를 집어 들었다. "음, 여기 있는 동안 마저 다 해야겠어요."

"마저리가 돌아오면 필요할 거예요."

프레드는 도끼날을 바라보며 고개를 끄덕였다. "네."

앨리스는 잠시 기다렸다. "먹을 걸 좀 준비할게요…… 계실 거면요."

프레드는 여전히 눈을 내리깐 채 고개를 끄떡였다. "그러면 좋겠네요."

앨리스는 조금 더 있다가 빈 잔을 들고 집으로 들어갔다. 도끼로 나무를 내리찍는 소리에 흠칫했다. 두 동강 난 것이 오직 나무토막만은 아니라는 듯했다.

집중하지 않고 만든 음식이 늘 그렇듯, 맛이 형편없었지만 프레드는 아무 말도 하지 않았고 앨리스도 할 말이 없어서 식사 시간은 평소와 달리 조용하게 지나갔다. 밖에서는 귀뚜라미와 개구리 소리밖에 들리지 않았다. 프레드는 식사 고맙다고 하면서 맛있다고 거짓말을 했다. 앨리스는 접시를 치웠고 프레드는 도끼질이 힘들었던 것마냥 뻣뻣하게 서 있었다. 그는 머뭇거리더니 밖으로 나갔고, 산 쪽을 내다보는 모습이 스크린도어를 통해 비쳤다.

정말 미안해요, 프레드. 앨리스는 소리 없이 말했다. 당신과 헤어지기 싫어요.

앨리스는 눈물을 삼키며 접시를 박박 닦기 시작했다.

"앨리스?" 프레드가 문 앞에 나타났다.

"네?"

"밖으로 나와요." 프레드가 말했다.

"설거지를 해야······."

"나와요. 보여줄 게 있어요."

구름이 달과 별들을 모두 삼켜버려 캄캄한 밤이었고, 프레드가 그네 의자를 가리키는 것만 겨우 보였다. 조금 떨어져 앉았어도, 두 사람의 생각은 담쟁이덩굴처럼 얽혀 있었다.

"뭐가 보이나요?" 앨리스가 몰래 눈물을 훔치고 말했다.

"기다려 봐요." 프레드의 목소리가 옆에서 들려왔다.

앨리스는 어둠 속에서 두 사람의 무게 때문에 끼익거리는 그네 소리를 들으며 앞날에 대한 복잡한 생각을 안고 앉아 있었다. 집으로 돌아가지 않는다면 뭘 할 수 있을까? 돈도 없었고, 집을 구할 정도는 확실히 아니었다. 일자리도 계속 있을지 알 수 없었다. 마저리의 확고한 도움 없이 도서관이 유지될 수는 있을까? 더군다나 반 클리브의 분노와 불운한 결혼 생활에서 벗어날 수 없는 이 소도시에서 영영 살 수도 없었다. 반 클리브는 마저리를 잡아넣었고, 분명 어떻게든 앨리스 자신도 가만히 두지 않을 것이었다.

하지만.

하지만 이곳을 떠난다니······스피릿의 발굽 소리와 숲을 비추는 햇볕을 느끼며 말을 달리고, 다른 사서들과 웃으며 떠들거나 소피아의 곁에서 조용히 바느질을 하거나 이지의 노랫소리에 맞추어 발장단을 맞출 수 없다고 생각하니 너무나 슬펐다. 여기가 좋았다. 산과 사람들과 끝없이 펼쳐진 하늘이 좋았다. 의미 있는 일을 하며 날마다 자신을 테스트하고 사람들의 삶을 언어로 바꾸어놓는 것이 좋았다. 온몸에 멍과 물집이 생기도록 일했고, 전에는 편안한 적 없었던 자신으로부터 새로운 앨리스를 만들었다. 돌아가면 그저 과거로 돌아가게 될 것이고, 얼마나 쉽게 그렇게 될지 벌써 느낄 수 있었다. 베일리빌은 막간의 시절로, 부모님이 못마땅한 표정으로 언급을 회피하는 작은 에피소드로 사라질 것이다. 앨리스는 한동안 켄터키를 그리워하다가 정신을 차릴 것이다. 그러다 한두 해가 지나면 이혼하게 될 것이고 복잡한 과거를 신경 쓰지 않는 적당한 남자를 만나 정착하게 될 것이다. 로이 소프트의 적당한 곳에서.

하지만 프레드. 그와 헤어질 생각을 하니 속이 메슥거렸다. 그를 다시 만나지 못한다니, 어떻게 견딜까? 앨리스를 보기만 해도 밝아지는 그 얼굴을 다시 못 보다니? 사람들 사이에서 그와 눈이 마주치지도, 다른 누구보다 더 원하는 남자 곁에 서 있을 때 온몸이 살짝 뜨거워지는 것을 느끼지도 못한다면? 앨리스는 날마다 아무 말을 하지 않아도 둘이 함께라고 느꼈다. 그들이 하는 모든 행동 아래, 말 없는 대화가 흐르고 있었다. 앨리스는 누군가를 그렇게 가깝게 느낀 적도, 누군가를 그렇게 확신한 적도, 누군가의 행복을 그렇게 간절히 바란 적도 없었다. 그걸 어떻게 포기할까?

"앨리스."

"네?"

"위를 봐요."

앨리스는 숨이 멎는 것 같았다. 반대편 산이 빛으로 가득했다. 나무들 사이사이 작은 불빛이 반짝이면서 캄캄한 어둠 속을 밝혔다. 앨리스는 믿을 수 없어 입을 딱 벌리고 눈을 깜빡였다.

"반딧불이요." 프레드가 말했다.

"반딧불이요?"

"반짝이는 벌레예요. 뭐라고 불러도 상관없어요. 해마다 찾아오죠."

앨리스는 보고 있는 광경을 제대로 이해할 수 없었다. 구름이 갈라지자 반딧불이가 반짝이고 뒤섞이며 나무들의 그림자 위로 날아올랐고, 수백만 개의 반짝이는 몸뚱이가 별이 가득한 밤하늘로 이어져 그 순간은 온 세상이 작은 금빛 전등으로 가득한 것처럼 보였다. 앨리스는 양손을 얼굴에 붙이고 소리 내어 웃고 있었다.

"자주 이래요?" 앨리스는 프레드의 미소를 알아볼 수 있었다.

"아뇨. 해마다 일주일쯤. 잘해야 이 주일. 하지만 이렇게 아름다운 건 처음이네요."

앨리스의 가슴에서 흐느낌이 차올랐다. 압도적인 감정과, 아마도 상실 탓인 것 같았다. 텅 빈 오두막과 옆자리의 가질 수 없는 남자. 앨리스는 저도 모르게 손을 뻗어 프레드의 손을 잡았다. 따뜻하고 강한 그의 손가락이 앨리스의 손가락과 얽혔고, 서로 하나가 된 듯했다. 둘은 한동안 반짝이는 장관을 바라보며 그렇게 앉아 있었다.

"다…… 당신이 왜 가야 하는지 알아요." 프레드가 조심스럽게 더듬더듬 입을 열었다. "그러면 굉장히 힘들 거라는 것만 알아주면 좋겠어요."

"어쩔 수가 없네요, 프레드."

"나도 알아요."

앨리스는 떨리는 소리로 숨을 들이쉬었다. "모두 좀 엉망이네요, 그렇죠?"

긴 침묵이 흘렀다. 멀리 어딘가에서 부엉이 우는 소리가 났다. 프레드는 앨리스의 손을 꼭 잡고 부드러운 밤바람을 느끼며 한동안 앉아 있었다.

"저 반딧불이가 정말로 놀라운 점이 뭔지 알아요?" 한참 뒤, 프레드가 물었다. "그래요, 몇 주밖에 살지 못해요. 크게 보면 참 별거 아닌 존재예요. 하지만 살아 있는 동안에는 그 아름다움에 숨이 멎을 것 같죠." 프레드는 앨리스의 손등을 쓰다듬었다. "세상을 완전히 새롭게 보게 돼요. 그리고 저 아름다운 광경을 머릿속에 새기게 되죠. 어딜 가든 그 기억을 간직하고, 잊지 못해요."

프레드가 그 다음 말을 하기 전에 앨리스는 뺨에 흐르는 눈물을 느꼈다.

"여기 앉아 있다가 그런 생각이 들었어요. 아마 우린 그걸 알아야 할 것 같아요, 앨리스. 어떤 것은 간직하지 못해도 선물이라는 걸."

다시 침묵이 이어졌다.

"이렇게 아름다운 게 존재한다는 사실을 아는 것만으로도 충분할지 모른다는 걸요."

앨리스는 영국에 돌아가겠다는 편지를 썼고 프레드는 망아지를 실어가는 길에 우체국에 들러 그 편지를 부쳤다. 프레드는 주소를 보더니 입을 꾹 다물었고, 앨리스는 자신이 싫어졌다. 프레드가 흙먼지를 뒤집어쓴 픽업트럭에 올라타 말을 태운 트레일러를 끌고 출발할 때, 앨리스는 흰 린넨 셔츠를 입고 팔짱을 낀 채 그가 스플릿 크릭을 거슬러 올라가 보이지 않을 때까지 지켜보고 있었다.

앨리스는 잠시 빈 도로를, 그 양편에 솟은 산이 여름 햇볕에 희미해지는 광경을, 높은 하늘에서 느긋이 맴도는 독수리를 한참 그렇게 바라봤다.

제21장

새벽 2시 45분, 앨리스가 더위에 잠들지 못하고 뒤척이던 밤이었다. 문 두드리는 소리에 벌떡 일어났다. 놀라 피가 식는 느낌이었다. 맨발로 마룻바닥을 소리 없이 딛고, 면 가운을 걸친 뒤 침대 옆에 세워둔 총을 들고 문 쪽으로 살금살금 걸어갔다. 두근거리는 가슴을 안고 소리를 기다렸다.

"누구죠? 쏘겠어요!"

"반 클리브 부인? 부인인가요?"

앨리스는 눈을 깜빡이며 창밖을 내다봤다. 둘스 간수가 제복을 입고 초조한 손짓으로 뒷목을 문지르며 서 있었다. 앨리스는 문을 열었다. "간수님?"

"오헤어 씨 일입니다. 때가 된 것 같아요. 가넷 선생님을 깨울 수는 없는데, 혼자서 아기를 낳는 건 안 되겠다 싶어서요."

앨리스는 몇 분 만에 옷을 입었다. 자고 있던 스피릿을 깨워 둘스의 차바퀴 자국을 뒤따랐다. 앨리스의 단호함에 스피릿은 캄캄한 밤중에 깊은 산속을 달리고 싶지 않아도 어쩔 수 없었다. 작은 말은 귀를 쫑긋 세우고 조심스레 밤길을 걸었고 앨리스는 고마움에 키스라도 해주고 싶었다. 시내 옆의 이끼 긴 길에 닿자 조금 달릴 수 있었고, 앨리스는 길을 밝혀주는 달빛에 감사하며 최대한 암말을 몰 수 있었다.

도로에 닿자 감옥으로 바로 가지 않고 스피릿을 돌려 모나크 크릭의 윌리엄과 소피아 집으로 향했다. 켄터키에서 지내는 동안 앨리스는 변했고, 그렇다. 별로 두려울 게 없었다. 하지만 그런 앨리스도 자신이 할 수 없는 일이 있다는 것을 알고 있었다.

소피아가 감옥에 다다랐을 때, 땀에 범벅이 된 마저리는 럭비 선수처럼 앨리스에게 몸을 기대고 신음하고 있었다. 앨리스는 도착한 지 20분밖에 안 됐지만 몇 시간은 지난 느낌이었다. 자신의 목소리가 멀리서 들리는 것 같았다. 마저리에게 용감하다고 칭찬하고, 잘하고 있다고 하면서 아기가 곧 나올 거라고 말하는 소리가. 하지만 말하면서도 그중에 사실은 하나뿐이라는 생각이 들었다. 간수가 빌려준 기름 등불이 깜빡이며 감방 벽에 불안한 그림자를 드리웠다. 피와 오줌, 뭔가 원초적이고 알 수 없는 냄새가 답답한 공기를 채웠다. 앨리스는 분만이 이렇게 지저분한 과정인 줄 몰랐다.

소피아는 어머니가 쓰던 산파 가방을 들고 달려왔고 둘스는 두 달 동안 얻어먹은 선물에 마음이 약해져 사서들의 마음씨가 착하다고 믿고 소피아를 들여보내 줬다.

"아, 다행이네요." 앨리스는 흐릿한 빛 속에서 말했다. "제때 못 오실까 봐 정말 걱정됐어요."

"얼마나 됐어요?"

앨리스는 어깨를 으쓱였고 소피아는 마저리의 이마를 쓰다듬었다. 마저리는 또 한 차례 산통이 닥치자 눈을 꼭 감고 있었다.

소피아는 통증이 지나가기까지 기민한 눈으로 살피며 기다렸다.
"마저리? 마저리? 통증이 얼마 간격으로 오니?"

"모르겠어." 마저리가 메마른 입술로 중얼거렸다. "스벤은? 부탁이
야. 스벤이 필요해."

"지금은 정신 차리고 집중해…… 앨리스, 시계 있어요? 내가 말하면
세도록 해요."

소피아의 어머니는 베일리빌의 유색인 아기를 다 받아준 산파였다.
소피아는 어릴 적 어머니를 따라가서 산모에게 아기 받는 일을 도왔
다. 훈련을 다 받은 건 아니지만, 마저리의 아이를 받아줄 적임자였다.

"거기 괜찮아요?" 마저리가 다시 점점 크게 울부짖을 때, 둘스가 시
트 뒤에서 물었다. 그는 아내 출산 때도 뚝 떨어져 있었던 사람이라,
소리와 냄새에 현기증을 느꼈다.

"간수님? 더운물 좀 구할 수 있을까요?" 소피아가 앨리스에게 가방
을 열고 깨끗한 천을 꺼내라고 손짓했다.

"프랭크에게 물을 좀 끓일 수 있는지 알아보겠습니다. 곧 돌아올게요."

"못 하겠어." 마저리가 눈을 뜨고, 어딘가 먼 곳을 응시했다.

"할 수 있지." 소피아가 단호하게 말했다. "다 됐다는 뜻이야."

"못 해." 마저리는 지치고 숨 가쁜 소리를 냈다. "너무 힘들어……."
앨리스는 손수건으로 마저리의 얼굴을 닦아줬다. 마저리는 부풀어 오
른 배에도 불구하고 너무 창백하고 핼쑥해 보였다. 날마다 활기차게
움직이지 못하니, 팔다리의 근육이 빠지고 없었다. 앨리스는 땀에 젖
은 마저리의 모습을 보기 힘들었다.

"1분 30초요." 마저리가 다시 신음하기 시작했다.

"네. 아기는 곧 나올 거예요. 자, 마저리. 잠깐 여기 기대면 이 매트리

스에 시트를 깔게. 알았지? 앨리스를 붙잡아."

"스벤……." 앨리스는 마저리가 자신의 소맷부리를 꽉 움켜쥐면서 스벤의 이름을 부르는 것을 봤다. 소피아가 어두운 곳에서 흔들림 없이 움직이며 괜찮다고 중얼거리는 소리가 들렸다. 반대편 감방들은 평소와 달리 조용했다.

"그래, 그래. 아기가 이제 나올 테니까 아기가 나올 수 있게 움직이자. 알겠니?" 소피아가 앨리스에게 손짓해서 마저리를 옮기자고 했다. "내 말 잘 듣고 있지, 응?"

"무서워, 소피아."

"아니, 안 무서워. 아기가 나오는 것뿐이야."

"아이를 여기서 낳고 싶지 않아." 마저리는 눈을 뜨고 소피아에게 애원하는 시선을 보냈다. "여기 말고. 제발……."

소피아는 마저리의 젖은 머리에 손을 얹고, 뺨을 댔다. "알아. 하지만 도리가 없어. 그러니 둘 다 편하도록 해줄게. 알겠지? 자, 몸을 돌려서 엎드려. 그래, 엎드려서 저 침대를 잡아. 앨리스, 앞에서 마저리를 꼭 잡아요, 알겠죠? 이제 힘들어질 거라서 마저리가 앨리스를 잡아야 할 거예요. 그래요. 무릎을 내줘요."

앨리스는 두려움을 느낄 새가 없었다. 그 말이 떨어지자마자 마저리는 앨리스를 꽉 잡고 허벅지에 얼굴을 파묻어 울부짖기 시작했다. 마치 뭔가에 씐 것처럼 손아귀 힘이 강했다. 앨리스는 마저리의 몸이 떨리는 걸 보면서 자신의 불편은 무시하려 눈을 찡그렸고 격려하는 말이 저도 모르게 입에서 흘러나왔다. 뒤에서 소피아가 마저리의 원피스를 걷어 올리고 가장 은밀한 부분을 볼 수 있도록 등불을 들었다. 마저리는 상관하지 않는 것 같았다. 그저 통증을 떨치려는 듯 몸을 양

옆으로 흔들고, 앨리스의 손을 꽉 잡고서 신음할 뿐이었다.

"물 가져왔어요." 둘스의 목소리가 들렸다. "문을 열고 주전자를 밀어 넣을게요. 네? 혹시 몰라서 의사를 불렀어요. 오 세상에, 대체. 있잖아요, 밖에다 둘게요. 오 이런 맙소사……."

"깨끗한 물도 좀 줄래요? 마실 물이요."

"무…… 문 앞에다 둘게요. 아무 데도 가지 않을 거라고 믿어요."

"염려할 것 없어요, 간수님."

소피아는 재빠르게 어머니가 쓰던 도구를 깨끗한 천 위에 차려놓았다. 한 손은 내내 마저리를 쓰다듬으며 위로하고, 어르고, 격려했다. 아래를 들여다보더니 자리를 잡았다.

"자, 나오는 것 같아. 앨리스, 꽉 잡아요."

모든 것이 정신없이 지나갔다. 해가 떠서 좁은 창살 사이로 푸른빛을 비출 때, 앨리스는 마치 풍랑 속의 배를 탄 것마냥 그 일을 기억했다. 바닥이 마저리의 몸이 양쪽으로 흔들렸고, 피와 땀의 냄새와 서로 부딪히는 몸. 그리고 소리. 소리. 또 소리. 마저리는 두려워 애원하는 얼굴로 앨리스를 붙들었고, 도와줘, 도와줘, 도와줘라고 간절히 외쳤다. 앨리스 자신도 점점 당혹스러웠다. 그리고 소피아는 침착하게 위로했다가 단호하게 말하기를 반복했다. 할 수 있어, 마저리. 힘을 줘. 지금! 더 세게!

앨리스는 한순간, 열기와 어둠과 동물 같은 소리 속에서 그들 세 사람만 갇혀 있다는 느낌에 기절할 것 같았다. 마저리의 고통이 겁났고, 늘 그렇게 강인하고 능력 있던 그녀가 상처받은 동물처럼 울부짖는 것을 보고 두려웠다. 분만 중에 죽는 사람도 있지 않나? 마저리도 괴로워하다가 죽을 것 같았다. 하지만 사방이 도는 외중에도 소피아의 강한 표정과 마저리의 주름진 이마, 눈물이 보였고, 앨리스는 이를 악물고 마저리의 이마에 자신의 이마를 갖다 댔다.

"아니, 할 수 있어요, 마지. 다 됐어요. 소피아 말을 들어요. 할 수 있다구요."

마저리의 비명이 견딜 수 없는 높이에 도달하더니(세상이 끝나는 것 같았다) 철퍽 하는 소리가 들렸다. 그리고 소피아가 자주색 젖은 생명체를 안고 있었다. 아기는 손을 버둥거리며 뭔가 잡으려 했고, 소피아는 앞치마를 피에 적신 채 환히 웃고 있었다.

"나왔어!"

마저리는 끔찍한 전쟁을 혼자 치른 사람처럼 머리카락이 들러붙은 얼굴을 돌렸다. 앨리스가 본 적 없는 표정으로, 부드러운 음성으로 말했다. "오, 아가, 내 아가!" 작은 여자아이가 가느다란 울음소리를 내자 세상이 변했다. 그들은 웃고 울고 서로 끌어안고 있었다. 숨죽이고 있던 감방 남자들이 절절한 목소리로 외쳤다. "주여, 감사합니다! 예수를 찬양하라!" 어둠과 오물과 피범벅의 와중에 소피아가 아기를 닦고 새 시트로 감싸 떨고 있는 마저리에게 넘길 때, 앨리스는 등을 기대고 앉아 피와 땀이 묻은 손으로 눈을 훔치며 태어나서 이렇게 벅찬 순간은 처음이라고 생각했다.

세상에서 가장 아름다운 아이라고 그날 저녁, 도서관에서 건배를 하며 스벤이 말했다. 눈은 새카맣고 머리숱이 많고 작은 코와 완벽한 팔다리는 누구와도 견줄 수 없다고. 아무도 반박할 생각이 없었다. 프레드는 밀주 한 병과 맥주 상자를 가지고 왔고 사서들은 아기의 탄생을 축하하며 적어도 그날은 안전한 출산의 기쁨 이상은 생각하지 않기로 했다. 마저리는 그 순간에도 완벽한 얼굴과 작은 조가비 같은 손톱을 자랑스레 들여다보며 아기를 꼭 안고서 자신의 고통과 상황을 잠시 잊고 있었고, 둘스와 다른 간수들조차 마저리를 찾아와 축하 인사를 전했다.

스벤은 그 누구보다 자랑스러웠다. 마저리가 아이를 낳다니 얼마나 용감한지, 아이가 얼마나 총명하게 주먹을 꼭 쥐고 있는지, 스벤은 입을 다물지 못했다. "오헤어의 딸이고말고." 스벤이 그렇게 말하자 모두 환호했다.

앨리스와 소피아는 그날 저녁 간신히 정신을 차릴 수 있었다. 앨리스는 녹초가 되어 눈을 겨우 뜨고 지쳤지만 안도한 소피아를 향해 시선을 두며 긴 터널을 뚫고 나왔고, 자신에게 있는지도 몰랐던 모종의 순수를 잃었다는 생각이 들었다.

"아기 옷을 지어놨어요." 소피아가 스벤에게 말했다. "내일 마저리에게 가져다주면 아이에게 제대로 입힐 수 있을 거예요. 담요, 겉옷, 작은 모자랑, 얇은 스웨터예요."

"참 친절하시네요, 소피아." 스벤이 말했다. 면도도 하지 않고, 계속 눈물을 글썽거리면서.

"우리 아기들이 쓰던 것도 보낼 수 있어요." 캐서린이 말했다. "여분의 속옷이랑 수건 같은 거요. 다시 필요할 것 같지 않으니까요."

"그거야 모르는 일이죠." 베스가 말했다.

캐서린은 단호하게 고개를 저었다. "아니, 난 알아요. 내게 남자는 하나예요."

이 말에 프레드는 앨리스와 눈이 마주쳤고, 앨리스는 그날의 들뜬 기분이 가라앉고 갑자기 슬프고 피로했다. 그 마음을 건배에 감췄다.

"마지를 위하여!" 앨리스가 잔을 들고 외쳤다.

"마저리를 위하여."

"그리고 버지니아를 위하여." 스벤이 말했다. 모두 스벤을 봤다. "마저리의 동생 이름을 땄어요. 마저리가 원하는 거예요. 버지니아 앨리스 오헤어."

"참 예쁜 이름이네요." 소피아가 고개를 끄덕였다.

"버지니아 앨리스." 모두 잔을 들고 따라 불렀다. 그때 이지가 벌떡 일어나더니 어딘가 작명 책이 있으니 어디서 유래한 이름인지 알고 싶다고 했다. 그러자 다른 사람들은 침을 꿀꺽 삼키며 반가워하면서 그러라고 했다. 소리 없이 구석에서 흐느끼는 앨리스에게 시선을 돌리지 않아도 되도록.

제22장

비행과 범죄로 징역형을 받은 남녀와 단순히 재판을 기다리는 남녀가 갇혀 있는 믿을 수 없이 더러운 시설은…… 보통 빈대, 바퀴벌레, 이와 다른 해충으로 들끓었으며 소독약과 오물 냄새로 가득했다.

_『범죄의 도가니』, 조지프 F. 피시먼, 1923년

　미국 전역의 감옥과 마찬가지로, 켄터키 감옥은 일정한 계획 없이 세워졌고 그 규칙은 보안관의 성격에 따라 크게 달랐다. 베일리빌의 경우에는 구운 빵을 좋아하는 간수의 재량에 맡겨졌다. 그래서 마저리와 버지니아는 연달아 찾아오는 손님들을 맞이할 수 있었고, 감방이 비좁고 불편하긴 해도 버지니아는 생후 첫 주 동안 다른 아이들처럼 사랑받았다. 깨끗하고 부드러운 옷을 입고, 손님들의 애정 속에서 작은 장난감을 선물 받고 종일 어머니 품에 안겨서. 버지니아는 검은 눈으로 움직이는 것들을 살폈고, 작은 손으로 허공을 더듬거나 젖을 먹을 때는 주먹을 쥐었다.

　한편 마저리는 딴판으로 변했다. 부드러운 표정으로 딸에게 집중했다. 출산 전에는 의구심을 가지는 것 같았지만, 본능적으로 모성을 찾

344

은 듯했다. 식사를 하고 옷을 갈아입을 수 있도록 앨리스가 아기를 안아줄 때도 마저리의 한 손은 아이를 잡고 있었다.

아기에게 집중하기 위해서인지 덜 우울해진 마저리를 보면서 앨리스는 안도했다. 마저리는 더 잘 먹었고("소피아가 말하길 계속 먹어야 젖이 나온대요") 비록 아기를 볼 때만이었지만 자주 웃었으며 전에는 바닥에 주저앉아 있기만 했던 반면, 아기를 어르느라 일어나 감방 안을 빙빙 돌았다. 둘스는 좀 더 깨끗하게 지낼 수 있도록 물통과 걸레를 빌려줬고, 아기가 벼룩이 사는 더러운 잠자리에서 잘 수 없다면서 새 침대를 가지고 오겠다고 하자, 간수는 불평 없이 그러라고 했다. 사서들은 얼룩이 수없이 많은 예전 매트리스를 마당에서 태웠다.

브레이디 부인은 아기가 태어난 지 엿새째 되는 날 의사를 데려와서 마저리의 회복과 아기 상태를 확인했다. 둘스 간수가 허가증도 없고 미리 연락도 안 했으니 안 된다고 하자 브레이디 부인은 뜨거운 수프도 얼려버릴 눈초리로 산모를 돌보는 동안 조금이라도 방해를 한다면 아처 보안관에게 먼저, 다음으로 해치 주지사에게 알릴 거라고 했다. 둘스 간수는 그 말을 의심하지 않았다. 의사가 산모와 아기를 진찰하는 동안 브레이디 부인은 감방 구석에 서 있었다(부인은 어둠 속에서 감방 상태를 보고 앉지 않기로 했다). 의사는 이상적인 조건은 결코 아니지만 아기와 산모 모두 건강하며 좋은 상태라고 말했다. 옆의 감방 남자들은 아기 기저귀에서 냄새가 난다고 불평했지만, 브레이디 부인은 입 닥치라고 하고 그들에게도 비누를 쓰는 것이 좋을 것이며, 불평하기 전에 자기 방부터 정리하라고 말했다.

사서들은 나중에 브레이디 부인이 도서관에 나타나, 오헤어 씨와 한참 논의한 끝에 자신이 도서관의 매일 운영을 맡을 것이며 마저리가 정상 업무를 할 수 없던 동안에 열심히 일한 반 클리브 부인이 이 결정을 불편하게 여기지 않기를 바란다고 발표했다.

앨리스는 조금 놀라긴 했지만 전혀 불편하지 않았다. 지난 몇 주 동안 매일 마저리를 찾아가고, 집안일을 하면서 도서관을 운영하고, 그 와중에 복잡하고 압도적인 감정을 다스리느라 어쩔 줄 몰랐으니까. 다른 사람이 이 일 중 하나라도 덜어준다니 마음이 놓였다. 어쨌든 곧 켄터키를 떠날 예정이니 더욱 그랬다. 그렇다고 앨리스가 그 이야기를 다른 사람에게 한 것은 아니었다. 당장은 모두에게 감당할 문제들이 있었으니까.

브레이디 부인은 코트를 벗더니 장부를 모두 보여 달라고 청했다. 소피아의 책상에 앉더니 봉급 기록과 대장장이의 청구서를 살피고 급료 지급 내역과 잔돈을 대조해보곤 만족스럽다고 했다. 부인은 저녁 식사 후 다시 와서 소피아와 한 시간을 보내면서 없어지거나 손상된 책의 위치를 확인하고 염소 사육에 관한 책을 늦게 반납한 길 씨가 문 앞을 지나갈 때 호통을 쳤다. 몇 시간 만에 부인의 존재감이 확실해져 든든했다.

*

이렇게 무더위와 날벌레들, 습기와 땀에 절어 파리에게 시달리는 말들과 함께 여름이 계속됐고 앨리스는 작은 문제들을 해결하되, 더 크고 불편한 문제들은 생각하지 않고 하루하루를 살아가려고 했다.

스벤은 일을 그만뒀다. 출근하면 주중에 마저리와 아기를 보러 갈 수 없고, 항상 마음이 그놈의 감방에 가 있어서 일을 할 수가 없다고 했다. 호프먼의 안전 담당들은 스벤이 떠난다고 하니 일손을 놓았고, 감독관은 노발대발했다.

스벤이 마저리 오헤어와 오래 사귄 사이인 걸 안 반 클리브는 증거가 없는데도 그가 스파이이자 반역자라고 하면서 호프먼에서 뱀 같은 구스타브손이 눈에 띄면 곧바로 총을 쏠 거라고 했다.

스벤은 감옥과 가까운 마저리 집에 들어와서 살고 싶어 하면서도 그러라는 제안은 거절했다. 그렇게 되면 사람들이 앨리스를 의심 어린 눈초리로 볼 것이 틀림없었기 때문이다. 두 사람 모두 마저리를 사랑한다 해도 의심하는 사람들은 있었을 테니.

게다가 앨리스는 작은 집에서 혼자 지내는 것이 두렵지 않았다. 일찌감치 푹 자고 해가 뜨는 새벽 4시 30분에 일어나서 샘물로 씻고 말려놓은 옷을 아무거나 걸치고 달걀과 빵으로 아침 식사를 하고 남은 부스러기는 닭들과 창가에 모여드는 새들에게 줬다. 식사를 하면서 마저리의 책 한 권을 읽었고, 이틀에 한 번 감옥에 가져갈 옥수수빵을 구웠다. 산에서는 새들이 지저귀고, 나뭇잎이 주황색으로, 그리고 파랑으로, 초록으로 빛났고, 풀밭에는 백합과 세이지가 자랐다. 스크린 도어가 닫히는 소리가 나면 커다란 야생 칠면조가 날개를 퍼덕이고 작은 사슴들은 숲으로 달아났다.

앨리스는 찰리를 오두막 뒤의 풀밭에 데려다놓고, 닭장에서 달걀을 확인했다. 귀가하면 지쳐 있을 테니 시간 날 때 저녁 식사를 준비하기도 했다. 스피릿에게 안장을 얹고 그날 필요한 것을 챙겨 도서관으로 출근했다. 흙길을 지나면 스피릿의 목에 고삐를 내려놓고서 양손으로 손수건을 목에 둘렀다. 이제는 고삐를 거의 쓰지 않았다. 스피릿은 앨리스가 노선에 접어들면 길을 알아서 찾아갔고 앨리스만큼이나 자기 일을 잘 알고 사랑했다.

저녁에는 소피아와 함께 있기 위해 도서관에 한 시간 더 머물렀고, 이따금 프레드가 집에서 먹을 것을 가지고 왔다. 프레드의 집에서 식사도 두 번 했다. 어차피 다들 아는 일이고, 그 짧은 길을 가는 동안은 들키지 않을 거라 여겼다. 앨리스는 프레드의 집이 좋았다. 밀랍 냄새와 적당히 닳은 편안함, 마저리의 집보다 부드러운 느낌, 부유함이 묻어나는 러그와 가구들이 마음에 들었다.

장식품이 없는 것도 마음이 편했다.

둘은 프레드의 음식을 먹고 온갖 이야기를 하거나 입을 다물고 있으면서 눈이 마주치면 바보처럼 웃었다. 어떤 밤이면 앨리스는 귓전에서 심장이 두근거려 대화는 들리지 않고 서로 무슨 이야기를 나눴는지 알 수 없을 때도 있었다. 그에 대한 마음이 너무 간절해 식탁 밑에서 손을 꼬집기도 했다. 그러다 빈 집에 도착하면 이불 밑에 누워한 번, 딱 한 번만 그에게 함께 있자고 하면 어떻게 될까 생각해봤다.

스벤은 프레드의 집에서 프레드와 앨리스와 함께 변호사를 만나도 될지 물었다. 앨리스는 스벤이 불안한 나머지 변호사에게 들은 이야기를 잊을까 봐 그런다는 걸 이해했다. 변호사는 말을 돌려가며 난해하게 했다.

장부가 사라졌음에도 불구하고(변호사는 여기서 의미심장한 표정으로 말을 한번 끊었다), 마저리 오혜어에게 불리한 증거가 확실히 있다고 했다. 첫 면담에서 노파는 오혜어가 현장에 있었다고 했다. 총상이나 자상이 없는 것에 미루어 피투성이 도서관 책이 유일한 살인 무기였다. 다른 장부에 따르면 오헤어만큼 멀리 다니는 사서는 없었으니, 다른 사람이 범인일 리 없었다. 그리고 마저리의 성격과 두 집안 사이의 오랜 불화, 결과를 따지지 않고 기분 나쁜 소리를 하는 마저리의 습관 모두 불리하게 작용했다.

"재판 때 피고인은 이런 것들을 주의해야 합니다." 변호사는 서류를 모으며 말했다. "배심원들이 피고인을…… 호감 가는 피고라고 여기는 것이 중요합니다."

스벤은 말없이 고개를 저었다.

"마지에게 딴사람이 되라고 할 순 없죠." 프레드가 말했다.

"다른 사람이 되어야 한다는 말이 아닙니다. 하지만 판사와 배심원의 동정을 얻지 못하면, 풀려날 가능성이 극히 적어집니다."

변호사는 의자에 등을 기대더니 양손을 테이블에 올렸다. "이건 단순히 진실의 문제가 아닙니다, 구스타브손 씨. 전략의 문제죠. 이 사안의 진실이 무엇이든지, 반대편도 열심히 진실을 꾸며내고 있다는 건 분명합니다."

"그럼 마음에 드는군요."

"뭐가요?" 마저리가 고개를 들었다.

"어머니가 되는 거요."

"감정이 너무 격해져서 어느 쪽인지 잘 모르겠어요." 버지니아의 옷매무새를 고쳐주면서 마저리가 나직이 말했다. "세상에, 여기도 덥네. 바람 좀 쐴 수 있으면 좋겠어."

버지니아가 태어난 이후로 둘스는 마저리가 위층의 빈 감방에서 사람들을 만날 수 있게 해줬다. 지하 감방보다 밝고 깨끗했다. 그리고 브레이디 부인이 보기에도 더 나아 보이기 때문일 것이라고 모두 추측했다. 하지만 오늘처럼 덥고 습한 날이면 별로 나을 것도 없었다.

앨리스는 문득 창문이 뚫려 있고, 차가운 시멘트 바닥인 감옥이 겨울에 얼마나 끔찍할까 생각했다. 주립 교도소는 얼마나 심할까? 그때가 되면 풀려날 거야. 앨리스는 단호하게 생각했다. 앞일을 걱정하지 마. 오늘 말고는 생각하지 마.

"다른 존재를 이렇게 사랑할 수 있을지 몰랐어요." 마저리가 말했다. "아이 때문에 완전히 변한 것 같아요."

"스벤은 정말 제정신이 아니에요."

"그렇죠?" 마저리는 뭔가 떠올리고 미소를 지었다. "아가, 네게 좋은 아빠가 되어줄 거야." 인정하기 싫은 것이 있는 것처럼, 마저리의 얼굴에 그늘이 졌다. 그러다가 아기를 들어 올리며 다시 웃었다. "얘 머리가 나처럼 검은색이 될 것 같죠? 결국 애도 체로키의 피를 받았으니까. 아니면 아빠처럼 밝은색이 될까요? 스벤이 아기였을 때 머리카락이 분필처럼 하얬대요."

마저리는 재판 이야기는 하지 않으려고 했다. 소용없다는 듯, 고개를 살짝 저었다. 그리고 마저리가 부드러워지긴 했지만, 그럴 때는 단호해 앨리스는 반박하지 못했다. 베스와 브레이디 부인이 찾아왔을 때도 그랬기에 브레이디 부인은 짜증이 나서 얼굴을 붉히며 도서관에 왔다.

"재판과 그 이후 일을 남편에게 이야기하고 있었어요…… 일이 우리가 바라는 대로 풀리지 않는다면 어떻게 할지. 남편이 법조계에 친구가 몇 있는데, 우리 주 밖에는 아이가 엄마와 함께 지내게 해주고, 여성 간부가 제대로 관리하는 곳도 있다고 해요. 꽤 좋은 시설도 있다고."

마저리는 아무 말도 듣지 못한 사람마냥 굴었다.

"교회에서 모두 당신을 위해 기도하고 있어요. 당신과 버지니아를 위해서. 정말 귀엽지 않아요? 우리가 혹시……."

"생각은 고마워요, 브레이디 부인. 하지만 괜찮을 거예요."

그게 끝이었다고 브레이디 부인은 두 손을 하늘로 쳐들며 말했다. "마치 모래에 머리를 파묻고 있는 것 같아요. 솔직히, 나온다는 생각만으로는 충분하지 않다고 봐요. 계획이 있어야지."

하지만 앨리스는 마저리의 행동이 낙관에서 나왔다고 느끼지 않았다. 그것도 재판이 하루하루 다가올수록 점점 더 불안해지는 이유 중 하나였다.

재판까지 정확히 일주일 전, 신문 보도에서 용의자에 대한 추측을 시작했다. 한 곳에서는 나이스 앤 퀵의 여자들 사진을 입수해 마저리의 얼굴만 보이도록 잘라냈다. 헤드라인은 다음과 같았다.

살인자 사서 : 그녀가 무고한 사람을 죽였을까?

가장 가까운 댄버스 크릭의 호텔은 곧 만실이 되었고, 근처 사람들은 남는 방을 정리하고 침대를 넣어 시내에 찾아오는 기자들을 묵게 한다는 설이 있었다. 모두가 마저리와 맥컬러 이야기만 하는 것 같았다. 아무도 그 이야기를 입에 올리지 않는 도서관만 예외였다.

스벤은 한낮에 감옥으로 향했다. 매우 더운 날이라 스벤은 모자로 부채질을 하면서 천천히 걸었고 지나치는 사람마다 인사를 건네며 속마음을 드러내지 않았다. 그는 앨리스가 구운 빵을 둘스에게 주고 그

녀가 가져가라고 준 깨끗한 옷과 턱받이가 주머니에 잘 들어 있는지
확인했다. 마저리는 위층 감방에서 아기에게 젖을 물리며 다리를 꼬
고 앉아 있었고, 스벤은 아기가 집중하도록 키스하기를 기다렸다. 보
통 마저리는 키스하도록 뺨을 내밀었지만, 이번에는 아이만 내려다보
고 있어서 스벤은 옆의 의자에 앉았다.

"아직도 밤새 젖을 먹어?"

"최대한 먹어."

"브레이디 부인이 아기가 이유식을 일찍 먹을지도 모른대. 육아책
을 빌려서 조금 읽었어."

"언제부터 브레이디 부인이랑 아기 이야기로 수다를 떨었어?"

스벤은 부츠를 내려다봤다. "일을 그만둔 후로."

마저리가 빤히 쳐다보자, 스벤이 덧붙였다. "걱정 마. 열네 살 때부
터 쉬지 않고 일했어. 프레드가 빈방에서 지내게 해줬으니까 괜찮아.
우린 괜찮을 거야."

마저리는 아무 말도 하지 않았다. 가끔 그럴 때가 있었다. 스벤이 있
는 동안 거의 한마디도 하지 않았다. 버지니아가 태어난 이후로 그런
날이 줄어들었다. 기분이 가라앉아도 아기에게 말을 걸 수밖에 없는
것 같았다. 하지만 스벤은 여전히 그런 모습을 보고 싶지 않았다. 그는
머리를 긁적였다. "앨리스가 닭들이 잘 있다고 전해 달랬어. 위니가 쌍
란을 낳았대. 찰리는 살이 찌고 있어. 내가 보기에는 휴식이 좋은 것
같아. 이번 주에 프레드의 새끼들과 만나게 해줬어."

마저리는 버지니아가 젖을 다 먹은 것을 확인하고 원피스를 내리고
아기를 안아 트림을 시켰다.

"있잖아, 생각해봤는데……." 스벤이 말했다. "집에 돌아오면 개를

한 마리 키워도 될 것 같아. 셸비빌 쪽에 농부가 키우는 사냥개가 아주 마음에 드는데, 새끼를 낳을 거래. 그 개는 성격도 좋아. 아이가 개랑 함께 자라면 좋거든. 강아지를 얻으면 그 애랑 버지니아를 같이 키울 수 있어. 어때?"

"스벤⋯⋯."

"아니, 꼭 그럴 필요는 없어. 버지니아가 조금 더 클 때까지 기다려도 돼. 그냥⋯⋯."

"당신에게 떠나라고 말하지 않겠다고 한 거 기억해?" 마저리는 아이를 보면서 말했다.

"기억하고말고. 서약서를 쓰라고 할 뻔했는데." 스벤이 씩 웃었다.

"음⋯⋯ 착각이었어. 당신이 떠났으면 해."

스벤이 고개를 갸우뚱하며 다가왔다. "잠깐⋯⋯뭐라고?"

"그리고 버지니아를 데리고 가줘." 고개를 든 마저리의 두 눈은 동그랗고 진지했다. "스벤, 내가 교만했어. 남을 다치게 하지만 않으면 원하는 대로 살 수 있을 줄 알았어. 하지만 여기서 생각할 시간을 갖고 나니⋯⋯ 깨닫게 됐어. 리 지역에서는, 아마도 켄터키주에서는 그렇게 할 수 없어. 여자라면 말이야. 그들의 규칙에 따라 살지 않으면 그들에게⋯⋯ 벌레처럼 짓밟히게 돼."

마저리는 혼자서 여러 번 연습한 것처럼 침착하고 담담한 목소리로 말했다. "아이를 멀리, 뉴욕주나 시카고, 아니면 서해안으로 데려가줘. 아름다운 곳, 여러 가지 기회를 얻고 좋은 교육을 받을 수 있는 곳으로, 태어나기도 전에 가족이 남긴 낙인 따위를 걱정 안 해도 되는 곳으로. 그 애를 이름 때문에 판단할 사람들이 없는 곳으로."

스벤은 당황했다. "미친 소리야, 마지. 난 떠나지 않아."

"20년이나? 과실 치사면 20년 형을 살게 되는 거 알잖아. 살인이면 더할 거고."

"하지만 당신은 아무 잘못도 안 했어!"

"그걸 신경 쓸 것 같아? 여기 사람들이 어떤지 알잖아. 나를 저격하고 있다는 걸."

스벤은 미친 사람 보듯 마저리를 봤다. "난 안 가. 그러니 잊어."

"음, 이제 당신을 안 만날 거야. 그러니 당신은 선택권이 없어."

"뭐? 무슨 소리야?"

"오늘이 마지막이야. 여기서 내가 가진 몇 안 되는 권리 중에 하나야. 면회자를 안 만나는 권리. 스벤, 당신은 좋은 사람이고 나를 돕기 위해서 무슨 일이라도 하리라는 거 알아. 그리고 맹세코 그 때문에 당신을 사랑해. 하지만 이젠 버지니아를 생각해야지. 그래서 내가 부탁한 대로 하고 우리 딸을 여기 다시는 데려오지 않길 바라." 마저리는 벽에 등을 기댔다.

"하지만…… 재판은 어쩌고?"

"거기 오지 마."

스벤이 일어났다. "말도 안 되는 소리야. 듣지 않겠어. 난……."

마저리의 음성이 높아졌다. 앞으로 몸을 숙여 스벤의 손을 잡고 말렸다. "스벤, 내겐 아무것도 없어. 자유도 없고 존엄성도 없고 미래도 없어. 내게 남은 거라곤 이 애, 내 심장, 내가 세상에서 가장 사랑하는 존재는 다른 삶을 살길 바라는 희망뿐이야. 그러니 날 사랑한다면, 내 부탁을 들어줘. 내 딸이 어린 시절에 감옥이나 찾아다니는 걸 바라지 않아. 당신과 아이가 매주, 매년, 주립 교도소에서 머리에는 이가 들끓고 구정물 냄새를 풍기면서 시들어가는 내 모습을 보는 걸 원하지 않

아. 그런 모습을 딸에게 보이고 싶지 않아. 우리 애를 행복하게 해줘. 내 이야기를 할 때는 이 이야기 말고, 찰리를 타고 산속을 다니던 이야기를 해줘. 내가 사랑하는 일을 했던 이야기를."

스벤은 마저리의 손을 잡았다. 목소리가 갈라졌고, 도저히 생각도 할 수 없는 일이라는 듯 고개를 저었다. "당신을 떠날 수 없어, 마지."

마저리는 손을 빼냈다. 잠든 아기를 스벤의 품에 가만히 안겼다. 그리고 마저리는 아기 머리에 키스했다. 눈을 감고, 잠시 입술을 대고 있었다. 눈을 뜨고, 아기 모습을 마음속 깊은 곳에 새기듯 바라봤다. "안녕, 아가. 엄마는 널 많이 사랑해."

마저리는 아기의 주먹을 손끝으로 가만히 쓰다듬었다. 그리고 스벤이 충격에 사로잡혀 앉아 있을 때, 마저리 오헤어는 일어나 테이블을 꽉 붙잡더니 간수에게 자기 감방으로 돌아가겠다고 외쳤다.

그리고 뒤돌아보지 않았다.

마저리의 말대로 스벤이 마지막 면회자였다. 앨리스가 그날 오후 파운드케이크를 가지고 왔지만 둘스는 오헤어 씨가 아무도 만나고 싶지 않다고 했다며 아쉬운 표정으로 말했다(그는 앨리스의 케이크를 정말 좋아했으니까).

"아기에게 문제가 있어요?"

"아기는 이제 여기 없어요. 오늘 아침에 아버지랑 함께 나갔어요."

둘스는 미안하지만 규칙은 규칙이라 앨리스를 억지로 만나게 할 수는 없다고 했다. 하지만 케이크를 나중에 마저리에게 가져다주겠다고 약속했다. 캐서린 블리가 이틀 뒤에 찾아왔을 때도 같은 대답을 들었고 그 후에 소피아와 브레이디 부인도 마찬가지였다.

앨리스는 어지러운 마음으로 집에 갔고, 현관에 앉아 낯선 햇볕과 나무 그림자에 눈을 동그랗게 뜬 아기를 안고 있는 스벤을 발견했다.

"스벤?"

앨리스는 말에서 내려 고삐를 기둥에 걸었다. "스벤? 대체 무슨 일이죠?"

스벤은 앨리스에게 눈길을 주지 않았다. 붉어진 눈으로 고개를 자꾸 돌렸다.

"스벤?"

"마저리는 켄터키에서 고집이 제일 센 여자예요."

그 말과 함께 아기는 울기 시작했다. 하루에 너무 많은 변화를 겪어, 어쩔 줄 몰라하는 아이의 자지러지는 울음소리였다. 스벤은 아이 등을 두드렸고, 앨리스가 다가가 아이를 받았다. 스벤은 커다랗고 울퉁불퉁한 손으로 얼굴을 감싸 쥐었다. 아기는 앨리스의 어깨에 얼굴을 파묻더니 엄마가 아니라는 사실에 경악한 듯 작은 입을 O자로 만들었다.

"괜찮을 거예요, 스벤. 마저리는 마음을 바꿀 거예요."

스벤은 고개를 저었다. "왜요?" 스벤의 목소리가 작게 들려왔다. "마저리 말이 옳다는 게 최악입니다, 앨리스."

모르는 것도, 모르는 사람도 없는 캐서린을 통해 버지니아의 유모를 구했다. 얼마 전 젖을 뗀 아이 엄마가 적은 돈을 받고 아이를 봐주기로 했다. 매일 아침 스벤은 아이를 데리고 하얀 농장집으로 가서 어린 버지니아를 맡겼다. 그 모습에 모두 마음이 좋지 않았다. 버지니아는 곧 내성적으로 변했고, 경계하는 눈으로 손가락을 빨았다. 세상을 믿을 수 없다는 듯이. 하지만 방법이 없었다. 아기에게 젖을 먹여야 했으니까. 스벤은 일을 구할 수 있었다. 앨리스와 사서들은 어찌어찌 견뎌냈다. 가슴이 아프고 배 속이 메슥거린다 해도, 상황이 그랬으니까.

제23장

"나를 늘 이렇게 사랑해달라는 게 아니라, 기억해달라고 부탁하는 거예요. 내 속 어딘가에 오늘 밤 내 모습이 늘 존재할 테니까."
_『밤은 부드러워』, F. 스콧 피츠제럴드

베일리빌에 서커스라도 시작된 분위기였다. 텍스 라파예트의 등장은 여기에 비하면 주일 학교 동창회처럼 느껴질 만큼 떠들썩했다. 재판 날짜가 알려지면서 이 분위기는 더욱 고조되었고, 마저리에게 호의적이지만은 않았다. 맥컬러의 먼 친척들이 찾아오기 시작했다. 테네시, 미시건, 노스캐롤라이나에 사는 먼 친척들이 몇십 년 동안 맥컬러를 본 적도 없지만 갑자기 사랑하는 친척의 복수를 다짐하며 감옥이나 도서관 앞에 모여들었다.

프레드는 두 차례 나와 진정시키려고 했고, 총을 꺼내 들고 사서들을 방해하지 말라고 경고했다. 마저리 집안의 온갖 잘못이 마저리가 악행을 저지른 증거라고 보는 이들과, 마저리가 책을 가져다주고 삶에 작은 즐거움을 준 것에 대해 감사하는 이들로 나누어졌다.

베스는 마저리의 평판 때문에 두 번이나 주먹다툼에 휘말렸다. 한 번은 가게에서, 한 번은 도서관 앞에서였는데, 이후로 베스는 언제라도 펀치를 날릴 태세로 손에 끈을 묶고 다녔다. 이지는 자주 흐느꼈고, 누가 그 이야기를 꺼내기만 하면 말없이 고개를 젓곤 했다. 캐서린과 소피아는 별말이 없었지만 우울한 표정을 짓고 있었다. 앨리스는 마저리의 뜻에 따라 면회를 갈 수 없었지만 마저리와 실로 연결되어 있는 것처럼 갇힌 그녀의 존재를 느꼈다. 둘스를 찾아가 물어보면, 마저리는 식사를 조금 했다고 전해줬다. 말은 별로 하지 않는다고 했고 잠을 많이 자는 것 같았다.

스벤은 시내를 떠났다. 작은 마차와 어린 말을 사서 프레드의 집에 둔 약간의 짐을 싣고 컴벌랜드 갭 동쪽, 유모의 집에서 가까운 작은 오두막으로 옮겼다. 말이 많은 베일리빌에서는 지낼 수 없었고, 사랑하는 여자가 처참해지는 모습은 더더욱 볼 수 없었다. 피로에 눈은 붉게 충혈되고 입가에는 깊은 주름이 생겼다. 프레드는 소식만 오면 바로 달려가겠다고 약속했다.

"내가 마저리에게…… 내가 마저리에게……." 프레드는 마저리에게 뭐라고 말해야 할지 알 수 없었다. 그들은 묵묵히 시선을 교환하고 어깨를 두드렸고, 스벤은 모자를 꾹 눌러쓰고 말없이 떠났다.

앨리스도 짐을 싸기 시작했다. 조용하고 작은 오두막에서 앞으로 영국에서 필요할 옷가지와 다시 입을 수 없는 옷가지를 나누기 시작했다. 앨리스는 고급 실크 블라우스, 우아하게 재단한 스커트, 얇은 슬립과 잠옷을 들어보고 인상을 썼다. 자신이 이런 사람이었단 말인가? 에메랄드빛의 티타임용 꽃무늬 드레스와 레이스 컬러를 걸치는? 정말로 헤어컬과 로션과 진주 브로치 같은 것이 다 필요했던 말인가? 모르는 사람의 물건 같았다.

앨리스는 짐을 다 정리한 뒤에 사서들에게 알렸다. 이 무렵 그들은 누가 말하지 않아도 모두 퇴근 시간이 한참 지나도록 도서관에서 머물게 되었다. 이곳 이외에는 어딜 가도 견디기 힘든 것 같았다. 재판이 시작되기 이틀 전, 앨리스는 캐서린이 가방을 챙기기를 기다려 말했다. "말씀드릴 게 있어요. 저 떠나요. 혹시 제 물건 중에 필요한 게 있으면 도서관에다 옷 상자를 두고 갈 테니 살펴보세요. 뭐든지 가지셔도 좋아요."

"어딜 떠난다고요?"

"여기요. 영국으로 돌아가야 해요."

무거운 침묵이 흘렀다. 이지가 손으로 입을 막았다. "그럴 순 없어요!"

"음, 베넷에게 돌아가지 않는 한, 여기서 지낼 순 없어요. 마저리를 가두고 나면 반 클리브는 저를 잡으러 올 거예요."

"그렇게 말하지 말아요." 베스가 말했다.

한참 동안 아무도 입을 열지 않았다. 앨리스는 다른 사서들의 표정을 무시하려고 했다.

"베넷이 그렇게 나빠요?" 이지가 물었다. "아니, 아버지 집에서 나가자고 설득하면 잘 살 수 있을지도 모르잖아요. 그러면 안 떠나도 되고."

프레드에 대한 감정이 이런데, 베넷에게 돌아갈 수 없다고 어떻게 설명할 수 있을까? 앨리스는 다른 남자에게 가야 한다고 생각하며 프레드 앞을 날마다 지나다니느니 차라리 멀리 떨어진 곳으로 가고 싶었다. 프레드는 앨리스에게 손 하나 대지 않았지만, 앨리스는 자신들이 그 누구보다 서로를 잘 이해한다고 느꼈다.

"그럴 순 없어요. 반 클리브가 이동 도서관을 없애 버리려고 작정한 것도 알잖아요. 우리 모두 일자리를 잃게 될 거예요. 반 클리브가 보안관을 만나는 걸 프레드가 봤다고 하고, 캐서린은 그 사람이 주지사를 만나는 걸 지난주에 두 번이나 봤대요. 우릴 없애려는 거예요."

"하지만 마저리도 없고 앨리스도 없으면……." 이지가 말끝을 흐렸다.

"프레드는 알아요?" 소피아가 물었다.

앨리스는 고개를 끄덕였다.

소피아는 뭔가 확인하듯이 눈을 마주쳤다.

"언제 가요?" 이지가 물었다.

"재판이 끝나면 곧바로 갈 거예요." 프레드는 집까지 가는 내내 아무 말도 하지 않았다. 손을 내밀어 그의 손을 잡고 미안하다고, 원하는 건 이게 아니라고 말하고 싶었지만, 배표가 왔다는 사실이 너무 슬퍼 꼼짝도 할 수 없었다.

이지는 눈을 문지르고 코를 훌쩍였다. "모든 게 다 무너지는 느낌이에요. 우리가 그동안 해온 일이 전부 다. 우리 우정도. 이곳도. 모든 게 다 끝나가고 있어요."

보통 누군가가 이런 식으로 격한 감정을 드러내면 다른 이들이 터무니없는 소리라고, 미쳤다고, 잠이나 푹 자거나 뭘 좀 먹거나 정신 차리라고 야단쳤을 것이다. 달거리 때문이라고. 하지만 아무 말도 없는 걸 보니 모두 얼마나 우울한지 알 수 있었다.

소피아가 침묵을 깨트렸다. 크게 한숨을 쉬더니 양손을 테이블에 짚었다. "음, 당장은 계속해요. 베스, 오늘 오후에 책을 반납하지 않은 것 같아요. 여기로 가져다주면 내가 대신 할게요. 그리고 앨리스, 떠나는 정확한 날짜를 알려주면 월급 정산을 할게요."

밤중에 트레일러 주택 두 채가 법원 옆 도로에 도착했다. 시내 곳곳에 투입된 주 경찰관이 보였고 〈렉싱턴 커리어〉의 신문 기사 때문에 월요일 오후에는 감옥 앞에 사람들이 모이기 시작했다.

밀주 제조자의 딸, 도서관 책으로 살인을 저지르다

"쓰레기 같으니." 바이데커 선생이 학교에서 신문을 건네자 캐서린이 말했다. 하지만 그렇다고 사람들을 해산시키지도, 몇몇이 마저리의 감방까지 들리도록 밖에서 야유하는 걸 막지도 못했다. 둘스는 두 번 밖으로 나와 진정시키려고 했지만, 처음 보는 키 큰 남자가 클렘 맥컬러의 사촌이라고 하면서 신으로부터 얻은 발언의 자유를 행사하는 것뿐이라고 했다. 그러니 오헤어가 살인자 년이라고 해도 누가 참견할 일이 아니라고 했다. 그들은 알코올에 힘입어 큰소리를 쳤고 해질녘이 되자 감옥 앞에는 술에 취해 마저리에게 욕을 퍼붓는 사람들과 이 지역 사람도 아니면서 소란 피우지 말라고 외치는 사람들이 가득 모였다. 나이 든 여자들은 집에서 나지막이 불평했고 젊은 남자들은 혼란을 틈타 모닥불을 피우기 시작했다. 질서 있는 소도시에서 잠시, 무슨 일이라도 벌어질 수 있을 것 같았다. 좋지 않은 일이.

사서들이 일을 마치고 돌아와 소식을 들었고, 모두 말을 넣어두고 문을 열어 멀리서 들리는 항의 소리를 들으면서 말없이 앉아 있었다.

살인자 년!

너도 당해봐라, 창녀야!

자자, 여러분, 여기 숙녀들도 계십니다. 적당히 합시다.

"스벤이 여기 없어서 다행이에요." 베스가 말했다. "마지를 저런 식으로 말하는데, 가만있지 않았을 거예요."

"견딜 수가 없어요." 이지가 문틈으로 지켜보다가 말했다. "저런 소리 다 들어야 하다니, 마저리 씨 기분이 어떨지."

"아기도 없어서 정말 슬플 거예요."

앨리스도 그런 생각밖에 들지 않았다. 사랑하는 사람의 위로를 받지 못한 채, 저런 증오를 받아야 하다니. 마저리가 스스로를 고립시키는 것을 보면 앨리스는 울고 싶었다. 죽기 전에 일부러 외딴곳을 찾아가는 동물 같았다.

"주여 우리 마저리를 지켜주소서." 소피아가 나직이 말했다.

그때 브레이디 부인이 뺨이 달아오르고 머리가 삐죽삐죽 튀어나온 채 도서관으로 들어왔다. "이 도시 사람들이 저 정도는 아닐 줄 알았는데. 이웃들이 창피하군요, 정말로. 노프시어 부인이 이런 난리를 보면 뭐라고 하실지."

"프레드가 그러는데 밤새 저럴 거래요."

"대체 어쩌려고 이러는지 모르겠군요. 아처 보안관이 막지 않는 이유도 모르겠어요. 할런보다 더 지독한 곳이 되어가고 있어요."

그때 사람들 무리 속에서 반 클리브의 목소리가 들렸다. "내가 경고하지 않았소, 여러분! 저 여자는 사람들과 이 도시에 위험한 존재요. 법정은 오헤어가 얼마나 사악한 존재인지 밝힐 것이오. 저 여자가 가야 할 곳은 하나뿐이오!"

"아, 젠장, 저 인간이 나서서 더 난리네." 베스가 말했다.

"저 여자가 얼마나 가증스러운 존재인지 듣게 될 거요. 자연에 위배되는 여자란 말이오! 저 여자 말은 절대 믿어서는 안 돼!"

"이제 그만." 이지가 주먹을 쥐며 말했다.

브레이디 부인이 바라보는데, 이지가 일어나 지팡이를 들고 문으로 걸어갔다. "엄마? 나랑 같이 안 가요?"

그들은 동시에 소리 없이 부츠를 신고 모자를 썼다. 그리고 의논도 없이 계단 위에 섰다. 캐서린과 베스, 이지와 브레이디 부인, 그리고 잠시 망설이던 소피아까지 긴장이 감돌지만 단호한 표정으로 의자에서 일어나 가방을 들었다. 다른 이들이 소피아를 봤다. 그리고 앨리스는 두근거리는 가슴으로 손을 내밀었고 소피아는 그 손을 잡았다. 여섯 명의 여자들이 도서관에서 나와 똘똘 뭉쳐 소리 없이 엄숙한 얼굴로 감옥으로 걸어갔다.

그들이 도착하자 사람들이 갈라졌다. 무시무시한 표정으로 팔꿈치를 흔드는 브레이디 부인의 기세에 눌리기도 했지만, 베넷 반 클리브의 아내와 죽은 블리의 아내와 팔짱을 낀 유색인 여성이 놀라웠기 때문이다.

브레이디 부인은 사람들 앞에 닿자 감옥을 등지고 그들을 마주했다. "자신이 부끄럽지도 않아요?" 부인이 고함쳤다. "대체 뭐 하는 사람들이죠?"

"저 여잔 살인자라고!"

"증거가 없으면 무죄 추정의 원칙이 있어요. 그러니 판결이 날 때까지 구역질 나는 소리와 구호는 넣어둬요!"

브레이디 부인은 키 큰 남자를 가리켰다. "게다가 여기 대체 무슨 일로 온 거죠? 말썽을 일으키러 찾아온 사람들이 있는 것 같은데. 베일리빌에 살지도 않으면서."

"난 클렘의 육촌이요. 나도 여기 올 자격이 있다구. 내가 육촌을 얼마나 아꼈는데."

"좋아하기는 개뿔." 브레이디 부인이 말했다. "그 사람 딸들이 굶고 있을 때, 대체 어디 있었죠? 아비가 술에 취해 돌보지 않아서 애들이 남의 밭에서 먹을 걸 훔칠 때 어디 있었어요, 응? 그 가족에게 진심이라곤 없으면서."

"편드는 것뿐이잖소. 사서들이 무슨 짓을 꾸미는지 우린 다 알고 있어."

"아무것도 몰라요!" 브레이디 부인이 말했다. "그리고 당신, 헨리 포터스. 당신 나이가 되면 사리 분별은 할 줄 알았더니. 이 얼간이에 대해서라면……." 부인은 반 클리브를 가리켰다. "솔직히 우리 이웃들은 남의 불행으로 재산을 얻은 사람을 믿지 않을 줄 알았는데. 이 사람의 댐 때문에 집을 잃은 사람이 몇이나 되죠? 오헤어 씨가 경고해서 목숨을 구한 사람이 몇이나 돼요? 그런데도 근거 없는 소문을 듣고 엉뚱한 사람을 욕하다니."

"그건 중상모략이오, 패트리샤!"

"그럼 날 고소해요, 조프리."

반 클리브의 얼굴이 붉어졌다. "모두 경고했소! 저 여자가 악영향을 주고 있다고!"

"이곳에서 악영향은 당신뿐이야! 왜 당신 며느리가 당신 집에서 하룻밤을 더 자느니 차라리 외양간에서 자겠다고 하겠어요? 대체 누가 자기 며느리를 때려? 그런데 거기 버티고 서서 도덕론자처럼 굴다니. 여기서 남자들이 여자들을 비판하는 걸 보면 정말 충격적이야."

사람들이 웅성거리기 시작했다.

"무슨 여자가 점잖은 남자를 죽이나?"

"이건 맥컬러랑 상관없는 일이라는 걸 알잖아요. 당신 정체를 폭로

한 여자에게 보복하는 거지!"

"봤소, 여러분? 이게 바로 소위 도서관의 참모습이오. 여자들의 목소리를 높여주고, 올바르지 못한 행동을 장려하는 거. 브레이디 부인이 저런 식으로 말하는 게 옳다고 생각하는 거요?"

사람들이 앞으로 몰려들다가 두 발의 총성에 우뚝 멈췄다. 사람들은 불안한 눈초리로 주위를 둘러보며 고개를 숙였다. 아처 보안관이 감옥 뒷문 쪽에 나와서 사람들을 둘러보고 말했다. "자. 많이 참았소만 더 이상은 한마디도 듣지 않겠소. 이 사건은 내일부터 법정에서 판단할 것이고, 정해진 절차를 따를 것이오. 그리고 한 명이라도 선을 넘어 들어오면 오혜어 씨와 함께 가둘 것이오. 당신, 조프리와 패트리샤도 마찬가지요. 누구든지 가둘 거요. 알겠소?"

"우리에겐 자유롭게 발언할 권리가 있다!" 누가 외쳤다.

"그렇지. 그리고 내겐 그 발언을 저 아래 감방에서 하게 만들 권리가 있소."

사람들은 다시 시끄러운 목소리로 욕설을 외치기 시작했다. 앨리스는 주위를 돌아봤고, 명랑하게 아침 인사를 건네던 사람들이 뿜어내는 독설과 흉포한 표정에 몸을 떨었다. 어떻게 마저리에게 이럴 수 있을까? 주위 사람들의 기세에 앨리스는 두려움과 당혹감을 느꼈다. 그러다 캐서린이 건드리는 것을 느끼고, 이지가 앞에 나선 걸 봤다. 사람들이 고함을 치고 노래를 부르면서 밀칠 때, 이지는 절뚝이며 그들 앞으로 나가 지팡이를 짚고서 감방 창문 아래 섰다. 그리고 모두가 지켜보는 가운데, 다섯 명 앞에 서기도 힘들어했던 이지 브레이디가 웅성거리는 사람들 앞에 서서 주위를 둘러보더니 숨을 깊이 들이쉬었다. 그리고 노래를 시작했다.

때 저물어 날이 이미 어두우니
구주여 함께하소서.

이지는 멈추고 숨을 들이쉬고는 주위를 둘러봤다.

내 친구 나를 위로 못 할 때
나를 돕는 주여 함께하소서.

처음에는 영문을 몰라, 뒤쪽 사람들이 발뒤꿈치를 들고 보면서 군중은 조용해졌다. 한 남자가 야유하자 누군가가 욕을 했다. 이지는 양손을 붙잡고 조금 떨면서 더 크고 힘차게 노래했다.

내 사는 날이 속히 지나고
이 세상 영광 빨리 지나네.
이 천지 만물 모두 변하나
변찮는 주여 함께하소서.

브레이디 부인은 허리를 펴고 두세 발자국 앞으로 나아가 딸 옆에 감옥을 등지고 서서 턱을 들었다. 둘이 함께 노래할 때 캐서린, 베스, 마지막으로 소피아와 앨리스가 팔짱을 낀 채로 옆으로 다가가 함께 노래했다. 고개를 들고, 차분한 눈빛으로 사람들을 내려다보면서. 남자들이 욕을 해도 여섯 명의 목소리가 커지면서 단호하고 두려움 없이 그 소리를 몰아냈다.

만왕의 왕으로 두렵게 오심이 아니라

상냥하고 선하게 치유하소서.

모든 슬픔에 눈물을 모든 간구에 마음을 오소서.

죄인의 친구여, 그리고 함께하소서.

  그들은 사람들이 조용해질 때까지 노래했고, 아처 보안관이 지켜봤
다. 그들은 어깨를 맞대고 손을 맞잡고서, 두근거리는 가슴을 안고 차
분한 음성으로 노래했다. 사람들 몇 명이 앞으로 나와 함께했다. 바이
데커 선생님, 사료 상점 주인, 짐 호너와 딸들이 두 손을 꼭 잡고 목소
리를 높여 노래해 증오의 목소리를 누르고 위안을 전했다. 스스로도
위안을 느끼려고 노력하면서.

  조금 떨어진 곳, 벽 맞은편에서 마저리 오헤어는 젖은 머리카락을
얼굴에 붙이고, 창백한 얼굴이 달아오른 채 누워 있었다. 마저리는 아
픈 가슴을 안고, 누군가 속에 든 걸 다 파헤쳐 놓은 것처럼 허전한 마
음으로 거의 나흘째 그렇게 누워 있었다. 이제 무엇을 위해 맞서고 무
엇을 희망해야 하나? 마저리는 쑥 들어간 눈을 꼭 감고, 밖에서 욕하
는 사람들의 희미한 소리를 들으면서 이상할 정도로 꼼짝 않고 누워
있었다. 누군가 창문을 통해 던진 돌이 다리에 맞아 긴 상처와 핏자국
이 남아 있었다.

  내 감기는 눈앞에 십자가를 드사

어둠을 밝히고 하늘을 가리키소서.

마저리는 귀에 익은, 그러나 알 수 없는 소리에 눈을 깜빡거렸고, 이지의 음성임을 깨달았다. 그 여리고 달콤한 음성이 창밖에서 높이 솟았고, 너무 가까워서 만질 수 있을 것 같았다. 그 노래는 이 감방과는 먼 곳, 선과 상냥함과 넓고 끝없는 하늘을 이야기했다. 마저리는 팔꿈치를 짚고 일어나 앉아 노래를 들었다. 그러자 더 깊고 더 울림이 큰 음성이 합세했고, 마저리는 그 음성을 하나하나 분간할 수 있었다. 캐서린, 소피아, 베스, 앨리스.

천국의 아침이 밝아오고 이 땅의 헛된 그림자 사라지네.
사는 동안도 죽은 후에도 주여 나와 함께하소서.

마저리는 그들의 노래 속에서 앨리스가 외치는 수정 같은 음성을 들었다.
"강하게 버텨요, 마저리! 우리가 함께해요! 바로 여기서 함께해요!"
마저리 오헤어는 무릎에 머리를 파묻고, 손으로 얼굴을 감싸고서 마침내 흐느꼈다.

제24장

"나는 내가 만들어낸 존재를, 멜리처럼 죽은 걸 사랑했어요. 예쁜
옷을 지어놓고 사랑에 빠졌죠. 그리고 애슐리가, 그렇게 잘생기고
나와 전혀 다른 사람이 나타나자, 맞든지 말든지 그 옷을 입게 했
어요. 그의 본모습을 보지 않았죠. 그 예쁜 옷을 계속 사랑했지, 그
사람을 사랑한 게 아니었어요."

_『바람과 함께 사라지다』, 마거릿 미첼

전원 합의하에, 재판이 시작된 날 켄터키주 베일리빌 이동 도서관
은 휴관했다. 우체국도 교회들도 문을 닫았고, 상점도 오전 7시와 점
심시간에 한 시간씩만 문을 열었다. 낯선 차들이 법원으로부터 이어
지는 길가에 아슬아슬한 각도로 주차되어 있었고, 근처 들판에는 이
동 주택이 점점이 서 있었다. 해가 뜨자마자 정장에 모자를 갖춰 쓴
남자들이 공책을 들고 걸어 다니며 사서 마저리 오헤어의 살인 사건
에 대한 배후 정보와 사진 등을 구했다.

그들이 도서관에 찾아오자 브레이디 부인은 빗자루를 흔들며 허락
없이 건물 안으로 들어오는 자는 머리를 부숴버릴 테니 그걸 망할 신
문에 실으라고 했다. 노프시어 부인이 그 일을 어떻게 생각할지 별로
신경 쓰지 않는 모양이었다.

주 정부에서 파견한 경찰관들이 거리 모퉁이에서 둘씩 짝지어 서 있었고 법원 주위에는 간식 판매대가 섰고 뱀 장수까지 찾아왔으며, 싸구려 술집에서는 매일 저녁 맥주를 한 잔 값에 두 잔 주는 행사를 했다.

브레이디 부인은 그날 사서들이 일해도 소용없다고 판단했다. 도로는 막혔고 사서들은 모두 법정에 가고 싶다는 생각뿐이었다. 그날 아침 7시가 되기 전, 방청석에 들어가려는 사람들이 길게 줄을 섰다. 앨리스가 맨 앞이었다. 기다리는 동안 캐서린과 다른 사서들이 도착했고 줄은 빠르게 길어졌다. 점심 도시락을 든 이웃들, 진지한 도서관 이용자들, 이 일을 여흥거리로 생각하는 사람들이 떠들고 있었다. 앨리스는 그들을 향해 외치고 싶었다. 이게 무슨 신나는 놀이인 줄 알아? 마저리는 무죄야! 여기 있어서는 안 된다고!

반 클리브가 도착하더니 입지를 과시하듯 보안관 주차장에 차를 댔다. 그는 앨리스를 본 체도 안 하고 예약된 자리라도 있다는 듯 자신만만하게 법정으로 들어갔다. 베넷은 보이지 않았다. 아마 호프먼에서 일하는 모양이었다. 아버지와 달리 남의 이야기에 별로 관심이 없는 사람이었다.

앨리스는 재판 받는 사람이 마저리가 아니라 자신인 것처럼, 입이 마르고 배가 메슥거리는 걸 느끼며 기다렸다. 다른 사람들도 마찬가지인 것 같았다. 그들은 그저 고개만 끄덕여 인사하고, 잠시 손을 꼭 잡고는 말없이 서 있었다.

8시 30분에 문이 열렸고 사람들이 쏟아져 들어갔다. 소피아는 다른 유색인들과 함께 뒤에 자리를 잡았다. 앨리스는 소피아에게 인사를 했다. 함께 앉지 못하는 것이 부조리처럼 느껴졌다.

앨리스는 방청석 앞쪽에 다른 친구들과 함께 자리를 잡았고, 이 일을 며칠 동안 어떻게 견뎌야 할까 싶었다.

배심원단이 입장했다. 모두 남자였고 옷차림을 보니 주로 담배 농사를 짓는 농부였다. 그 누구도 악명 높은 집안의, 입이 험한 독신 여성에게 동정심을 가질 것 같지 않았다. 점심시간에 여자들은 남자들보다 몇 분 먼저 식사 준비를 위해 나가도 좋다고 직원이 말했다. 그말을 듣고 베스는 어이없다는 표정으로 눈을 굴렸다. 그리고 참석한 사람들에게 위험한 존재라도 된다는 듯 마저리가 수갑을 차고 끌려들어왔고, 방청석에서 낮게 웅성거리는 소리가 터져 나왔다. 마저리는 창백한 얼굴로 말없이 앉아서 주위에 시선을 주지도, 앨리스와 눈을 마주치지도 않았다. 감지 않은 머리는 축 늘어져 있었고, 눈 아래 짙은 회색 그림자가 드리운 채 몹시 지쳐 보였다. 팔은 버지니아를 여전히 안고 있는 것처럼 포개어져 있었다. 흐트러진 상태로 아무것에도 신경 쓰지 않는 모습이었다.

정말로 범죄자처럼 보인다는 생각에, 앨리스는 낭패감을 느꼈다.

앨리스는 남들 이목을 생각해서 뒷줄에 앉아 있던 프레드를 돌아봤다. 그도 이해하는 듯 입을 꾹 다물고 있었다. *하지만 어쩌겠어요?*

그다음 아서 D. 아서스 판사가 담배를 씹으며 등장했고 모두 지시에 따라 기립했다. 그가 앉고 마저리는 탐슨스 패스 올드 캐빈에 사는 마저리 오헤어임을 확인했고, 서기가 기소 내용을 읽었다. 피고의 답변은?

마저리는 약간 휘청거리는 것 같더니 방청석을 바라봤다.

"무죄입니다." 마저리가 나직이 말하자 법정 오른쪽에서 콧방귀 소리가 들려왔고 판사가 망치를 세게 때렸다. 그는 무질서한 법정을 결코 허용하지 않을 것이며 판사의 허락 없이는 코 한번 훌쩍일 수 없다고 했다. 판사의 뜻을 알겠는지 겨우 반란을 막은 느낌이긴 해도, 실내는 조용해졌다. 마저리는 판사를 올려다봤고, 잠시 후 판사는 다시 앉으라고 고개를 끄덕였으며 법정에서 나갈 때까지 마저리의 움직임은 그게 전부였다.

오전에 검사가 마저리 오헤어의 기소 내용을 설명하는 동안, 여자들은 부채질을 하고 아이들은 자리에서 꼼지락거렸다. 그들 앞의 여자가 윤리 의식이나 예절 의식 없이, 올바른 행동 양식을 모르고 신앙 없이 자랐음이 분명하다고 검사가 말했다. 그 여자의 가장 중요한 업적(소위 이동도서관)도 부적절한 짓에 이용했음이 증명되었고, 그녀의 윤리적 해이에 놀란 증인들이 모은 증거를 제출하겠다고 했다. 성품과 행동의 이런 결함이 모여, 피고가 아닛스 능선에서 사망한 아버지의 적수와 마주쳤을 때 고립된 위치와 클렘 맥컬러의 만취 상태를 이용해서 집안 간의 싸움을 끝낸 것이라고 했다.

이렇게 진행되는 동안(검사가 자기 목소리에 도취되어 오랫동안 계속됐다) 렉싱턴과 루이빌에서 온 기자들은 작은 수첩에 열심히 끼적였고 기록 내용을 서로에게 감추며 새로운 정보가 있는지 찾았다. 검사가 '윤리적 해이'라고 했을 때 베스가 "지랄하네!"라고 외쳐 뒤에 앉아 있던 아버지에게 한 대 맞았고, 판사는 베스에게 한마디만 더 하면 퇴장시킬 거라고 엄중히 경고했다. 베스는 팔짱을 끼고 나머지 진술 내용을 들었고, 앨리스는 판사의 자동차 타이어를 걱정했다.

"두고 봐요. 저 기자들은 이 산지가 복수의 피로 붉게 물들었다는 둥 헛소리를 적을 거예요." 뒤에서 브레이디 부인이 중얼거렸다. "항상 그러니까요. 우리를 야만인처럼 만들죠. 이 도서관(또는 마저리)이 한 선행은 한마디도 싣지 않을 거예요."

캐서린과 이지는 앨리스 양옆에 조용히 앉아 있었다. 그들은 진지하고 침착한 얼굴로 주의 깊게 들었고 검사가 진술을 마치자 마저리가 어떤 것을 상대하고 있는지 이제야 알겠다는 표정으로 서로 마주 봤다. 집안 간의 복수는 차치하더라도, 법정에서 묘사하는 마저리는 너무나 표리부동한 괴물이라서 모르는 사람은 근처에 앉기도 두려울 것 같았다.

마저리는 자신의 본질을 모두 빼앗기고 텅 빈 껍질만 남은 것처럼 창백한 모습이었다.

앨리스는 스벤이 참석하기를 간절히 바랐다. 말은 뭐라고 했든지, 그가 함께했다면 마저리는 조금이나마 위로를 받았을 것이다. 앨리스는 피고석에 앉아 사랑하고 소중히 여겼던 모든 것의 종말을 마주하는 게 어떤 느낌일지 상상했다. 그 무엇보다도 고독을, 혼자 있기를, 남의 간섭을 받지 않기를, 노새나 나무나 독수리처럼 방해받지 않기를 바라는 그녀가 평생이 아니면 10년, 20년 작고 어두운 감방에 갇혀 지내게 되었다는 실감이, 그제야 들었다.

그래서 앨리스는 방청석에서 일어나 사람들을 밀치고 나가야 했다. 두려움에 토할 것 같았으므로.

"괜찮아요?" 앨리스가 흙에다 침을 뱉는데, 캐서린이 뒤에 와서 말했다.

"죄송해요." 앨리스가 몸을 일으키며 말했다. "왜 이러는지 모르겠

374

네요."

캐서린이 손수건을 건네자 앨리스가 입을 닦았다.

"이지가 우리 자리를 맡고 있어요. 하지만 빨리 돌아가야 해요. 사람들이 벌써 노리고 있어요."

"전…… 도저히 견딜 수가 없네요, 캐서린. 저런 모습을 보는 게. 사람들의 이런 모습을 보는 것도. 마저리를 나쁘게 생각할 핑계를 뭐라도 잡으려는 것 같아요. 재판에서 증거를 봐야 하는데, 자기들 생각처럼 행동하지 않으면 무조건 욕하는 것 같아요."

"흉한 꼴이죠."

앨리스는 잠시 멈췄다. "방금 뭐라고 하셨어요?"

"흉한 꼴이라고 했어요. 사람들이 저렇게 몰아붙이는 꼴이." 캐서린이 물었다. "왜요? 내가 뭐라고 했죠?"

흉한 꼴. 앨리스는 발끝으로 땅에 박힌 돌을 파냈다. 상황에서 벗어날 길은 언제나 있어요. 보기 흉한 방법일 순 있죠. 땅이 푹 꺼져버리는 느낌이 들 수도 있어요. "아무것도 아니에요. 그저 마지가 한 말이 생각나서요. 그냥……." 앨리스는 고개를 저었다. "아무것도 아니에요."

캐서린이 손을 내밀었고, 둘은 안으로 들어갔다.

검사 측의 긴긴 진술이 이어진 후 점심시간이 되었고 사서들은 밖으로 나가서 뭘 해야 할지 몰라 프레드와 브레이디 부인을 이끌고 도서관까지 천천히 걷게 되었다.

"오늘 오후엔 돌아가지 않아도 돼요." 앨리스가 사람들 앞에서 토했다는 충격에서 아직 벗어나지 못한 이지가 말했다. "그래도 괜찮다면 말이에요."

"신경이 날카로워져서 그랬어요." 앨리스가 말했다. "어릴 때도 그랬어요. 아침 식사를 좀 할걸."

그들은 말없이 계속 걸었다.

"우리 쪽에서 변론하면 나아질 거예요." 이지가 말했다.

"그래요. 스벤의 비싼 변호사가 바로잡아 주겠죠." 베스가 말했다.

"물론이에요." 앨리스가 말했다.

하지만 누구의 목소리에서도 확신은 느껴지지 않았다.

이틀째도 별로 나아지지 않았다. 검사 측은 클렘 맥컬러의 부검 내용을 보고했다. 57세의 희생자는 뒤통수를 둔기로 맞아 일어난 두부 부상으로 사망했다. 얼굴에 멍도 들었다.

"가령, 장정본 서적으로 가할 수 있는 부상입니까?"

"가능합니다, 네." 검시관이 말했다.

"술집에서 싸움이라든가요?" 변호사 터너 씨가 물었다. 검시관이 잠시 생각했다. "음, 네, 그렇습니다. 하지만 술집으로부터는 거리가 좀 있었죠."

외딴 길이라서 시신 주위는 그다지 자세히 조사하지 않았다. 보안관 부하 둘이 서너 시간에 걸쳐 시신을 산길로 운반했고 시신 주위에는 눈이 쌓여 있었지만 혈흔과 말발굽 자국의 사진 증거는 있었다.

맥컬러에게는 말이나 노새가 없었다.

그다음 검사 측 증인 신문이 있었다. 낸시는 첫 진술 때 마저리가 능선을 오르더니 싸우는 소리를 들었다고 말했음을 확인하라고 강요당했다.

"하지만 딱히 그렇게 말한 건 아니었어요." 낸시는 머리를 만지며 말했다. 그리고 판사를 바라봤다. "다들 제 말을 이리저리 바꾸고 있어요. 전 마저리를 알아요. 마저리는 냉혹하게 사람을 죽이느니…… 차라리…… 케이크를 구울걸요."

이 말에 법정 안에서 웃음이 터져 나왔고 판사는 노발대발했으며 낸시는 두 손으로 얼굴을 가렸다. 이런 비유조차도 마저리가 관습을 어기는 여자라는 믿음을 뒷받침해주고, 마저리가 케이크를 굽지 않는 것이 자연을 거스르는 행동이라는 것 같았다.

검사 측은 낸시에게 그 길이 얼마나 외딴 곳인지, 거기서 사람을 얼마나 자주 보는지, 그곳에 찾아오는 사람이 몇 명이나 되는지(마저리뿐이며 이따금 사냥꾼이 왔다) 물었다.

"이상입니다, 재판장님."

"음, 한 가지 덧붙이고 싶어요." 서기가 증인석에서 안내하려는데, 낸시가 말했다. 낸시는 피고인석을 가리켰다. "저 사람은 선하고 상냥하다는 말을요. 비가 오나 눈이 오나 저와 1933년 이후로 앓아누운 언니를 위해 책을 가져다줬어요. 당신들 소위 기독교인들이 저 사람을 비판하려거든 이웃을 위해 무슨 일을 했는지 한번 생각해보도록 해요. 비판받지 않을 만큼 잘나고 높은 사람은 없으니까요. 저 선한 사람에게 끔찍한 잘못을 저지르고 있는 거예요! 참, 판사님? 제 언니가 판사님에게 전할 말이 있답니다."

"증인의 언니, 필리스 스톤입니다. 와병 중이라 산을 내려오지 못한 것 같습니다." 서기가 판사에게 중얼거렸다.

아서스 판사가 의자에 등을 기댔다. 살짝 어이없는 표정을 지었다.

"하시죠, 스톤 부인."

"언니가 전하기를…… '당신들은 전부 지옥에 갈 거야. 이제 맥 맥과

이어 책을 누가 갖다주냐고?'" 낸시는 크게 말했다. 그리고 고개를 끄덕였다. "그래요, 다들 지옥에나 가요. 동감이야."

판사는 다시 망치를 두드렸고 앨리스 양옆의 베스와 캐서린은 작게 웃지 않을 수 없었다.

그때 잠시 분위기가 좋아지긴 했지만, 사서들은 그날 저녁 우울한 얼굴로 법정을 나섰다. 평결은 요식에 불과했다. 앨리스와 프레드는 깊이 생각에 잠겨서 걸었다.

"터너 씨가 발언하면 나아질 수 있어요." 도서관 건물에 다다랐을 때 프레드가 말했다.

"그럴지도 모르죠."

다른 사람들이 안에 들어간 뒤 프레드가 걸음을 멈췄다. "떠나기 전에 뭐 좀 먹을래요?"

앨리스는 법정에서 나오는 사람들을 돌아보고 문득 반항심이 들었다. 먹고 싶은 곳에서 먹으면 안 되나? 이 판국에 그게 무슨 큰 죄란 말인가? "그러면 좋겠어요, 프레드. 고마워요."

앨리스는 등을 펴고 누가 뭐라든 당당하게 프레드의 집으로 걸어갔고 주방에서 함께 식사 준비를 하면서 가족이 된 느낌을 받았다.

마저리에 대해서도, 스벤이나 아기에 대해서도 말하지 못했지만 셋이 머릿속에서 떠나지 않았다. 앨리스가 켄터키에 도착한 이후로 얻은 모든 짐을 어떻게 처분하고 마저리의 집에 놓아둔 작은 트렁크만 남았는지도 이야기하지 않았다. 음식이 맛있고 그해 사과 수확이 훌륭하며 새 말 한 마리가 특이한 행동을 한다는 것이나 프레드가 『생쥐와 인간』이라는 책을 읽었다는 이야기만 했다. 그는 잘 쓴 책이지만 당장은 너무 우울해서 읽은 것을 후회한다고 했다. 그리고 두 시간 뒤 앨리스는 집으로 출발했고 떠나면서 프레드를 향해 미소를 지었지만 (프레드에게 미소를 짓지 않는 건 거의 불가능했으므로) 몇 분 뒤 온화한 겉모습과는 달리 온몸에 거의 꺼지지 않는 분노가 타오르고 있는 것을 느꼈다. 사랑하는 남자와 함께할 시간이 며칠밖에 남지 않은 세상을 향한 분노, 저지르지도 않은 죄 때문에 세 사람의 삶이 영영 망가지는 소도시를 향한 분노였다.

그 주가 흘러가며 화가 솟구치는 일이 여러 차례 있었다. 날마다 사서들은 방청석 앞줄에 앉았고, 다양한 전문가 증인들이 이 사건의 사실을 분석하고 해부하는 소리를 들었다. 『작은 아씨들』에 묻은 혈액이 클렘 맥컬러의 혈액과 일치하며, 얼굴과 이마에 든 멍도 그 책에서 받은 타격과 일치한다는 내용이었다. 그 주가 끝나가면서 법정에서는 몇몇의 증인들이 마저리의 성향에 대해 증언했다. 새침한 아낙은 마저리 오헤어가 자신과 남편은 음란하다고 생각할 수밖에 없는 책을 읽으라고 강요했다고 말했다. 마저리가 사생아를 낳고 아무런 수치심을 보이지 않는다는 사실도 지적됐다. 헨리 포터스를 비롯해 오헤어와 맥컬러 집안 사이의 긴 불화와 비열한 복수심에 대해 증언할 수 있는 나이 많은 남자들이 있었다. 변호인 측은 이해관계에 따라서 이 증언을 분석하려고 했다. "보안관님, 오헤어 씨가 38년 평생 한 번도 체포된 적 없는 것이 사실 아닙니까?"

"그렇습니다." 보안관은 인정했다. "글쎄, 이곳에서 감방에 한 번도 안 갇힌 밀주업자들도 많으니까요."

"이의 있습니다!"

"그냥 그렇다는 겁니다, 판사님. 체포된 적이 없다고 해서 천사처럼 살았다는 뜻은 아니라니까요. 여기 상황을 알잖습니까."

판사는 그 발언을 기록에서 삭제하라고 명령했다. 그래도 보안관의 의도대로 그 말은 모호하고 알 수 없는 방식으로 마저리의 이름에 오점을 남겼고 앨리스는 배심원들이 인상을 찌푸리며 공책에 뭐라고 끼적이고 반 클리브가 만족스레 씩 웃는 것을 보았다. 프레드는 보안관이 반 클리브와 같은, 프랑스에서 수입한 고급 시가를 피우는 것도 봤다.

어떻게 그것이 우연이란 말인가?

금요일이 되자 사서들은 절망했다. 충격적인 헤드라인이 연달아 나왔고 사람들 수가 줄기는 했지만, 그들은 여전히 '피에 굶주린 여자 사서' 이야기에 열중했다. 금요일 오후 주말 동안 휴정한 뒤 프레드가 스벤의 집을 찾아가서 재판 보고서를 건넸을 때, 스벤은 5분 동안 얼굴을 감싸 쥐고 아무 말도 하지 않았다.

그날 사서들은 도서관으로 걸어가 말없이 앉아 있었다. 아무도 집에 가고 싶어하지 않았다. 마침내 침묵을 견딜 수 없어진 앨리스는 가게에 마실 것을 사러 가겠다고 했다. "그 정도는 해도 될 것 같아요."

"술 사는 걸 누가 봐도 괜찮아요?" 베스가 말했다. "아버지 사촌 집에 가서 밀주를 좀 얻어올 수 있으니까요. 어려우면……."

하지만 앨리스는 이미 문을 나가고 있었다. "상관없어요. 일주일 뒤면 떠날 텐데요. 제 험담 실컷 하라고 해요."

앨리스는 그날 법정 구경에 지쳐 술집이나 나이스 앤 퀵을 찾아가는 사람들 사이를 헤치고 걸어갔다. 모두 마저리 오헤어에게 큰 동정심을 느끼지는 않는 듯했다. 앨리스는 지난 1년 동안 마저리에게 책을 배달 받고도 그 사건을 즐기는 배신자 이웃들을 보기 싫어 고개를 숙이고 빠르게 걸었다. 그들 역시 지옥에 가길 바랐다.

앨리스는 가게의 긴 줄을 보고 속으로 한숨을 내쉬고 술집에서 술을 살 수 있을까 싶었다. 거긴 어떤 사람들이 모여 있을까? 화가 나서 얼간이 하나가 헛소리를 하면 터져버릴 것 같았고…….

누가 어깨를 건드렸다.

"앨리스?"

앨리스는 돌아봤다. 그러자 거기, 잼과 통조림 옆에 말끔한 셔츠와 파란 바지를 입은 베넷이 서 있었다. 방금 퇴근했지만 백화점 카탈로그에서 걸어 나온 것 같은 모습이었다.

"베넷." 앨리스는 눈을 깜빡이고 시선을 돌렸다. 더 이상 그에게 육체적으로 끌리지 않았지만 마음은 불편했다. 남은 애정은 거의 없었다. 한때는 자신을 끌어안고, 살갗을 맞대고, 키스해달라고 애원한 상대라는 사실을 믿을 수 없었다. 이 낯설고 불편한 친밀감에 앨리스는 조금 부끄러웠다.

"떠…… 떠난다고 들었어요."

앨리스는 조금이라도 어색함을 떨쳐보고자 토마토 깡통을 들었다. "네. 재판은 화요일에 끝나는 것 같네요. 수요일에 출발할 거예요. 내가 돌아다닐까 봐 걱정 안 해도 돼요."

베넷은 뒤를 돌아봤지만, 타지 사람들뿐이라 가게 구석에서 대화를 주고받는 남녀에게 관심이 없었다.

"앨리스……."

"아무 말 안 해도 돼요, 베넷. 그만하면 된 것 같아요. 부모님이 변호사를 구했으니……."

베넷이 앨리스의 소매를 잡았다. "그 사람 딸들과는 아무도 만나지 못했대요."

앨리스는 손을 거뒀다. "네? 뭐라고요?"

베넷은 주위를 둘러보더니 음성을 낮췄다. "아버지가 보안관이 맥컬러의 딸들과는 만나지 못했대요. 문을 열어주지 않았다고. 그 일에 대해서는 할 말이 없고 아무에게도 말하지 않을 거라고 했대요. 딸들도 미쳤다고 하더군요. 어쨌든 정황이 확실해서 딸들 증언은 필요 없다고도 하고." 베넷은 앨리스를 빤히 봤다.

"왜 이런 얘길 하는 거예요?"

베넷은 입술을 잘근거렸다. "내…… 내 생각에…… 도움이 될 것 같아서."

앨리스는 그의 잘생기고 앳된 얼굴을, 아기처럼 부드러운 손을, 불안한 두 눈을 봤다. 그리고 자신의 표정도 풀어지는 걸 느꼈다.

"미안해요." 베넷이 조용히 말했다.

"나도 미안해요, 베넷."

베넷은 뒤로 물러서더니 얼굴을 문질렀다.

둘은 그렇게 잠시 더 서 있었다.

"음." 베넷이 말했다. "떠나기 전에 만나지 못할까 봐……. 잘 가요."

앨리스는 고개를 끄덕였다. 베넷은 문으로 걸어갔다. 문 앞에서 돌아서더니 조금 소리 높여 말했다. "아. 내가 그 댐을 고치는 중이에요. 튼튼하게 시멘트를 써서. 다시 터지지 않게요."

"아버지가 그러라고 했어요?"

"그럴 거예요." 베넷이 작게 웃자, 앨리스가 알던 사람의 얼굴이 보였다.

"좋은 소식이네요, 베넷. 정말 좋은 소식이에요."

"네. 음." 베넷은 고개를 숙였다. "이제 시작이에요."

그 말을 남기고 앨리스의 남편은 모자를 들어 보이더니 문을 열고 여전히 몰려드는 바깥 인파 속으로 사라졌다.

"보안관이 딸들을 만나지 못했다고? 왜요?" 소피아가 고개를 저었다. "이해할 수가 없네."

"난 충분히 이해해요." 캐서린은 커다란 바늘로 찢어진 등자 가죽을 꿰매면서 말했다. "아넛스 능선까지 가족을 만나러 찾아간 거죠. 아버지가 며칠씩 없어지는 술주정뱅이니 딸들이 아무것도 모를 줄 안 거죠. 그래서 몇 번이나 얘길 들으려고 찾아갔다가 포기하고 내려온 건데, 그럴 때마다 반나절이 들었던 거예요."

"맥컬러는 날마다 술을 마셨고 술버릇도 고약했죠." 베스가 말했다. "어쩌면 보안관이 그들에게서 엉뚱한 이야기가 나올까 봐 대충 마무리 지은 걸 수도 있어요. 마지가 나쁜 사람으로 보이려면 그자가 좋은 사람으로 보여야 하니까."

"하지만 우리 변호사도 알아보고 다니지 않았어요?"

"렉싱턴의 잘난 체 변호사님이요? 노새를 반나절 타고 아넛스 능선까지 올라가서 촌뜨기들을 만났을 것 같아요?"

"무슨 도움이 될지는 모르겠네요." 베스가 말했다. "보안관 부하들을 만나지 않았으면 우리도 만나지 않을 텐데."

"어쩌면 그래서 우리랑은 이야기할지도 모르죠." 캐서린이 말했다.

이지가 벽을 가리켰다. "마저리는 맥컬러를 접근 금지 리스트에 올려놨어요. 절대 가지 말라고. 봐요, 여기 적혀 있잖아요."

"음, 어쩌면 사람들이 마저리에게 하는 짓을 마저리도 따라 한 걸

지도 몰라요." 앨리스가 말했다. "사실을 확인하지도 않고 소문을 퍼뜨리는 거요."

"그 여자들은 10년 가까이 시내에 온 적이 없어요." 캐서린이 중얼거렸다. "소문으론 엄마가 사라진 이후로 아버지가 집 밖에 못 나가게 했대요. 그늘에 가려진 가족이었죠."

앨리스는 마저리의 말을 떠올렸다. 며칠 동안 머릿속에서 지워지지 않던 말이었다. 상황에서 벗어날 길은 언제나 있어요. 보기 흉한 방법일 순 있죠. 땅이 푹 꺼져버리는 느낌이 들 수도 있어요. 늘 빠져나갈 방법은 있다고요.

"내가 찾아가 보겠어요." 앨리스가 말했다. "잃을 거 없잖아요."

"당신 지금 제정신이에요?" 소피아가 말했다.

"지금 제 정신 상태를 보면, 제정신이 아니어도 별일이 아닐 것 같네요."

"그 집안 이야기 알아요? 게다가 지금 그들이 우릴 얼마나 증오할지? 정말 죽고 싶은 거예요?"

"마저리에게 지금 다른 가능성이 있어요?" 앨리스가 말했다. 소피아는 앨리스를 빤히 봤지만 대답은 하지 않았다. "좋아요. 그 노선 지도 있는 사람?" 잠시 소피아는 움직이지 않았다. 그러더니 말없이 서랍을 열어 서류를 뒤지고는 지도를 찾아 건넸다.

"고마워요, 소피아."

"나도 같이 가요." 베스가 말했다.

"그럼 나도 같이." 이지가 말했다.

캐서린이 모자를 들었다. "소풍 계획이 생긴 것 같네요. 내일, 여기서 8시?"

"7시로 해요." 베스가 말했다.

며칠 만에 처음으로 앨리스는 웃고 있었다.

"주께서 모두를 지켜 주시길." 소피아가 고개를 저으며 말했다.

제25장

출발한 지 두 시간 만에, 아넛스 능선으로 가는 노선은 마저리와 찰리만 맡아왔던 까닭을 알 수 있었다. 9월 초 좋은 날씨에도 불구하고, 길이 멀고 험해서 가파른 크레바스와 좁게 튀어나온 바위, 다양한 장애물이 이어졌다. 앨리스는 찰리가 길을 알 거라고 믿고 데려갔고, 실제로 그랬다. 찰리는 커다란 귀를 앞뒤로 펄럭이며 시내를 따라 능선 옆으로 잘 아는 길을 걸어갔고 말들이 뒤를 따랐다. 이곳에는 나무에 표식도, 붉은 리본도 없었다. 마저리는 자신 외에는 아무도 그런 길을 가지 않게 했다. 앨리스는 찰리를 믿고 뒤따라오는 사서들을 이따금 확인했다.

공기가 습했고 붉은 낙엽이 가득 쌓여 있어 말발굽 소리가 들리지 않았다. 그들은 낯선 땅에 집중하며 말없이 움직였고, 이따금 나직한 소리로 말들을 격려하거나 위험을 알리기만 했다.

산 정상으로 이어지는 길로 향하다가, 앨리스는 문득 이렇게 모두 함께 말을 타고 움직인 적은 없었다는 생각을 했다. 그리고 산에 들어가는 것이 이번이 마지막일 거라는 생각도 했다.

일주일쯤 지나면 기차로 뉴욕에 가서 영국행 여객선을 탈 것이고,

그곳에 도착하면 전혀 다른 존재가 될 테니까. 뒤따라 오는 모두를 사랑한다는 사실을, 프레드뿐만 아니라 모두와 헤어지는 것이 여태껏 겪은 일 중 가장 마음 아픈 일임을 깨달았다. 그렇게 마음이 잘 맞고, 친근한 여자들을 격식 갖춘 티타임에서는 만날 수 없을 것 같았다.

다른 사서들은 일하고 가족을 돌보며 늘 변하는 계절에 적응하면서 바삐 살다가 서서히 앨리스를 잊을 것 같았다. 물론 편지를 쓰기로 약속하겠지만, 그건 다를 것 같았다. 얼굴에 맞는 찬바람, 뱀이 있다는 경고, 누군가 말에서 떨어졌을 때 느끼는 동정심 같은 함께 하는 경험은 없을 테니까. 앨리스는 차츰 이야기의 후기 같은 존재가 될 것 같았다. *우리랑 한동안 같이 일하던 영국 여자 기억해? 베넷 반 클리브의 부인?*

"다 와 가나요?" 캐서린이 옆으로 다가와 묻자 앨리스는 정신을 차렸다.

앨리스는 찰리를 세우고 주머니에서 지도를 꺼내 펼쳤다. "어……이걸 보니 저 능선 근처인 것 같아요." 앨리스는 손으로 그린 그림을 찬찬히 살폈다. "자매들이 저쪽으로 6킬로미터 떨어진 곳에 산다고 했고, 낸시는 늘 흔들다리 때문에 항상 마지막에 걸어간다고 했으니, 맥컬러 집은…… 저쪽 어딘가일 거예요."

베스는 코웃음을 쳤다. "지도를 거꾸로 든 거 아니에요? 흔들다리는 저쪽이 분명해요."

앨리스는 신경이 곤두섰다. "더 잘 알면 앞장서서 가서 알려주지 그래요?"

"짜증 낼 거 없잖아요. 당신은 여기 사람도 아니고. 그래서……."

"아, 내가 그걸 모를 것 같아요? 작년 내내 사람들이 그걸 일깨워줬는데."

"그렇게 받아들이지 말아요, 앨리스. 젠장. 이곳 산지를 더 잘 아는 사람도 있다는 것뿐……."

"입 좀 다물어요, 베스." 이지까지 짜증을 냈다. "앨리스가 없었으면 여기까지 오지도 못했어요."

"잠깐만요." 캐서린이 말했다. "저기 봐요."

가느다란 회색 연기가 보였다. 낙엽이 떨어지지 않았다면 나무에 가려 보이지 않았을 옅은 연기가 잿빛 하늘을 배경으로 피어오르고 있었다. 사서들은 빈터에서 멈추고 능선에 자리 잡은 오두막을 확인했다. 주위에 집이라곤 그곳뿐이었고, 그곳의 모든 면면이 찾아오는 사람들을 쫓아내는 것처럼 보였다. 사나워 보이는 개 한 마리가 벌써부터 그들의 존재를 알아차리고 시끄럽게 짖어댔다.

"우리에게 총을 쏠까요?" 베스가 이렇게 말하고 요란하게 침을 뱉었다.

프레드가 총을 가져가라고 해서 앨리스는 그걸 어깨에 메고 있었다. 맥컬러 가족이 총을 보는 것이 좋을지 나쁠지 알 수 없었다.

"저기 몇 명이 사는지 모르겠네요. 큰오빠가 그러는데 타지에서 온 맥컬러 집안사람은 여기까지 올라오지도 않았다던데."

"네. 브레이디 부인 말대로 그냥 서커스 구경하러 온 거니까요." 캐서린이 눈을 가늘게 뜨며 말했다.

"맥컬러의 재산을 보고 온 건 아니니까. 이지 엄마는 여기 온다니까 뭐라고 해요? 보내주신 게 놀랍네." 베스가 이지에게 말했다.

이지는 패치가 도랑을 건너도록 했다.

"이지?"

"엄마는 몰라요."

"이지!" 앨리스가 돌아봤다.

"오, 조용히 해요, 앨리스. 엄마가 알면 안 보내주신다는 거 알잖아요." 이지는 부츠를 쓱 문질렀다.

모두 그 집을 바라봤다. 앨리스는 몸을 떨었다.

"이지에게 무슨 일이 생기면 나도 마저리 곁에 갇히게 될 거예요. 오, 이지. 이건 안전하지 않아요. 얘기했으면 절대 데리고 오지 않았을 거예요." 앨리스가 고개를 저었다.

"그런데 왜 온 거예요, 이지?" 베스가 물었다.

"우린 한 팀이니까요. 그리고 팀은 함께해야죠." 이지는 턱을 치켜들었다. "우린 베일리빌 이동 도서관 사서니까 함께해야 돼요."

베스는 이지의 팔을 가볍게 주먹으로 쳤다. "빌어먹을, 찬성이야."

"으. 욕 좀 그만하면 안 돼요, 베스 핀커?"

그리고 이지는 베스를 주먹으로 쳤고, 말들이 부딪치자 비명을 질렀다.

결국 처음 나선 건 앨리스였다. 모두 사슬에 묶인 개가 허락하는 데까지 다가갔고 앨리스는 말에서 내려 고삐를 캐서런에게 넘겼다. 앨리스는 으르렁거리며 털을 곤두세우는 개에게서 멀찌감치 떨어져 문으로 몇 발자국 다가갔다. 앨리스는 불안한 눈으로 사슬이 잘 고정되어 있는지 확인했다.

"안녕하세요?"

앞쪽에 흙먼지가 앉은 창문 두 개가 그들을 멍하니 응시했다. 연기가 아니었으면 집에 아무도 없다고 확신했을 것이다.

앨리스는 목소리를 높이며 한 걸음 더 나섰다. "맥컬러 씨? 절 모르시겠지만, 이동 도서관에서 일하는 사람입니다. 보안관이 보낸 사람들을 만나지 않으신 걸 알지만 저희를 조금이라도 도와주시면 고마울 거예요."

앨리스의 목소리가 메아리쳤다. 집 안에서는 아무런 움직임이 없었다.

앨리스는 돌아서서 다른 사서들을 바라봤다. 말들은 짖어대는 개를 보며 불안한 듯 발을 구르고 코를 벌름거렸다.

"잠깐이면 돼요!"

개가 고개를 돌리더니 잠시 조용해졌다. 한순간 산속이 적막에 휩싸였다. 아무것도, 말들도 숲속의 새들도 움직이지 않았다. 앨리스는 뭔가 끔찍한 일의 전조를 느낀 것처럼 소름이 오소소 돋았다. 맥컬러의 시체와 거기서 멀지 않은 곳에 몇 달이나 놓여 있었다는 사라진 눈알 이야기가 떠올랐다.

여기 있고 싶지 않아. 이런 생각이 들자, 등줄기가 오싹했다. 앨리스는 베스를 올려다봤고, 베스는 고개를 끄덕였다. 해봐요, 다시 한번이라고 말하듯이.

"안녕하세요? 맥컬러 씨? 누구 안 계세요?"

아무 반응이 없었다.

"안녕하세요?"

누군가의 목소리가 적막을 갈랐다. "모두 귀찮게 하지 말고 가요!"

앨리스가 몸을 돌려보니 문틈으로 총신이 보였다.

앨리스는 침을 꿀꺽 삼키고 다시 말하려는데, 캐서린이 말에서 내려 다가왔다. 앨리스의 팔을 잡았다. "버나? 버나 맞아? 날 기억하는지 몰라도, 캐서린 해니건, 지금은 캐서린 블리야. 예전에 네 동생이랑 스플릿 크릭에서 놀았지? 한번은 우리 엄마랑 옥수숫대로 인형을 만들었어. 엄마가 점박이 리본으로 네 것도 만들어줬었는데. 그거 기억해?"

개가 이빨을 드러내고 캐서린을 노리고 있었다.

"성가시게 하려고 온 거 아니야." 캐서린이 양손을 들고 말했다. "우리 친구를 도울 일이 있어서 잠시만 이야기를 나눌 수 있으면 정말 고마울 것 같아."

"너희랑 이야기할 거 없어!"

아무도 움직이지 않았다. 개는 문을 바라보며 잠시 짖기를 멈췄다. 총신은 꼼짝하지 않았다.

"난 시내엔 안 가." 안에서 목소리가 들려왔다. "난…… 안 가. 보안관에게 아버지가 사라진 날을 말했고, 그게 끝이야. 아무것도 해줄 이야기 없어."

캐서린은 한 발자국 다가갔다. "이해해, 버나. 잠깐 이야기만 하면 돼. 우리 친구를 돕기 위해서. 부탁이야."

긴 침묵이 이어졌다.

"무슨 일인데?"

사서들은 어리둥절했다.

"모르고 있었어?" 캐서린이 물었다.

"아버지 시체를 찾았단 말만 들었어. 그리고 살인자도."

앨리스가 목소리를 높였다. "그게 거의 전부예요. 다만 버나 씨, 재판 받는 사람이 우리 친구인데, 살인자가 절대 아니라고 성서에 맹세할 수 있어요."

"버나, 마저리 오헤어를 아마 알 거야. 그 사람 아버지가 유명하니까." 캐서린은 보통 대화를 하듯이 음성을 낮췄다. "하지만 그 사람은

착해. 좀…… 특이하긴 하지만 냉혈한 살인자가 아니야. 그리고 이 소
문 때문에 그 사람 아이가 엄마 없이 자라게 생겼어."

"마저리 오헤어가 애를 낳았어?" 총이 조금 내려갔다. "누구랑 결혼
했는데?"

사서들은 어색하게 서로 마주 봤다.

"음, 정확히 말하면 결혼한 건 아니야."

"하지만 그건 중요하지 않아요." 이지가 서둘러 말했다. "그렇다고
나쁜 사람이란 뜻은 아니니까요."

베스가 집 쪽으로 말을 조금 더 가까이 몰아가서는 안장주머니를
들었다. "책 좀 빌려드릴까요, 맥컬러 씨? 언니랑 읽게? 요리책도 있
고, 이야기책도 있고, 다 있어요. 여기 산속에 사는 분들이 책을 즐겁
게 읽고 있어요. 돈은 안 내도 되고, 원하시면 새 책도 가져다드려요."

캐서린은 베스를 향해 고개를 저으며 입모양으로 말했다. 읽을 줄
모를 걸요.

앨리스는 불안해서 이렇게 말했다. "맥컬러 씨, 아버지 일은 정말,
정말, 진심으로 유감이에요. 아버지를 사랑하셨을 텐데. 그리고 이 문
제로 성가시게 해드려 정말 죄송해요. 우리 친구를 돕는 일이 절실하
지 않았으면 오지 않았을……."

"유감스럽지 않아요." 여자가 말했다.

앨리스의 말이 뚝 끊어졌다. 어깨에서 힘이 조금 빠졌다. 베스가 놀
라 입을 다물었다.

"음, 마저리에게 나쁜 감정이 드는 게 당연하다고 생각하지만, 제발
부탁이니……."

"그 여자 말고, 내 아버지 일이요." 버나가 굳은 음성으로 말했다.

사서들은 무슨 소린가 싶어 서로 마주 봤다. 총이 조금 더 아래로 내려가더니 사라졌다.

"머리를 땋아서 붙이고 다니던 캐서린 맞아?"

"응."

"베일리빌에서 여기까지 온 거야?"

"응." 캐서린이 말했다.

잠시 침묵이 흘렀다.

"그럼 들어와."

사서들이 지켜보는 가운데 문이 조금 더 열렸고, 잠시 후 경첩에서 끼익 소리를 내면서 더 활짝 열렸다. 그리고 어둠 속에서 주머니를 기운 색 바랜 파란색 원피스를 입은 20세 버나 맥컬러의 모습이 처음으로 드러났고 그녀의 뒤에는 동생이 보였다.

그리고 사서들이 눈앞에 드러난 걸 파악하는 데, 시간이 조금 걸렸다.

"아, 빌어먹을." 이지가 작게 내뱉었다.

제26장

월요일 아침 앨리스는 법원 앞에 1등으로 섰다. 잠을 자지 못해 눈이 쓰라렸다. 아침 일찍 갓 구운 빵을 들고 감옥을 찾았지만, 둘스는 양철통을 내려다보더니 마저리가 아무것도 먹지 않는다고 미안한 목소리로 말했다. "주말 내내 음식에 손도 안 댔어요." 그는 진심으로 걱정스러운 표정이었다.

"어쨌든 가져가세요. 나중에 먹을 것을 전할 수도 있을 테니까요."

"어젠 안 왔더군요."

"바빴어요."

둘스는 짧은 대답에 이맛살을 찌푸렸지만 그 주 마을 분위기가 안 좋은 탓이라 여기고 더 이상 묻지 않고 감방으로 내려갔다.

앨리스는 방청석 앞자리에 앉아 사람들을 둘러봤다. 캐서린도, 프레드도 없었다. 이지, 그다음에 베스가 옆에 자리를 잡더니 담배꽁초를 발로 비벼 껐다.

"무슨 소식 있어요?"

"아직요." 앨리스가 말했다.

그리고 앨리스는 깜짝 놀랐다. 두 줄 뒤에 스벤이 몇 주 동안 제대로 못 잔 얼굴로 앉아 있었다. 그는 손을 무릎에 얹고 앞만 보고 있었다. 그의 굳은 표정에서 자제하려는 노력이 드러났고, 그를 본 앨리스는 힘겹게 침을 꿀꺽 삼켰다. 이지의 손이 다가와서 손을 잡자 앨리스는 흠칫 놀랐다가 진정하려 애쓰며 마주 잡았다.

1분 뒤 고개를 푹 숙인 마저리가 느린 걸음걸이로 들어왔다. 무표정한 얼굴로 선 마저리는 누구와도 시선을 마주치지 않았다. "힘내요, 마지." 베스가 옆에서 중얼거렸다.

그리고 아서스 판사가 법정에 들어오자 모두 기립했다.

"여기 마저리 오헤어 씨는 불행한 환경의 피해자입니다. 그녀는 불운한 시각 불운한 장소에 있었습니다. 산꼭대기에서 있었던 일의 진실은 신만이 아실 뿐 아니라, 도서관 책은 아주 사소한 증거일 뿐임을 우리는 모두 알고 있습니다. 그 책은 6개월 전 리 지역까지 갔다가 돌아와 시신 옆에 놓여 있었을 수도 있습니다." 문이 쾅 열리는 소리에 변호사는 고개를 들었고 모두 고개를 돌리니 캐서린 블리가 헉헉거리며 들어왔다.

"죄송합니다. 정말 죄송합니다. 용서하세요." 캐서린은 법정 앞으로 달려가 변호사 터너 씨에게 말했다. 터너 씨는 뒤를 돌아보더니 한 손을 타이에 올리고 일어섰다. 사람들이 놀라 웅성거렸다.

"재판장님? 법정에서 증언할 증인이 있습니다."

"나중에 하면 안 되나요?"

"재판장님. 사건에 중요한 자료가 있습니다."

판사는 한숨을 내쉬었다. "앞으로 나오세요."

검사와 변호사는 앞에 서 있었다. 하나는 다급해서 하나는 짜증이

나서 목소리를 낮추지 않아 다 들렸다.

"딸입니다." 터너 씨가 말했다.

"딸이라뇨?" 판사가 물었다.

"맥컬러의 딸, 버나요."

검사가 뒤를 돌아보더니 고개를 저었다. "재판장님, 증인이 있다는 사전 확인이 없었으니 이런 순간에 증언을 하는 건 강력히 반대⋯⋯."

판사는 곰곰이 생각하더니 말했다. "보안관이 아넛스 능선에 사람을 보내 딸들을 만나지 않았습니까?"

검사가 더듬거렸다. "음, 네⋯⋯네. 하지만 내려오지 않겠다고 했습니다. 몇 년 동안 그 집에서 나온 적이 없다고 합니다."

판사는 의자에 등을 기댔다. "피해자의 딸이라면 살아 있는 걸 마지막으로 본 목격자였을 것이고 지금 시내까지 내려와서 증언한다면 관련 정보를 가지고 있을 것 같군요. 그렇지 않습니까, 하워드 검사?"

검사는 다시 뒤를 돌아봤다. 반 클리브는 못마땅해 입을 꾹 다물었다. "네, 재판장님."

"좋아요. 증언을 들어봅시다." 그는 손가락을 저었다.

캐서린과 변호사는 잠시 의논했고, 캐서린이 법정 뒤로 달려갔다.

"준비되면 시작하시죠, 터너 변호사."

"재판장님, 변호인 측에서 클렘 맥컬러의 딸 버나 맥컬러를 증인으로 소환합니다. 맥컬러 씨? 증인석에 앉아주시겠습니까? 감사합니다."

모두의 이목이 집중됐다. 사람들은 의자에서 몸을 세웠다. 법정 뒷문이 열리더니 캐서린이 젊은 여인과 팔짱을 끼고 들어왔다. 버나 맥컬러가 천천히 또박또박 힘겹게 걸어 법정 앞으로 나갔다. 그녀의 손은 뒷짐을 지고, 불룩한 배를 내밀고 있었다.

모두 동시에 충격으로 웅성거렸고 다시 한번 탄성이 지나갔다.

"아넛스 능선에 삽니까?"

버나는 머리에 꽂은 핀을 만지작거리다 쉰 목소리로 대답했다. "네.
동생과 살아요. 그전에는 아버지랑 살았어요."

"좀 더 크게 말해주겠어요?" 판사가 말했다.

변호사가 계속했다. "그러면 셋이서만 살았습니까?"

버나는 증인석 앞을 붙잡고 그제야 주위를 둘러봤다. 목소리가 떨
렸다.

"맥컬러 씨?"

"음…… 네. 제가 여덟 살 때 엄마가 떠났고 그 후로 셋이서 살았어요."

"어머니는 돌아가셨습니까?"

"몰라요. 어느 날 일어나 보니 아버지가 엄마가 떠났다고 했어요. 그
게 끝이었어요."

"그렇군요. 그러면 어머니는 어떻게 되셨는지 잘 모릅니까?"

"아, 돌아가셨을 거라고 믿어요. 늘 아버지가 언젠가 죽일 거라고 하
셨으니까요."

"이의 있습니다!" 검사가 외쳤다.

"그건 기록에서 삭제하세요. 맥컬러 씨 어머니는 행방불명으로 둡
시다."

"감사합니다, 맥컬러 씨. 그러면 아버지를 언제 마지막으로 보셨습
니까?"

"크리스마스 닷새 전이었어요."

"그러면 그 후로?"

"못 봤어요."

"아버지를 찾았습니까?"

"아뇨."

"걱……정이 되지 않았나요? 크리스마스에 아버지가 돌아오지 않아서?"

"그건…… 이상한 일이 아니었어요. 아버지가 술을 좋아하는 건 비밀도 아니죠. 그건…… 보안관님도 알 거예요." 보안관은 마지못해 고개를 끄덕였다.

"저, 좀 앉아도 될까요? 어지러워서요."

판사는 서기에게 의자를 가져다주라고 손짓했고 법정은 버나가 앉기를 기다렸다. 누가 물도 한 잔 가져다줬다. 자리에 앉자 버나의 얼굴만 겨우 보여서 방청석 사람들은 몸을 앞으로 당겼다.

"그럼 12월 20일, 맥컬러 씨가 귀가하지 않았을 때…… 특별히 이상한 점은 없었습니까?"

"네."

"그럼 맥컬러 씨가 집을 나가면서 어디 간다고 했습니까? 술집에요?"

버나는 처음으로 한참 망설이다가 말했다. 바닥만 내려다보고 있는 마저리에게 시선을 던졌다.

"아뇨. 아버지는……." 버나는 침을 삼키더니 판사를 향해 말했다. "도서관 책을 돌려주고 온다고 했어요."

방청석에서 탄성인지 웃음인지 알 수 없는 소리가 들려왔다. 마저리는 처음으로 고개를 들었다. 앨리스가 내려다보니 이지는 핏기가 가실 정도로 손을 꽉 쥐고 있었다.

변호사가 배심원단을 향해 말했다. "제대로 들었는지 확인도 되겠습니까, 맥컬러 씨? 아버지가 도서관 책을 돌려주러 간다고 했다고요?"

"네. 그전부터 이동 도서관에서 책을 빌렸고, 훌륭한 일이라고 생각했어요. 좋은 책을 읽었는데 다른 사람들도 읽을 수 있도록 반납하는 것이 시민의 의무라고 했어요."

하워드 검사와 검사보가 고개를 맞대고 다급하게 속닥였다. 그는 손을 들었지만 판사가 손을 저어 무시했다. "계속 말씀하세요, 맥컬러 씨."

"저랑 동생은 눈이 쌓이고 얼음이 얼어 위험하다고 말렸지만, 아버지는 술에 취해 말을 듣지 않았어요. 도서관 책을 늦게 반납하지 않겠다고 했어요."

버나는 이제 차분하고 확고한 목소리로 말하며 법정 주위를 둘러봤다.

"그럼 맥컬러 씨는 걸어서 눈 속으로 혼자 출발한 거군요."

"네. 도서관 책을 가지고 갔어요."

"베일리빌까지 걸어서."

"네. 어리석은 일이라고 우리가 말렸어요."

"그리고 다시는 못 본 겁니까?"

"네."

"그럼…… 아버지를 찾지 않았어요?"

"저랑 동생은 집 밖에 나가지 않아요. 어머니가 떠난 후로 아버지는 우리가 나다니는 걸 싫어했고, 화를 내면 무서워서 아버지 말을 거역하지 않았어요. 우리는 해가 지기 전에 뒷마당으로 가서 아버지를 불러봤어요. 혹시 넘어졌나 하고. 하지만 아버지는 보통 마음이 내켜야 돌아오니까요."

"그래서 그냥 돌아오길 기다렸군요."

"네. 전에도 우릴 버리고 가버린다는 말을 해서, 우리는 정말 그런 줄 알았어요. 그런데 4월에 보안관이 오더니 아버지가…… 죽었다고 했어요."

"그럼…… 맥컬러 씨. 좀 더 질문해도 될까요? 시내까지 내려와 어려운 증언을 해준 것은 참 용감한 행동입니다. 대단히 감사합니다. 마지막으로 하나만 묻죠. 아버지가 재미있게 읽고 꼭 반납해야 한다던 책이 무슨 책인지 기억합니까?"

"네, 그럼요. 정확히 기억하죠."

여기서 버나 맥컬러는 파란 눈으로 마저리 오헤어를 바라보며, 아주 살짝 미소를 지었다. "그건 『작은 아씨들』이라는 책이었어요."

법정 안은 놀란 소리가 터져 나왔고 판사가 망치를 여섯, 여덟 번이나 치고서야 조용해졌다. 법정 여기저기서 웃음소리, 믿을 수 없다는 비명, 분노의 함성이 솟았고, 판사는 노해서 얼굴이 시뻘게졌다.

"정숙! 법정 소란을 금지합니다! 또 소리를 내는 자는 법정 모욕죄로 체포합니다! 정숙!"

실내가 조용해졌다. 판사는 잠시 기다렸다.

"자, 검사와 변호사, 앞으로 와 주시오."

이번에는 들리지 않는 낮은 소리로 대화가 오갔고, 사람들이 숙덕이는 소리가 위험할 만큼 커졌다. 반 클리브는 폭발할 듯 붉으락푸르락했다. 그가 몇 번 일어섰지만 보안관이 힘으로 눌러 앉혔다. 반 클리브는 자신이 판사와 논의할 자격이 없다는 걸 못 믿겠다는 듯, 손가락질을 하고 중얼거렸다. 마저리는 어리둥절한 표정으로 미동 없이 앉아 있었다.

"계속해." 베스가 의자를 꽉 쥐고 중얼거렸다. "계속해, 계속."

그렇게 한참 뒤 검사와 변호사는 각자 자리로 돌아가고 판사가 망치를 한번 더 두드렸다.

"검시관을 다시 부를 수 있습니까?"

웅성거림 가운데 검시관이 증인석에 다시 앉았다. 방청석은 의자에서 꿈지럭거리는 사람들로 가득했다.

변호사가 일어났다.

"태스커 선생님. 한 가지만 더 묻겠습니다. 전문가의 의견으로 봤을 때, 피해자 얼굴에 생긴 멍이 장정본 책이 떨어져 생긴 것일 수도 있습니까? 가령, 그가 미끄러져 자빠졌다면 말입니다." 변호사는 서기를 가리키며 『작은 아씨들』 책을 들어 올렸다. "가령, 이 책 크기라면요? 자, 무게를 가늠해보십시오."

검시관은 책을 들어보더니 잠시 생각했다. "아, 네. 일리 있는 설명이 될 것 같습니다."

"더 이상 질문 없습니다, 재판장님."

판사는 몇 분 더 대화를 하더니 망치를 두드리며 정숙을 외쳤다. 그리고 그는 불쑥 얼굴을 감싸 쥐더니 그렇게 꼬박 1분을 가만히 있었다. 고개를 든 그는 몹시 지친 표정으로 법정을 바라봤다.

"이 새로운 증거에 비추어, 이 사건을 더 이상 살인죄로 재판할 수 없다는 변호사 측 의견에 동의할 수밖에 없습니다. 모든 명백한 증거에 따르면…… 불운한 사고였음을 시사하는 듯합니다. 선한 사람이 선한 일을 하러 나섰다가 주위 환경으로 인해 요절했다고나 할까요."

판사는 심호흡을 하더니 두 손을 모았다.

"이 사건의 검사 측 증거가 대체로 정황 증거이고 이 책 한 권에 크게 의존한 것에 미루어, 그리고 그 책의 이전 소재에 관한 증인의 확실하고 분명한 증언에 비추어, 이 재판을 중지하고 사고사로 기록하겠습니다. 맥컬러 씨…… 시민으로서의 의무를 다해준 것에 감사드리고, 부친에 대해서는 심심한 위로의 말씀을 다시 한번 전합니다. 오헤어 씨, 이제부터 자유롭게 법정을 나서도 됩니다. 죄수를 풀어주십시오."

이번에는 정말 큰 난리가 벌어졌다. 앨리스 옆에서 사서들은 울고 소리 지르며 서로 얼싸안았다. 스벤은 방청석 칸막이를 뛰어넘어 간수가 수갑을 풀어주는 마저리 곁에 가서 놀라 주저앉는 마저리를 옆에서 붙잡았다. 스벤은 마저리를 부축해서 뒤쪽 출구로 빠르게 빠져나갔고 둘스가 두 사람을 가려줬다. 그러는 사이 반 클리브가 이건 농락이라고 외치는 소리가 들렸다. 정의를 농락하는 판결이다! 그리고 청력이 아주 좋은 사람들은 브레이디 부인이 비꼬는 소리도 들었다. "제발 그 뚱뚱한 입 좀 닥쳐, 이 늙은 염소야."

이 소란 속에서 소피아가 가방을 겨드랑이에 끼고 방청석 유색인 구간을 조용히 나서서 점점 빠른 걸음으로 도서관으로 걸어가는 모습은 아무도 보지 못했다.

그리고 아주 예민한 청력을 가진 사람들만이 버나 맥컬러가 여전히 뒷짐을 지고 사서들을 지나쳐 가면서 작게 중얼거리는 소리를 들을 수 있었다. "속이 시원하네."

마저리는 도서관으로 가서 문을 모두 잠갔다. 켄터키의 대형 신문사 기자들과 수많은 사람들이 마저리를 찾을 테니까. 마저리는 큰 병을 앓고 난 사람마냥 느릿느릿 걸어가며 입을 열지 않았지만 프레드가 집에서 가져온 콩 수프 반 그릇을 먹었다. 그걸 먹는 동안 확실한 건 그것뿐이라는 듯 그릇에서 눈을 떼지 않았다. 사서들은 놀라운 평결에 대해서, 반 클리브의 무기력한 분노, 버나가 지킨 약속에 대해서 떠들어댔다.

버나는 패치를 타고 내려와 그 전날 밤을 캐서린의 집에서 보냈는데, 그러고도 사람들을 만난다는 생각에 너무 긴장해서 아침에 사라지고 없을 것 같았다. 프레드가 트럭을 몰고 도착했을 때에야, 캐서린은 가능성이 있다고 믿게 됐다. 그때도 버나는 너무 예측 불허라 뭐라고 말을 할지 짐작할 수 없었다.

마저리는 멍한 표정으로, 갑작스러운 소음과 동요를 감당하기 힘든 표정으로 이 이야기를 들었다.

앨리스는 포옹하고 싶었지만, 마저리의 표정을 보니 그럴 수 없었다. 그들 중 누구도 뭐라고 말해야 할지 알 수 없었고, 마치 낯선 사람을 대하듯이 말을 건넸다. 물 좀 더 줄까요? 뭐 필요한 거 있어요? 정말이에요, 말씀만 하세요.

도착한 지 한 시간쯤 지났을 때 문을 짧게 두드리는 소리가 들렸고, 프레드는 익숙한 목소리에 문을 열었다. 문을 조금 연 프레드는 뭔가 보더니 미소를 지었다. 그는 뒤로 물러났고, 스벤이 연노랑 드레스와 바지를 입은 아기를 안고 들어왔다. 아기는 단추처럼 동그란 눈을 반짝이며 작은 주먹으로 아빠 소매를 꼭 쥐고 있었다.

마저리는 고개를 들더니 아기를 보고는 천천히 손으로 입을 가렸다. 눈에 눈물을 글썽이며 서서히 일어섰다. "버지니아?" 마저리의 목소리가 갈라졌다. 스벤이 다가가 아기를 엄마에게 안겨주니 마저리와 아이는 서로의 눈을 응시했다. 아기는 뭔가 확인하는 듯 엄마를 훑어봤다. 아기는 엄마의 턱밑에 머리를 대고 엄지를 입에 넣었고, 마저리는 눈을 감고 소리 없이 흐느끼기 시작했다. 고통스러운 듯 얼굴이 일그러졌다. 스벤이 둘을 얼싸안았고, 세 사람에게 사적인 공간이 필요하다는 생각에 프레드와 사서들은 살그머니 도서관을 빠져나와 프레드의 집으로 걸어갔다.

베일리빌 이동 도서관 사서들은 한 팀이었고, 팀은 함께 움직였다. 하지만 혼자 있는 게 옳을 때도 있었다.

보안관은 홍수 때 사라져 유실되었다고 믿었던 장부가 문 왼쪽 서가에 얌전히 꽂혀 있었다. 1937년 12월 15일, 아넛스 능선 C. 맥컬러 씨에게 루이자 메이 올컷의 『작은 아씨들』 장정본(한 페이지가 찢어지고 뒤표지에 작은 손상)이 대출되었다고 적혀 있었다. 아주 꼼꼼히 살펴본 사람만이 그 내용이 두 행 사이에 적혀 있고 잉크가 주위 잉크와 아주 조금 다르다는 것을 알아볼 수 있었을 것이다. 그리고 매사에 부정적인 사람만이 그 옆에 같은 잉크로 '미반납'이라고 적혀 있는 까닭이 궁금했을 것이다.

제27장

여기 올라오면 생명의 확신과 가벼운 마음을 들이쉬듯, 숨 쉬기가
쉬웠다. 고산 지대에서는 아침에 일어나면 이런 생각이 들었다. 여
기가 내가 있어야 할 곳이구나.

_『아웃 오브 아프리카』, 캐런 블릭슨

상인들과 바텐더들에게는 실망스러운 일이었지만, 베일리빌은 하루
가 안 되어 텅 비었다. '무죄, 충격의 평결' 기사가 불쏘시개와 외풍 막
기에 사용되고 마지막 남은 이동 주택이 덜컹덜컹 떠났다. 검사의 자
동차 타이어가 이유 없이 찢어져 렉싱턴에서 타이어를 주문하고 나자
베일리빌은 빠르게 정상으로 돌아갔다. 재판이 있었음을 알리는 건 진
흙길에 남은 바퀴 자국과 풀밭에 버려진 빈 음식 포장지뿐이었다.

　캐서린, 베스, 이지는 버나를 튼튼한 패치에 태우고 번갈아가며 걸
어서 집에 데려다줬다. 그 여정은 거의 하루가 걸렸고, 버나가 분만할
때 동생 니타를 보내 알리기로 하고 헤어졌다. 아이 아버지에 대해서
는 아무도 묻지 않았고, 낯선 사람들과 만나는 데 지친 듯 버나는 집
에 당도하니 다시 조용해졌다.

버나에게서 또 소식을 들을 일은 없을 것 같았다.

＊

그 첫날 밤, 마저리 오헤어는 침대에 누워 어스름 속에서 스벤 구스타브손을 마주했다. 목욕을 하고 배불리 먹고 누운 마저리는 부엉이와 귀뚜라미 소리를 들었다. 그 소리에 혈관의 피가 천천히 흐르고 심장도 편안하게 뛰었다. 둘은 사이에서 팔을 들고 입을 오물거리며 잠든 아기를 지켜봤다. 스벤의 손이 마저리의 허리에 닿았고, 마저리는 그 무게와 다가올 밤이 반가웠다.

"있잖아, 어쨌든 떠날 수 있어." 스벤이 조용히 말했다.

마저리는 담요를 들어 아기를 잘 덮어줬다. "어딜 떠나?"

"여기. 그러니까, 당신 어머니가 하신 말씀이랑 새 출발 이야기 말이야. 캘리포니아 이곳저곳에 대해 알아봤는데, 농부랑 정착민을 찾고 있대. 당신이 좋아할 것 같아. 잘 살 수 있겠어."

마저리가 아무 말도 하지 않자, 스벤이 덧붙였다. "도시가 아니어도 돼. 큰 주잖아. 사방에서 캘리포니아로 건너가니, 타지 사람이라도 관심 없을 거야. 멜론 농장을 하는 친구가 있는데, 자리 잡으면 일거리를 준다고 했어."

마저리는 머리를 뒤로 쓸어 넘겼다. "아니야."

"음, 몬태나 이름이 마음에 들면 거기로 가든지."

"스벤, 그냥 있고 싶어. 여기."

스벤은 상체를 일으켰다. 어둡지만 마저리 표정을 유심히 살폈다. "버지니아가 자유롭게 살게 하고 싶다면서. 원하는 대로 살도록."

"알아." 마저리가 말했다. "지금도 그래. 하지만 진짜 친구는 여기 있잖아, 스벤. 우릴 지켜줄 사람들. 생각해봤는데, 그런 친구들이 있으면 버지니아는 괜찮을 거야. 우리도 괜찮을 거야."

스벤이 아무 말도 하지 않자, 마저리가 덧붙였다. "그러면…… 당신도 좋겠어? 그냥…… 여기서 지내면?"

"당신과 버지니아가 있는 곳이라면 난 다 좋아."

긴 침묵이 이어졌다.

"사랑해, 스벤 구스타브손." 마저리가 말했다.

스벤은 어둠 속에서 마저리를 향해 말했다. "감상적인 사람이 된 건 아니지, 마지?"

"두 번 말할 거라곤 안 했어."

스벤은 미소를 짓고 베개에 기댔다. 잠시 후 스벤이 손을 내밀자 마저리는 그 손을 꼭 잡았고, 두 사람은 그렇게 잠들었다. 적어도 아기가 깨기 전까지 두 시간은.

마저리가 돌아오면서 출발에 방해물이 없어진 걸 깨닫자, 기쁨이 어찌나 빨리 사라지는지, 앨리스는 놀랐다. 그랬다. 재판이 끝나면서 켄터키에서의 시간도 끝났다.

앨리스는 사서들 사이에 서서 스벤이 마저리와 버지니아를 데리고 집으로 가는 모습을 지켜보고 그 의미를 조금씩 실감하기 시작했다. 그들이 서로 끌어안고 키스하고 나중에 나이스 앤 퀵에서 축하 파티를 하자고 인사하는 가운데, 앨리스는 겨우 미소를 지었다. 하지만 그건 너무 힘겨웠고 베스가 담배꽁초를 길가에 버리고 신이 나서 손을 흔들 때도 앨리스는 가슴이 먹먹해졌다. 프레드만 그걸 알아차리고 비슷한 표정을 지었다.

"버번 한잔 할래요?" 도서관 문을 잠그고 집으로 걸어가면서 프레드가 물었다. 앨리스는 고개를 끄덕였다. 그곳에서의 시간이 겨우 몇 시간밖에 남지 않았다.

프레드는 버번 한 잔을 앨리스에게 건넸고 앨리스는 쿠션이 놓인 소파에 앉았다. 그의 어머니가 만든 퀼트가 등받이에 걸쳐져 있었다. 밖이 어두워지자 쌀쌀해지고 이슬비가 내렸다. 앨리스는 다시 나가야 하는 것이 벌써 두려웠다.

프레드는 수프 남은 것을 데웠지만 앨리스는 식욕도, 할 말도 없었다. 두 사람 모두 째깍거리는 시계를 의식하고 있었다. 재판 이야기로 분위기를 밝혀봐도, 앨리스는 반 클리브가 더욱 노발대발하며 도서관을 망가뜨리려고 들 것이고, 자신의 삶도 더 불편해지리라는 것을 알 수 있었다. 게다가 마저리가 뭐라고 하든지 그 집에서 더 살 수 없었다. 스벤과 마저리는 둘만의 시간이 필요했고 그날 저녁 이지의 집에서 자기로 했다고 말했을 때, 두 사람의 반대에서 그다지 진심이 느껴지지 않았다.

"그럼 몇 시 기차예요?" 프레드가 물었다.

"10시 15분이요."

"역까지 태워다줄까요?"

"그러면 좋겠어요, 프레드. 성가시지 않다면요."

프레드는 어색하게 고개를 끄덕였고 미소를 지으려고 했지만 밝은 표정은 떠오르자마자 사라졌다. 앨리스는 프레드가 불편해하는 것이 자신 때문임을 알기에 늘 마음이 아팠다. 둘 사이가 불가능한 걸 알면서, 이 남자에게 무엇을 요구할 권리가 앨리스 자신에게 있을까? 프레드의 감정을 허락한 것만 해도 이기적인 행동이었다. 두 사람 모두 비참함에 사로잡혀 대화가 힘들어졌다. 앨리스는 맛도 모르고 술을 마셨고 여기 온 것이 잘한 짓일까 생각했다. 곧바로 이지의 집에 가는 편이 나았을 것 같았다. 이렇게 가슴 아픈 상황을 질질 끌어봐야 무슨 소용일까?

"아, 도서관에서 편지를 한 통 받았어요. 일이 많아 전하는 걸 잊었네요." 프레드는 주머니에서 봉투를 꺼내 건넸다. 앨리스는 글씨를 곧장 알아보고 테이블 위에 내려놓았다.

"안 읽어요?"

"저 돌아가는 일에 관한 편지예요. 계획이니 하는."

"읽어봐요. 괜찮아요."

프레드가 접시를 치우는 동안 앨리스는 봉투를 열었고, 그런 그녀를 바라보는 프레드의 시선을 느꼈다. 편지는 재빨리 훑어보고 도로 넣었다.

"뭐예요?"

앨리스가 고개를 들었다.

"왜 그렇게 찡그렸어요?"

앨리스는 한숨을 쉬었다. "그냥…… 어머니 말투 때문에."

프레드가 다가오더니 앉아서 봉투에서 편지를 꺼냈다.

"그러지……."

프레드는 앨리스의 손을 밀어냈다. "읽어볼게요."

프레드가 인상을 쓰고 읽는 동안, 앨리스는 고개를 돌렸다.

"이게 뭐죠? 네가 우리 가족에게 이번에 준 망신에 대해서는 잊도록 노력하겠다. 무슨 소리예요?"

"원래 그래요."

"반 클리브가 때렸다는 말도 했어요?"

"아뇨." 앨리스는 얼굴을 문질렀다. "아마 말해도 제 탓이라고 생각하실 거예요."

"그게 어떻게 당신 잘못이죠? 다 큰 어른이 인형 때문에…… 세상에, 그런 소린 처음 들었어요."

"인형만이 아니었어요."

프레드가 고개를 들었다.

"제가 ……제가 당신 아들을 더럽힌다고 생각했어요."

"당신이…… 뭐라고요?"

앨리스는 벌써 말을 꺼낸 것이 후회스러웠다.

"앨리스. 우린 뭐든지 이야기할 수 있는 사이잖아요."

"못 해요." 앨리스는 얼굴이 달아올랐다. "말 못 해요." 앨리스는 술을 한 모금 더 마시고, 프레드가 캐묻듯이 보는 시선을 느꼈다. 아, 감추면 뭐 하나? 오늘이 지나면 그를 다시 보지 못할 텐데. 앨리스는 결국 말해버렸다. "마저리가 준 책을 집에 가져갔어요. 부부 간의 사랑에 대한 책을."

프레드는 앨리스와 베넷의 내밀한 사이 따위를 생각하기 싫은 듯 주먹을 꽉 쥐었다. 그는 잠시 있다가 입을 열었다. "그게 뭐가 문제래요?"

"그 사람은……두 사람 모두…… 제가 그걸 읽어서는 안 된다고 생각했어요."

"음, 당신들이 허니문 기간이었으니……."

"하지만 그게 문제였어요. 허니문이 없었거든요. 저는 혹시……."

"혹시?"

"혹시……" 앨리스가 침을 삼켰다. "……우리가……."

"당신들이 뭐요?"

"그걸 한다면." 앨리스는 다 기어들어가는 소리로 말했다.

"뭘 해요?"

앨리스는 얼굴을 감싸 쥐고 우는 소리로 말했다. "아, 왜 자꾸 묻는 거예요?"

"사실을 이해하려는 거예요, 앨리스."

"그걸 한다면 말이에요. 부부 간의 사랑."

프레드는 잔을 내려놓았다. 아주 긴, 어색한 순간이 지나가고 그가 입을 열었다. "그걸…… 몰라요?"

"네." 앨리스는 비참한 심정으로 말했다.

"와. 와. 잠깐만요. 당신과 베넷이…… 부부 간의 사랑이 뭔지 모른다고요?"

"네. 그런데 그 사람이 그 이야길 자꾸 피했어요. 그래서 알 수가 없죠. 책에 뭐라고 적혀 있긴 했는데, 솔직히 그래도 모르겠더라구요. 둥실 떠오르니 황홀이니 하는 내용이 많았어요. 어쨌든 다 망쳤고 이야기도 한 적 없으니 아직도 잘 모르겠어요."

프레드는 뒤통수를 쓰다듬었다. "음, 앨리스, 그러니까…… 그건……음…… 놓치기 쉽지 않아요."

"뭐가요?"

"그…… 아, 됐어요." 프레드는 몸을 당겼다. "정말 안 한 것 같아요?"

앨리스는 자신과의 마지막 순간을 프레드가 이렇게 기억하게 되리라는 사실이 이미 후회스러웠다. "네…… 아, 정말 말도 안 되는 소리 같죠? 이런 소릴 하다니 믿을 수가 없네요. 절 분명……."

프레드는 갑자기 벌떡 일어났다. "아뇨! 아뇨, 앨리스. 멋진 소식이에요!"

앨리스가 빤히 쳐다봤다. "네?"

"멋진 소식이라고요!" 프레드는 앨리스의 손을 잡고 춤을 추며 빙빙 돌기 시작했다.

"프레드? 네? 지금 뭐 하는 거죠?"

"코트 챙겨요. 도서관으로 가요."

5분 뒤 그들은 도서관에 가서 작은 등불 두 개를 켰고, 프레드는 서가를 훑기 시작했다. 곧 원하는 것을 찾아 두꺼운 가죽 장정 책의 페이지를 넘기는 동안 앨리스에게 등불을 들어달라고 했다. "봤죠?" 프레드가 페이지를 가리켰다. "부부 간의 사랑을 나누지 않으면, 신이 보시기에 결혼한 게 아니에요."

"그래서요?"

"그래서 결혼 취소 신청을 할 수 있죠. 그리고 원하는 사람과 결혼하고. 반 클리브도 어쩔 수 없어요."

앨리스는 프레드가 손가락으로 밑줄을 치는 부분을 읽었고 믿을 수 없어 프레드를 올려다봤다. "정말요? 결혼이 무효라고요?"

"네! 잠깐만요. 또 다른 법률책을 찾아서 다시 확인해봐요. 그러면 알 수 있을 거예요. 자! 봐요, 여기 있죠. 당신은 여기에 계속 있어도 돼요, 앨리스! 봤죠? 아무 데도 가지 않아도 돼요! 오, 저 가련한 얼간이 베넷. 그 자식에게 키스라도 하고 싶네요."

앨리스는 책을 내려놓고 프레드를 가만히 봤다. "차라리 제게 키스해요."

그래서 둘은 키스했다.

40분 뒤, 둘은 도서관 바닥에 깐 프레드의 재킷 위에 누워서, 방금 일어난 일에 약간 충격을 받은 상태로 숨을 몰아쉬고 있었다. 프레드는 앨리스의 얼굴을 살폈고, 손을 잡아 입술에 댔다.

"프레드?"

"내 사랑?"

앨리스는 천천히, 상냥하게 미소 지었다. 입을 여니 목소리에서 꿀이 떨어지고 행복으로 충만한 것 같았다. "그건 안 한 게 확실해요."

제28장

우리의 동물적 본능이 욕망하기를 재촉하는, 사랑하는 상대의 소박하고 어여쁜 육체로부터, 우리는 몸에 대한 경이를 느낄 수 있을 뿐 아니라 인간에 대한 공감이 확장되고 혼자서는 결코 얻을 수 없는 영적인 이해까지 얻을 수 있다.

_『부부 간의 사랑』, 마리 스톱스

스벤과 마저리는 10월 말, 해 뜰 무렵 안개가 걷히고 새들이 나뭇가지에 앉아 지저귀던 맑고 쌀쌀한 날 결혼식을 올렸다. 세상 종말이 올 때까지 소피아가 잔소리를 했기 때문에, 마저리는 아무에게도 알리지 않고 스벤이 '그걸 중요하게 여기지 않는다'는 조건으로 결혼하겠다고 동의했다.

마저리에 관해서라면 뭐든지 좋다고 하던 스벤은 이것만큼은 안 된다고 대답했다. "결혼을 한다면 공개적으로, 모두 다 초대해서 해야지." 스벤이 팔짱을 끼고 말했다. "내가 원하는 건 그거야. 아니면 결혼 안 해."

그래서 그들은 솔트 릭의 조그만 성공회 교회에서 결혼했다. 그곳 목사는 사생아에 대해 조금 덜 까다로웠기 때문이고, 사서들 전부와 브레이디 씨 부부, 프레드와 책을 대여받는 가족들 여럿이 참석했다. 식이 끝난 뒤 프레드의 집에서 피로연을 열었고 브레이디 씨 부부는 퀼트 모임에서 만든 신혼부부용 퀼트와 버지니아가 덮을 작은 퀼트를 선물했고 (앨리스가 빌려줘서 소피아가 사이즈를 늘려준) 굴색 드레스를 입은 마저리는 조금 어색해 보이긴 했어도, 수줍으면서도 당당한 표정으로 이튿날까지 바지로 갈아입지 않고 지냈다. 이웃들이 가져온 음식을 먹었고(그렇게 많은 사람들이 올 줄 몰랐던 마저리는 끝없는 하객 행렬에 놀랐다) 누군가가 밖에서 돼지구이를 시작했다. 스벤은 버지니아를 모두에게 자랑하느라 행복한 표정이었으며 음악이 연주되고 춤도 췄다. 6시, 해가 지기 시작할 무렵 앨리스는 피로연에서 나와 혼자 도서관 계단에 앉아서 어두워지는 산을 바라보는 신부를 발견했다.

"괜찮아요?" 앨리스가 곁에 앉으면서 물었다.

마저리는 고개를 돌리지 않았다. 나무 꼭대기를 응시하며 소리 내어 킁킁 냄새를 맡더니 앨리스 쪽으로 천천히 돌아봤다. "이렇게 행복하다니 기분이 좀 이상해요." 이렇게 말하는 마저리는 앨리스가 본 것 중 가장 불안한 모습이었다.

앨리스는 잠시 생각하다가 고개를 끄덕였다. "이해해요." 그리고 친구를 한번 쿡 찔렀다. "익숙해질 거예요."

두 달 뒤, 구스타브손은 개를(스벤이 말한 것과는 좀 거리가 있는, 한 배에서 난 새끼 중 제일 약해 주인이 원치 않는 녀석이었지만 물론 스벤은 좋아서 어쩔 줄 몰랐다) 얻었고 마저리는 도서관에 일하러 돌아왔다. 버지니아는 일주일에 나흘은 버나 맥컬러가 자기 아이와 함께 돌봤다. 버나는 좀 연약하고 주근깨가 난 아들에게 피터라는 이름을 지어줬다. 스벤과 프레드는 짐 호너와 두어 명의 도움을 받아 마저리의 집에서 가까운 곳에 방 두 개와 굴뚝, 바깥 화장실이 딸린 작은 오두막을 지어 줬고, 맥컬러 자매는 기꺼이 그곳으로 이사 왔다. 그들은 옛집에 가더니 달랑 옷가지 가방 하나와 냄비 두 개, 사나운 개 한 마리와 함께 돌아왔다. "나머지 물건에서는 우리 아버지 냄새가 나요." 버나는 그렇게 말하고 거기에 대해선 두 번 다시 말하지 않았다.

버나는 일주일에 한 번 시내에 나가게 됐는데, 주로 급료로 생필품을 사기 위한 것이었지만, 시내 구경도 했다. 사람들은 보통 버나에게 모자를 들어 인사하거나 관심 갖지 않았다. 여동생 니타는 여전히 집을 나가지 않았지만, 둘 다 아기를 좋아해서 약간의 사교 생활은 즐기는 것 같았다. 시간이 지나며 (수는 많지 않지만) 행인들이 아넷스 능선의 낡은 오두막이 지붕부터 굴뚝, 빗물받이 순으로 무너져 내리기 시작해 풀과 덤불에 뒤덮였다는 소식을 전하기 시작했다.

프레드릭 기슬러와 앨리스는 마저리와 스벤의 결혼식 한 달 뒤에 결혼했고, 두 사람이 법적으로 하나가 되기 전에 프레드의 집에서 단둘이 보내는 시간이 얼마나 많은지 눈여겨본 사람이 있는지 모르겠지만, 아무도 뭐라 하지 않았다. 앨리스의 첫 결혼은 조용히 무효 처리되었고 프레드가 반 클리브 씨에게 요지를 설명하자, 그도 이번만큼은 고함을 치지 않고 변호사를 구해 비밀리에 해결하도록 했다. 아들의 이름이 무효라는 단어와 함께 회자될 수 있다는 사실에 그는 평소와 달리 성질을 죽였고 도서관에 대해서도 입을 다물었다.

그들은 베넷이 먼저 결혼하는 데 동의했다. 사서들은 도움을 준 베넷에게 빚이 있다고 여겼고, 이지는 베넷의 결혼식에 부모와 함께 참

석해서 폐기가 아름답고 매우 만족스러운 신부였다고 전했다.

앨리스는 신경 쓰지 않았다. 터무니없는 행복을 어떻게 감당할지 알 수 없었다. 매일 아침 해 뜨기 전, 내키지 않는 마음으로 남편에게서 팔다리를 떼어내고 남편이 만들어주는 커피를 마시고 도서관으로 걸어가 문을 열고 난로를 켜고 다른 사서들을 맞이할 준비를 했다. 춥고 어두운 시각이지만, 앨리스는 늘 웃고 있었다. 페기 반 클리브의 친구들이 앨리스 기슬러가 그 도서관을 시작한 후로 머리는 헝클어지고 남자 같은 옷을 입어(처음 왔을 때는 세련되게 잘 차려입었는데!) 이상해졌다고 해도, 프레드는 전혀 알아차리지 못했다. 그는 세상에서 가장 아름다운 여인과 결혼했다. 각자 일과 설거지를 마치고 나면 그는 밤마다 아내에게 경배를 바쳤다. 고요한 스플릿 크릭의 밤길을 지나는 행인이라면 도서관 뒤의 집에서 흘러나오는 거친 숨소리와 즐거운 비명 소리에 고개를 젓곤 했다. 겨울의 베일리빌에서는 해가 지고 나면 딱히 할 일이 없었으니까.

소피아와 윌리엄은 루이빌로 돌아갔다. 소피아는 베일리빌 이동 도서관을 떠나고 싶지 않았지만 루이빌 공공 도서관(유색인 분관)에서 자리를 제안했고 홍수 이후로 오두막 상태도 좋지 않았으며 윌리엄이 일자리를 구할 기회도 쉽지 않아서 자신들과 같은 사람들, 전문가들이 많은 대도시에서 더 잘 지낼 수 있을 거라고 판단했다. 이지는 울음을 터뜨렸고 다른 사람들도 마냥 기뻐할 순 없었다. 그러나 올바른 판단이었고, 특히 소피아가 내린 판단이니 아무도 반대할 수 없었다. 얼마 뒤 소피아가 편지와 사진을 보내주자, 사서들은 액자에 넣어 모두 함께 찍은 사진 옆에 붙였다. 서가는 예전처럼 잘 정리되지 않았다.

캐서린은 재혼하지 않았지만, 세월이 좀 지나자 구애하는 남자들이 끊이지 않았다. 캐서린은 빨래나 청소, 아이들 돌보기와 도서관 일 때문에 그럴 시간이 없다며 거절했다고 했다. 게다가 켄터키주 전체에 개릿 블리 같은 남자는 한 명도 없었다. 그래도 앨리스의 결혼식 때 짐 호너가 전문 이발사의 관리를 받고 좋은 정장을 입고 나타났을 때 조금 놀라긴 했다고 마지못해 인정했다. 짐 호너의 얼굴은 꽤 보기 좋았고 더러운 작업복을 벗자 전체적인 외모도 훨씬 나아졌다. 재혼은 하지 않겠다는 의지가 분명했지만, 몇 달 후 두 사람이 아이들을 데리고 시내를 함께 걷거나 봄의 지역 축제에 함께 참석하는 것은 익숙한 모습이 됐다. 짐의 딸들이 여성의 손길을 받는 건 좋은 일이었고, 엉큼하게 바라보거나 눈썹을 치켜뜨는 사람들이 있다면 뭐, 그건 그들이 알아서 할 일이었다.

재판 이후 베스의 삶에는 별 변화가 없었다. 아버지와 남자 형제들과 집에서 지냈고, 기회가 있을 때마다 그들에 대해 불평했으며, 사람들 안 보는 데서 담배를 피우고 보는 데서 술을 마셨고, 6개월 뒤 번 돈을 모두 모아 여객선을 타고 인도 대륙을 보러 갈 거라고 발표해 모두를 놀라게 했다. 처음에는 그것이 이상한 농담이라고 모두 웃어댔다. 베스가 귀신에 씐 거라고. 하지만 베스는 안장주머니에서 표를 꺼내 보여줬다. "대체 그 돈을 어떻게 모았어요?" 이지가 놀라서 물었다. "아버지가 생활비로 절반은 가져간다면서요."

베스는 베스답지 않게 입을 다물고 다른 일을 더 하고 저축이 있었으며 왜 이 망할 도시 사람은 남의 일에 이렇게 관심이 많은지 모르겠다고 중얼거렸다. 그리고 베스가 출발한 지 한 달 뒤, 보안관은 존슨 가족의 쓰러진 헛간에서 버려진 증류기와 여기저기 흩어진 담배꽁초를 발견했는데, 두 가지는 무관한 것이라고 결론지었다. 아니 적어도, 베스의 아버지에게는 그렇게 전했다.

화려한 소인이 찍힌 베스의 첫 편지는 수라트라는 곳에서 왔다. 밝은색의 자수가 놓인 사리라는 옷을 입고 공작새를 옆구리에 낀 베스의 사진이 들어 있었다. 캐서린은 베스가 인도 왕과 결혼해도 놀라지 않겠다고 외쳤다. 그 말에 마저리는 그건 놀라울 거라고 건조하게 대답했다.

이지는 아버지의 허락을 받아 음반을 냈다. 2년 만에 켄터키에서 가장 인기 있는 가수 중 한 사람이 되어 순수한 음색과 바닥까지 닿는 하늘거리는 드레스로 유명해졌다. 이지가 발표한 산속의 살인 사건에 관한 노래는 3개 주에서 인기를 얻었고 녹스빌의 뮤직홀에서 텍스 라파예트와 듀엣으로 공연을 하기도 했는데, 고음 부분에서 그가 손을 잡아준 덕분에 일주일 내내 정신을 차리지 못하기도 했다. 브레이디 부인은 이지의 곡이 차트에서 4위를 기록했을 때가 평생 가장 자랑스러운 때였다고 했다. 두 번째는 재판이 끝난 두 달 뒤, 리나 C. 노프시어 부인으로부터 베일리빌 이동 도서관을 위중한 시기에도 유지해준 것에 감사하다는 편지를 받았을 때였다.

우리 여성들은 고유의 한계라고 여기는 선을 넘어 나가기로 할 때 여러 가지 장애물을 맞닥뜨리게 됩니다. 그리고 브레이디 부인은 그동안 생겨난 그런 장애물을 모두 이겨냈습니다. 언젠가 직접 뵙고 이 일과 다른 여러 가지 사안을 논의하고 싶습니다.

브레이디 부인은 곧 노프시어 부인이 베일리빌에 찾아올 거라고 믿었다.

도서관은 주 5일 열었고 앨리스와 마저리가 나누어 관리했다. 사서들은 온갖 소설, 안내서, 요리책과 잡지를 대여했다. 재판의 기억은 곧 사라졌다. 특히 책을 대출하고 싶어 하는 사람들은 그 일을 더 빨리 잊었고, 베일리빌의 생활은 정상 리듬을 되찾았다. 반 클리브 집안 남자들만 도서관을 피하기 위해 스플릿 크리크에서 자동차 속도를 높였고, 그 앞을 지나지 않으려고 시내로 돌아서 다니기도 했다.

그런데 1939년에 접어들고 몇 달 뒤, 페기 반 클리브가 찾아온 건 꽤 놀라웠다. 마저리가 지켜보고 있으니, 페기는 가방에서 중요한 걸 찾는 듯 밖에서 한참 서서 마저리가 혼자인지 창문으로 확인했다. 페기가 그다지 책을 좋아하는 사람은 아니었으니까.

마저리 오헤어는 버지니아와 개, 남편 그리고 여러 가지 집안일로 바빴다. 하지만 그날 저녁에는 하던 일을 멈추고 혼자서 씩 웃으며 새로운 반 클리브 부인이 도서관에 들어오더니 서가의 이런저런 책들을 둘러보는 척하다가 침실에 관련된 민감한 사안에 대해 부인들에게 조언하는 책이 있다는 소문이 사실이냐고 물었던 것을 앨리스 기슬러에게 이야기할까 생각해봤다. 그리고 마저리가 아무렇지도 않은 표정으로 아, 네. 물론이죠. 사실만 다른 책이죠라고 대답한 것을.

다음 날 아침 도서관에 모두 출근했을 때까지도 마저리는 그 생각을 하면서 웃음을 참고 있었다.

후기

공공사업국의 이동 도서관 프로그램은 1935년부터 1943년까지 운영됐다. 이용이 가장 활발하던 시기에는 수십만 농촌 가구에 책이 전달되었다. 그 후로 이와 같은 프로그램은 개설된 적이 없었다.

켄터키주 동부는 현재까지도 미국에서 가장 가난한(그리고 가장 아름다운) 지역으로 남아 있다.

감사의 글

이 책은 여태까지 쓴 글 중 그 무엇보다도, 애정으로 집필한 책이었다. 한 장소와 그곳에 사는 사람들을 사랑하게 됐고, 이야기가 생겨나며 글을 쓰는 과정은 유난히 즐거웠다. 그런 뜻에서 바버라 네이피어와 켄터키주 어바인의 스닉 할로우에 계신 모든 분들께 감사드린다. 특히 올리비아 너클스가 없었더라면, 내 주인공들의 목소리를 찾지 못했을 것이다. 올리비아, 당신의 영혼과 그곳 사람들의 영혼이 이 책에 담겨 있어요. 여러분을 친구라고 부를 수 있어서 정말 행복해요.

이 책의 사서들처럼 산지에서 말을 탈 수 있도록 도와준 컴벌랜드 산간 지역 위스퍼 밸리 트레일즈의 모든 분들께 그리고 여행 중에 멈춰 질문하고 잡담을 나눈 모든 분들께 감사드린다.

내 편집자 펭귄의 루이스 무어와 맥신 히치콕, 영국의 마이클 조지프, 패밀라 도먼 북스의 팸 도먼, 미국의 PRH, 독일 로볼트의 카타리나 도네퍼에게 고마움을 전한다. 다음 책은 대공황 시기 미국 농촌에서 말을 타고 책을 대여해주는 사서들에 관한 이야기라고 했을 때, 아무도 놀라 흠칫거리지 않았다. 그러고 싶었던 분은 있었을 것 같지만 말이다. 계속해서 내 책을 더 좋게 만들어줘서 감사합니다. 모든 이야기는 협동의 산물이니까요. 그리고 내 책과 나를 계속 믿어줘서 고마워요. 클레어 파커, 루이스 브레이버먼, 리즈 스미스, 클레어 부시, 케이트 스타크, 리디어 허트, 각 출판사의 모든 팀들에게 이야기들을 내놓는 일을 도와준 것에 감사드린다. 그리고 톰 웰든과 브라이언 타트, 독일의 아누크 포에르크에게 감사드린다.

언제나처럼 치어리더, 세일즈 전문가, 맹렬한 협상가이자 지지자인 커티스 브라운의 실라 크라울리에게 감사드린다. 그리고 엄청난 규모로 전 세계에 책을 알려준 클레어 노지리스, 케이티 맥가운, 엔리케타 프레자토에게 감사한다. 밥 북먼 매니지먼트의 밥 북먼, 자니 겔러와 닉 마스턴에게 다양한 미디어 홍보를 담당해준 데에 고마움을 전한다. 여러분 모두 최고예요.

이 이야기를 처음부터 '봐' 준 데 대해 그리고 계속적인 열의에 대해 모뉴멘털 픽처스 사의 엘리슨 오언에게 큰 감사를 전한다. 그리고 마찬가지로, 주요 장면을 그려내고 재미있게 만들어준 데 올 파커에게 감사드린다. 여러분이 한 작업을 어서 보고 싶어요.

켄터키와 테네시주에서 운전을 맡아주고 도로에서 벗어날 정도로 웃게 해준 케이시 런시먼에게 마음에서 우러난 감사를 전한다. 우리의 우정은 이 책에도 새겨져 있어요.

매디 위컴, 대미언 바, 알렉스 헤민슬리, 모니카 르윈스키, 시아 샤록, 새러 펠프스, 케이틀린 모런에게도 감사드린다. 내 마음은 여러분이 다 알 거예요.

켄터키주 관광청에서 중요한 조언을 얻었고 리 지역과 에스틸 지역에서 도움을 주신 모든 분께 고마움을 전한다. 그리고 뜻밖의 영감을 선사한 그린 파크에도.

마지막으로 내 가족에게 항상 감사드린다. 짐 모예스, 리지 샌더스, 브라이언 샌더스. 그리고 무엇보다도, 찰스, 사스키아, 해리와 로키에게.

별을 선사해준 사람

펴낸날	초판 1쇄 2022년 12월 13일

지은이	조조 모예스
옮긴이	이나경
펴낸이	심만수
펴낸곳	(주)살림출판사
출판등록	1989년 11월 1일 제9-210호

주소	경기도 파주시 광인사길 30
전화	031-955-1350
팩스	031-624-1356
홈페이지	http://www.sallimbooks.com
이메일	book@sallimbooks.com

ISBN	978-89-522-4675-2　　03840